Per ardua ad astra

역경을 헤치고 별을 향하여

2024. 겨울

나의 돈키호테

나의 돈키호테

김호연 장편소설

나무옆의자

차례

일러두기

1. 소설 속 사건과 인물은 모두 허구이며 실제와 아무런 관련이 없음을 밝힙니다.
2. 일부 스페인어 독음은 현지 발음에 가깝게 표기했습니다.

프롤로그

"돈 아저씨. 왜 서울이 세비야예요?"

탁자 유리 밑 대한민국 지도에 아저씨가 써놓은 걸 보고 물었다.

"서울이니까 세비야지. 똑같이 시옷으로 시작하잖니. 그리고 돈키호테가 활동하던 시절의 세비야는 서울처럼 아주 번화한 도시였단다."

"그럼 부산은 왜 바르셀로나예요?"

"부산이니까 바르셀로나지. 똑같이 비읍으로 시작하잖니. 그리고 둘 다 각 나라의 대표적인 항구도시고."

"그럼 여기 목포가 말라가인 것도 같은 방식인가요?"

"그렇지. 그리고 목포랑 말라가 모두 훌륭한 예술가들이 많이 배출된 도시란다. 피카소 알지? 피카소가 태어난 곳이 말라가야."

"음, 알겠어요."

나는 돈 아저씨의 논리가 백 프로 이해되진 않았지만 더 따지면 아저씨가 불편해할 수도 있을 거 같아 그만뒀다. 그런데 대전은? 대전 옆엔 왜 '라만차'라고 적어놓은 걸까? '호기심 천국'이라는 별명답게 궁금해서 참을 수가 없었다.

"아저씨, 대전은 왜 라만차예요? 대전은 디귿으로 시작하니까 똑같이 디귿으로 시작하는 스페인 도시랑 비교해야 하는 거 아닌가요?"

"아, 대전은 우리말로 한밭이잖니. 큰 들판. 라만차는 평원으로 유명하거든. 평원도 산이 안 보일 정도로 평평한 들판이니 큰 들판이지. 그러니 대전은 라만차란다."

"에이, 아저씨. 그건 아니죠. 앞에는 다 똑같은 자음으로 시작하는데……."

"하긴. 그렇구나. 그럼 이렇게 한번 해볼까?"

돈 아저씨는 유리를 민 뒤 탁자 아래 서랍을 열고 볼펜을 꺼냈다. 그리고 대전 옆에 적힌 라만차에 등호 표시를 하고는 '돈키호테'라고 적었다. 나는 여전히 고개를 갸웃했다.

"자, 보렴. 솔아. '라만차' 하면 누가 딱 떠오르니? 돈키호테지? 돈키호테의 고향이 라만차거든. 그럼 여기 보자. 대전은 뭐다? 라만차를 거쳐 돈키호테인 거네. 그러니까 대전은 돈키호테. 똑같은 디귿이지. 어떠냐?"

"휴. 알겠어요."

“그리고 대전의 명소 하면 바로 여기, 돈키호테 비디오 아니냐. 그치? 하하.”

“……성심당은 어떡하고요?”

“그건, 음, 장르가 다르다고나 할까.”

“장르가 뭔데요?”

“솔이 너는 따뜻한 영화를 좋아하잖아. 이 아저씨는 스릴 넘치는 영화를 좋아하고. 그런 것처럼 종류가 다른 게 장르야. 즉, 너는 휴머니즘 장르를 좋아하고 아저씨는 스릴러 장르를 좋아하는 거지.”

“돈키호테를 좋아하지 않으세요?”

“좋아하지.”

“돈키호테는 무슨 장르예요?”

“돈키호테는, 온갖 장르란다. 이 세계의 모든 게 담긴 용광로 안에서 끓고 있는 이야기인 거야.”

“잘 모르겠어요. 더 물어봐도 돼요?”

“아이고. 잘 모르니 배고프겠구나. 우리 잠깐 가게 문 닫고 성심당 가서 팥빙수나 먹고 올까? 성심당이 빵만 잘하는 게 아니야. 팥빙수도 맛나.”

“좋아요.”

그날, 돈 아저씨의 한국 도시와 스페인 도시 비교는 결국 이해할 수 없었지만 성심당 팥빙수가 맛있다는 건 확실히 이해했다.

오랜 시간이 흐른 뒤에야 나는 아저씨의 비교를 이해할 수 있게 되었다. 그 모든 건 대전에 돈키호테가 있어야 하기 때문에 벌어진 일이었다. 그리고 이제 나는 그걸 믿는다.

나의 돈키호테로 인하여.

어쩌면 이것은 돈키호테를 믿게 된 사람에 대한 이야기다. 혹은 돈키호테가 된 사람에 대한 이야기이거나.

이제 모험을 시작해보겠다.

1부
옛날 동네 비디오가게

1. 빅 필드

2018년

회사를 때려치우고 엄마 집에 내려온 지도 일주일이 지났다. 내려와서는 아무것도 하지 않았다. 아무것도 하지 않고 온전히 한 주를 보낸 게 얼마 만인지 모르겠다. 서른 살 인생 동안 이만한 쉼표는 허락되지 않았다. 그러지 않으면 제구실하며 살 수 없었으니까. 그런데 제구실하며 살려다 보니 어느새 망가져버렸고, 제구실 따위 못 하게 됐다. 스스로 멈춰버린 일주일. 그 시간은 쉼표가 아니라 마침표였다. 내가 없어도 세상은 바쁘게 돌아갔다. 마치 길가의 쓸모없는 돌멩이가 된 기분이었다. 이 기분을 엄마에게 털어놓자 엄마는 숨도 쉬지 않고 말했다.

"돌멩이가 많이도 먹네."

솔직히 일주일간 많이 먹었다. 엄마가 차려준 밥을 두 공기씩

싹싹 비웠다. 거리마다 포진한 칼국숫집에서 장칼국수, 바지락칼국수, 물총칼국수를 흡입했다. 두부 또는 제육 또는 오징어가 벌건 양념에 버무려진 두루치기를 마구 해치웠다. 결정적으로 이 도시를 대표하는 빵집에서 쓸어 온 튀김소보로와 부추빵을 쌓아놓고 복용했다. 고향에 내려온 걸 입맛으로 확인하려는 듯 굴었다.

그런데 이곳이 고향이 맞긴 한 걸까? 초등학교 5학년 때 내려와 중학교 3학년까지 고작 5년 남짓 지낸 이곳을 고향이라고 부르는 게 맞는 걸까? 이 의문에도 엄마의 답은 명쾌했다.

"엄마 사는 곳이 고향인 거야."

대전. 한밭. 빅 필드BIG FIELD. 엑스포와 꿈돌이의 도시. 카이스트와 과학단지의 도시. 정부 청사가 있는 행정도시. 경부선과 호남선이 교차하는 교통도시. 무엇보다 대표 관광지가 빵집이라는 노잼 도시.

돌아온 고향은 여전히 노잼이었다. 며칠간 동네를 쏘다니며 추억의 맛을 즐기고 나니 딱히 할 게 없었다. 소년 소녀처럼 과학관과 오월드에 드나들 것도 아니고 칠공팔공처럼 보문산과 장태산을 휘저을 것도 아니었다. 대체로 저조한 성적의 지역 연고 스포츠 팀을 응원하는 것도 곤란한 일이었다.

어제는 기운을 내 동네를 벗어나 서쪽으로 향했다. 둔산에 가 영화를 보고 유성에 가 온천을 했다. 끝. 간 김에 갑천이라도 걸으며 살이나 빼고 오지 그랬냐는 엄마의 말에서 집주인의 갑질을 느꼈고, 앞으로 갑천은 근처에도 안 가겠다 마음먹었다.

역시 돌아오는 게 아니었다. 대전은 엄마의 집이 있는 내 고향이고 어린 시절의 추억이 서린 곳이지만 나이 서른의 실업자가 지내기엔 풍족한 일자리도 신박한 놀거리도 없는 도시였다.

하지만 딱히 갈 곳도 없었다.

〈도시탐험대〉를 론칭할 때만 해도 어디든 갈 수 있을 것 같았다. 실제로 선발대가 되어 앞장섰다. 내가 개척한 도시의 숨은 거리를 탐험대가 뒤따랐고, 시청자들을 매료시켰다. 내가 선두였다. 내가 이 프로그램의 선두였고 이 프로그램이 동 시간대 시청률의 선두였다.

대표가 종종 내게 물었다. 진 피디 대전 출신이라고 하지 않았나? 대전은 탐험 한번 안 해? 내 대답은 한결같았다. 노노. 거긴 노잼이에요. 어쩌면 그때 그 말 때문에 나는 이 도시의 정령에게 불려 와 혼쭐이 나고 있는 건지 모르겠다.

어쩌다 이렇게 된 걸까? 두 해 전 하늘나라로 간 아빠 때문일까? 한 해 전 양다리를 걸치다 도망간 전 남친 탓일까? 반년 전 대표의 꼰대질에 참지 못하고 대든 것 때문일까? 한 달 전 메인 피디의 말을 어기고 내 뜻대로 편집한 방송이 문제일까? 보름 전 숨이 막혀 졸도한 뒤 깨어나 도저히 컨디션을 회복하지 못하고 번아웃된 까닭일까?

오래전 언니가 미국으로 떠나고 이 방을 혼자 쓰게 된 날을 기억한다. 기뻐 날뛰어도 충분히 넓었던 이 방이 지금은 무척 좁다. 이 좁은 공간에서 사지를 웅크리고 궁리한 끝에 도달한 결론은,

부주의가 부른 불운이 쌓이고 쌓여 불행이 되었다는 것이다. 쉼 없이 달려온 삶의 커리어가 한 방에 무너지고 나서야 내 것이 아닌 것에 최선을 다했다는 걸 깨달았다. 내가 기획한 프로그램도 내 것이 아니었고 내가 이룬 성과도 내 것이 아니었다. 경주마처럼 달리기만 했지 내 몫을 챙기는 데 부주의했고, 영악하게, 때론 고약하게 굴면서라도 나를 지켰어야 했다.

그리하여 낙향한 나는 어릴 적 방에 누워 튀김소보로 부스러기를 입안에 털어 넣으며 후회로 점철된 인생을 복기했다. 엄마가 밥 먹으라고 소리를 지르기 전까지. 엄마가 없어도 씩씩하게 혼자 밥을 차려 먹고 분주히 집을 나서던 중학생 시절이 떠오르기 전까지.

그래, 그런 때가 있었지. 이대로 포기할 수 없다는 마음으로 나는 방바닥을 박차고 일어나며 흥얼거렸다.

마침표가 되기보단 쉼표가 되겠다고.*

---

* "I'd rather be a comma than a full stop", Coldplay, 〈Every Teardrop Is A Waterfall〉(《Mylo Xyloto》, 2011)의 가사.

2. 무엇을 할 것인가?

집을 나와 양지공원으로 향했다. 늦가을 쌀쌀한 날씨여서일까, 어느새 다다른 공원에는 강아지 산책시키는 사람 하나 없었다. 나는 정자에 올라 구도심을 관망했다. 가까운 시야에 내가 사는 빌라와 그 아랫길로 상가지구와 대전천이 보였다. 이곳 양지공원에서 대전천까지가 선화동 내 구역이자 온갖 추억이 담긴 공간이다.

정자에 앉아 찬 바람을 맞으며 생각을 가다듬어보았다.

남은 인생, 무엇을 할 것인가?

내 나이 서른, 지금 나는 인생 1막을 공치고 무대를 내려온 배우다. 남은 인생 2막은 어떤 배역으로 무대에 서야 할까? 어떻게 해야 공연료를 받는 퍼포먼스를 보여줄 수 있을까? 생계를 유지한다는 건 남의 돈을 내 돈으로 만드는 것이고, 관객이든 고용주든 누구라도 내게 돈을 내고 싶게 만들어야 한다.

푸릇푸릇한 대졸자들과 경쟁해 번듯한 회사에 취직할 자신? 전혀. 그간의 방송 피디 경력으로 프로덕션 재취업? 노노. 과중한 업무를 감당하며 애써 일한 보람조차 뺏기는 자리는 이제 사양이다. 그렇다면 창업이 답? 아이템은 짜내면 된다지만 자본금과 투자 가능성은? 모두 0에 수렴한다.

엄마는 공무원 9급을 준비하거나 시집가 전업주부나 되라고 하는데, 9급은 뭐 쉬운 줄 아나. 그리고 전업주부나 되라는 말은 그 고리타분함은 둘째 치고 현재 내가 처한 현실에서 가장 달성하기 어려운 판타지 되시겠다.

결국 닭을 튀겨야 하나? 아직 압박이 들어오진 않았지만 계속 집에 늘어져 있으면 엄마는 행동을 개시할 것이다. 먼저 알바를 자른다. 다음으로 내게 그 자리를 맡긴다. 그러면 나는 이제는 거의 찾아보기 힘든, 멸종을 앞둔 프랜차이즈 치킨집의 알바 겸 주인 딸내미로 가업을 잇게 되는 것이다. 어제도 엄마 가게에서 가져온 닭에 맥주를 먹고 이러는 게 정말 미안하지만, 나는 치킨보다는 소고기가 좋다. 돈을 벌어 온갖 종류의 소고기를 먹고 싶다. 안창살, 살치살, 부채살, 등심, 차돌박이, 갈비, 육회, 그리고 아직 먹어보지 못한 부위들…….

소고기로 입맛을 다시다 떠오른 건 아빠의 인생 2막이다. 아빠의 탄탄한 직장이었던 은행이 한순간에 부도가 난 건 1998년, 국제통화기금 즉 IMF 체제에 들어서면서였다. 평생을 은행원으로 지낼 줄 알았던, 인생 2막 무대에 설 줄 꿈에도 몰랐던 아빠는 안정적인 사업을 하려면 프랜차이즈가 최고라며 명퇴 자금으로 소갈비 프랜차이즈 식당의 점주가 되었다.

하지만 나라가 망해가는데 누가 느긋하게 소고기를 먹고 있겠냔 말이다. 아빠의 안일한, 한마디로 '무전략' 자영업 도전은 1년이 채 안 돼 폭망했다.

아빠는 포기하지 않았다. 이번엔 돼지고기 프랜차이즈였다. 실패를 교훈 삼아 시장조사를 한 뒤 프랜차이즈 삼겹살집 '돼지꿈'을 차렸다. 대한민국 사람들은 삼겹살에 소주로 힘을 내 경제발전을 이뤄왔기에, 어려운 시기일수록 이런 가게가 될 거라는 아빠의 '유전략'이 이번엔 통했다. 가게는 장사가 꽤 잘되어 늦은 밤 엄마 아빠가 돼지꿈이라도 꾼 사람들처럼 웃는 얼굴로 귀가하곤 했다.

하지만 2000년 구제역 파동으로 돼지 농가와 삼겹살집은 큰 타격을 받았고, 아빠는 이를 극복하지 못한 채 다시 한번 폐업의 아픔을 겪어야 했다.

그해 우리 가족은 서울을 떠나 대전에 정착했다. 바로 선화동 이 집이다. 한동안 끙끙 앓던 아빠는 노가다라도 하라는 엄마의 말에 버럭 신경질을 내고 집을 나가더니 몇 주 뒤에 어디서 자금을 끌어왔는지 다시 가게를 차리겠다 선언했다. 그게 지금까지 엄마가 운영하는 이 듣보잡 프랜차이즈 치킨집이다. 당시 언니가 닭집 망하면 다음엔 무슨 고기냐고 푸념을 늘어놓던 기억이 떠오른다.

다행히 새로 팔 고기를 찾을 필요는 없었다. 닭집은 꾸역꾸역 우리 가족 다섯의 생계를 해결해주었다. 역시 57년 닭띠 아빠는 닭집을 차렸어야 했다. 하지만 나는 고교 시절부터 방학 때마다 대전에 내려와 치킨 무를 그릇에 담고 생맥주를 따라야 했다. 가족 가게란 그런 것이다.

치킨집은 이제 그만. 소속감 강조하며 자기들 배만 채우는 회사도 이제 그만. 이 나이에 공부해 어디 지원하는 것도 무리. 혹여라도 남자 덕 보고 살아갈 생각도 금물.

그렇다면 내게 남은 것은 그나마 방송 프로듀서 경력과 경험이다. 자신이 좋아하는 일을 해야 오래 할 수 있고, 오래 해야 숙달되어 잘할 수 있다던 말이 떠올랐다. 그 오지 섬들과 중구난방 축제를 돌아다니면서도 흥미를 잃지 않았던 것, 나만의 기획으로 업계에 한 획을 그은 프로그램을 만들던 때의 설렘도 기억났다. 그렇다면 나는 결국 방송 일을 해야 하는 것이었다. 그런데 어떻게?

혼자.

사실 최근까지 방구석에 누워 유튜브의 바다를 유영했다. 눈알이 빠지도록 남이 띄워놓은 콘텐츠를 살피며 내 콘텐츠를 방영해야 할 곳은 이곳이라는 걸 깨달았다.

프로덕션에서 일할 땐 유튜브에 대한 경계심이 있었다. 지상파 방송에서 '마리텔'이 흥할 때도 방송인들이 유튜브 형식을 차용한다는 게 탐탁지 않았다. 지난해 먹방이 유행하고 스타 먹방러가 나올 땐 가당치 않다 콧방귀도 뀌었다. 하지만 본격적으로 유튜브를 보게 되자 먹방만큼 재밌는 게 없고 아무나 먹방러가 될 수 있는 게 아니란 것도 깨달았다. 누군가 그랬다. '유튜브는 세상에서 가장 큰 환전소'라고. 내가 가진 어떤 것이든 그곳에 내어놓고 가치를 인정받으면 돈을 받아 갈 수 있는 곳이라고.

그렇다. 나는 인생 2막을 유튜브에서 열기로 결심했다.

그러나 도무지 진도가 나가지 않았다. 혼자서 재미를 보장하는 콘텐츠를 만든다는 게 쉬운 일이 아니었다. 개그맨이나 가수처럼 퍼포먼스가 되거나 아니면 먹방이나 여행 같은 특화된 장기가 있어야 했다.

나를 돌아봤다. 172센티미터의 키에 길쭉한 팔다리, 볼록 나온 배는 전형적인 거미형 체형이었고, 지극히 평범한 외모는 나 같아도 굳이 찾아볼 생각이 들지 않을 것 같았다. 춤과 노래는 물론 그 어떤 몸 쓰는 행위도 실소를 내뱉게 하는 재주는 있지만, 이 역시 구독으로 연결될 건 아니었다. 먹방은 아무나 하는 게 아니란 걸 깨달았고 여행 역시 엄청난 도전 정신과 친화력이 필요한지라, 출장으로만 해외에 가본 내가 뛰어들기엔 무리였다.

인생 2막을 열려면 인생 1막을 복습해야 하는 것인가? 나는 그동안 과거의 추억이 좀비처럼 몰려올까 두려워 의식적으로 피했던 선화동 상가 거리로 발걸음을 옮겼다.

3. 15년 전

알바와 학점 이수에 치여 겨우 대학을 졸업했다. 경영학은 공부하면 할수록 내가 무언가 경영할 일은 없을 거라는 확신만 심어주었고, 졸업 후 좋아하는 게 뭘까 생각하다 여행사를 떠올렸다. 남들 다 가는 배낭여행이나 워킹 홀리데이 한번 못 간 나로서는 일도 하며 여행도 할 수 있는 여행사가 근사해 보였고, 우연히 '노마드 엔터웍스'라는 곳을 발견했다.

노마드 엔터웍스는 여행 관련 영상 콘텐츠 제작 회사였다. 지금 생각해보면 취업 사이트 여행사 카테고리에 잘못 걸려 있었던 건데, 나도 모르게 지원했다. '노마드의 일원으로 잦은 출장과 여행에 특화된 분을 찾습니다'라는 카피에 이끌렸다. 그것이 여행이든 출장이든 개고생이든 갑갑했던 청춘의 허파에 바람을 불어넣은 것만은 분명했다.

입사하자마자 나는 전국을 누비게 되었다. 처음 투입된 프로그램은 〈그 섬들에 가고 싶다〉였는데 정말로 서해와 남해, 동해와 제주를 오가며 한 해를 보냈다. 체력적으로 힘들었지만 삼면이 바다인 대한민국의 아름다운 섬들의 자태와 수산자원의 매력에 잔뜩 빠져들 수 있었다……는 개뿔이고, 배를 탈 때마다 토하고 섬에서 태풍을 맞을 때는 이대로 수장되는 게 아닌가 혼비백산해야 했다.

다음 일은 중견 트로트 가수를 앞세워 지역 축제를 방문하는 프로그램이었다. 섬과 섬을 떠도는 것보단 나았지만 힘들긴 매한가지였고 지역마다 특산물 축제는 왜 그리 많은지 도무지 종영될 기미가 없었다. 게다가 전자엔 자연의 혹독함에 시달렸다면 후자엔 모진 인간들에게 치여 괴로웠다. 잠적하는 호스트, 제멋대로 게스트, 말 바꾸는 축제 관계자 등 전체적으로 끔찍했다.

이 모든 걸 버티게 한 건 월급이었다. 월세와 공과금, 학자금 대출 상환의 힘이었다. 지금 생각해보면 그건 20대의 체력과 열정을 돈과 교환한 행위였다.

다행히 돈만 번 건 아니었는지 경험이 쌓이자 제작부원에서 피디로 직급이 오르게 되었다. 그리고 이제 피디가 되었으니 몸 말고 머리를 써야 하지 않겠냐며 대표가 새 아이템을 요구했고, 숙제하듯 내놓은 나의 기획안이 한 방을 터뜨리고 말았다.

도시탐험대.

지금 생각해도 어떻게 그런 기획이 내 머리에서 나왔나 의아할 따름이다. 맨날 망망대해와 로컬만 전전하다 보니 도시가 그리웠던 걸까?

기획안의 골자는 이러했다. 주접 잘 떨고 헝그리 정신 가득한 B급 연예인들을 섭외해(회사가 A급 연예인을 섭외할 파워가 없기도 했고) 매주 새로운 도시에 투입하고, 은밀한 공간에 숨긴 단서를 통해 그 도시의 매력을 탐험한다는 내용이었다.

그런데 그 기획이 진짜로 성사될 줄은 몰랐다. 그것도 톱스타 주혜성과 그의 사단이 총동원되어 종편의 프라임 타임에 편성될 줄은 몰랐다. 게다가 이 프로가 대박이 나고 이후 5년간 그 방송국의 대표 예능으로 자리 잡을 줄은 꿈에도 생각 못 했다.

〈도시탐험대〉는 노마드 엔터웍스의 대표 콘텐츠가 되었고 회사의 덩치를 불려주었다. 주혜성과 앙숙 설정으로 화면에 자주 얼굴을 비친 메인 피디는 팬덤이 생길 정도의 인기를 얻었고 대표는 만나기 힘든 사람이 되어버렸다.

나 역시 5년간 이 프로그램으로 방송 밥을 먹으며 살 수 있었다. 그러나 그게 다였다. 내부에서는 〈도시탐험대〉의 기획자가 나라는 걸 알면서도 스포트라이트는 메인 피디가, 실속은 대표가 챙겼다. 내 공로에 대한 대가는 그저 이 프로그램에서 잘리지 않는 까임 방지권을 얻은 것에 불과했고, 종국에는 그 '까방권'마저 사용 불가로 판명되었다.

상념에 빠져 걷다 보니 눈앞에 선화초등학교가 등장했다. 담장을 따라 모교를 한 바퀴 돌며 처음 대전에 왔던 때를 떠올렸다. 대전은 지역색이 강한 도시는 아니었다. 서울에서 왔다고 신기해하거나 텃세를 부리지도 않았다. 그런데 유독 나를 괴롭혔던 남자아이 하나가 기억난다. 그때도 참다 참다 결국 터졌다. 닥치는 대로 집어 던진 게 필통이었고, 코에 정통으로 맞고 세상이 떠나가라 울던 녀석을 보며 통쾌하기보다는 겁이 덜컥 났던 기억.

내가 던진 또 다른 필통은 어디로 갔을까? 누군가의 코를 맞혀 겁을 줬지만 대가는 언제나 혹독했다. 내 자구책은 정밀하지 못했고 전략적이지 못했다. 타고난 다혈질은 아빠 영향이지만 성격과 환경을 탓하기엔 이미 책임감을 가져야 할 나이였다.

예전에 누군가 내게 말했다. 사람 성격 안 바뀐다고. 하지만 성품은 만들 수 있다고. 성격을 다스려 성품을 만들면 된다고. 아저씨도 성격이 불같았는데 지금은 아주 차분하고 평온하지 않냐고.

돈 아저씨였다.

"아저씨 안 그러잖아요……. 저번에도 경찰이랑 싸웠잖아요?"

내 팩트 폭격에 돈 아저씨는 크흠, 헛기침을 하고 딴청을 피웠다.

어느새 발걸음이 빨라진 나는 선화동 사거리를 지나 집으로 가는 길로 접어들었다. 돈 아저씨가 매일 빗자루질 하던 그곳에 다다랐다. 왜 그동안 여길 와보지 않았을까? 왠지 멋쩍어진 나와 달리 갈색 벽돌 3층 건물은 무심하게 거기 서 있었다.

건물 1층 비디오 가게는 파스텔 톤으로 치장한 커피숍으로 변해 있었다. 금방이라도 돈 아저씨가 비디오가 담긴 색을 메고 가게를 나올 것만 같았다. 참 나, 과잉 영업이라고밖에 할 수 없는 비디오 배달을 하던 돈 아저씨. 아저씨가 자전거를 타고 배달하는 동안 비디오 가게를 지키던 나. 기다렸다는 듯 몰려오던 동네 아이들. 그리고 비디오 가게에서 매일 보던 영화, 만화, 로맨스 소설이 눈앞에 어른거렸다.

나는 카페로 변한 그 공간으로 진입했다.

비디오 가게 안 내 붙박이 자리는 이제 커피 제조 공간이 되어 있었다. 진열장은 바 테이블이 되어 있었고 카펫 바닥은 나무 바닥으로 변해 있었다. 하나도 안 변한 것 같으면서 모조리 바뀐 것만 같았다.

샷을 추가한 아메리카노를 들고 창가 테이블 앞 스툴에 자리 잡았다. 창밖을 보니 그 시절의 풍경이 어른거렸다. 곧 머릿속 어딘가에 놓인 블랙박스가 서서히 열렸다.

"안녕하세요. 돈키호테 비디오입니다. 빌려 가신 비디오가 연체됐어요. 언제까지 가져다주실 수 있죠? 그거 최신작이라 빨리 갖다주셔야 해요. 그러니까 저희가 비디오 배달은 되는데 수거는 불가능하다고요. 그런데 제가 누구냐고요? 저는 이 가게 매니저예요. 몇 살이냐고요? 중학생인데요, 왜요?"

맹랑하기 그지없었다. 겁나는 것도 없었고 부러운 것도 없었다. 북한이 남침하지 못하는 이유라는 '중2병' 보균자여서였을까? 노노. 그 시절엔 중2병이라는 말도 없었다. 그렇다면 돈 아저씨가 나를 믿고 가게를 맡겨줘서였을까? 어쩌면 그랬을지도 모르겠다. 정말이지 이 공간은 나만의 아지트이자 마음껏 숨 쉴 수 있는 곳이었다.

이곳에서 커피를 마시며 밖의 풍경을 바라볼 줄이야. 적적한 일요일 오후 돈 아저씨는 믹스커피를, 나는 코코아를 마시며 손님들 품평을 하던 게 어제 일인 것만 같았다. 대여료보다 연체료를 더 내던 게으른 청년도 있었고 당일 반납하면 대여료를 깎아줘야 하는 게 아니냐고 따지던 아줌마도 있었다. 가족이 똑같은 비디오를 연달아 빌려 가는 걸 보고 저 집은 사이가 안 좋은가 보다 했고, 대낮부터 로맨스 소설을 잔뜩 빌려 가던 언니는 작가 지망생이 분명하다고 추측했다.

생각해보면 돈키호테 비디오에서 보낸 시간이 대전에서 지내며 가장 즐거운 순간이 아니었나 싶다. 치킨집을 하느라 부모님은 정신이 없었고 대학생 언니는 휴학을 하고 미국 이모네로 떠났다. 오빠는 고3이라 학교와 학원에서 대부분의 시간을 보냈으니, 나라는 꼬맹이는 텅 빈 어두운 집에서 혼자 라면을 끓여 먹고 나와 이 공간으로 스며들곤 했다. 소속감이라고는 전혀 없는 외톨이의 유일한 소속처가 여기였다.

당분간 매일 이곳으로 출근하겠다 마음먹었다. 좋은 추억이 있는 공간에서 인생 2막의 대본을 짜보겠다고 결심했다.

4. 한빈과 지하실

성심당 1일 1빵 도전기: 대한민국 최고 매출 빵집이자 대전을 상징하는 성심당의 모든 빵을 먹고 또 먹습니다. 많이 먹지 않습니다. 디테일하게 먹습니다.

대전 칼국수 맛집 섭렵기: 밀가루의 도시 대전은 빵도 유명하지만 칼국수 역시 대표 음식입니다. 물총칼국수, 바지락칼국수, 비빔칼국수, 장칼국수, 들깨칼국수 등 비슷하면서 또 다른 천차만별 대전 칼국수 기행.

타슈 타고 어디까지 가보셨슈: 대전의 따릉이 '타슈'. 타슈로 갈 수 없는 대전은 없다. 타슈와 함께 매일매일 대전의 숨은 명소를 찾아갑니다.

대전 블루스-대전에서 시작하는 기차 여행: 교통의 요지 대전에서 KTX를 잡아타라. 오늘은 경부선 내일은 호남선 모레는 충북선, 하루면 전국 어디든 오케이. 기차 타고 원데이 왕복 트립이 시작된다.

하루 종일 카페에서 노트에 기획안을 끄적였다. 바짝 마른 통장 상태로 대전을 벗어난 유튜브 콘텐츠를 짜긴 어려웠다. 그래서 쥐어짤 대로 쥐어짠 게 위와 같다. '유성 온천 탐방 로드'와 '마리한화 응원 대작전'은 고민 끝에 탈락. 유성에 온천이 많아도 얼마 못가 콘텐츠가 동날 것이고, 마약 같은 한화 야구를 응원하는 건 그 자체로 스트레스가 많을 듯해 포기했다.

사흘에 한 번 성심당, 칼국수, 공유 자전거, KTX 체험을 번갈아 올리면 콘텐츠는 채워질 듯했다. 문제는 재미다. 재미와 호기심으로 '구독'과 '좋아요'를 누르게 해야 한다. 한편으로 제목도 중요하다. 그런데 제목을 뭐라고 하지? 유잼 도시 대전? 대전 대행진? 대전 탐험대?

모두 별로였다. 어쩐지 쫓겨난 내 프로그램을 자가복제 하는 심정이었다. 순간 다 지겨워진 나머지 노트에 적은 기획에 마구 줄을 그어버렸다.

결국 사람이다. 캐릭터다. 〈도시탐험대〉는 주혜성이 탐험대장이었기에 빵 터진 것이다. 유튜브도 연예인 못잖은 끼와 매력을 지닌 사람이 나와야 뜬다. 세상 평범한 내가 관심을 끌 수 있을까? 내가 뭐라고 굳이 채널을 운영해 콘텐츠 과잉 시대에 일조하는 걸까? 순식간에 몰려든 회의감에 그나마 있던 의욕조차 와르르 무너져 내렸다.

자기 콘텐츠를 갖는다는 건 자기를 믿는 것이었다. 결국 눈물이 찔끔 나려는 걸 꾹 참고 노트를 덮었다.

그때 카페 문이 열리고 남자 둘이 들어왔다. 둘은 뭐가 바쁜지 탁구공 오가듯 대화하며 테이블 자리에 앉았다. 그중 왠지 눈에 익은 남자가 카운터를 돌아보고 말했다.

"아아 두 잔요."

하이 톤의 맑은 목소리를 듣자마자 절로 몸이 움츠러졌다.

한빈이었다.

서울로 전학을 가고도 대전의 친구들과 연락을 나눌 수 있었던 건 '싸이월드' 덕분이었다. 이제는 아득한 추억이 된 싸이월드에서 서로의 이름을 발견하고는, 파도타기를 하며 온라인에서 일촌을 맺어 나갔다. 중학생이 무슨 각별한 콘텐츠가 있겠나? 일기를 쓰고 도토리를 구매해 음악을 깔고 대문을 꾸미고 가끔 디카로 찍은 사진이 생기면 프로필을 업데이트하는 게 전부였다. 그럼에도 컴퓨터 앞에 앉아 몇 시간씩 미니홈피를 꾸미곤 했다.

산초 누나 잘 지내?

한빈은 잊을 만하면 방명록에 안부를 남겼다. 댓글 창에도 남겼다. 진짜 내 안부를 묻는 건지 버릇처럼 그러는 건지는 곧 파악이 되었다.

대준이 형 잘 지내?

성민이 형 잘 지내?

새롬이 잘 지내?

녀석은 주기적으로 돌아가며 일촌 방명록에 같은 방식의 발도장을 찍고 다녔다.

방송 일에 치여 살던 어느 날 방치된 내 싸이월드에 들어갔다가 여전한 녀석의 흔적을 발견했다. 1년에 한 번씩 꼭 남겨놓은 '산초 누나 잘 지내?'에 기분이 묘해졌고, '오냐. 너는 잘 지내냐?'라고 답했더니 놀랍게도 바로 전화번호와 함께 연락 달라는 답이 달렸다.

연락해 근황을 나누다 한번 보자는 말이 나왔고, 며칠 뒤 녀석과 IFC몰의 커피숍에서 만났다. 어릴 적 모습 그대로에 키만 좀 큰 한빈을 바로 알아볼 수 있었고, 깐돌이같이 야무진 인상에 여자들 좀 꼬이겠다는 생각부터 들었다.

외주 프로덕션 피디로 일하는 내 생활에 관심을 보이던 한빈은 너는 무슨 일 하냐는 말에 누나한텐 차 못 팔겠다며 심심한 웃음을 지어 보였다.

"웃겨. 너 그럼 차 팔려고 나 만난 거야?"

"안부도 궁금했고."

"그럼 작년에 싸이월드에 글 남겼을 때도 차 팔려고?"

"아니. 그땐 보험. 변액보험 좋은 거 있었거든."

"미쳐. 너 영업하려고 사람 만나냐?"

"겸사겸사. 사람이 어디 한 가지 이유로 만나나. 누나 그런데 남자 친군 있어? 괜찮은 형 있는데."

"이젠 사람도 파는 거야?"

"내 사수인데 카 마스터야. 모닝에서부터 벤틀리까지 다 취급해. 이 바닥에서 완전 떴지."

"벤틀리 후진하다 리어카 처박는 소리 그만해라."

"아, 진짜. 누나 막말 여전하네."

"막말이 아니고 비유야. 그나저나 아저씨는 어떻게 지내셔?"

"응? 누구?"

"돈 아저씨 말이야. 너희 아빠."

사실 내가 녀석을 만난 건 아저씨의 근황이 궁금해서였다. 그렇다. 애석하게도 한빈은 돈 아저씨의 아들이다. 아저씨는 이혼 후 아들과 떨어져 지냈는데, 방학 때면 한빈이 돈키호테 비디오에 내려와 아빠와 같이 지냈고, 그때마다 우리와 어울렸던 것이다.

당시 한빈은 별로 언급하고 싶지 않다는 듯 아빠는 여전히 대전의 지하실에서 글 쓴다는 답만 남겼다. 그러고는 다시 돈 벌 궁리와 소개팅 이야기로 내 기분을 잡치게 했고, 이후로 연락을 끊었다.

나는 상체를 웅크린 채 그의 테이블을 살폈다. 녀석은 같이 온 사람과 서류를 늘어놓고 감정평가가 어떻고 채무비율이 어떻고를 떠들고 있었다. 대체 무슨 상황일까? 순간 몸이 기울어져 스툴에서 휘청했다. 어이쿠. 서둘러 균형을 잡은 나는 민망함에 자리에서 일어나 출입구로 향했다.

"산초 누나!"

나도 모르게 얼음이 되어버렸다.

"누나…… 맞지?"

한빈이 일어나는 기척에 표정을 다림질하고 고개를 돌렸다. 녀석이 테이블에서 걸어 나와 내 앞에 서더니 호들갑을 떨며 말했다.

"와, 얼마 만? 그때보다 키가 더 큰 거 같네? 173? 175?"

"그 정도 아니거든!"

"누나가 여긴 어쩐 일로? 서울 생활 정리했어?"

"너야말로 대전에 웬일인데?"

그러자 한빈은 히죽 웃은 뒤 손가락으로 마룻바닥을 가리켰다.

"지하실? 그 공간 아직 그대로야? 혹시…… 돈 아저씨도?"

"그대로지. 아빠 없는 거 빼고."

순간 온갖 상념이 머릿속에서 들끓기 시작했다. 건물 지하실은 돈 아저씨의 생활공간이었다. 우리도 종종 내려가 그곳에서 아저씨가 해주는 라볶이를 먹고 TV도 보곤 했다. 그런 곳이 그대로라면 내 추억도 봉인돼 있지 않을까?

내가 내려가 볼 수 있냐고 묻자 한빈이 비싼 척 굴었다. 원래는 오후에 서울 올라가려고 했는데, 저녁이라도 사주면 먹고 가겠다며 능청을 떨었다. 나는 네게 메뉴 선택의 자유는 없다는 조건으로 승낙했다.

카페에서 나와 지하로 향하는 계단을 내려갔다. 젖은 낙엽이 발

판처럼 깔린 입구는 대낮임에도 어둑하고 칙칙한 게 15년 전 그대로였다.

한빈이 열쇠를 꺼내 손잡이 열쇠 구멍에 넣고 힘껏 돌렸다.

"놀라지 마쇼. 산초 누나."

한빈이 문을 열고는 손님을 맞는 자세로 내게 들어오라 손짓했다.

나는 마른침을 삼키고 돈 아저씨의 거처로 진입했다.

5. 상념의 방랑자

똑같았다. 입구 신발장에 가려진 시야가 트이자마자 진갈색 소파와 낡은 식탁, 식탁 옆 싱크대가 눈에 들어왔다. 싱크대 위 수납 공간도 여전했다. 소파 반대편에는 이제 켜지기나 할까 싶은 브라운관 TV가 진열대 위에 있었고, 모서리 공간의 고동색 책장도 그대로였다. 출입문 옆에 놓인 에로이카 전축 세트와 스피커, 컬러박스 하나에 가득한 레코드판도 반가웠다.

나는 서둘러 신발을 벗고 거실 중앙으로 향했다. 장판이 말라붙었는지 걸을 때마다 버석거리는 소리가 났다.

똑같지 않았다. 다가갈수록 비디오 가게의 흔적이 속속들이 시야에 들어왔다. 여백이 많았던 책장은 가게에서 옮겨다 놓은 소설과 만화로 빼곡했다. TV 아래 진열장 역시 비디오테이프로 가득했다.

"누나, 이거."

의기양양한 한빈의 목소리에 돌아본 나는 탄성을 질렀다. 아까는 미처 보지 못했던, 한쪽 벽을 꽉 채운 그것에 눈이 번쩍 뜨였다.

흰색 바탕에 빨간색 글씨의 비디오 가게 간판이 비스듬히 기울어진 채 놓여 있었다. 나는 간판 속 일곱 글자를 나직이 읊조렸다.

돈. 키. 호. 테. 비. 디. 오.

굴림체 글자 테두리마다 새카맣게 쌓인 먼지가 일부러 만든 음영처럼 보였다. 마지막 글자 '오'의 절반은 플라스틱 커버가 뜯겨 내부 형광등이 보였는데, 금방이라도 거기서 빛이 새어 나올 것만 같았다.

돈키호테 비디오가 오래된 목소리로 나를 부르고 있었다. 왜 이제 왔냐고, 내가 여기 있는 걸 잊었냐고, 산초 없는 돈키호테가 무슨 소용이냐고 책망이라도 하는 듯했다.

어느새 바짝 다가선 나는 손으로 간판을 쓰다듬었다. 쓸리는 먼지마저 나의 손길을 기다려온 듯 애틋했다.

"여기 그대로지?"

우쭐한 표정으로 옆에 선 한빈이 물었다.

"아니."

녀석이 의아해하며 고개를 꺾었다.

"돈 아저씨가 없잖아. 대체 어디 계시는데?"

나는 똑바로 한빈을 바라보며 물었다.

"안 그래도 누나한테 연락하려고 했어. 누나는 산초잖아. 산초라면 돈키호테를 따라다녀야 하는 거 아냐? 혹시 누나한테 아빠 연락 안 왔어?"

"전혀. 그리고 그건 아들인 네가 알아야 하는 거잖아."

"아빠랑 아들이라는 본캐는 이미 깨진 지 오래야. 부캐인 돈키호테와 산초는 연결돼 있을 줄 알았지. 진짜 아무 연락 없었어?"

"쓸데없는 소리 말고, 지금부터 아는 거 말해봐. 너희 아빠, 돈 아저씨가 그동안 어떠셨는지."

"그러면 누나가 우리 아빠 찾는 거 도와줄 건가? 그럼 내 한 많은 가족사를 털어놓을 수 있지. 똑똑한 누나라면 거기서 아빠 행방을 알아낼 수도 있을 것 같은데."

왠지 꾐에 넘어가는 듯해 나는 대답하지 않았다. 그때 녀석의 휴대폰이 울렸다. 전화를 받은 한빈은 기다리라는 말을 남기고 지하실을 나갔다.

곧 정적이 공간을 감쌌고 묘한 흥분이 나를 에워쌌다.

책장으로 향했다. 아저씨가 남긴 책들을 보았다. 얼마나 많이 대여했는지 모를 로맨스 소설과 무협지, 판타지 소설 시리즈가 몇 권씩 이가 빠진 채 꽂혀 있었다. 그리고 베스트셀러들. 책장을 펼치자마자 보풀이 흩날릴 것만 같은 『퇴마록』, 『언플러그드 보이』, 『다빈치 코드』, 『아침형 인간』, 『가시고기』, 『그놈은 멋있었다』 등등.

몸을 숙여 진열장 안 비디오테이프를 살피니 정신이 다 혼미해졌다. 아저씨와 함께 본 영화, 라만차 클럽이 같이 본 영화, 가게

봐준 대가라며 공짜로 빌려준 영화, 그리고…… 진짜 좋은 영환데 솔이는 아직 어려 안 된다던, 대학 가면 꼭 보라던 영화들이 눈에 들어왔다.

진열장을 뒤로하고 전축으로 향했다. 새카만 에로이카 전축 세트는 돈 아저씨가 특별히 아끼던 물건이었다. 턴테이블 안에는 레코드판 하나가 들어 있었다. 고개를 숙여 타이틀을 확인하자 왠지 모를 안도감이 들었다. 그 노래가 거기 있었다. 전원을 올리자 전축의 이곳저곳에서 작은 불빛이 반짝였다.

톤암을 옮겨 바늘이 있는 카트리지를 조심스레 첫 번째 트랙 위에 올려놓았다. 지직거리는, 듣기 나쁘지 않은 잡음이 흘러나왔다. 잠시 후 레코드판으로부터 은은한 기타 연주가 흐르기 시작했고 두 남자의 목소리가 부드럽게 말을 걸어왔다.

이 세상에 기쁜 꿈 있으니 가득한 사랑의 눈을 내리고
우리 사랑에 노래 있다면 아름다운 생 찾으리다.

이 세상에 슬픈 꿈 있으니 외로운 마음의 비를 적시고
우리 그리움에 날개 있다면 상념의 방랑자 되리다.

이 내 마음 다하도록 사랑한다면 슬픔과 이별뿐이네
이 내 온정 다하도록 사랑한다면 진실과 믿음뿐이네

내가 말 없는 방랑자라면 이 세상에 돌이 되겠소
내가 님 찾는 떠돌이라면 이 세상 끝까지 가겠소*

노래는 타임머신처럼 이곳을 그 시절 비디오 가게로 돌려놓고 있었다. 아저씨가 즐겨 듣던 이 노래를 따라 부르던 그때처럼, 어느새 나는 가사를 음미하고 있었다.

그때는 아무것도 모르고 불렀던 노래의 가사가 이렇게 곱씹을 만큼 아름다운지 이제야 깨달았다. 후렴부의 경쾌한 선율과 힘찬 클라이맥스가 이어지자 내 심장도 뜨겁게 뛰는 게 느껴졌다.

어쩌면 아저씨가 되고 싶었던 건 방랑자가 아니었을까? 돈키호테처럼 '상념의 방랑자'가 되어 세상의 정의를 목청껏 노래하고 싶었던 게 아닐까? 하지만 우리 곁에서 사라진 '말 없는 방랑자'가 되어 어딘가에서 돌처럼 굳어버린 건 아닐까?

노래가 끝났다. 돈 아저씨가 몹시 보고 싶어졌다.

---

* 김학래 작사·작곡, 김학래·임철우 노래, 〈내가〉, 《70년대 대학가요제 총결산》, 1980, Side B 1번 트랙.

6. 컴컴한 추억의 영역

"그러니까 아빠를 찾아야 거길 제값 받고 나갈 수 있다고오!"

진로집에서 두부두루치기의 벌건 국물에 칼국수 사리를 섞으며 한빈이 외쳤다. 그러고 나서 양념이 밴 사리를 접시에 받쳐 후루룩 삼켰다.

"아. 이게 왜 이렇게 먹고 싶었나 몰라. 어릴 적에 아빠랑 그 철물점 할아버지는 막걸리에 두부두루치기 먹고 나는 여기 칼국수 비벼 먹었거든."

"로시난테 할아버지야. 철물점 아니고 자전거포고."

"그랬나? 누난 기억 완전 쩐다. 근데 우리 아빠 어떻게 찾아야 할까? 아이디어 좀 없을까?"

한빈이 답답하다는 표정으로 소주잔을 비웠다. 나는 막걸리를 한 모금 마시고 조금 전 녀석이 털어놓은 이야기를 곱씹어보았다.

2010년경 돈키호테 비디오는 장사를 접고 가게를 비웠다. 비디오와 DVD 대여는 이미 유명무실해졌고 일반 도서와 만화책 대여로 간신히 유지하던 가게가 결국 수명을 다한 것이었다. 다행히 건물주 할머니가 지하의 돈 아저씨 거처는 계속 유지하게 해줬고, 그래서 가게 물건 일부를 그곳으로 옮길 수 있었다. 이후 아저씨는 지하에서 계속 지냈는데, 3년 전 갑자기 종적을 감췄다고 했다.

올여름 건물주 할머니가 돌아가시고 건물을 물려받게 된 손자는 돈 아저씨와 연락이 닿지 않자 아들 한빈을 불렀고, 지하실 열쇠를 주며 짐을 다 빼라고 했다는 것. 그런데 한빈은 짐을 정리하다 서랍 속에서 돈 아저씨와 건물주 할머니 간의 계약서를 발견했다. 먹지에 손 글씨로 꾹꾹 눌러쓴 계약서에는, 지하실 공간을 무상으로 영구히 돈 아저씨에게 제공한다는 내용이 적혀 있었고 도장도 찍혀 있었다.

한빈은 새 건물주에게 계약서를 들이밀었고, 지하실에서 나가게 하려면 계약 해지 보상금을 내놓으라고 되받았다. 건물주로서는 예상치 못한 암초를 만난 셈이었다. 하여 현재 한빈을 구슬리는 중이라고 했다. 낮에 카페에서 만난 감정평가사를 통해 한빈은 건물 가치를 확인했고, 보상금을 받기 위해 알 박기할 거라고 했다. 한편 협상 뒤엔 지하실을 비워줘야 하니, 얼른 아빠를 찾아야 한다고 했다. 아빠에게는 아빠의 소중한 물건을 돌려주고 자기는 보상금으로 사업을 벌일 거라고 했다.

그런데 건물주 할머니는 왜 돈 아저씨에게 무상의 영구 임대 계약서를 써준 것일까? 건물주의 손자는 돈 아저씨 연락처는 모르면서 어떻게 한빈의 연락처는 알고 있었던 걸까?

"나보고 양아치냐 그러더라고."

"성민 오빠가?"

"어. 그 재수탱이가. 이젠 연락도 부동산 통해서만 한다니까. 아니 지가 직접 전화해 만나자고 하고, 소주 한잔하며 양해를 구하면 내가 사정 봐줘 안 봐줘."

"안 봐줄 거 같은데."

"안 봐주긴 하지. 그래도 이렇게 대치 상황까지 가진 않지. 아무튼 사회생활 참 못해."

그렇다. 건물주 할머니의 손자는 성민 오빠다. 돈키호테 비디오에서 함께 영화를 보며 눈길을 나누던 '라만차 클럽'의 리더.

그리고 빌어먹을 내 첫사랑.

라만차 클럽은 돈키호테 비디오 내 사조직이었다. 우리는 '아미고'*란 명칭으로 서로를 불렀다. 성민이 중3으로 리더였고 나와 대준이 중2, 한빈과 새롬이 중1이었다. 주요 멤버는 이렇고 여기에 들고 나는 몇이 더 있었다. 공부에 치이고 사춘기에 몸부림칠 나이에도 우리는 곧잘 뭉쳤다. 그 중심엔 돈 아저씨가 있었다. '라만차 클럽'과 '아미고'라는 명칭 역시 아저씨가 지어준 것이었다.

---

* amigo: 스페인어로 '친구'라는 뜻.

지금 내 눈앞에는 라만차 클럽의 아미고였던 인간이 벽에 머리를 기댄 채 코를 골고 있다. 녀석의 잠든 얼굴 뒤로 돈 아저씨가 뭉게뭉게 얼굴을 비쳤다.

돈 아저씨. 스스로를 한국의 돈키호테라고 부르며 이루지 못할 꿈을 꾸느라 늘 바쁘다던, 실제로 비디오 가게에는 안 붙어 있고 선화동과 대흥동 일대를 쏘다니기 바빴던 동네 보안관. 보안관이라면서 권위도 없고 싸움도 못해 자주 경찰서와 병원 신세를 지던, 풍차로 돌진하는 책 속 모습 그대로의 그 아저씨.

왼손에 든 휴대폰 플래시로 철제 출입문 손잡이를 비췄다. 오른손으로 제법 큼직한 열쇠를 열쇠 구멍에 넣고 돌렸으나 빡빡한지 돌아가지 않았다. 한빈은 내게 이 열쇠를 건네고 대전역으로 갔다. 지하실에서 아빠의 행방을 알아낼 단서를 찾아달라는 말을 남기고. 나는 다시 한번 힘주어 열쇠를 돌렸다. 그제야 묵직한 압박과 함께 열쇠가 돌아갔다.

전자 키도 없는 곳에 스마트 전등이 있을 리 없다. 먼저 현관 등을 찾아 켜야 했고, 다음에 거실 불을 켰다. 노쇠한 형광등은 네 개 중 둘만이 생존을 신고했다. 어둠에 더해 밤의 추위가 웅크린 실내는 음산한 기운마저 감돌았다.

왜 이곳에 다시 왔을까? 돈 아저씨의 행방에 대한 단서를 찾겠다고 열쇠를 받았지만, 이 밤에 한바탕 수색을 할 건 아니지 않나? 그렇다면 왜?

사실 촬영 각을 재러 왔다. 나만의 스튜디오. 그러니까 이곳에서 유튜브를 촬영할 것이다. 채널명은…….

나는 간판 가장자리에 말린 전원선을 집어 들었다. 주위를 살피니 냉장고 옆으로 멀티탭이 보였다. 멀티탭에 전원을 연결하자 간판 조명이 켜졌다. 나는 거실 등을 껐다. 어둠 속에서 빛을 발하는 일곱 글자의 존재감을 확인했다.

돈키호테 비디오.

나의 유튜브 채널명이 탄생했다.

짧지만 뜨거웠던 프로듀서 경력으로 내가 깨달은 건 결국 방송 콘텐츠란 특별한 사람들을 찾아 전시하고 그에 대해 떠드는 것이다. 돈 아저씨를 찾는 과정은 그 자체로 훌륭한 콘텐츠가 될 것이다. 적어도 아저씨를 찾는 데 도움이 될 것이고 그것은 한빈과 성민에게도 필요한 일이다. 그리고 자기를 찾는 이야기를 유튜브로 방송할 거라는 걸 알게 되면 돈 아저씨가 어떤 반응을 보일지는 짐작하고도 남았다.

"야, 그것 참 재미있겠구나! 솔아."

7. 셀프 고용

다음 날, 오전부터 부산을 떨며 나갈 준비를 하니 엄마가 눈이 똥그래져 따라왔다. 현관에서 컨버스 단화를 신는 내 팔을 잡고 얼굴을 들이밀며 물었다.

"연애하니?"

"엄마 그게 무슨 개 풀 뜯는 소리야?"

"아니…… 어제도 늦게 취해 오고 오늘도 바지런히 꾸미고 나가고……."

"나 오늘부터 출근해. 빠짝 일하고 올 테니 저녁 먼저 드세요."

그러자 엄마의 따발총 같은 질문 세례가 날아와 온몸에 꽂혔다.

알바야, 정규직이야? 월급은 얼마야? 혹시 이상한 데면 엄마 쓰러진다. 그러니 지금 똑똑히 말해. 거기 뭐 하는 데니? 또 그 망할 방송 일 하는 거 아니지?

이건 뭐 질문을 하는 건지 취조를 하는 건지 대답하기도 전에 질러버렸다. 나는 양손을 들어 대형 엑스 자를 만들어 보였다. 엄마는 입을 닫는 대신 눈을 흘겼다.

"내가 날 고용했어. 그러니 월급도 정규직 여부도 상관없고 이상한 데도 아냐."

"뭐가 안 이상해? 자기가 자길 고용한 것부터가 말이 안 되잖아."

"하긴 엄마 딸이 좀 이상한 사람이긴 하죠. 그런데 그 이상한 고용주가 나니까 괜찮아. 갑질을 해도 내가 나한테 하고 임금 체불을 해도 내가 나한테 안 주는 거니까. 됐죠?"

따발총은 엄마만 쏠 수 있는 게 아니다. 나는 그렇게 쏟아붓고 발가락만 쑤셔 넣은 단화를 질질 끌고 집을 나섰다.

출근이다. 나만의 스튜디오로. 집에서 5분 거리에 업무 공간이 있다니 정말 만족스러웠다. 동네 골목길을 지나자마자 저만치에 파스텔 톤 카페가 보였다. 어제 본 똑단발 알바가 야외 테이블을 세팅하고 있었다. 나는 카페에 들어가 라테 한 잔을 주문했다.

잠시 뒤 테이크아웃 컵을 들고 카페를 나와 입구 옆 계단으로 내려갔다. 싸구려 라테지만 스타벅스 커피를 손에 쥔 채 청담동 스튜디오로 출근하는 기분이었다. 나는 어젯밤 경험을 교훈 삼아 바짝 힘을 주어 문을 열었다.

오. 마이. 스튜디오.

돈 아저씨의 책상 앞에 앉으니 감회가 새로웠다. 아저씨는 가게 카운터로 쓰이던 이 연갈색 나무 책상에서 매일 두껍고 큰 책의 내용을 옮겨 적었다. 처음엔 그 책이 큰 글자 성경인 줄 알았는데, 나중에 보니 스페인 소설 『돈키호테』였다. 돈키호테라고 하면 풍차로 돌진하는 미치광이 늙은 기사로만 알던 나는 실제 책을 보고 놀라지 않을 수 없었다.

"그걸 언제 다 베껴요?"

"필사를 하는 거란다."

"그러니까 왜 필사하는 거예요?"

"그건 말이다. 음…… 돈키호테의 정신을 배우기 위해서지. 그리고 대한민국에 그 누구도 『돈키호테』를 필사한 사람은 없을 거야. 그러니까 이건 한국어로 된 최초의 『돈키호테』 필사본이지."

"하지만 그걸 누가 알아줘요? 스페인 사람들이 알아주려 해도 한국어로 된 거면 알아볼 수도 없지 않나요?"

"누가 알아준다고 모험을 떠나는 건 아니란다. 나만의 길을 가는 데 남의 시선 따윈 중요치 않아. 안 그러니 솔아?"

"알겠어요. 어서 필사본 완성하세요. 파이팅!"

"그래, 고맙다. 근데 『돈키호테』는 2권까지 있어. 이거 한 권 마친 다음에 2권도 필사해야 완성이야."

"헐. 그것도 이것만큼 두꺼워요?"

"그건…… 이것보다 더 두껍지. 하하. 하하하."

아저씨의 책상 앞에 앉아 노트북을 열었다. 와이파이를 탐색하니 다행히 1층 카페의 상호가 떴다. 조금 전 카페에서 눈여겨봐둔 와이파이 비번을 잽싸게 입력했다. 오케이. 접속 완료. 라테 한 잔 값으로 인터넷 해결.

본격적으로 업무에 들어갔다. 먼저 온라인 쇼핑몰을 열어 필요한 것들을 구매했다. 스마트폰을 노트북 옆에 내려놓으며 외쳤다. “카메라”. 뒤이어 스마트폰 촬영에 필요한 미니 삼각대, 거치대, LED 조명과 샷건 마이크를 찾아 주문했다. 짐벌이나 고프로는 야외 촬영 때나 필요하니 일단 패스. 마지막으로 회사에서 쓰던 동영상 편집 프로그램을 구매하자니 속이 쓰렸고, 대신 스마트폰 무료 동영상 편집 앱을 다운받았다. 이 정도면 촬영과 편집을 시작할 수 있겠다 싶었다.

다음으로 유튜브 채널 개설. 나는 유튜브에서 ‘유튜브 채널 만들기 영상’을 찾아보았다. 실로 간단했다. 먼저 구글 계정으로 로그인했다. 사용자 페이지에 들어가니 프로필 사진이 필요해 휴대폰으로 돈키호테 비디오 간판을 찍었다. 적당히 때 묻은, 간판 끝이 부서져 형광등이 노출된 것마저 그럴듯해 보였다. 됐다. 다음은 채널 소개 글을 채울 차례였다.

이제는 사라진 우리 마음속 비디오 가게 돈키호테 비디오!
그 시절 당신이 사랑한 영화와 만화, 소설을 대여해드립니다.

채널 소개 글을 마치고 뒤이은 일들을 처리하다 보니 배가 고파

왔다. 오랜만에 맞이하는 직딩의 점심시간이 반가웠다. 그런데 무얼 먹지? 역시 칼국수지.

신도칼국수에서 점심을 먹고, 오는 길에 NC백화점에 들러 청소 도구와 사무용품을 샀다. 오후 내내 스튜디오를 쓸고 닦으며 50리터 쓰레기봉투를 가득 채웠다. 벌써 겨울이 오려는지 여섯 시도 안 된 반지하 스튜디오가 어둑어둑했다. 나는 고무장갑을 벗고 한숨을 쉬었다. 아직 청소도 못 끝냈는데 대체 콘텐츠는 언제 만들지?

나는 내게 야근을 지시했다.

청소의 막바지, 구석의 비키니 옷장 안에서 기내용 트렁크 하나를 발견했다. 뭐지? 궁금증과 두려움이 동시에 몰려왔지만 곧 마음을 다잡고 트렁크를 열어본 나는 낮은 탄성을 뱉어내야 했다.

트렁크 안에는 낡은 대학노트 수십 권이 들어 있었는데, 나는 펼쳐보지 않고도 그것이 무엇인지 즉시 깨달았다. 노트 더미 아래에 마치 주춧돌처럼 자리한 두툼한 책 두 권 때문이었다. 바닥에 깔린 책은 『돈키호테』 1권과 2권이었다.

노트를 펼쳐보고는 어쩔 수 없이 입이 벌어졌고 가슴이 뻐근해졌다. 특유의 약간 기울어진 아저씨의 글씨체로 『돈키호테』의 필사가 빼곡히 채워져 있었다. 글자 하나하나가 마치 갑옷을 입은 기사단의 모양새로 오와 열을 맞춰 노트 안에서 행진하고 있었다. 페이지를 넘길 때마다 나는 경탄을 금치 못했다. 서둘러 모든 대학노트의 마지막 페이지를 확인했다.

거기에 끝이 있었다. 마지막 필사본 대학노트는 『돈키호테』의 마지막 페이지까지 도달해 있었다. 한국어판 필사본을 가지고 스페인에 간다던 돈 아저씨의 꿈, 그 꿈이 여기에 담겨 있었다. 아저씨의 분신과도 같은 필사본 노트를 한 장 한 장 넘겨 보자니 더욱 아저씨가 그리워졌다.

대체 아저씨는 이 꿈의 흔적들을 두고 어디로 간 걸까? 더 이상 지체할 수 없었다. 나의 유튜브 채널 '돈키호테 비디오'는 돈 아저씨를 찾는 공개 방송이 될 것이다.

8. 찐산초

올라*! 아미고스**. 안녕하세요. '채널 돈키호테 비디오'를 찾아와주신 여러분 모두 반갑습니다. 돈키호테 비디오에서는 모두가 친구, 아미고입니다! 그럼 저는 누굴까요? 돈키호테? 아닙니다. 아쉽게도 저는 돈키호테를 보좌하는 산초입니다. 산초치고 너무 키가 크고 여자여서 안 어울린다고요? 여러분 상상력을 발휘해 보세요. 21세기 대한민국의 산초는 오직 저, 바로 저, '찐산초'밖에 없습니다. 저는 채널 돈키호테 비디오의 주인장 찐산초입니다. 반갑습니다. 엔깐따다***!

---

* Hola: 스페인어로 '안녕'이라는 뜻.

** amigos: 스페인어로 '친구들'이라는 뜻.

*** Encantada: 스페인어로 '만나서 반갑습니다'라는 뜻.

왜 찐산초냐, 살찐 산초? 절대 아닙니다. 찐산초는 제 성이 진씨여서이기도 하고 '진짜 산초'라는 뜻이기도 합니다. 앞으로 찐산초와 함께 『돈키호테』와 돈키호테 비디오의 세계로 모험을 떠나보도록 해요.

자, 먼저 이 간판을 보니 무엇이 떠오르나요? 바로 비디오 가게 간판입니다. 이제는 사라진 멸종동물 같은 비디오 가게. 흥미진진한 영화가 담긴 비디오는 물론이고 로맨스 소설과 만화책, 무협지도 대여해주던 그 가게의 간판입니다. 제가 사는 곳은 대전. 대전에서도 선화동. 이 선화동에서 오랫동안 운영되던 비디오 가게가 바로 이 돈키호테 비디오였습니다.

물론 비디오의 몰락과 함께 이 가게도 문을 닫게 되었죠. 찐산초는 가게의 전성기인 2003년과 2004년에 이 동네에서 중학생 시절을 보낸 사람입니다. 호환 마마보다 무섭다는 중2병이 휘몰아치던 질풍노도의 시기에 이 공간에서 문화생활을 즐기는 청소년으로 성장한 추억이 있습니다.

아, 그런데 시간이 벌써 얼마나 흐른 겁니까? 중학생이던 제가 이제 두 배의 시간이 지나고, 서른 살이 되어 고향에 돌아와 보니, 이 돈키호테 비디오가 여전히 남아 있는 게 아닙니까? 같은 건물 1층에서 지하로 옮겨지긴 했지만 간판까지 그대로 있는 이 비디오 가게를 보고 저는 여기서 여러분과 이야기를 나누어보겠다 마음먹게 되었습니다.

그런데 돈키호테 비디오의 주인인 돈키호테는 어디 가고 찐산초만 남았을까요? 이 가게를 운영하며 저를 비롯한 선화동의 소년 소녀들에게 '돈 아저씨'라 불렸던 그분은 과연 어디로 가신 걸까요? 저 역시 궁금합니다. 그래서 찐산초의 방송은 돈 아저씨에게 바치는 헌사이자 그를 찾아 떠나는 모험입니다.

일주일에 두 번 업로드하는 콘텐츠의 전반부에는 돈 아저씨와 그 시절 나눴던 영화와 책을 리뷰하는 시간을 가질 계획입니다. 후반부에는 인류의 고전이자 우리 채널의 간판인 소설 『돈키호테』 속 명장면을 엄선해 낭독하겠습니다.

여러분 이걸 한번 보세요. 아저씨는 안 계시지만 여기 그가 남긴 트렁크가 있습니다. 이 트렁크를 열어 보니, 이게 다 뭡니까? 돈 아저씨의 『돈키호테』 필사 노트입니다.

이 낡은 대학노트가 마흔 권이 넘습니다. 고전은 시대를 초월해 우리에게 삶의 지혜를 전해줍니다. 제가 중2 때는 관심도 없었던, 성인이 되고도 엄두를 못 냈던 이 책을, 유튜브 방송을 하기 위해 드디어 아저씨의 필사본으로 읽는 중입니다.

깜짝 놀랐습니다. 『돈키호테』에는 교훈만 있지 않았어요. 정말 지리게, 오지게 재밌습니다. 괜히 세계 최초의 근대소설이자 문학사를 대표하는 걸작이 아닙니다. 그거 아세요? 『돈키호테』가 2002년 노벨연구소 주최, 전 세계 유명 작가 100인이 뽑은 최고의 책 1위를 차지했고요, 투표한 작가 중 50퍼센트 이상이 이 책에 표를 던졌다는 거? 이뿐만이 아니죠. 현재까지 5억 부 넘게 팔린, 역사상 가장 많이 팔린 책 중 하나이며 성경에 이어 세계에서 두 번째로 많이 번역된 책이기도 합니다.

스페인의 중남부 지방 라만차에서 이야기는 시작됩니다. 이곳에는 기사도 소설만 하도 읽어 망상에 빠진 알론소 키하노라는 시골 지주가 있습니다. 그는 자신을 진짜 기사라 여기고 부패한 세상을 바로잡겠다며 '돈키호테'라는 부캐를 만들어냅니다. 그런데 부캐는 곧 본캐가 됩니다. 그는 기사라면 응당 충성을 바쳐야 할 공주가 필요하니 가상의 공주 '둘시네아'를 설정하고, 자신을 보좌할 종으로 동네 주민 '산초 판사'를 고용합니다. 아, 법원에 계시는 판사 아니고요, 이름이 그냥 판사입니다. 농부예요. 이제 돈키호테와 산초 판사는 세상의 악과 맞서기 위해 모험을 떠나죠. 그때 이런 돈키호테를 작가 세르반테스는 이웃 이발사의 입을 통해 이렇게 소개합니다.

> "누구겠나?" 이발사가 대답했다. "모욕을 물리치고 뒤틀린 것을 바로잡으며 아가씨들을 보호하고 거인들을 놀라게 하며 싸움에서 승리하시는 그 유명한 돈키호테 데 라만차 님이시지."*

돈키호테와 산초는 그리하여 모험을 떠납니다. 그리고 길고 긴 이야기가 시작됩니다. 아미고 여러분, 누구나 마음속에 돈키호테 하나씩은 있잖아요! 그러니 여러분도 저의 모험에 함께 동행해주

* 미겔 데 세르반테스 사아베드라, 『돈키호테 1』, 안영옥 옮김, 열린책들, 2014, 765쪽.

세요. 이상 오늘의 돈키호테 비디오, 찐산초였습니다. 아스따 루
에고*!

* Hasta luego: 스페인어로 '다음에 만나요'라는 뜻.

9. 초보 유튜버의 기대와 불안

일주일에 두 번 콘텐츠를 올리는 것은 상상외로 품이 많이 드는 일이었다. 대본도 직접 작성해야 했고 『돈키호테』 낭독분도 미리 영상으로 찍어두어야 했다. '오늘의 대여작'으로 선정한 영화와 책의 줄거리도 흥미롭게 요약해두어야 했다. 그런데 이건 준비작업일 뿐이고 실제 촬영도 고역이었다. 일단 끼도 없으면서 카메라 앞에서 혼자 원맨쇼를 하는 게 영 어색한 일이었다. 촬영을 마치고 나서 영상을 이어 붙이고 자막을 입히는 후반 작업도 문제였다. 매끄럽게 편집하고 센스 넘치는 자막이라도 앉히려 애쓰다 보니 시간을 엄청 잡아먹었다.

퇴근하고 돌아온 식탁에서 엄마는 언제부터 가게에서 일할 거냐 물어왔다. 내가 딴청을 피우자 엄마는 지금 네 일이 뭔지는 모르겠지만 당장 월급이 없다니 계속 공짜로 먹여주고 재워줄 순 없다며, 조만간 담판을 짓자는 말을 남기고 방으로 들어갔다. 나는 수저를 내려놓았다.

젠장. 나도 내 가게를 운영해야 한다고요, 라고 말하고 싶었지만 엄마에게 유튜버가 되었다는 말은 꺼낼 수 없었다. 엄마가 혹시라도 유튜브를 찾아볼까 봐 신경이 쓰였다.

채널 돈키호테 비디오가 열린 지 일주일이 됐지만 현재까지 구독자는 31명에 불과했다. 간간이 달리는 '흥미롭네요' '추억 돋네요' 같은 댓글에도 정성껏 답을 달아줬고 '쉰내 나네요' '언제 적 비디오 가게인지'에도 열심히 하겠다는 댓글을 달았다.

유튜브 세상 속 나의 작은 비디오 가게는 수익 창출과는 거리가 멀었다. 이러다가는 엄마의 치킨집에 감금될 것이다.

조급해진 나는 마지막 동아줄이라도 잡는 심정으로 카톡 창을 열고 단체 톡을 보냈다. 공개해도 될 만한 지인들에게 '초보 유튜버 잘 부탁드립니다'라는 멘트와 함께 유튜브 링크를 보냈다. 나만의 비밀 채널로 만들고 싶다는 생각은 오만이었다. 가게를 차려놓고 지인 오픈발을 포기한다? 그게 말이 되는가? 역시 주변의 도움이 절실했다.

곧바로 답 톡이 오기 시작했다. '축하한다' '대단하다' '구독 좋아요 눌렀어' '신기하다' '댓글 남겼어' 등 반응이 몰려들었다. 뿌듯했다.

그때 또 톡이 울려 화들짝 놀라 확인하니 한빈이었다.

—이게 다 뭐야? 누나 이거 다 뭐 하는 건데?

오 마이 갓. 한빈에게는 당분간 알릴 생각이 없었는데 지인 발송 목록에 실수로 녀석을 포함시켰던 것이다. 답을 쓰려는데 바로 녀석으로부터 전화가 걸려왔다.

"아주 살림을 차리시지."

"그냥 가게만 차렸어. 비디오 가게."

"이야, 이거 내가 참 순진했네. 아빠 찾아준다는 말에 덜컥 열쇠를 맡기다니. 누나한테 이렇게 속을 줄이야. 참 나."

"야! 내가 속일 거면 너한테 이 링크를 보냈겠냐? 어때? 괜찮아?"

"갑자기 거기서 유튜브를 하면 어떡해? 이거 사용료, 아니 월세 내야 하는 거야. 가게라면 월세 내야지. 근데 그거 해서 돈이나 되겠어?"

한빈의 돈이나 되겠어, 라는 말에 가슴속 불이 확 타올랐다. 돈 안 되면 못 하냐? 그러는 너는 얼마나 번다고……. 맨날 이것저것 팔기나 하고……. 엇! 순간 녀석에게 할 말이 떠올랐다.

"돈 되지. 네가 좀만 도우면."

"내가 그걸 어떻게 도와? 혹시 출연 요청이면 사양이야. 나 얼굴값 비싸."

"너 뭐든 잘 팔잖아. 인맥도 넓고. 주소록에 한 천 명? 걔들한테 이 링크를 보내. 친한 누나가 하는 유튜브라고. 다들 구독과 좋아요 누르라고. 오케이?"

"허. 으허. 허허으허허."

기가 찬다는 듯 녀석이 계속 웃음만 흘렸다.

한빈은 조만간 대전에 가 담판을 짓겠다는 말을 남기고 전화를 끊었다. 엄마도 한빈도 담판을 참 좋아하는 것 같다. 담판, 좋지. 오히려 승부욕이 일었다. 나는 그들의 압박을 건강한 자극제로 삼아 유튜버로 성장하는 길을 모색하겠다 다짐했다.

10. "네 잘못이 아니야."

수학계 노벨상이라는 필즈상 수상자인 MIT의 램보 교수는 대학원 복도에 엄청난 공개 수학 문제를 냅니다. 한번 풀어보라 이거죠. 누구도 그 문제를 풀지 못했는데 어느 날 밤새 답이 남겨져 있었고, 교수는 수업 시간에 이 문제를 푼 학생을 찾지만 아무도 나오지 않습니다. 이에 교수는 의아해하며 더 난해한 수학 문제를 복도에 적습니다. 이번에도 그 누군가가 풀 것을 기대하면서 말이죠. 하지만 며칠이 지나도 아무도 풀지 못합니다.

그러던 어느 날 밤 램보 교수는 퇴근하던 중 한 젊은 청소부가 복도의 공개 수학 문제에 낙서하는 걸 보고 혼쭐을 내려고 다가가죠. 그런데 도망친 청소부가 남긴 건 낙서가 아니라 바로 그 수학 문제의 해답이었습니다.

MIT 학생 누구도 못 푸는 수학 문제를 청소부가 풀었다고? 도대체 이 청소부 정체가 뭐야? 램보 교수는 자신도 어렵게 풀어낸 그 수식을 간단히 해결한 청소부를 수소문해 찾아 나서고…… 그가 집단 패싸움과 경찰 폭행 건으로 조만간 법정에 선다는 사실을 알게 됩니다. 법정으로 찾아간 램보 교수는 청소부가 해박한 법 지식과 논리로 스스로를 변호하는 모습에 다시 한번 놀라게 됩니다. 하지만 판사는 이런 식으로 법망을 빠져나간 전력을 들며 청소부에게 실형을 내립니다.

뭐죠? 이 인간? 회귀물에 나오는 천재인가요? 여러분이 램보 교수라면 어떻게 하겠습니까? 이 수학 천재, 아니 엄청난 괴물 같은 두뇌의 소유자를 경찰 폭행범이자 부랑아라 여기고 포기하겠습니까? 아니면 어떤 식으로든 청소부를 구해 그의 재능을 세상과 나누려고 노력하겠습니까?

궁금하시다면 이 영화를 대여해 보길 바랍니다. 〈굿 윌 헌팅〉. 지금 제가 들고 있는 이 비디오 커버 속 영화입니다. 꺼내볼까요? 한국에는 1998년 출시되었고 15세 관람가네요. 그래서 제가 중2 때 이 영화를 볼 수 있었습니다. 극장에서요? 아니요. 바로 이 돈키호테 비디오에서 단관을 했지요. 누구와? 돈 아저씨와 라만차 클럽과 함께요. 당시 제가 보기에 아저씨는 모르는 영화가 없었고 영화와 관련되어 모르는 얘기도 없었어요.

이 영화의 주인공인 로빈 윌리엄스를 아저씨는 자기 인생 최고의 배우라고 언제나 말씀하셨죠. 그리고 놀랍게도 청소부 역의 젊은 꽃미남 배우가, 지금은 적당히 후덕해진 맷 데이먼이란 거 아셨나요? 그리고 맷 데이먼의 절친으로 나오는 청년이 배트맨 벤 애플렉인 것도 놀랍고요. 가장 놀라운 건 이 작품의 시나리오를 친구 사이인 맷 데이먼과 벤 애플렉이 같이 썼고, 아카데미 각본상까지 받았다는 사실입니다. 오. 맷 데이먼은 진짜로 영화 속 청소부처럼 천재적인 두뇌의 소유자였던 것입니다.

그럼 영화 제목 〈굿 윌 헌팅〉은 무슨 뜻일까요? 영화 속 맷 데이먼이 맡은 배역인 청소부의 이름이 '윌 헌팅'이지요. 까칠하고 냉소적이고 어린 시절 상처로 인해 사람들에게 함부로 구는 천재 청년 윌 헌팅. 어딘가 망가진 그가 '굿good'해지는, 그러니까 괜찮아지는 이야기. 그래서 '좋은 윌 헌팅'이란 제목이라는 겁니다. 이 역시 돈 아저씨가 알려줬어요.

영화 〈굿 윌 헌팅〉은 할리우드 대배우가 된 맷 데이먼과 벤 애플렉의 화려한 데뷔작이기도 하지만, 이제는 세상에 없는 명배우 로빈 윌리엄스의 멋진 연기가 담긴 작품이기도 합니다.

"낫 유어 폴트Not your fault."

네 잘못이 아니야. 내면의 상처로 세상과 단절된 윌 헌팅의 마음을 세심히 어루만지고 때로는 과격하게 몰아붙여, 그가 진짜 인생을 향해 나아갈 수 있게 해주는 심리학자 역의 로빈 윌리엄스의 명대사지요.

돈 아저씨가 생각납니다. 아저씨가 우리에게 이 영화를 보여준 이유 역시 그런 거라 생각합니다. 너희들이 억압받고 상처받더라도 그건 너희 잘못이 아니다, 그러니까 진짜 삶을 굳세게 살아라, 라고 응원해준 거라는 걸 저는 이제 깨닫습니다. 그런데 이런 격려와 비디오테이프만 남긴 채 아저씨는 말 한마디 없이 가게를 떠났습니다. 그래서 찐산초는 돈 아저씨를 찾기로 했습니다. 다시 한번 말씀드립니다. 돈키호테 비디오는 돈 아저씨에게 바치는 헌사이자 그를 찾아 모험을 떠나는 유튜브 채널입니다.

이상 오늘의 대여작 〈굿 윌 헌팅〉이었습니다. 아스따 루에고!

11. 옛 친구의 안부

구독자가 500명을 넘어섰다. 천 명이 되면 광고 신청도 할 수 있다는데……. 이게 대체 뭔 일이지? 구독자가 며칠 사이 가파르게 늘자 앉아 있어도 날아다니는 기분이었다. 다음 콘텐츠를 기다린다는 댓글도 많아졌고 뜬금없는 외모와 목소리 칭찬까지 듣자니 민망하면서도 기분이 나쁘지 않았다.

그런데 왜지? 최근에 돈키호테에 관한 방송 콘텐츠가 나왔나 살펴봤지만 여행 예능에서 개그맨 둘이 일본 잡화점 돈키호테에 방문한 게 다였다. 비디오 가게와 관련된 콘텐츠도 언급된 바 없었다. 하지만 사람들은 다들 추억의 비디오 가게 이야기를 자기 방식으로 댓글에 남기고 있었다.

—스포츠카 모양 비디오 되감는 기계 진짜 탐났는데.

—만 원에 최신작은 다섯 개, 다른 건 일곱 개.

└> 우리 동네는 만 원 일곱 개였는데 최신작.

└> 님 그거 몇 년도임? 나는 2002년 월드컵 때 얘기임.

└> 아 나는 2006년 월드컵. 비디오 가게 끝물이심.

—넷플릭스로 무제한 볼 수 있는 지금이야말로 행복하네.

└> 넷플릭스가 지금의 비디오 가게라고 볼 수 있지.

└> 넷플릭스도 원래 비디오 가게에서 시작했음.

└> 뭐이라?

└> ㅇㅇ 미국 비디오 가게 체인이었음. 나중에 망으로 진화한 거.

—근데 돈키호테 비디오는 체인점이었나? 우리 동네에서도 봤던 거 같은데?

└> 노노. 보아하니 대전 그 동네에 있던 거. 사장이 돈키호테 같아서 돈키호테 비디오.

└> 돈 아저씨 ㅋㅋ 도른자라는 거 아이가.

나는 일일이 답글을 달며 잠시 감상에 빠졌다. 돈키호테 비디오의 되감기 기계 역시 빨강 스포츠카였고, 2003년 당시 만 원에 다섯 편이었다. 넷플릭스는 진화한 공룡이 되어 OTT 시장을 장악했고 비디오 가게는 멸종해 화석이 되어버렸다. 나와 구독자들은 고고학자라도 된 듯 과거를 추억하며 이 채널을 그 시절 비디오 가게로 만들어가고 있었다.

다시 답글을 달려고 새 댓글을 보는 순간 자판을 누르려던 손가락이 멈추고 말았다.

—간판 보니 넘나 반갑다. 솔이도 반갑다. 그립네 내 고향 선화동 돈키호테 비디오랑 돈 아저씨도…….

내 본명을 알고 고향이 선화동이라면, 분명 함께 중학 시절을 보낸 친구일 것이다. 나는 얼른 작성자의 이름을 확인했다. DJ 황. 그 시절 내가 아는 황 씨는 오직 하나. 거기에 이니셜까지 더하니 확실했다.

대준. 동갑내기 친구. 목척길에 살던 꼬질이 황대준이었다. 오래전 한빈이 싸이월드에 만든 라만차 클럽에서 짧은 안부를 나눈 게 마지막이었다. 그런데 어떻게 대준이 여길 알고 찾아온 걸까?

지메일로 대준에게 안부를 물었다. 그에게서 답메일이 온 건 늦은 밤이었다. 요점만을 적은, 녀석다운 심심한 말투가 느껴지는 글에서 강한 신뢰감이 들었다.

솔아. 정말 옛날부터 너는 대단하다고 느꼈는데.
방송국 다닐 때도 그랬고, 이제는 유튜브도 직접 하는구나.
네 덕에 그 시절이 많이 떠올랐고 올린 영상들 보고 또 봤다.

나는 부산에서 분식점을 하고 있어. 아내와 딸이 있고 그럭저럭 살아. 아, 그리고 한빈이가 알려줘서 알게 됐어.
한빈이가 홍보도 하라고 해 대전 친구들한테 많이 공유했다.
유튜브 열심히 볼게, 좋은 추억 계속 나눠줘.
돈 아저씨 찾게 되면 나도 알려주고. 혹시 부산 오면 연락 주고.

대준(010-45××-××××)

메일을 읽다 보니 절로 뭉클해졌다. 사흘 동안 구독자가 급속도로 는 건 한빈과 대준이 신경 써준 덕이었다. 한편으로 대준이 대전도 아닌 부산에서 분식집을 한다는 것과 이제 서른 살인데 벌써 결혼해 아내와 딸이 있다는 게 놀라웠다. 마치 못 미더운 사촌 오빠가 용케 가정을 꾸려 잘 산다는 소식을 들은 기분이었다.

서울에서 대전으로 내려온 그해, 선화초등학교 5학년 3반 교실에서 대준을 처음 만났다. 덩치가 커 혼자 뒷자리에 앉은 대준의 옆이 전학을 온 내 자리였다. 대준은 외로웠는지 내게 늘 먼저 말을 걸어주고 지하상가의 유명한 떡볶이집에도 데려가주었다.

대준과 있으면 다른 애들이 흘끔흘끔 쳐다보며 불편한 시선을 보냈다. 때론 짓궂은 애들이 대준을 놀리고 구박하기도 했다. 그럼에도 허허 웃기만 하는 대준이 나는 싫지 않았다.

학년이 바뀌고 반도 갈린 뒤 내게도 친구들이 많이 생겼다. 대준과는 자연스레 멀어지게 됐다. 가끔 길에서 스칠 때는 친구들이 같이 있어 대준을 모른 척하곤 했다. 친구들은 대준이 목척길 단칸방에서 할머니와 둘이 산다며, 가난해서 쥐도 잡아먹는 집이라고 했다. 그때 나는 대준이 떡볶이를 사준 적도 있다는 말을 차마 하지 못했다.

각자 다른 중학교에 진학하고는 딱히 마주칠 일이 없었는데 어느 날 돈키호테 비디오에서 죽치고 있는 대준을 다시 만나게 되었다. 오예스 한 박스를 가운데 두고 돈 아저씨와 함께 먹던 대준이 가게에 들어서는 나를 보고는 반갑게 인사를 건넸다.

"너희 그럼 친구구나. 같은 반이었어?"

어색함에 아는 체를 미처 못 한 내게 우리 사이를 묻고는 아저씨는 마치 우리 둘을 화해시키듯 "친한 친구?" 하고 물었다. 나는 "그냥 친구"라고 답했다. 이후로 비디오 가게에 갈 때마다 대준은 늘 돈 아저씨와 무언가를 먹고 있었다.

당시 대준은 학교생활에 적응을 못 해 전학을 알아보는 중이라고 했다. 사실은 그때 대준이 학폭 피해자였다는 건 시간이 좀 지나고 나서야 알게 되었다. 싸이월드 라만차 클럽에서 채팅을 하던 중 대준은 자신이 학폭으로 고통받을 때 돈키호테 비디오가 유일한 안식처였다고 고백했다. 그가 우리에게 어려운 고백을 했다는 것에 나는 큰 감명을 받았다.

구독자가 늘고 옛 친구도 재회하니 의욕이 더욱 솟구쳤다. 오늘도 전반부에는 대여점의 역할에 충실하고 후반부에는 『돈키호테』 필사 낭독을 하기로 했다. 지난번 대여작 〈굿 윌 헌팅〉의 반응이 좋았다. 댓글이 40개가 넘다니! 이번에 심혈을 기울인 대여작은 소설이었다.

『아홉살 인생』은 그 시절 돈 아저씨의 추천으로 라만차 클럽 모두가 읽고 눈물을 찔끔거린 감동작이었다. 나는 책을 테이블에 올려놓고 인서트를 땄다. 손을 뻗어 페이지를 넘기자 먼지인지 보풀인지 뿌연 게 일어나 한때 인기 대여작이었던 티를 풀풀 냈다. 나는 15년의 세월을 되감듯 책의 페이지를 넘기며 영상을 찍었다.

이윽고 스마트폰을 삼각대에 올리고 녹화 버튼을 누른 다음 무대에 자리했다. 나는 목청을 가다듬은 뒤 박수로 슬레이트를 대신했다. 이제 멘트를 칠 차례였다. 그때 덜컥, 소리와 함께 거칠게 문이 열리는 기척이 났다.

젠장. 한빈인가? 온다는 연락도 없이? 하필 촬영 시작에 초를 치다니……. 가만, 이참에 출연시켜 동업자 정신을 심어주면 어떨까? 그래. "구독자 여러분, 드디어 그 시절 돈키호테 비디오를 애용하신 분이 찾아오셨습니다. 바로 단골들에게만 주어지던 멤버십 라만차 클럽 회원 장한빈입니다!"

나는 촬영을 스톱한 뒤 한빈을 향해 돌아섰다.

한빈이 아니었다.

성민이었다. 이곳의 건물주이자 한빈에게 지하실을 빼라고 종용한다는 안성민. 역시 한때 라만차 클럽 회원. 하지만 절대 방송에 출연할 리 없는, 오히려 이 방송을 끝장낼 수도 있는 인물.

그리고 나의 첫사랑.

12. HAND TO MOUTH

소공녀 세라에게 귀공자가 있듯이, 앤에게 길버트가 있듯이, 에이미에게 로리가 있듯이, 나에게는 성민이 있었다. 처음 라만차 클럽에 합류한 그는 착실한 모범생 같아 보였다. 중3으로 공부도 바쁘지만 독서와 영화 감상을 정말 좋아한다며, 자기가 끼어도 괜찮겠냐고 묻는 게 근사했다.

돈 아저씨는 성민이 공부도 잘할 뿐 아니라 박학다식하다며 칭찬을 아끼지 않았는데, 그전까지 라만차 클럽의 에이스이자 아저씨의 총애를 받던 나는 살짝 서운함이 일었다.

그날의 독서토론 도서는 나의 최애작 『어린 왕자』였다. 나는 어린 왕자는 생텍쥐페리 자신이고 사막에 추락한 비행사는 현실에 지친 어른들이며, 어린 왕자로 분한 작가가 요즘 어른들에게 하고 싶은 말을 담은 책이라고 감상을 발표했다.

돈 아저씨는 그럴듯한 생각이라고 말해주었다. 대준과 한빈, 새롬 역시 우리 에이스라고 감탄하는 게 느껴졌다. 이제 성민이 의견을 낼 차례였다.

"나는 어린 왕자는 어린 시절의 생텍쥐페리이고 비행사는 어른이 된 생텍쥐페리라고 느꼈는데."

대수롭지 않게 성민이 감상을 말했고 순간 나는 멍해졌다. 돈 아저씨가 이유를 물었을 때 그는 담담하게 말했다. 생텍쥐페리가 실제로 조종사였고 사막에 불시착해 며칠을 그곳에서 보내며 죽을 고비를 넘긴 적이 있기에, 자신의 경험을 바탕으로 『어린 왕자』를 쓴 거라고.

그 대목에서 나는 반박했다.

"실제 그런 일이 있었다고 해서 작품 속 조종사가 작가라는 건 너무 단순한 생각 아닐까? 사막에서 조난당한 조종사는 힘든 세상을 살아가는 어른들을 상징하는 인물이라고 보는 게 나는 맞는 것 같거든."

성민은 그럼 이 문제도 풀어보라는 듯 덧붙였다.

"그럼 어린 왕자가 만나는 왕, 술꾼, 사업가, 가로등 켜는 사람은 어떻지? 그 사람들이야말로 현실에 찌든 어른들 아닐까?"

"……."

"책 첫 장에 이런 구절이 있어. '어른들도 처음엔 다 어린이였다. (그러나 그걸 기억하는 어른들은 별로 없다.)*' 이 말처럼 작가는 어린 왕자를 만난 자신처럼 독자들에게 어린아이였던 자신을 만나보라고 이 책을 쓴 거 같은데.”

나는 기가 차서 아무 말도 하지 못했다. 성민이 책 속 구절까지 들먹이며 너무도 얄밉게 말해서, 그리고 그게 너무도 그럴듯해서 입이 떨어지지 않았다.

“자자. 두 사람 진짜 엄청난데. 나야말로 오늘 많이 배웠네. 생텍쥐페리는 분명 『돈키호테』 광팬일 거야. 어린 왕자가 자기 별을 떠나 이곳저곳 다니며 다양한 사람들을 만나는 것 하며, 확실히 『돈키호테』에 영향을 받은 부분이 많다고. 그래서 『돈키호테』야말로 인류의 고전이고…….”

어느새 돈 아저씨의 ‘기승전돈’이 시작된 가운데 나는 참았던 눈물이 터지고야 말았다. 말싸움과 논리에서 졌다는 게 이렇게 뜨겁고 울컥한 일인 줄 몰랐다. 다음 순간 성민이 내게 손수건을 건넸다. 어머나. 손수건이라니……. 우리 중에 누가 이런 걸 가지고 다녀……. 우는 와중에도 감탄하는 나를 발견하고 움찔했다. 마지못한 듯 손수건을 받아 눈물을 훔치는데 기분 좋은 향기가 코를 자극했다.

엄마 몰래 손수건을 빨아 말리고 성민을 만나 돌려주는 그 과정이 소중했다. 그는 깨끗하게 빨아준 답례라며 성심당에서 빵을 사주었다. 이후로 나는 성민을 꼬박꼬박 오빠라고 불렀고 좋아하는

---

* 앙투안 드 생텍쥐페리, 『어린왕자』, 황현산 옮김, 열린책들, 2015. 5쪽.

감정을 키워 나갔다. 그는 여전히 수줍은 듯 무심한 듯 그저 친절할 따름이어서 좀 서운했지만. 그래도 나는 성민이 좋았고 라만차 클럽에서의 2인자 역할에 만족하게 되었다.

"네가 오후 네 시에 온다면, 난 세 시부터 행복해질 거야"라던 『어린 왕자』 속 여우의 말처럼 나는 성민과 함께하는 라만차 클럽 모임을 기다리며 한 주를 보냈다. 내게 굴욕을 줬던 『어린 왕자』 속 명언들이 이제 성민과 나의 관계를 정의해주는 애틋한 표현으로 느껴졌다.

다음 해 고교생이 된 성민은 바쁜 티를 내며 모임 참석이 뜸해졌다. 나는 편지를 썼다. '오빠가 없는 라만차 클럽이 허전하네요. 클럽을 위해서도 나를 위해서도 좀 나오도록 해요.' 담백하게 쓴 편지의 요지는 이런 문장이었지만 그 안에는 수줍은 내 마음이 꼭꼭 담겨 있었다.

편지에는 답이 없었으나 몇 달 뒤 성민은 우리와 함께 여행을 떠났다. 그는 아무렇지 않게 나를 보며 반가운 미소를 지었고 나는 그의 옆자리를 차지하고 앉아 이런저런 수다를 떨었다. 그는 여전히 친절하게 내 말을 들어주었지만, 지금 생각해보면 영혼 없는 리액션임이 분명했다. 얼마 뒤 성민은 차창에 머리를 기댄 채 잠들었고 나는 그 얼굴을 한동안 째려보았다.

부산으로 떠났던 그 여행이 라만차 클럽의 마지막 모임이었다.

15년 만의 재회가 이리도 어색할 줄이야.

성민 이 인간은 처음엔 나를 몰라봤고 그다음엔 어쩔 줄 몰라 쭈뼛대더니 이제 존댓말을 쓰고 있었다. 나 원 참.

그와 함께 온 부동산 업자가 지하 공간을 살피는 동안 우리는 1층 카페로 갔다. 그가 무얼 마시겠냐고 내게 물은 뒤 똑단발 알바에게 아메리카노 두 잔을 주문했다.

"그러니까 한빈이가 열쇠를 줬다는 거죠?"

자리에 앉자마자 성민이 다짐을 받듯 물었다. 시선은 여전히 엉거주춤했다.

"그렇다니까. 대전으로 돌아왔는데 지하에 비디오 가게 남아 있어서 얼마나 반가웠는지. 그래서 내가 좀 쓰겠다고 한빈이한테 부탁했어."

"하지만 거긴 이제 빼야 하는 곳이고요, 나도 반갑긴 한데 계속 쓰게 할 순 없어서……."

"성민 오빠. 말 편히 해. 나 진솔이라고."

나는 참다못해 성민을 똑바로 쳐다보며 말했다. 그제야 성민도 내게로 시선을 고정했다. 어릴 적엔 나보다 머리 하나가 더 컸는데 지금은 앉은키가 똑같아 수평으로 마주 보게 되었다.

"너 키가 많이 커서…… 아까 제대로 못 알아봤어. 인상도 좀 바뀐 거 같고. 암튼 미안."

이거 점잖게 먹이는 건가? 발끈할 찰나 커피가 나왔다. 나는 커피잔을 들어 입으로 가져가며 머리를 굴렸다. 한빈은 지난번에 성민이 대기업에 다닌다며 아주 고깝고 짜증 난다는 말을 반복했다.

무슨 느낌인지 알 것 같았다. 나는 최대한 성민을 설득해 원하는 걸 취해보기로 했다.

"안 그래도 한빈이한테 들었어. 여기 정리하려 한다고. 근데 급하게 팔 거 뭐 있어? 선화동이랑 구도심이 요즘 분위기 괜찮다던데. 곧 더 개발될 거라고."

성민이 입꼬리를 살짝 올렸다.

"너 방송국 다녔다며? 여의도? 상암?"

"여의도에서 시작해 상암에서 끝났지."

"서울에서 지냈으면 잘 알겠네. 서울이 어떤지 알지? 부동산은 서울이고 서울에서도 강남 아니면 용산이야. 이제 답 없어."

분하지만 나는 고개를 끄덕여야 했다.

"내가 회사 언제까지 다닐 거 같아? 오래 다녀야 마흔이야. 그 전에 경제적 자유를 얻어야 해. 파이프라인 까는 데 드는 시드머니가 내겐 이 건물이고."

경제관념이 부실해 파이프라인이고 시드머니고 알아듣기 어려웠다. 그게 표정에서 읽혔는지 성민이 어깨를 으쓱해 보였다.

"방송 일은? 그쪽이 많이 힘들다던데, 그래도 커리어가 좀 쌓이면 낫지 않나?"

이번에는 내가 입꼬리를 올려 보였다.

"우린 기본적으로 프리랜서야. 각자도생과 핸드 투 마우스가 몸에 배어서"

"핸드 투 마우스?"

"파이프라인 같은 거야."

성민이 커피를 마시곤 잠시 뜸을 들이다 나를 쳐다봤다.

"음…… 그래서 유튜브에서 개인 방송을 하는 거구나."

헉. 뭐야, 바보탱이 한빈이 성민에게도 링크를 보낸 거야? 나는 표정 관리를 하느라 커피잔에 얼굴을 묻어야 했다.

"잠깐 봤는데 난 네가 피디가 아니라 방송 진행잔 줄 알았어. 잘하더라. 옛날 생각나고 좋던데. 근데 그게 돈이 될 거 같진 않았고, 괜찮은 거야?"

"안 괜찮은데 좋아. 그리고 좋아서 하는 일이 돈이 되려면 시간이 많이 필요해."

나는 마지막 동아줄이라도 잡는 심정으로 성민을 응시했다. 그가 텅 빈 커피잔을 내려다보다가 말했다.

"너한테는 추억이 있는 공간일 거고 한빈이도 아빠 짐 챙긴다고는 하는데, 나는 그냥 솔직히 말할게. 아까 부동산 사장이랑 얘기 나눴는데 지하실 문제 해결돼야 매매가 용이하대."

"그럼, 돈 아저씨랑 할머니 간의 영구 임대 계약서는?"

"그건 사실상 효력이 없지. 그동안 내가 바빠서 신경을 못 썼는데, 오늘 시간 내서 내려온 김에 반드시 정리하려고."

"음. 역시 그런 건가."

"그럼 남은 시간 동안 추억 잘 챙기고."

배려라고 덧붙인 말에 나도 모르게 미간이 찌푸려져 고개를 숙여야 했다.

카페 앞에서 나는 그에게 연락처를 달라고 했다. 잠시 뜸을 들이던 성민은 몽블랑 명함집에서 대기업 로고가 박힌 명함을 꺼내 건넸다. 여친이 있으니 평일 낮에 문자만 가능하다는 말을 덧붙이며.

성민이 부동산 업자와 가버린 뒤 나는 카페로 돌아왔다. 이제 대학이나 졸업했을까? 똑단발 알바가 의아하다는 표정으로 나를 마주했다.

"저기요, 아까 커피값 계산할게요."

"건물주분이라 괜찮아요."

"그래도 사장이 알면 혼나지 않겠어요?"

"제가 사장인걸요."

"아, 사장님이시구나. 저는 알바인 줄 알았어요. 죄송합니다."

"괜찮아요. 그렇게들 많이 봐서. 헤헤."

"계산은 할게요. 제가 안 괜찮아요. 받으세요. 두 잔."

젊은 사장은 못 이기고 카드를 받아 결제를 마친 뒤 눈인사를 하며 돌려줬다. 진심으로 고마움이 담긴 그녀의 눈빛을 마주하고 나서야 간신히 기분이 풀어졌다. 건물주면 공짜란 법 있나? 성민은 충만한 경제관념에 비해 부실한 염치를 지닌 듯했다.

오냐. 안성민 니가 그렇게 나오겠다 이거지? 너만 세상 살며 변했냐, 나도 변했다. 사회에서 만난 사람들은 나 솔이라고 안 불러. 똘이라고 부르지. 찐똘. 찐또라이.

13. 24/7

다음 날 나는 먼저 카페로 향했다. 사장은 친근한 눈인사를 건네며 밝은 목소리로 인사했다. 나는 메아리처럼 똑같은 데시벨로 인사를 건넨 뒤 커피를 주문했다.

그녀가 커피를 만드는 동안 어떻게 운을 뗄지를 궁리했다. 이윽고 완성된 아이스 아메리카노를 받아 들며 물었다.

"사장님 근데요, 뭐 좀 여쭤봐도 될지……."

"무슨, 일이신데요?"

"아시는지 모르겠지만 제가 여기 지하에 들어와 있거든요. 어제 같이 온 건물주 오빠랑 아는 사이여서 사무실로 쓰고 있긴 한데, 그동안은 그냥 지냈지만 이제 저도 월세를 좀 내야 할 거 같아서요."

"아, 예."

"그런데 월세 얼마 내면 좋겠냐고 계속 물어도 자꾸 됐다고 하더라고요. 그래서 제가 대충 감안해 내야 할 거 같아서요."

"그게 사실…… 여기 곧 판다고 하던데, 어제 건물주분이 뭐라고 하세요? 여기 팔리면 저도 가게 접어야 할지 몰라서요. 가게 팔리면 나가는 조건으로 싸게 들어온 거라서……."

옳거니! 동지가 생겼다. 나는 속으로는 물개 박수를 치면서도 걱정 어린 표정으로 응대했다.

"어머, 그러셨구나. 불안하시겠어요. 사실 저도 어제 그거 좀 캐내려고 했는데, 좀처럼 말을 안 하네요. 아무튼 저는 그렇게 생각해요. 건물이 팔린다고 득달같이 리모델링 들어가는 거 아니거든요. 그러니까 새 건물주가 와도 1층이랑 지하에서 월세를 꼬박꼬박 받으면 손해 볼 게 없는 거죠. 저희가 잘만 하면 시간을 벌 수도 있다는 거예요."

"정말 그럴 수 있을까요. 그러면 다행인데, 정말 다행이죠. 그런데 뭐 물어보신다고……. 맞아. 월세요. 월세 여기 많이 안 비싸요. 지금 70 내고 있어요."

"잘 알았어요. 참고해 저도 월세 정해볼게요. 정말 고마워요."

"뭘요. 커피도 자주 팔아주시고……. 같이 이 건물에서 잘해봤으면 좋겠어요."

"말씀 고마워요. 커피 잘 마실게요."

돌아서는 나를 그녀가 불러 세웠다.

"저도 좀 궁금해서……. 거기 지하에서는 무슨 일 하세요? 가게는 아닌 거 같던데……."

나는 회심의 미소를 숨긴 채 스마트폰을 열고 유튜브를 켰다.

곧 구독자가 추가됐다.

지하로 내려왔다. 어제 성민과 만나고 나서 하루 종일 대책을 강구했다. 이제 슬슬 반응이 오는 채널 돈키호테 비디오의 스튜디오를 지켜야 했다.

성민에 대해 생각했다. 어릴 적부터 모범생이었다. 곱상한 외모와 달리 의외로 터프한 구석도 있었다. 운동도 잘했던 걸로 기억한다. 다만 좀 쪼잔한 편이었다. 특히 금전적으로 쩨쩨했다. 라만차 클럽 맏형이면서 떡볶이 한 번 산 적 없었고 오히려 대준이나 내가 용돈을 깨서 한턱내면 날름 포크를 꽂곤 했다.

성민을 알려면 성민의 집에 대해서도 알아야 했다. 힌트를 얻기 위해 초저녁 노을을 뒤로한 채 치킨집으로 향했다. 그런데 아뿔싸, 진짜로 알바생 없이 엄마 혼자 일하는 게 아닌가. 문에는 '알바 구함. 경력자 우대'라고 적힌 종이가 붙어 있었다. 짠한 마음이 들어 갈팡질팡하는 순간 가게 안 엄마와 눈이 딱 마주쳤다. 엄마는 너 잘 만났다는 듯 형형한 눈빛으로 나오더니 나를 끌고 들어갔다.

그날 저녁 나는 생맥주를 따르고 강냉이를 그릇에 담아야 했다. 저녁 내내 고작 다섯 테이블이었지만 괜히 아는 얼굴이라도 들어올까 긴장되었다. 그래도 소기의 목적은 달성해야 했다. 맥주잔을 설거지하며 닭을 튀기는 엄마에게 물었다.

"엄마. 비디오 가게 있던 건물, 할머니가 유산을 손주한테 다 물려줬다던데, 거기에 대해 뭐 좀 아는 거 없어?"

"뭐라고?"

설거지 물소리와 닭 튀기는 소리 콤보에 엄마는 되물을 수밖에 없었다. 나는 설거지를 마치고 다가가 귀에 대고 다시 물었다. 엄마가 한숨부터 쉬고 입을 열었다.

"거기 사연이 좀 있잖니. 그 할머니 생각하면 내가 참. 휴."

2000년대 초, 성민의 아빠는 지병으로 오랫동안 병원 신세를 지는 중이었다. 생계가 힘들어진 성민의 엄마는 외아들을 데리고 성민 할머니 집으로 와 지내게 되었다고 했다. 그러고 보니 라만차 클럽 시절에도 성민은 종종 아빠 문병을 가야 해서 모임에 빠졌던 게 기억났다.

엄마 말에 의하면 할머니에게 남은 거라곤 그 3층 건물 하나밖에 없었고, 유일한 혈육인 손자가 잘 살길 바라며 그 건물을 성민에게 물려주었다. 성민이 고교 시절 아버지가 돌아가시고 이후 엄마도 재혼해 사실상 고아나 다름없어졌기 때문이었다. 이 대목에서 엄마는 성민이 대기업 다닌다던데 한번 만나보라며 뜬금포를 날렸다. '엄마. 사실 어제 만났는데 왕재수거든요'라는 말은 하지 않았다. 하지만 엄마는 성민이 직장도 좋고 건물도 있고, 재혼한 엄마와는 소원하다니 시어머니도 없는 일등 신랑감이라는 논리를 펼치며 딸을 예식장으로 들여보내는 상상을 하기 시작했다.

손님이 없는 한밤중의 엄마 가게에서 김빠진 맥주를 마시던 나는, 엄마가 뿜는 상상의 거미줄에 걸리지 않기 위해 분명한 액션을 취해야 할 필요를 느꼈다. 가만히 무언가를 꺼내 엄마 쪽으로 밀었다. 엄마는 그걸 보더니 마치 딸이 상장이라도 받아 온 것처럼 환한 미소를 지었다.

"성민이 만난 거야? 어머, 대기업은 명함도 참 세련됐네. 그래서? 그래서 이렇게 물어본 거구나. 어떻든?"

"명함 주면서 그러던데. 애인이 싫어하니까 웬만하면 연락하지 말래."

"뭐? 어머, 걔도 김칫국부터 마시네."

"그러니까 엄마도 김칫국 마시지 마시고."

엄마는 김이 샜다는 듯 혀를 찬 뒤 남은 맥주를 들이켰다.

"그런데 왜 만난 건데? 임자 있는 애 꼬실 것도 아니고. 너는 밖에서 뭘 하고 다니는 거야?"

나는 남은 맥주를 비우고 엄마에게 놀라지 말라고 경고한 뒤, 성민의 건물 지하 공간을 임대하려 한다고 말했다. 현재 나는 유튜버로 활동하고 있으며 그곳을 유튜브 스튜디오이자 사무실로 쓰고 있다고. 지하실이지만 아주 유용하며 엄마도 내가 집에 처박혀 있는 것보다 사무실을 오가며 자아실현을 하는 게 좋지 않냐고 설득력 있게 설명했다.

그리고 전기 파리채로 등짝을 두드려 맞았다.

엄마는 목구멍에 밥 꼬박꼬박 들어오니 배가 불렀냐며, 쓸데없는 짓 하려거든 집에서 나가라고 불같이 화를 냈다. 쓸데없는 짓이라는 말에 얼마 마시지도 않은 술이 배 속에서 끓어올랐다.

나는 엄마 피해 줄 일 없으니 신경 쓰지 말라고 외친 뒤 가게를 나와버렸다. 차가운 밤공기가 몸을 휘감자 괜한 호기를 부린 게 아닌가 후회가 밀려왔지만 이대로 후퇴할 순 없었다. 한번 엄마에게 주도권을 빼앗기면 내내 끌려다닐 게 뻔했다. 오늘 저녁처럼 하루 다섯 테이블 오는 닭집에서 내 인생을 허비할 순 없었다.

집에서 당장 필요한 짐을 챙겨 캐리어에 담았다. 역시 얼마 되지 않았다. 코트와 점퍼, 부츠 등 부피가 큰 물건은 일단 집에 두기로 했다.

불규칙한 보도블록을 텅텅거리며 힘겹게 캐리어를 끌고 스튜디오로 돌아왔다.

지하 공간에는 늦가을 밤의 한기가 잔뜩 고여 있었다. 라디에이터는 사망한 지 오래였고 하나 있는 석유난로는 켜는 즉시 화재가 일어날 몰골이라 손댈 엄두가 나지 않았다. 어느새 코끝이 시리고 이가 떨렸다. 괜히 집을 나왔나 잠깐 후회가 몰려왔지만, 서둘러 마음을 다잡았다. 이곳에서 밤을 보내야 한다. 겨울을 나야 한다. 정신 차리지 않으면 얼어 죽는다.

먼저 구석에 처박아놓은 소파 침대를 펼쳤다. 이건 쓸 만했다. 기억을 되짚어 옷장 아래 처박혀 있는 이불을 찾았지만, 썩은 내와 곰팡내에 도저히 사용할 수 없었다. 어쩌지? 어쩌긴 집을 털어야지.

다행히 엄마가 가게를 정리하고 돌아오기 전이었다. 나는 빛의 속도로 내 방 이불과 전기장판을 보자기에 싸서 산타클로스처럼 등에 메고 낑낑대며 지하실로 돌아왔다.

소파 침대에 전기장판을 깔고 전원을 연결했다. 이불을 펼치고 그 위에 누운 뒤 몸을 둘둘 말았다. 휴. 그렇게 한숨 돌린 뒤 스마트폰을 켜 잔고를 확인했다. 서울에서 내려올 때 뺀 원룸 보증금 500만 원을 야금야금 파먹어 381만 원이 남아 있었다. 이 돈으로 월세를 내며 얼마나 여기서 버틸 수 있을까?

차라리 잘됐다. 배수진을 친다는 자세로 이 공간에서 나만의 채널을 키울 것이다. 야근, 아니 24시간 근무다. 스티브 잡스도 일론 머스크도 시작할 땐 24/7로 살았다 하지 않았나. 삶 전체를 일에 바쳤다 하지 않던가. 이제 성민만 설득하면 된다. 월세 30만 원. 내가 30만 원을 내면 쫌생이 성민의 월세 수입은 합산해 100만 원이 된다. 두 자리와 세 자리는 확실히 느낌이 다르다.

전기장판의 온기가 모닥불 피듯 서서히 퍼져 제법 따뜻해졌다. 이제 불만 끄면 잘 수 있을 듯했다. 그러나 형광등 스위치는 현관 입구에 있고……. 끙 소리를 내뱉고 뱀이 허물 벗듯 이불에서 빠져나와 소등을 감행했다. 순식간에 어둠이 점령군처럼 들어찼다.

희미하게 새어 들어오는 가로등 불빛에 겨우 방향을 잡아 이불로 돌아온 후 고치처럼 몸을 웅크렸다. 온기도 올라왔고 불도 껐다. 이제 자자. 그런데 다시 서늘한 무언가가 스멀스멀 바닥에서 피어올랐다. 그것은 컴컴한 지하 공간에 혼자 누워 있다는 감각이었다.

한마디로, 무서웠다.

귀신 나오면 어쩌지? 강도라도 들면? 차라리 강도라면 맞서 싸우기라도 할 텐데…… 귀신과 악몽은 질색이다. 그런데 귀신보다 강도보다 더 무서운 게 떠올랐다. 지난주에 소파를 옮기다 발견해 기겁했던 바퀴벌레! 아오 씨! 진짜 나 어째 엄마, 아니 엄마 미워.

방법이 없다. 닥치고 잠드는 수밖에. 나는 추워서 떨리는지 무서워서 떨리는지 모를 이를 악물고 애써 잠을 청했다.

14. 고행의 기회

일어나자마자 화장실로 가 테두리가 온통 녹슨 거울에 비친 내 모습을 확인했다. 확실히 입은 안 돌아가 있었다.

거울은 곧 입김으로 그 기능을 상실했다. 어째 밤보다 아침이 더 춥냐. 나는 패딩 조끼가 핫팩이라도 되는 듯 손으로 비비며 화장실을 나왔다. 보일러가 없으니 온수는 언감생심이었다.

가뜩이나 어수선한 공간에 내 생활 흔적까지 쌓이니 쓰레기장……까지는 아니고 아파트 재활용품 수집 공간을 보는 듯했다. 그래도 기분이 나쁘지 않았다. 밤을 보내고 나니 이곳을 장악한 기분이 들었다. 보일러도 없고 온수도 안 나오고 형광등도 반밖에 안 켜지는 건 오히려 월세 30을 주장하기 좋은 근거가 된다. 귀신도 악몽도 강도도 없이 밤을 보냈으니 이제 세스코만 부르면 된다. 근데 세스코는 수입이 좀 생긴 후 부르고 일단 바퀴벌레 퇴치 용품이나 사놓자.

이제 이 낡고 썰렁한 공간이 나의 거처이자 작업실이자 유튜브 방송 스튜디오다.

그런데 돈 아저씨는 여기서 어떻게 매해 겨울을 난 걸까? 이 냉골에 따뜻한 물도 안 나오는, 햇빛이라고는 작은 환풍기 사이로 겨우 들어오는, 곰팡이와 동거해야 하는 이 공간에서 어떻게 수많은 날들을 지낸 걸까? 어릴 적엔 생각지 못했다. 그저 느낌 있는 지하 요새 같았다.

나는 세수 따위 건너뛰고 내일 업로드할 콘텐츠 구상에 돌입했다. 아저씨의 대학노트를 펼쳐 그의 글씨로 남겨진 『돈키호테』부터 읽어 나갔다.

그러고 나서 산초가 가지고 왔다는 음식을 꺼내 두 사람은 다정하게 먹었다. 하지만 그날 밤 묵을 장소를 찾아내야 한다는 생각에 아주 빨리 그들의 보잘것없고 메마른 식사를 마쳐야 했다. 두 사람은 말에 올라 밤이 되기 전에 사람이 사는 마을에 도착하기 위해 길을 재촉했다. 그러나 해가 짧았던 터라 그들의 희망은 산양을 치는 목동들의 오두막 근처에서 사라지고 말았다. 할 수 없이 두 사람은 거기서 하룻밤을 지내기로 했다. 사람이 사는 마을에서 자지 못하게 된 것 때문에 산초가 괴로웠던 만큼이나 주인은 노천에서 밤을 보내게 된 것이 만족스러웠다.

이런 일이 벌어질 때마다 그는 자신의 기사도 수련을 용이하게 해주는 고행의 기회라고 생각했던 것이다.*

놀랍게도 책에 답이 있었다. 분명 돈 아저씨는 이런 누추한 거처를 자신의 수련을 용이하게 해주는 '고행의 기회'라고 여겼을 것이다. 『돈키호테』를 통해 돈 아저씨와 대화하는 기분이 들었다. 게다가 오늘 방송의 핵심 문장도 추출되었다.

고행의 기회. 여러분의 고행의 기회는 언제였나요? 아니면 언제 그 고행의 기회를 잡을 건가요?

곧이어 영감이 떠올랐고 얼마 지나지 않아 방송 도입부 원고를 완성했다. 이제 '오늘의 대여작'을 선정할 차례다. 비디오테이프 진열장 앞으로 향했다. 지난번에 할리우드 영화를 소개했으니 이번엔 한국 영화를 소개할 생각이었다.

기억하기로 아저씨의 한국 영화 사랑은 각별했다. 한국 영화가 세계 최고가 될 거라고 말해 우리를 당황시키기도 했다. 급기야 새롬이 "에이, 한국 영화 구리거든요"라고 말해 돈 아저씨와 장시간 토론 배틀이 붙기도 했다. 그때 아저씨가 예로 든 영화들이 떠올랐고 나는 테이프 더미를 뒤지며 기억을 되새겼다.

---

* 미겔 데 세르반테스 사아베드라, 『돈키호테 1』, 안영옥 옮김, 열린책들, 2014, 153쪽.

와라나고.

돈 아저씨는 대작 영화들 때문에 극장에서 밀려난, 작지만 좋은 영화들에 대해 관객들이 자발적으로 다시 보기 운동을 벌였던 '와라나고 운동'에 대해 알려주었다. 이런 영화가 우리의 자랑이고 미래라고도 했다. 그런데 아무리 생각해도 '와'도 '라'도 '나'도 기억이 나지 않았고 '고'의 제목만이 또렷이 입에 감겼다.

〈고양이를 부탁해〉.

새롬과 아저씨의 논쟁을 정리하기 위해 우리는 〈고양이를 부탁해〉를 함께 감상했다. 결론은 반반이었다. 새롬은 여전히 지루하고 답 없는 영화라고 주장했다. 성민은 한국 사회의 모습을 잘 담은 영화라며 세계적으로도 통할 수 있다고 아저씨 편을 들었고, 대준은 무슨 이야기인지는 알겠는데 너무 우울해 자기 스타일은 아니라고 했다. 한빈은 개학이 얼마 안 남았다는 핑계로 감상회를 빼먹고 서울로 가버렸다.

나는 작품에 너무 몰입한 나머지 어떤 의견도 낼 수 없었다. 내 감상을 말하라는 아저씨의 말이 신호탄이라도 된 것처럼 눈물이 뚝뚝 떨어졌다. 결국 돈 아저씨가 울음이야말로 가장 솔직한 감상이라고 말하고는 황급히 자리를 마무리해야 했다.

다음 해 박찬욱 감독의 〈올드보이〉가 칸 영화제에서 심사위원 대상을 수상했고, 우리는 한국 영화가 세계적으로 인정받을 거라던 아저씨의 말을 인정해야 했다. 아저씨는 자기가 칸에서 상을 받은 것처럼 우쭐해했다. 성민이 자기도 영화감독이 되고 싶다고 나선 것도 그즈음이었다.

그런 상념 속에서 비디오테이프를 뒤지다 마침내 '고'를 찾아냈다. 그럼 그렇지. 돈 아저씨가 이 작품을 버릴 리 없었다.

고양이 같은 스무 살, 그녀들의 비밀암호
고양이를 부탁해

카피와 제목 옆에 '서울극장 개봉작'이라는 파란 딱지가 붙어 있었다. 비디오 시대에는 극장 개봉작이라는 게 프리미엄이었다. 커버엔 어둡고 몽환적인 소녀의 방에 둘러앉은 세 친구와 그들 사이 빛나는 조명에 싸인 삼색 고양이의 모습이 보였다.

오전 시간 내내 집중력을 발휘해 〈고양이를 부탁해〉 방송 대본을 완성했다. 오후부터 촬영과 편집을 하면 내일 업로드가 가능할 듯했다. 그러자 쓸데없는 일을 한다는 엄마의 말에 온몸으로 저항하는 기분이 들어 뿌듯함이 차올랐다.

나는 자리에서 일어나 아까부터 울려대던 휴대폰을 집어 들었다. 어라? 엄마의 따발총 같은 문자와 전화가 쌓여 있을 거란 예상과 달리 한빈의 부재중 전화와 문자가 쌓여 있었다.

통화 버튼을 눌렀다. 전화가 연결되자마자 한빈이 쏘아대기 시작했다.

"누나. 답 왜 이렇게 늦어? 비즈니스 이렇게 하면 안 돼."

"대본 쓰느라 바빴어. 유튜버 이거 그냥 되는 거 아니다."

"됐고. 성민 형이 전화해서 일주일 안에 짐 빼라고 엄포 놓더라고. 누나한테도 공지했다던데. 신경 쓸 거 없어. 내가 다 처리하니까."

"그래? 근데 난 왜 불안할까. 왠지 성민 말 쪽으로 무게가 더 기우는데……."

"아, 진짜! 어릴 때도 그러더니 누나는 왜 맨날 그 형 편만 들어! 우리한텐 계약서가 있다고. 아는 변호사 형이 걱정 접으랬어. 김앤장이 와도 계약선 못 물린댔다고!"

"과연 그럴까? 그 계약서의 권리주체는 돌아가신 할머니와 사라진 돈 아저씨야. 할머니 권리는 성민이 챙겼지만 돈 아저씨 권리는 너한테 없잖아? 그러니까 법에 기대도 네가 할 수 있는 건 아무것도 없어."

"그러니까 누나 내 말이, 결국 게임의 결론은 뭐다? 아빠를 찾아야 한다고!"

"그래서 내가 지금 여기 돈키호테 비디오 유튜브 대본을 쓰고 있는 거다. 벌써 대준이한테 연락 왔어. 대준이랑 새롬이만 재회해도 아저씨에 대한 정보 더 캘 수 있을 거야."

"대준이 형한테 유튜브 알려준 게 나라고."

"성민한테 알려준 것도 너고."

"……빼고 톡 보낸다는 게 깜빡한 거야."

"비즈니스 그렇게 하면 안 되지."

"야, 누나 멕일 줄 아네. 우리 같은 편이지. 좋아. 든든해."

"어제 성민이 건물주 코스프레하는데 짜증 제대로 나더라."

"누나. 신경 쓰지 마. 방송에만 신경 쓰고, 약속대로 아빠 찾는 것도 더 신경 써줘. 요즘 내가 주업이 바빠서 경황이 좀 없어."

"너 무슨 일이 그리 바빠? 요즘 뭐 파는데?"

"팔긴? 사야지. 이더리움이라고 아셔?"

"……아파트 이름인가?"

"비트코인 같은 거야. 이거 요새 짭짤해."

"야! 내가 코인은 모르지만 이건 알거든. '돈 벌린다고 소문 듣고 가면 이미 늦은 거다.' 네가 소문을 내는 주체여야 돈을 버는 거라고."

"내가 그런 얼치긴 줄 아쇼. 두고 봐. 내가 아주 팍팍 벌어서 그 건물 사버릴 테니까. 성민 형이 사달라고 애원하게 만들 테니까. 아주. 그럼 내가 지하실은 누나 영구 제공해줄게."

"그런 허황된 말 좀 그만해."

"허황되다니. 꿈이란 게 다 그런 거 아냐? 우리 아빠 장영수 씨야. 돈 아저씨. 나도 돈 아저씨야. 돈 밝히는 아저씨. 크하."

전화를 끊고 찝찝한 마음을 금할 길이 없었다. 돈 아저씨의 꿈은 허황된 게 아니라고 말해주고 싶었지만 도통 말이 통하지 않을 듯했다.

다른 부재중 연락을 확인했다. 어라. 노마드 엔터웍스의 메인 피디였다.

—진 피디. 중요한 일이야. 콜백 plz

절로 비웃음이 나왔다. 내 자리를 치우고 자기합리화를 위해 나를 공격한 인간이 태연하게 전화를 하고 콜백을 달라고 문자를 남겨? 방송 일을 하며 가장 괴로웠던 게 이런 경우였다. 안 보는 데선 미친 듯이 씹고, 보는 데선 살갑게 굴고, 그러다가 이해관계가 틀어지면 다신 안 볼 듯 싸우고, 그러고 나서도 서로 필요한 일이 생기면 아무렇지 않은 척 다시 또 같이 일하고. 일이란 게 다 그렇지, 라며 쿨한 척 뻔뻔하게 구는 사람들의 이합집산 생태계.

그곳에서 나는 아무렇지 않은 사람들과 달랐다. 아무렇지 않지 않았다. 나는 감정이 있는 인간이고, 더 이상 가증스러운 인간에게 마음에 없는 말로 비위를 맞추며 살고 싶지 않았다. 그래서 떠났다.

메인 피디의 아무렇지 않은 연락이 내게 서울을 떠나던 순간을 상기시켜주었다. 나는 통화 버튼을 눌렀다.

"여, 진 피디."

느물거리는 목소리로 메인 피디가 등장했다.

"무슨 일이죠?"

"무슨 일은 무슨. 생각나 연락했지. 요새 지방방송 한다며?"

"지방방송이라뇨?"

"아하, 진 피디 또 진지 빠네. 농담이야. 유튜버 됐다며? 고향 대전을 콘텐츠로 직접 출연도 하고. 최 작가가 슬쩍 보여줬는데 아주 그냥—"

"상대방이 기분 나쁜 농담은 농담이 아니라고 매번 말씀드렸을 텐데요."

"왜 그래. 진 피디! 기분 나빠 하지 말고 들어."

"그 말은 '듣자마자 기분 나쁜 말 1위' 선정된 거 모르세요?"

"야! 찐똘! 내가 지금 기회 주려는 거야. 너 아직도 똥오줌 못 가려서 어쩔 건데. 그렇게 감정 내세우면 프로가 아냐. 다툰 건 다툰 거고 지금 이건 비즈니스야. 감정 섞지 말고—"

"이봐요. 김 피디님. 인간은 감정의 동물이에요. 감정은 중요한 겁니다. 비즈니스도 예의 갖춰가며 하세요. 쫓아낼 땐 언제고 기회는 무슨 상암동 떠내려가는 기횝니까?"

"이야. 유튜버 되더니 말빨이 아주 짱짱해졌어. 진 피디. 그 돈키호테 어쩌고 말이야. 우리가 눈여겨봤는데, 느낌이 와. 어때?"

"나도 느낌이 오네요."

"그치!"

"그래. 엿같고 더러운 느낌."

"뭐? 너 지금 뭐라고?"

"기분 나빠? 기분 나쁘면 다신 전화하지 마. 쿨한 비즈니스 한다고 성질 참으며 콜하지 말고. 그리고 돈키호테 어쩌고가 아니라 돈키호테 비디오다, 이 역겨운 자식아!"

전화를 끊고 가쁜 호흡을 가다듬었다.

여전했다. 시작부터 '지방방송'이라는 말로 상대방을 깔아뭉개고, 발끈하면 농담이라고 슥 빠지고. 진지 빠냐고? 네 농담은 농담이 아니라 악담이잖아. 악담이니까 정색을 하는 거야. 그리고 진지는 빠는 게 아니고 니네 아빠가 잡수시는 거다. 방송 피디라면서 고운 말 좀 써라.

더 퍼붓지 못한 게 아쉽지만 그래도 작은 승리를 거뒀다. 나를 지켰다. 나는 단독자다. 누구도 나를 함부로 대할 수 없다. 비록 지금은 돈도 못 벌고 이런 저항조차 심장을 떨며 외쳐야 하지만, 극복할 것이다. 나는 개인 방송인으로 훌륭한 콘텐츠를 생산할 것이다. 유튜버로 인생 2막에 바로 설 것이다.

15. 인정받지 못한 가출

다행히 성민은 월세 30만 원에 지하실 임대를 허락했다. 이메일로 계약서가 오갔는데 그가 추가한 내용은 두 가지였다. 하나는 '건물주는 공간의 유지·보수와 관련된 아무런 책임을 지지 않는다.' 다른 하나는 '건물이 매도되는 즉시 이 계약은 새 건물주와 협의하며 기존 건물주는 이 계약에서 자유롭다'였다.

그러니까 공간의 고장과 수리는 알아서 처리하란 것이고 건물을 팔면 자기는 아무 책임이 없다는 것이었다. 그래서 나는 건물이 절대 팔리지 말라고 늘 기도하며 잠들었다. 돈으로 할 수 없는 건 마음으로 할 수밖에 없기에 빌고 또 빌었다.

가출 열흘째, 집에 가 몰래 빨래를 하고 나오다 엄마와 현관에서 딱 마주쳤고, 어쩔 수 없이 엄마에게 사무실에서 먹고 잔다고 이실직고해야 했다.

다음 날 엄마는 내 옷가지와 반찬을 가지고 지하 공간으로 찾아왔다. 나는 제법 잘 지낸다고 했지만 구석에 쌓인 편의점 도시락 용기를 보는 엄마의 표정은 편치 않았다. 엄마는 다짜고짜 나를 데리고 중고품 센터로 가 소형 냉장고와 전자레인지, 행거, 난로를 사주었다.

나는 지금 엄마가 사준 난로에 발을 녹이며, 엄마표 멸치꽈리고추볶음에 소주를 더해 몸을 데우며, 엄마가 갖다준 겨울옷이 걸린, 엄마가 사준 행거를 바라보며, 살짝 행복하다.

엄마는 엄마였다.

생각해보면 가출이 처음은 아니었다. 〈고양이를 부탁해〉를 보고 눈물을 뚝뚝 흘린 날, 돈 아저씨는 따로 나를 불러 무슨 고민이 있는지 아저씨에게 편히 이야기하라고 했다. 나는 초등학교 4학년 겨울방학, 그러니까 대전으로 내려오기 반년 전에 감행했던 가출에 대해 털어놓았다.

엄청나게 춥던 그 겨울, 가방에 절친 토끼 인형과 전 재산 7만 원을 챙겨 집을 나섰지만, 아무리 애써도 서울을 빠져나가지 못한 채 서울역에서 무서운 노숙자 아저씨들만 보고 돌아왔던 기억. 오후 늦게 잔기침을 하며 집에 돌아온 내게 가족 중 누구도 어딜 다녀왔느냐 묻지 않았던 날. 그날 열이 펄펄 끓는 내게 감기약을 먹이며 이런 날 어딜 그리 싸돌아다녔냐고 타박하던 엄마. 새벽에 깨어나 보니 온몸이 땀에 흥건한 채 목이 엄청 말랐던 기억을 모두 털어놓았다.

"그러니까 인정받지 못한 가출이었구나."

다시 울음이 날 뻔했지만 아저씨가 걱정하는 모습에 애써 참았다.

"솔이 그때 왜 가출한 거야? 엄마 아빠 미워서? 오빠가 괴롭혀서? 아니면 학교랑 친구가 싫어서? 착한 솔이가 왜 그렇게 뿔이나 집을 나가야 했을까?"

내가 머뭇거리자 아저씨는 괜찮다는 듯 고개를 끄덕였다.

"괜찮아. 아저씨한테 말하고 잊어버려. 말하고 잊으면 다신 그걸로 울지 않을 거다."

"나는 집에서 필요 없는 사람이었으니까요."

"그건⋯⋯ 왜지?"

"아빠가 엄마한테 하는 말을 어쩌다 몰래 듣게 됐어요⋯⋯. 막내는 낳지 말걸 그랬다고⋯⋯."

"그래?"

"똑똑히 들었어요. 그때 아빠가 가게 망하고 집에만 있어 힘드실 때였는데⋯⋯ 나만 없으면 우리 집도, 아빠 엄마도 덜 힘드셨을 텐데⋯⋯."

"솔아. 그게 아빠의 진심이라고 생각하니?"

"⋯⋯."

"아빠도 힘들고 괴로우면 말실수도 하고 그럴 수 있지 않을까?"

"……아까 〈고양이를 부탁해〉 보는데 마지막에 태희가 가족 사진에서 자기만 가위로 오려 내는 거 보고, 그때 생각이 났어요……. 실패한 가출요……. 난 그렇게 할 수 있을까? 태희처럼 그렇게 떠나는 게 부러운데 또 슬펐어요."

애써 울음을 참아가며 할 말을 하니 그래도 무언가 막힌 속이 뚫리는 듯했다.

내 얘기를 다 들은 돈 아저씨가 지그시 눈을 감았다. 나는 아저씨가 무슨 말을 해도 곧이듣지 않겠다고 다짐하며 입을 꾹 다물었다. 이윽고 눈을 뜬 아저씨가 애틋한 눈빛으로 나를 바라보며 말했다.

"마음이 많이 아팠겠구나. 그런 사연을 지금까지 품고 있었으니. 그런데 내가 보기에 너희 아빠는 너를 정말 아끼신단다. 저번에 와 3만 원 적립하면서 너 원하는 책이랑 영화 맘껏 보게 해달라고 하셨어."

"내가 보는 건 아저씨가 가게 봐준 수고비로 해주는 거잖아요."

"아니야. 너 만화책 엄청 보잖아. 수고비 진작 다 썼지. 네 아빠가 적립한 돈 아니었으면 어림도 없었어."

"……거짓말."

"이런, 아저씨가 거짓말하는 거 봤니. 가끔 농담은 해도. 아빠가 너 영어 가르쳐준 것도 고맙다면서 가게에 맥주 마시러 오라고도 했는데, 내가 맥주만 먹으면 설사를 해서 못 간 것뿐이야. 아빠한테 물어봐도 된다."

"그만하셔도 돼요. 이제 괜찮으니까."

"괜찮니?"

"영화 속 태희처럼 스무 살에 떠나면 되니까요. 그때까지 좀 참죠, 뭐."

"그래. 가출하지 말고 모험을 떠나. 태희처럼, 돈키호테처럼."

"아저씨처럼은요? 아저씨도 돈키호테잖아요."

순간 아저씨의 애틋한 눈빛에서 물기가 반짝였다. 아저씨는 따뜻한 녹차를 냉수 마시듯 들이켜고는 한동안 얼굴을 손으로 감싼 채 말이 없었다. 나는 어찌해야 할지 몰라 침만 꼴딱 삼켰다. 아저씨는 그 자세 그대로 내게 말했다.

"솔아. 아저씨야말로 가출했어. 딴에 모험이라고 나섰지만…… 사실 집과 가족을 버리고 떠나온 거란다."

"……한빈이가 오잖아요."

"한빈이가 나한테 왜 쌀쌀맞은 줄 아니? 내가 아들을 버리고 집을 비운 그 2년 때문이야. 지금이야 그래도 나아졌지만. 나는 아들에게 평생 갚아야 할 죄를 지은 거란다. 나는 가족을 버렸어. 그 알량한 꿈 때문에. 솔아, 네 아빠는 너를 절대 포기하지 않으셨어. 너 그걸 잊으면 안 된다. 알겠……니……?"

"아, 알겠어요. 그런데 울지 마세요…… 돈 아저씨."

돈 아저씨는 어느새 펑펑 울고 있었다. 장맛비처럼 굵은 눈물방울이 탁자 위로 후드득 떨어졌다. 나는 내 앞에서 우는 어른 남자를 본 게 처음이어서 무척이나 당황스러웠다.

아저씨는 나를 의식하고는 휴지로 코를 푼 뒤 새 휴지를 뽑아 눈물을 닦았다. 그럼에도 여전히 축축한 눈동자로 나를 응시했다.

"솔아. 너는 꼭 모험을 떠나길 빈다."

"돈 아저씨도요."

아저씨는 씁쓸한 미소를 지으며 고개를 끄떡였다.

"애써볼게."

나도 고개를 끄덕였다.

16. 와라나고

2001년 한국 영화계에서는 '와라나고 운동'이 벌어집니다. 여러분 와라나고 운동 아세요? 새마을 운동도 아니고 금 모으기 운동도 아닌 와라나고 운동은, 흥행은 못했지만 완성도가 뛰어난 한국 영화를 응원하고 지지하기 위해 영화인과 영화 팬들이 자발적으로 벌인 운동입니다. 그즈음 개봉은 했으나 대형 제작사의 영화와 유명 감독과 스타 배우의 영화에 밀린 작은 영화 네 편을 대상으로 이 운동이 일어난 겁니다.

어제 돈키호테 비디오 아카이브의 맨 밑에서 이 비디오테이프를 발견하고는 와라나고 운동이 떠올랐습니다. 왜냐하면 돈 아저씨는 이 운동이 끝나고도 여전히 손님들에게 적극적으로 '와라나고'를 권하며, 심지어 네 편 통합 할인 행사도 했거든요.

그렇다면 이 네 편의 영화는 어떤 작품들일까요? 저희 스튜디오 대여점에는 세 편의 비디오테이프만이 남아 있었습니다. 여기 '와'는 바로 〈와이키키 브라더스〉입니다. 임순례 감독님의 작품이고, 젊은 박해일과 류승범 배우의 모습을 볼 수 있지요. 이 영화는 특히 남자들이 아주 좋아한다고 들었습니다.

그리고 '라'는 〈라이방〉입니다. '레이밴' 선글라스를 '라이방'이라고 했다죠? 이 라이방은 예전 택시 기사님들의 잇템이었다고 합니다. 택시 기사 하면 라이방 선글라스! 뭐 이런 공식이었죠. 이처럼 영화 〈라이방〉은 택시 기사들의 일상을 다큐처럼 따라간 작품입니다.

'나'는 〈나비〉입니다. 이 영화 무려 SF예요. 저예산 SF영화라니 정말 신박합니다. 2001년에 대체 충무로에서는 무슨 일이 있었던 거죠? 아무튼 비디오 커버 이미지만 봐도 무척이나 몽환적이고 신비로운 느낌이 나는 작품입니다.

마지막 '고'는 바로 오늘의 대여작입니다. 〈고양이를 부탁해〉. 와라나고의 네 번째 작품이자 한예종 출신 정재은 감독님의 데뷔작이며 이제는 40대가 된 배우들의 생글생글한 20대가 담긴 작품입니다. 저는 이 작품으로 배두나 배우를 처음 보고 팬이 됐어요. 그땐 나만 아는 배우이길 바랐는데 아시다시피 이제는 세계적 배우가 되셨죠. 저는 또 이렇게 덕질을 포기하고…….

이 작품은 배두나 이요원 옥지영 세 배우에 실제 쌍둥이인 이은주 이은실 배우까지 다섯 배우가 나오는 청춘물입니다. 영화는 인천에 사는 상고 동창 절친들이 스무 살이 되어 사회에 나가 겪는 현실을 달콤씁쓸하게 보여줍니다. 제가 이 영화를 봤을 때가 중2였는데요, 맞습니다. 라만차 클럽에서 봤지요. 그때 든 생각이 고등학교 졸업하고 사회에 나가면 저렇게 되는 건가? 싶어 엄청 고민을 하게 만든 영화였어요. 이 영화의 배경이 되는 인천 구도심이 마치 제가 사는 대전 선화동과 대전천 부근인 듯했고, 친한 것 같으면서도 불편한 친구 생각도 나서 매우 공감이 되었던 영화입니다.

무엇보다 가장 인상적인 장면과 대사가 있는데요, 지금 소개해 보겠습니다. 배두나가 맡은 캐릭터 '태희'와 옥지영이 맡은 캐릭터 '지영'은 인천 지하철 위를 지나는 고가를 건너다가 한 미친 여자와 마주칩니다. 두 사람은 애써 그 여자를 피해 지나가는데, 잠시 뒤 지영이 태희에게 이렇게 말해요. "아까 그 거지 말이야. 솔직히 나는 그렇게 될까 봐, 무섭다." 그러니까 태희가 이렇게 답해요. "무섭다는 생각은 안 해봤고, 가끔 그런 사람들 보면 궁금해서 따라가고 싶어. 매일 뭐 하면서 지내는지, 아무런 미련 없이 자유롭게 떠돌아다닐 수 있다는 건 좋은 거 아닌가?" 그러자 지영이 다시 이렇게 말해요. "그걸 자유라 그러니? 나는 그렇게 생각 안 해. 그렇게 다니다 무슨 일이라도 당하면 어떡하게?"*

저 역시 이 장면 보면서 많은 생각이 들었어요. 그 시절 저희 집

---

* 정재은 감독, 〈고양이를 부탁해〉(2001) 대사 중에서.

도 IMF로 가계가 어려워진 지 좀 됐고 저도 딱히 뭐가 되고 싶은 게 없었거든요. 그러다가 목척길이라고 저희 선화동에 구옥들 모여 있는 어두운 골목에서 이상한 할머니와 마주치면, 정말 발이 딱 멎고 나도 저렇게 마귀할멈처럼 되면 어쩌지, 하는 두려움도 들곤 했거든요. 영화의 이 장면이 그런 제 마음과 정확히 겹쳤어요. 그리고 지금 유튜버가 된 서른 살의 저는, 혹시라도 미친 여자로 보이지 않기 위해 애쓰며 살고 있답니다. 이제 태희처럼 마음껏 자유를 꿈꿀 호기는 없지만, 지영이처럼 너무 겁을 먹지도 않았으면 좋겠다는 생각을 합니다.

한편 〈고양이를 부탁해〉를 통해 제가 배두나의 팬이 되자 돈 아저씨는 그녀가 주인공인 다른 영화를 추천해주었어요. 정말이지 그 영화도 최고였어요. 배두나가 노랑 후드티를 입고 아파트 복도와 옥상을 무지하게 달리는 영화인데, 이제 내용은 정확히 기억나지 않지만 그 분위기가 정말 좋았고 씩씩한 배두나의 캐릭터도 매력 만점이었죠.

돈 아저씨는 그 영화도 엄청나게 칭찬하며 감독이 천재라고 했어요. 제가 그 정도는 아닌 거 같다고 하니까 아저씨는 올해 봄에 감독의 두 번째 영화가 개봉해 히트 친 거 모르냐면서, 히트는 둘째 치고 정말 한국 영화계의 전설이 될 작품이라며 또 막 흥분했죠. 그래서 제가 그것도 빌려달라고 하자 아저씨는 안타까운 표정을 지으며 미성년자 관람 불가니 4년 뒤에나 보라고 하셨습니다.

4년까지는 못 기다리고 2년 뒤 고등학생 때 몰래 그 영화를 빌려 봤습니다. 〈살인의 추억〉. 그리고 돈 아저씨에게 '천재 인정'이라고 문자를 보냈죠.

그러자 아저씨는 장문의 답 문자를 보내왔어요. 지금 그 감독이 한강에서 괴물이 나오는 영화를 찍고 있고 내년에 개봉하면 세계적인 주목을 받을 거라고, 칸 영화제에서 대상을 받을 날도 머지않았다고 했어요.

저는 다시 '그건 좀 오버 아닌가요?'라고 답을 보냈어요. 이후로도 아저씨와 잊을 만하면 문자를 나눴는데, 제가 휴대폰을 잃어버린 뒤 안타깝게도 연락이 끊기고 말았죠.

여러분 모두가 아시는 그 감독, 칸 영화제에서 대상을 받진 못했지만 아저씨 예언처럼 이미 세계적인 감독이 되셨죠? 어쩌면 돈 아저씨는 영화감독보다는 영화 제작자가 됐어야 했던 거 같아요. 천재 영화감독은 못 됐지만 천재 영화감독을 알아보는 안목이 있었으니까요.

오늘의 돈키호테 비디오는 이만 셔터 내립니다. 마지막 멘트 갈게요. 같이 해주세요.

"그래서 돈 아저씨는 지금 어디에 계실까요?"

2부

돈키호테를 찾아서

17. 인터뷰

2019년

올해 처음 올라온 서울은 북적이는 인파로 여전히 정신이 없었다. KTX로 한 시간 남짓 걸리는 거리였지만 정서적인 거리는 그보다 수만 킬로는 더 떨어져버린 도시가 되었다. 그런데 신기하게도 역사에서 쏟아져 나오는 인파에 밀려 서울역 광장으로 내려오자 자동으로 서울 사람 모드가 되어 빠르게 주변 상황을 캐치하는 나 자신을 발견할 수 있었다. 말하자면 이 도시에서의 생존 본능이랄까, 나는 발에 차일 것 같은 비둘기를 날렵하게 피한 뒤 전단을 들고 오는 종교인과 어슬렁어슬렁 다가오는 부랑인 사이를 빠르게 가로질러 광장을 빠져나오며 휴대폰을 들었다.

"어디야?"

"오. 누나. 가고 있어."

"약속 두 시 아냐?"

"여기 서울이야. 차 막히는 거 감안하셔야지."

"너야말로 그걸 감안해서 출발했어야지. 이 자식아!"

화가 나서 전화를 끊어버렸다. 서초동에서 바로 보자고 해도 굳이 픽업을 나온다고 하더니 결국 늦는 꼴이 절로 한숨을 토하게 했다.

그런 사람들이 있다. 자기가 호의를 베푼다고 하는데, 호의를 베푸는 과정이 너무도 호의가 아닌 사람들. 즉, 호의의 가격보다 호의 제공에 따른 자가 비용이 더 비싸 다시는 그 호의를 받고 싶지 않게 만드는 사람들. 그래서 거절하면 이들의 대답 역시 대동소이하다. '내가 그렇게 베풀었는데'거나 '난 할 만큼 했다'거나.

한빈이 그런 부류에 속한다는 게 조금 전 판명되자 굳이 바보와 함께 일하는 게 맞는가 하는 고민이 스멀스멀 올라왔다.

하지만 바보 한빈과의 협업은 어쩔 수 없는 선택이었다. 돈 아저씨를 찾기 위해 거쳐야 하는 주요 정보는 결국 녀석을 통해야 했다. 며칠 전 녀석은 어머니를 통해 아저씨의 대학 시절 절친을 컨택했다며 의기양양 연락해 왔다. 첩보의 영양가를 확인하기 위해 몇 가지 더 물어본바 그 절친은 돈 아저씨와 서강대 법학과 동기이자 함께 자취를 한 사이이고 학생운동도 같이한, 그야말로 20대를 동고동락한 사이라고 했다.

나는 그 첩보가 엉터리로 밝혀질 경우 널 손절하겠다고 엄포를 놓았다. 녀석은 누나나 인터뷰 준비 잘해 오라고 오히려 내게 지시를 했다. 역시 만만치 않은 바보다.

오늘의 인터뷰이인 돈 아저씨 절친은 현재 서초동의 한 변호사 사무소에서 사무장으로 일하고 있었다. 오늘 그에게서 최대한 아저씨의 과거를 많이 채집해야 한다. 그리고 늦지 않게 대전으로 돌아가는 게 목표다. 그래야 내일 채널에 업로드할 '오늘의 대여작' 분량을 편집할 수 있다.

일주일 두 번 업로드.

채널 돈키호테 비디오가 추운 계절을 지나 지금까지 생존할 수 있었던 것은 일주일 두 번 업로드를 반드시 지켰기 때문이다. 한겨울 매서운 추위와 지하실의 끔찍한 한기의 협공을 견디며 나는 내게 먹이 주듯 꾸준히 콘텐츠를 올렸고, 이제 적게나마 광고 수입이 나기 시작했다. 여기서 업로드를 게을리하면 끝이다.

휴대폰이 울렸다. 전화를 받으며 도로를 살피니 군청색 외제 차의 운전석에서 한빈의 얼굴이 불쑥 올라왔다. 주차가 어려우니 도로를 가로질러 타라는 녀석의 외침에 다시 욱하는 기운을 내리누르며 차로 향했다.

삼지창 마크가 달린 부담스러운 덩치의 차에 오르자 선글라스로 똥폼을 잡은 한빈이 나를 힐끗 쳐다보고는 액셀을 밟았다.

"카메라는?"

한빈이 통명스럽게 물었다. 무슨 소리냐고 내가 되묻자 한빈이 답답하다는 듯 말했다.

"유튜브 안 찍어? 돈키호테를 찾아 나서는 원빈 기사를 담아야 할 거 아냐.”

“원빈? 기사?”

“누나가 산초니까 나도 직함이 있어야지. 적어도 기사 정도는 돼야 하고. 그리고 내 별명이 원빈이니까 원빈 기사.”

“운전기사나 잘해. 세 시까지 늦지 않게 달려.”

“쩝. 명품 카에 명품 선글라스까지 끼고 왔건만 반응이 영 섭섭해.”

나는 극강의 인내심으로 참을 인忍 자 하나를 머릿속에 그렸다. 그럼에도 나의 불퉁한 기운이 느껴졌는지 한빈이 힐끗 쳐다보고는 또다시 입을 놀렸다.

“왜 그래. 인기 유튜버 찐산초 님께서. 멋진 그림 남겨야 구독자들 만족시키지.”

“아. 그래서 멋진 그림 만드시려고 이 덩치만 큰 외제 차랑 짝퉁 페라가모 쓰고 온 거니?”

한빈이 선글라스를 눈썹 위까지 치키더니 못마땅한 듯 나를 흘겼다.

“이거 진퉁이거든! 그리고 그냥 외제 차가 아니고 마세라티야. 이탈리아 명품 세단! 이 차 빌려준 카 마스터 앤디 형이 그랬거든. 사람들 독일 차 타령 많이 하는데 원래 명품은 다 이탈리아라고. 람보르기니! 마세라티! 알파로메오! 알기나 해?”

나는 다시 한번 참을 인 자를 그렸다.

“몰라. 삼각지에서 좌회전해. 어서.”

"누나, 진짜 내가 오늘 누나 유튜브 소스 제대로 주고 인터뷰도 이렇게 같이 가주는데 너무 까칠한 거 아냐? 그렇게 나오면 나도 비즈니스맨 모드로 나가? 나 오늘 일당 얼마 줄 건데?"

"닥치고 운전이나 잘해! 내가 지금 네 아빠 찾고 있는데, 이게 내 일일 뿐이야? 언젠 찾아달라고 부탁하더니 이제는 비즈니스가 어떻고 일당이 얼마? 너 지금 나 시험하는 거야? 이게 내가 부탁한 자리야? 나 이거 방송 안 해도 돼. 너야말로 내 경비 지원하고 도와야 하는 거 아냐? 그냥 다 쫑 내고 대전 내려갈까?"

"아, 알았다고. 어휴, 침이 다 튀네."

그제야 한빈은 입을 쭉 내밀고 운전에 집중했다.

"얼굴은 안 나오게 찍었으면 하네요."

마른 체형에 큰 키, 무테안경, 희끗희끗한 머리칼이 절반 정도 남은 권영훈 사무장의 인상은 꼬장꼬장해 보였다. 말투는 나긋하면서도 은근히 고압적이어서 노련한 어른의 풍모가 느껴졌다. 우리는 미팅룸 테이블에 마주 보고 앉았고, 나는 테이블 한쪽에 거치대를 놓고 카메라를 설치하며, 자꾸 눈길을 주는 그에게 화각을 내려 현장 분위기만 촬영하는 거라고 재차 안심시켰다. 그동안 한빈은 어릴 적 보고 오랜만에 본다는 권 사무장을 상대하고 있었다.

"어머니도 잘 지내시고?"

"예. 엄마야 뭐. 아빠가 문제죠."

"그러게. 그 친구는 늘 문제의 핵심이었지. 스스로 문제를 만들고 또 스스로 풀기도 하고."

그는 대수롭지 않다는 듯 말했지만, 그 순간 나는 이 촬영이 의미가 있을 거라는 확신이 들었다.

그는 평소 유튜브를 안 보지만 한빈이 보내준 링크로 채널을 확인했다며, 자기가 모르는 영수의 비디오 가게 시절이 있다는 게 놀랍고 또 이렇게 찾아와 친구에 대해 물어주니 반갑기도 하다며 대화의 운을 뗐다. 뒤이어 자신도 영수의 행방이 궁금해 진행자인 나와 아들을 만나보는 것도 괜찮겠다 생각했다고 덧붙였다.

돈 아저씨를 찾기 위한 첫 인터뷰 촬영에 긴장한 나는 그가 능숙하게 대화를 주도해 한결 마음이 놓였다. 권 사무장은 마치 의뢰인과 상담하듯 그동안 내가 확인한 사항을 물었고 간혹 수첩에 적기도 했다.

나는 카메라의 녹화 버튼을 누르고 슬슬 시동을 걸었다.

"처음에 두 분 어떻게 친해지셨어요?"

"영수는 춘천. 나는 속초. 같은 강원도지만 산맥으로 막혀 다른 동네긴 해요. 하지만 신입생 중에 나랑 그 친구만 강원도니 자연스레 친해지더군요."

"그럼 아빠를 마지막 만난 건 언제죠?"

한빈이 물었다.

"그 친구 학원 강사 시절이었지. 내가 사법시험에 또 떨어졌고 위로한다고 네 아빠가 밥을 샀단다. 대치동 골목의 비싼 고깃집이었는데 내 생전 그렇게 맛있는 고기는 처음이었어."

웃음기 없이 그가 답했다.

"엄마 말이, 아빠가 그땐 돈을 좀 벌었다고 하더라고요. 그런데 그 돈 잘 버는 학원 강사 일을 왜 그만둔 건가요?"

"그건, 나도 잘 모르겠다만 짐작이 가는 바는 있지."

"이야기해주실래요?"

"우리 같은 운동권 출신들은 대기업에 취업이 안 됐어요. 더구나 영수는, 옥고도 치르고 했으니 제대로 된 직장을 가지기 힘들었지."

잠시 동안 나와 한빈은 서로를 돌아보며 어떻게 대답해야 할지 망설였다.

"몰랐어요? 흐음. 한 번 갔다 왔어요. 시국사범으로. 그것 때문에 군도 면제됐고."

군 면제가 될 정도면 몇 년 형을 받아야 하는지 궁금해졌다. 한편으로 그 사람 전과자라며 비디오 가게 가는 걸 질색하던 엄마로 생각이 이어졌다. 터무니없는 말로 날 집에 가둬두려는 거라고 무시했지만, 지금 와 보니 근거가 없진 않은 이야기였다.

"아무튼 90년대 초반에 좋은 대학 나왔지만 운동권 출신이라 직장 구하기 쉽지 않은 영수 같은 친구들이 진출하는 업종이 몇 있었어요. 먼저 정치계. 국회의원 사무실에서 보좌관을 하거나 사회단체에서 정치활동 하는 거죠. 그다음이 언론계. 이건 메이저는 못 가고 진보적 성향의 신문이나 잡지 쪽이죠. 그다음이 문화계. 그러니까 출판이나 영화 쪽이고. 마지막으로 학원계가 있었어요.

운동권 선배들이 강남의 사교육 시장에 학원을 차려 제법 재미를 봤거든. 학벌 좋고 공부 머리도 있으니 학원 강사 일이 그들한테 적격이었죠. 게다가 영수는 아이들을 참 좋아했어요. 같이 자취할 때도 주인집 애들 공짜 과외 해주고 그랬다고."

권 사무장은 반말과 존댓말을 묘하게 섞어 구사했는데, 연배가 연배인지라 딱히 불편하지는 않았다.

"음…… 나는 공부 한번 제대로 안 봐줬는데."

한빈이 투덜댔다.

"그건 네가 공부를 안 해서고. 돈 아저씨는 물어보는 사람한테만 가르쳐줬거든."

내가 정색했다.

"마지막 만났을 때 학원 일에 힘들어했어요. 이유는 역시 원장과의 갈등일 테고. 생각해봐요. 그 친구가 20대 내내 독재와 싸웠잖아. 근데 학원에 가니 또 원장이 독재를 하고 있더래요. 아주 분통을 터뜨려서 내가 너 이제 애도 있는 가장이라고, 눈 딱 감고 학원 일 하라고 다독였던 기억이 있어요."

"그럼 이후론 소식을 못 들으신 건가요?"

"통화는 몇 차례 했죠. 몇 해 뒤에 불쑥 출판사에 다니게 됐다면서 자기네 신간을 보내준다고 주소를 부르라고 하더라고."

나는 노트에 빠르게 '출판사 근무'라고 적으며 사무장을 응시했다.

"그 책이 뭐죠? 출판사가 어딘지 알았으면 해서요."

"사실 내가 그때 경황이 없고 좀 힘들 때라 책 읽을 여유 없다고 거절했어요. 친구 성의도 모르고. 그래서 책 제목도 기억이 안 나네요."

"선생님은 그때 어떤 어려움이 있으셨는지…… 여쭤도 될까요?"

"오래 준비한 고시를 포기했어요. 그리고 몇 해 사회에서 이 일 저 일 구르다 간신히 서초동 법조타운에 자리 잡게 된 겁니다. 결국 사무장이 될 팔자였던 거죠."

"사무장 되시고는 장영수 씨와 연락을 하셨나요?"

"딱 한 번. 첫 월급 받고 밀린 술 산다고 했더니 지금은 어렵다면서 짧게 근황만 나누고 전화를 끊었어요. 그게 마지막이었어요."

순간 머릿속에서 계산이 핑핑 돌았다. 친구가 잘된 자리에 축하를 마다할 돈 아저씨가 아니다. 그렇다면 아저씨에게는 그 시기가 정말 힘든 때였을 것이고, 예상으로는 이혼 과정일 가능성이 크다. 나는 한빈에게 상처가 될 수도 있을 부분인지라 더 묻지 않았다.

"99년 아닌가요? 우리 엄마 아빠 이혼했을 때? 아빠 그때 무지 좌절했다고 들었거든요."

어라. 한빈이 시원하게 질러주었다.

권 사무장은 묵직하게 고개를 끄덕인 후 잠시 시선을 돌렸다가 다시 우리를 마주했다.

"수화기 너머로도 친구의 고통이 느껴졌어요. 찾아가겠다고 해도 극구 만류하더군요. 내가 뻔한 위로의 말밖에 건넬 수 없어 답답해하자 녀석이 마지막으로 기억해달라며 대략 이렇게 말했어요. 자기는 이제 영화감독이 되어 세상을 뒤집어엎을 영화를 만들 거라고, 우리가 사는 세상이 엉망진창이라는 걸 영화로 보여줘야 세상을 다시 제대로 세울 수 있다고요."

나는 조용히 고개를 끄덕였다.

"내가 그쪽이 만든 유튜브 채널을 보고 가장 놀란 게 뭐인 줄 압니까?"

"그게 뭔가요?"

"돈키호테요. 돈키호테라니, 정말 녀석에게 딱 어울리는 명명이지 않습니까? 그걸 내가 먼저 떠올려서 돈키호테 같은 놈이라고 별명을 딱 붙였어야 했는데, 빼앗겨버린 기분이랄까요."

"제가 옛날에 왜 가게 이름이 돈키호테 비디오냐고 물어본 적이 있어요. 그때 돈 아저씨가 이렇게 말했어요. '누가 나보고 돈키호테라고 하더라고. 그래서 이렇게 됐어.'"

"그럼 나는 아닌가 보군요. 누군가 영수를 잘 파악한 겁니다."

"그럼 혹시……?"

나는 한빈을 돌아봤다. 녀석이 빠르게 고개를 저었다.

"울 엄마 절대 아님. 울 엄마는 비유 같은 거 안 해. 무조건 돌직구지."

"그래서, 어머니께선 영수에 대해 뭐라고 하셨나?"

권 사무장이 궁금하다는 듯 물었다. 나 역시 눈으로 물었다. 한빈이 괜찮겠냐는 표정을 짓고는 체념하듯 말했다.

"또라이죠, 뭐."

권 사무장과의 인터뷰에서 건진 핵심은 마지막 한빈의 멘트일지도 몰랐다. 또라이. 어쩌면 그게 가장 가까이 있었던 사람의 솔직한 평가이기에. 물론 권 사무장을 통해 돈 아저씨가 학생운동으로 고초를 겪었고, 학원계에서도 원장과의 갈등으로 힘들었으며, 출판계와 영화계까지 흘러가게 되었다는 정보를 얻었다. 하지만 당장 돈 아저씨의 행방을 알 만한 첩보는 없었고 다른 지인들의 연락처 역시 구할 수 없었다.

인사를 하고 나오는데 그가 대뜸 나를 불러 세웠다. 나는 반사적으로 카메라를 켰다. 그는 신경 쓰지 않고 말했다.

"영수, 꼭 찾으세요."

"예. 애써볼게요."

그가 잠시 뜸을 들이더니 처음으로 수줍은 미소를 보이며 입을 뗐다.

"만나면 이 말 전해줘요. 친구가 보고 싶어 한다고."

18. 새 프로그램

올라! 께 딸?* 아미고 여러분. 오늘은 에피소드 72화, 예고해드린 대로 '돈키호테를 찾아서'의 첫 방송 되겠습니다. 오늘도 여러분의 찐산초 인사드립니다. 이번에 제가 7개월 만에 대전에서 상경하지 않았겠습니까? 돈 아저씨에 대한 단서를 찾기 위해서는 전국을 뒤져야 할 판인데 이 역시 수도인 서울에서부터 시작하게 됐습니다.

지난주 저는 한빈 군, 자칭 '원빈 기사'에게서 첩보를 입수했습니다. 돈 아저씨 장영수의 대학 시절 절친의 연락처를 확보했다는 그의 말에 약속을 잡았죠. 아저씨의 절친은 현재 변호사 사무소에

* ¿Qué tal?: 스페인어로 '어떻게 지냈어?'라는 뜻.

서 사무장으로 오래 일하셨던 분이라는 점에서 일단 믿음이 갔습니다. 돈 아저씨가 서강대 법대 출신이기에 대학 동창이라면 아무래도 법조계 인물이 말이 된다고 봤거든요.

저는 그래서 그분을 컨택해 어렵게 인터뷰 약속을 잡았습니다. 문제는 이 한빈 녀석이 또 늦었다 이겁니다. 픽업을 온다고 해놓고 10분이나 늦게 어디서 빌린 외제 차를 끌고 와 제게 유튜브 영상에 자기 차를 자랑해야 하니 찍으라나 말라나. 여러분 제가 그래서 내릴 때 잠깐 찍었습니다. 자, 짝퉁 페라가모를 쓴 한빈이 빌린 외제 차에서 내리며 우리에게 똥폼을 잡고 있네요. 갑자기 손가락 하트는 왜 하는 걸까요? 죄송합니다. 여러분, 정녕 제가 이 친구를 믿고 돈 아저씨를 찾는 먼 여정을 떠나야 하는 건가요? 오직 여러분의 성원이 필요할 따름입니다.

자, 지금 보이는 건 서초동 법조타운의 위용입니다. 이 건물에만 변호사 사무소가 몇 개나 있는 걸까요? 이제 슬슬 들어가 보겠습니다. 그런데 왠지 누구라도 초상권에 저촉된다며 막아설 듯해 절로 카메라가 내려갑니다. 이거 몰카도 아니고. 솔직히 저 쫄았습니다.

여기는 이제 사무실에 들어가 권 사무장님과 마주하게 된 테이블입니다. 사무장님은 얼굴 노출은 자제해줄 것을 부탁하셨고요, 이후 약 한 시간 동안 돈 아저씨의 과거에 대한 이야기를 들었습니다. 그럼 지금부터 요약 편집본으로 들어보시죠. 들으며 아저씨의 모습을 상상해주세요. 혹시 여러분이 아는 사람은 아닌지도 생각해보세요.

어떤가요? 권 사무장님의 조곤조곤 친절한 말투가 은근 중독성이 있습니다. 여기서 저희는 몇 가지 중요한 사실을 알게 되었습니다. 먼저 돈 아저씨의 고향이 강원도 춘천이라는 사실. 서강대 법대생이었다는 사실. 또 하나, 짐작은 하고 있었지만 학생운동을 하며 옥고까지 치렀다는 사실입니다. 영상에는 없지만 저는 권 사무장에게 물었습니다. 돈 아저씨는 왜 그렇게 공부보다는 학생운동에 열중했는지를. 그는 제게 이렇게 답했습니다. 그 시절엔 싸우지 않고는 제대로 된 자유를 얻을 수 없었고, 영수는 누구보다 그 자유를 쟁취하기 위해 앞장서 싸운 친구였다고요.

아, 이 대목에서 제가 80년대 군사독재 정권에 대해 조사해봤습니다. 그 시절엔 등굣길에도 불심검문을 당하기 일쑤였고, 사복 경찰이나 전경이 가방 속까지 막무가내로 뒤졌다고 합니다. 거부하면 경찰서에 끌려갔고요. 그런데 여성분들은 가방 안에 위생용품도 있을 텐데 그게 강제로 공개되는 수모를 겪었다니, 생각만 해도 끔찍합니다. 또한 80년대는 경찰들이 학교에 상주하며 학생들을 늘 감시했고 때론 군인들이 수업을 폐강시키기도 하고 아예 학교가 폐쇄되기도 했답니다. 이게 과연 학생들이 불온하고 데모만 해서일까요? 군인들과 경찰들이 대학 캠퍼스에 무작정 들어오지 못하는 사회, 그런 기본적인 인권과 교권이 지켜지는 사회를 위해 그 시절 돈 아저씨 같은 분들이 싸운 게 아닐까요?

저와 한빈은 인터뷰를 마치고 얻은 수확을 따져보았고, 돈 아저씨가 거쳐 갔다는 학원계와 출판계 그리고 영화계의 지인들을 찾기로 했습니다.

그리하여 폭풍 검색을 통해 운동권 출신들이 차려서 성공한 대치동의 한 학원에 대해 파악했고, 원장이 출간한 자서전 『대치동 블루스』를 입수했습니다. 음, 제목이 좀 구리죠. 바로 이 책입니다. 표지도 좀 예, 그렇죠. 저는 지금부터 이 책을 탐독해 학원에 대한 정보를 획득해볼 생각입니다. 혹시 여기에 돈 아저씨와 관련된 일화가 나온다면 좋겠지만, 그렇지 않더라도 분명 유의미한 정보를 얻을 수 있을 거라고 봅니다.

한빈 군은 돈 아저씨가 일했다는 출판사에 대해서 알아보기로 했습니다. 권 사무장은 돈 아저씨의 출판사 책을 못 받아보았지만, 아저씨의 전 부인께서는 분명 그 출판사에 대해 아는 바가 있을 것입니다. 모쪼록 모자가 다정한 대화를 통해 출판사명을 알아내기만을 바랄 뿐입니다.

아울러 저는 돈 아저씨가 영화계에서 활동하던 시기에 대해서도 살펴보고자 합니다. 아저씨가 연고도 없는 대전에 내려온 건 여기 비디오 가게 때문이었습니다. 비디오 가게에서 일하면서도 아저씨는 종종 서울에 가 영화사를 방문하곤 했거든요. 아무래도 그때 그 흔적을 쫓아가 봐야 할 듯합니다.

이것으로 새 프로그램 '돈키호테를 찾아서'의 권 사무장 인터뷰 편을 마치도록 하겠습니다. 아미고 여러분, 우리 같이 돈 아저씨를 찾을 수 있겠죠? 많은 제보 부탁드립니다. '돈키호테를 찾아서' 2편은 첩보가 모이는 대로 다시 돌아옵니다. 오늘도 시청해주셔서 감사합니다. 구독과 좋아요, 알림 설정 당연히! 반드시! 감사히! 아스따 루에고!

19. 낮에 꾸는 꿈

대치동 학원가의 왕이었다는 배성식 원장의 책 『대치동 블루스』는 총 4장으로 구성되어 있었다. 1장은 그의 성장기로, 지방의 가난한 집 맏아들로 동네 수재 소리를 들으며 자라 명문대에 입학하기까지의 구구절절한 '개천 용' 스토리였다. 2장에서는 서울 유학 생활을 하며 학업에 매진하던 중 독재 정권의 압제와 폭압에 맞서 청춘의 끓는 피로 학생운동에 투신한 이야기가 나왔다.

3장은 가장 많은 페이지가 할애된 '스카이 전진학원' 창립과 운영기였다. 학생운동에 투신했다 옥고를 치르며 7년 만에 대학을 졸업한 그는, 정치권으로 진출할 계획이었다. 그러나 갑작스러운 아버지의 죽음을 계기로 자신의 삶을 돌아보게 되었고, 세상을 바꾸는 것은 정치의 힘만이 아닌 교육의 힘이기도 함을 깨달아 학원 사업에 뛰어들게 되었다고 했다. 그는 마음이 맞는 옛 동지들과 의기투합해 대치동 상가건물 3층에 작은 보습학원을 차렸다. 처음에는 기존 학원에 밀려 별 성과가 없었는데, 이에 그는 동료들을 독려해 피나는 노력으로 강의력을 올렸다. 먼저 교수법 연구 세미나를 매주 가졌고 공개 시강(시범 강의)을 통해 서로를 신랄하게 모니터링해주며 실력을 향상시켰다. 학생 모집에 학부모의 영향이 크다는 걸 깨닫고 직접 학부모 면담을 맡아 잠을 줄여가며 하루에도 수십 건의 미팅과 수백 통의 통화를 감당했다고 했다. 이러한 그의 리더십으로 학원은 창업 5년 만에 건물을 올리고 '합격의 영광을 향해 전진하는 스카이 전진학원'이라는 간판을 내걸 수 있게 되었다.

4장은 대한민국 교육에 대한 자신만의 철학을 정리한 내용이었는데 수많은 각주와 한자 병용을 보니 자신의 교육학 박사 논문을 복사해 붙인 듯한 혐의를 지울 수 없었고, 중간까지 읽다가 독서를 마쳤다.

이 책의 저자인 배성식 원장에게 돈 아저씨에 대해 물을 필요는 없어 보였다. 그의 시각을 통해서는 아저씨를 제대로 알기 어려울 뿐 아니라 행적을 파악할 단서도 나올 리 만무했다. 실로 공들여 읽은 세 시간과 중고도서 구입비 5,800원이 아까워 손이 부들부들 떨릴 지경이었다.

혹시나 하는 마음에 읽다 체크해둔 학원 강사를 자르는 페이지를 다시 펼쳤다. 읍참마속의 심정으로 창립 멤버, 초기 기여자들과 결별했다는 대목이었는데, 다시 봐도 아저씨의 이름은 없었다. 그런데 자세히 보니 페이지 밑에 각주가 달린 것이 아닌가.

‘그 시절 함께해준 K강사, J강사, P강사에게는 아직도 고마움과 미안함이 남아 있다. 이 책을 보면 출판사를 통해 내게 연락을 주시오. 내 소주 한잔 사리다.’

참으로 소주 한 잔 시원하게 얼굴에 뿌려주고 싶은 문장에서 내 시선이 꽂힌 대목은 바로 J강사였다. 돈 아저씨가 J강사라는 데 내 손모가지를 걸고 싶은 심정이었다. 만약 K강사와 P강사를 만난다면 그 시절 아저씨에 대해 알 수 있겠으나 그들을 찾을 방법이 전무했다.

그런데 책을 덮으려던 순간 나도 모르게 손이 멈췄다. 바로 옆 페이지에는 강사들과 결별 후 새 강사를 뽑는 과정이 서술되고 있었는데, 자신은 절대로 인맥으로 강사를 모집하지 않았고, ‘훈장마을’ 사이트를 통해 공개 구인한 후 오로지 자신의 탁월한 감과 면접 스킬로 강사를 뽑았다는 내용이었다. 나는 책을 던져버리고 부리나케 검색했다. 훈장마을. 이곳은 학원과 학원 강사를 연결해주는 구인구직 사이트였다. 그렇다면 이곳에 글을 올리면 K강사나 P강사 혹은 90년대 초중반 스카이 전진학원에서 일한 영어 강사 장영수를 아는 사람을 찾을 수 있지 않을까?

문제는, 훈장마을에는 그런 걸 공지할 자유게시판이 없었다. 그렇다고 포기할 나 진솔이 아니지. 나는 다시 훈장마을과 비슷한 학원 강사 구인구직 사이트를 검색했다. 그리고 다음Daum 카페

학강모(학원 강사 모여라)를 발견했다. 이곳에는 회원이 되면 글을 쓸 자격이 주어지는 게시판이 있었다. 빙고.

안녕하세요. 게시판 성격에 맞지 않는 글을 남겼다면 죄송합니다. 1992년부터 1997년 사이 서울 강남구 대치동의 스카이 전진학원에 근무했던 분 중 영어 강사 장영수 선생님과 함께 근무했거나 그에 대해 아시는 분은 아래 연락처로 전화 혹은 메일 부탁드립니다. 장영수 선생님의 지인들이 그의 행방을 찾기 위해 백방으로 알아보는 중입니다. 부디 저 시기 장 선생님을 아는 분 혹은 현재 장 선생님의 근황을 아는 분은 주저 없이 연락 주셨으면 합니다. 그에 대한 기억을 나눠주시면 감사하겠습니다.

나는 학강모 게시판에 위와 같은 글과 연락처를 남긴 뒤 완전히 소진된 기분을 느끼며 그대로 뻗어 잠들었다.

다음 날 게시글을 확인해보니 제법 댓글이 달려 있었다. 하지만 안타깝게도 스카이 전진학원에 대한 악평 혹은 이런 글을 왜 여기 남기냐는 힐난이 대부분이었다. 지푸라기라도 잡는 심정으로 올린 글에 안 좋은 댓글만 가득한 걸 보니 기운이 빠졌다.

답답한 마음에 한빈에게 전화했으나 받지 않았다. 피로해진 나는 지하실 구석 소파에 앉아 멍하니 스튜디오 내부를 둘러보았다. 그러다가 책장에서 시선이 멎었고, 거기 있는 오래된 책들로 생각이 옮겨 갔다. 순간 머릿속에 불이 번쩍 들어왔다. 와. 내가 왜 그 생각을 못 했지? 여기 있는 책들이 모두 대여용 책은 아니다. 돈 아저씨 개인 책도 섞여 있다. 그렇다면 거기에 자신이 다닌 출판사의 책도 한두 권 남아 있지 않을까?

나는 점프하듯 소파에서 일어나 책장 앞으로 돌진했다. '돈·비'라는 스티커가 붙지 않은 책들이 책장 맨 아랫단에 차곡차곡 누워 있었다. 바닥에 가까워서인지 유독 먼지와 곰팡이로 코팅된 책 10여 권을 하나하나 꺼내다가 코가 간지러워 수차례 기침을 뱉었다. 그럼에도 마치 금괴라도 되는 양 조심스레 책들을 가운데로 옮긴 뒤 한 권씩 살펴보았다.

기대가 와장창 무너져 내렸다. 출판사가 모두 달랐다. 같은 출판사 책들이라면 돈 아저씨가 근무한 출판사일 가능성이 높겠지만, 전부 다른 곳이었다. 그러나 포기하기엔 일렀다. 아저씨가 출판사 생활을 한 것으로 추정되는 때는 1997~1998년. 그러니까 이 기간에 출간된 책이 그나마 가능성이 있다는 뜻이다. 소거법을 적용하는 수밖에 없었다. 나는 서둘러 판권 페이지를 펼쳐 출판연도를 확인했다. 열 권 중 한 권이 1997년, 두 권이 1998년에 출간된 책이었다.

다음으로는 역시 판권란의 출판사 직원 명단을 확인했다. 1997년 책은 명단이 있었으나 장영수라는 이름은 보이지 않았다. 아웃. 1998년 책 두 권은 모두 판권란에 저자와 발행인 이름만 있었다. 출판사 직원 명단을 표기하지 않았기에 두 권 중 어떤 것이 돈 아저씨가 근무한 곳의 책인지 아리송했다.

나는 책 두 권을 나란히 책상 위에 올려놓고 관상이라도 보듯 표지를 지그시 바라보았다. 한 권은 처음 듣는 소설가의 에세이였고 다른 한 권도 잘 모르는 정치인의 회고록이었다. 두 저자 모두 돈 아저씨와는 접점이 없어 보였기에 막다른 골목에 다다른 기분이었다.

지푸라기라도 잡는 심정으로 소설가의 에세이를 열어보았다. 옛날 책 특유의 다닥다닥 붙은 글씨는 가독성이 떨어졌고 내용 또한 내 취향과 전혀 맞지 않는 중년 아재의 자기 고백이었다. 나는 마지막이라는 마음으로 정치인의 회고록을 펼쳤다.

놀랍게도 책 내지에 저자의 한자 이름 사인이 큼지막하게 적혀 있었다. 판권을 확인할 때는 미처 발견하지 못한 것이었다. 잔뜩 멋을 낸 사인 밑에는 이렇게도 적혀 있었다.

1998. 5. 29. 벽해출판사 장영수 君에게.

오 마이 갓이다. 표지에 떡하니 실린 두꺼비처럼 생긴 정치인 아저씨의 얼굴에 뽀뽀라도 하고 싶은 심정이었다. 나는 서둘러 휴대폰을 꺼냈다. '벽해출판사'를 검색하니 홈페이지가 나왔고 지도 서비스 속 위치도 찍혀 있었다. 아직 존재하는 곳이라는 뜻. 서울시 마포구 서교동. 2000년대 초반 출판사들이 파주 출판단지에 입주하기 전에는 서교동 그러니까 홍대 일대에 많았다고 들었는데, 이 출판사는 파주로 이주하지 않고 1990년대부터 지금까지 서교동에 자리하고 있는 듯했다.

그때 휴대폰이 진동했다. 한빈이었다. 나는 콧김을 뿜고는 전화를 받았다.

"참 빨리도 답하네."

"후후. 누나 내가 지금 얼마나 애썼는지 알아? 누나가 우리 엄마 상대해봤어? 내가 지금 엄마 집에서 온갖 잔소리 들으며 엄청난 성과를 냈는데, 성실 불성실을 따져? 진짜 이러기야?"

"뭐야? 출판사 이름 알아낸 거야?"

"우리 아빠가 학원을 그만둔 게 1997년이고, 출판사는 그해 말부터 다음 해까지 다녔다고 하더라고. 그 뒤엔 영화감독 된다고 이곳저곳 쏘다녔다고 하고."

녀석이 우쭐해하며 질질 끌었다.

"그래서 출판사가 어딘데?"

"어딜까요? 궁금하지?"

"벽해출판사. 맞지?"

"응? 뭐지? ……아, 진짜 김빠지게."

"나도 방금 알아냈거든. 자 그럼 이제 뭘 해야 해?"

"하긴 뭘 해. 알아냈으면 됐지."

"나는 여기서 유튜브 올려야 해. 그리고 벽해출판사는 서울에 있단다. 홍대 어딘가라고 하니 검색해서 네가 찾아가 보는 거야. 대표 잘 만나서 아빠에 대해 물어보도록."

"아니, 거길 나 혼자 어떻게 가. 나 활자 알레르기 있어서 출판사나 신문사 이런 데 딱 질색이거든."

"어쩌냐. 나는 홍대병 무서워서 홍대 딱 질색인데."

"아, 진짜!"

"네가 가서 물어야 명분이 서지. 네 아빠잖아. 가서 만나고 분위기 괜찮으면 그다음에 내가 카메라 들고 갈게."

나는 전화를 끊고 자리에서 일어났다. 맨날 '아 진짜!'를 달고 사는 한빈. 아, 진짜 나는 한빈이 아빠를 더 알아갈 더없이 좋은 기회를 제공하며 덕을 쌓는 중이라고 생각하기로 했다.

편의점 최애 메뉴 산해진미 도시락으로 늦은 저녁을 먹은 뒤 벽해출판사를 추리해 찾아낸 과정을 대본으로 정리했다. 방송에 쓸 인서트 컷도 몇 개 땄다. 내일 촬영 후 업로드하면 새로운 콘텐츠가 하나 더 생긴다. 이미 상당수의 구독자가 '돈키호테를 찾아서'에 호응하는 중이었다. 댓글의 반응과 구독자 수의 증가를 통해 조금이나마 내게도 팬이 생겼고, 나의 열정에 응원을 보내는 게 느껴졌다.

돈키호테의 이룰 수 없는 꿈은 숭고하다. 그것이 돈키호테의 존재 이유니까. 아저씨의 필사 노트로 완독한 『돈키호테』의 주제 역시 꿈을 향한 모험을 펼치라는 것이었다. 쉰 살이 넘은 시골 기사가 세상의 정의를 세우겠다고 길을 떠나는 설정 자체가 '꿈꾸고 있네'라는 핀잔을 들을 일이다. 하지만 꿈꾸지 않으면 살 수 없는 게 인간이다. 지금 나 스스로가 돈벌이도 안 되는, 이제 얼굴도 희미한 아저씨를 찾아 나서는 모험을 하고 있기에 느끼는 바가 크다. 내 인생 30년 동안 그 어느 때보다 살아 있다고, 가슴이 뛰고 활기가 넘친다고 말할 수 있다. 이런 게 꿈이다. 밤잠을 방해하는 꿈이 아니라 낮에 꾸는 꿈 말이다.

오늘 여정이 길었다. 들판에 천막을 치고 잠든 산초처럼 소파 침대에 몸을 묻고 잠을 청하려는데 휴대폰이 울렸다. 밤 열한 시. 모르는 번호였다. 회사를 그만두고는 저장된 번호가 아닌 전화는 받지 않았다. 그런데 생각해보니 지금은 섭외 모드. 나는 서둘러 전화를 받았다.

"여보세요."

"여보세요. 진솔 씨 휴대폰인가요?"

괄괄한 중년 사내의 목소리였다.

"예. 맞습니다."

"밤늦은 시간에 미안합니다. 일이 지금 끝나서요. 학강모 사이트 보고 연락드리는 건데 말입니다, 장영수 씨에 대해 이야기하고 싶다고요? 스카이 전진학원 시절 말이죠?"

"네! 제가 글 올린 사람입니다."

나는 벌떡 일어나 경례라도 하듯 답했다.

20. 투 머치 토커

"장영수 씨는 내가 학원 일 하며 만난 사람 중 가장 탐나는 인재였어요. 강의력이며 성품이며 빠지는 게 없었죠. 심지어 술도 잘 먹는데 주사도 없어! 아쉬운 게 있다면 좀 고지식한 거였지만 선생에게 그런 고집과 소신은 오히려 자기 수업을 주도하는 데 필요한 덕목이기도 하니까 딱히 단점도 아니지요. 나는 그렇게 생각해요. 다만 그 고지식함이 아마 불편한 대목이 아니었을까 합니다. 아무래도 윗대가리들, 아니 이거 촬영 중이니 내가 표현을 좀 순화해야겠죠. 그러니까 윗사람들은 어쨌거나 좀 아부도 떨고 응대도 잘하는 친구들을 선호하니까. 그게 어쩔 수 없는 권력의 속성이랍니다. 리더로 서 있다 보면 외롭거든. 외로우니 옆에 와 말 받아주고 알랑대는 놈들이 눈에 들어올 수밖에 없어요. 나도 젊을 때는 몰랐어요. 그런데 원장이 되고 나니까 이게 참 외롭더라고요. 아, 지금 장영수 씨 얘기를 하는 자린데, 내가 환갑이 다 되니 참 회한이 많아서 어쩔 수 없이 내 얘기가 좀 나옵니다. 혹여 방송에 필요 없는 부분은 싹둑 편집을 하시고, 아, 그래요. 좋아요."

목동 필승학원의 박 원장은 장황했다. 괄괄한 목소리로 쉬지 않고 에너지 넘치게 말하고 또 말했다. 촬영에도 협조적이어서 눈치 안 보고 촬영할 수 있었고 음료와 다과도 제공받았다. 콘텐츠도 제공하고 촬영도 협조하는 한마디로 최고의 인터뷰이였다.

그의 장광설을 듣기 전까지는.

"그러니까 스카이 전진학원에 '스카이' 붙기 전인 전진학원 때부터 나는 같이했거든. 내가 거의 창립 멤버라고 할 수 있어요. 장 선생은 92년 말인가 93년 초인가 암튼 그때 영입됐는데 배 원장의 운동권 동료 추천으로 들어왔어요. 운동권들 다들 알음알음으로 소개를 하더라고. 나는 80년대에도 우직하게 공부만 해서 그쪽은 잘 몰라요. 수학교육이란 게 아주 쉽지가 않습니다. 학생들 편차도 매우 심하고. 그래서 학원가에서도 수학 강사 몸값이 센 거예요. 내가 한때는 대한민국 수학 강사 다섯 손가락 안에 들었는데 허허. 이거 내 자랑도 좀 해도 되는 거겠죠? 그때는 인강도 없던 시절이라 나 같은 대강사는 지방 강의 출장을 많이 다녔어요. 출장 한번 가면 아무튼 엄청나게 극진해. 학생들도 흔한 기회 아니란 거 아니까 아주 눈 똥그랗게 뜨고 집중하고 그 재미에 내가 학원 선생 하는 보람을 느꼈지. 아, 이건 전진학원 그만두고 나서

이야기고. 맞아, 전진학원 시절 장 선생 이야기를 해야지. 내 정신 좀 보소. 허허. 미안해요. 암튼 처음부터 사람이 단정하고 강의도 깔끔했어요. 우리는 그때 서로 시강도 봐주고 세미나도 같이 하고 굉장히 끈끈했다구. 지금처럼 자기 수업만 딱 하고 못 가. 배 원장이 그건 확실했어. 대치동에서 뜨려면 일단 강의력으로 입소문이 나야 한다면서 우리들을 아주 들들 볶았지."

"그 내용은 제가 배 원장 자서전에서 읽었습니다. 물불 안 가리고 학원을 운영해 5년 만에 건물을 올렸다고요."

나는 배 원장 자서전을 들어 보이며 이미 학원 사정에 대해 숙지하고 있다는 걸 강조했다. 그가 더 장황해지는 걸 막으려는 의도였다. 하지만 그는 자서전을 달라고 한 뒤 받아 들더니 페이지를 넘기며 혀를 차고는 테이블 위에 거칠게 내려놓았다.

"참, 사람이 다 그래요. 자기중심으로 기억하고 그걸 기록으로 남기는 거야. 승자의 기록이죠. 이 책에 나오는 대로 건물, 올렸죠. 그런데 나는 그건 배 원장 힘도 있지만 사실 그 시절에 진짜 자기 몸 갈아 넣어 강의하고 학생들 돌본 우리 선생들의 힘이라고 봐요. 다 함께 학원 업계에 돌풍을 일으키자고 의기투합해 기존 대형 학원과 완전 차원이 다른 서비스를 제공했다니까. 장영수 선생으로 말할 거 같으면 어떻게 달랐냐 하면, 자기가 직접 수능 대비 핵심 단어장을 만들어 학생들에게 제공했어요. '영수 샘의 영단어'였나? 아무튼 그게 대히트를 쳤어요! 그리고 떡볶이도 그렇게 많이 사주더라고. 나는 그게 처음에는 학생들에게 점수 따려는

얄팍한 행동인 줄 알았는데, 이게 하루 이틀 그러는 게 아냐. 그래서 한번은 물어봤더니 자기는 떡볶이 사주며 얘기를 나눈다는 거야. 학생들이 지금 공부하며 어려운 게 뭔지, 자기 수업에서 더 얻고 싶은 게 뭔지를. 그러면 그 학생에 대한 이해가 생기고 강의할 때도 교감이 잘된다면서, 오히려 자기에게도 도움이 된다고 하더라고. 야, 그때 내가 느꼈지. 소통력과 진정성! 장 선생은 진심으로 학생들과 소통하려는 노력을 하고 있구나! 사실 그게 쉬운 일이 아니거든. 하루 종일 학생들 앞에 서다 보면 지겹기도 하거든요. 장 선생이 대강사 재목이란 걸 난 그때 알아봤다니까."

"그럼 장영수 선생님이 전진학원을 그만두게 된 건 어떤 이유에서였나요? 그런 선생님이라면 어떤 원장이라도 쉽사리 나가게 두지 않았을 텐데요."

"허허. 그게 사실 문제라면 문젠데. 사연이 좀 있죠. 흠흠."

박 원장이 뜸을 들이는 게 느껴져 나는 바로 치고 나갔다.

"여기 배 원장 책을 보면 건물을 올리고 나서 읍참마속의 심정으로 J선생, P선생, K선생과 함께하지 못하게 됐다, 이런 표현이 있더라고요. 저는 여기 J선생이 장영수 선생님이 아닐까 했어요. 그리고 P선생님은 박 원장님이 아닐까 하고요."

"허허. 읍참마속이라……. 국어 선생 출신이라 그런가, 배 원장은 문자 쓰는 것도 좋아하고 자서전도 제멋대로 쓰고 아주 실력을 잘 발휘하시네. 내가 보기엔 읍참마속보다는 조삼모사 같은데 말이야. 허허. 암튼 배 원장은 좀 그런 게 있어요. 모두가 자기와 같을 거란 생각. 그런 생각이 기본으로 깔려 있으니 누가 못 따라오거나 다른 의견을 제시하면 그걸 받아들이지를 못해. 그러니 선생들이 불만이 없었겠습니까? 하지만 그때는 배 원장의 그 무지막지한 열정과 독재에 가까운 의사 결정에 다들 홀린 듯 따라갈 수밖에 없었어요. 지금으로 말하자면 그 뭐냐, 맞다. 가스라이팅 같은 게 아니었나 해요."

"저 박 원장님. 그래서 학원을 떠나게 된 이유는……."

"아, 미안해요. J는 장 선생, P는 나, K는 김 선생이 맞습니다. 나랑 김 선생은 이미 96년부터 배 원장에게 질려 학원을 나갈 생각을 하고 있었죠. 내가 수학이고 김 선생이 국어니, 영어 선생인 장 선생만 같이 나가면 국영수 학원 뚝딱 차릴 수 있겠더라고. 전진학원 옆에 차려서 제대로 붙어볼 생각도 있었죠. 특히 장 선생은 학생들에게 인기가 많았으니 장 선생만 우리 편이 되면 학생들 많이 빼 올 수 있을 거라는 계산이 섰는데……. 장 선생이 그래도 자기는 어려울 때, 그러니까 아이 생기고 한참 쪼들릴 때 강사 자리 준 원장을 저버리기 어렵다고 하더라고. 우리가 계속 설득을 해도 절대 안 통해. 그런데 그러던 중에 97년 초에 장 선생도 원장이랑 한판 붙는 사건이 일어난 거지요."

박 원장이 장황하긴 해도 기승전결을 모르는 사람은 아니었다. 그는 노련한 강사답게 자기 강의하듯 인터뷰를 진행 중이었다.

"두 사람이 마구 고함을 지르며 싸워서 깜짝 놀랐어요. 학원이 온통 뒤집어졌지. 점잖은 장 선생이 마치 표범이 포효하듯 원장에게 따져대는데, 어휴 살벌하더라고. 원장은 원장대로 그 큰 얼굴이 벌개져서 권위로 찍어 누르려고 왁왁대는데, 암튼 엄청난 볼거리였지. 내용인즉슨 그즈음 원장이 상담 선생을 자르고 자기가 직접 학부모 상담까지 맡고 있었어요. 원장 특유의 입담으로 학부모들 설득해 이것저것 더 수강하게 만드는 데 도사였거든. 가령 자녀분이 지금 문법만 듣는데 독해랑 듣기평가 특강까지 들으면 아주 입체적인 학습효과가 생긴다거나, 자녀분이 지금 저것도 안 되는데 이것만 수강하면 학습 불균형이 초래된다거나, 하는 식으로 겁도 주고 그러는 거지. 일종의 돈벌이를 위한 과잉 수강이라고."

박 원장은 잔뜩 집중한 우리를 살피며 숨을 고른 뒤, 우리가 사온 비타500 뚜껑을 따고 단숨에 마셔버렸다.

"그럼 장 선생님 담당 학생도 과잉 수강을 하게 돼서 싸움이 벌어진 건가 보군요."

"그렇지. 역시 피디 선생이 머리가 잘 도시네. 나중에 자초지종을 들어보니 원장이 과잉 수강을 하게 만든 학생 중 하나가 장 선생 영어 수업을 하나 듣던 친군데, 두 개를 더 듣게 한 겁니다. 장 선생은 굳이 그 학생은 그럴 필요가 없는 컨디션이라고 여기고 수강을 취소하게 한 거예요. 그럼 원장은 뭐야? 쫀심이 상하는 거지! 그래서 장 선생에게 힘들게 학부모 설득했는데 왜 초를 쳤냐고 호통을 치니까 장 선생이 그동안 어느 선까지는 참았는데 이건 아니다 싶었고, 그러면 안 된다고 맞선 거지. 그러다 원장이 여기는 대치동이라고, 학원 사업의 최전선이라고 그 특유의 레퍼토리를 펼치다가 하나 덧붙인 게 장 선생 꼭지를 돌게 했죠. 아마……
그래, '언제까지 야학 마인드로 강단 설 거냐'고 했을 거예요."

"장 선생님이 야학도 하셨나요?"

"대학 때 데모만 한 줄 알았는데 야학을 먼저 했다더라고요. 구로동 그쪽, 그러니까 그땐 구로공단이지. 그쪽에서 검정고시 준비하는 어린 친구들을 가르쳤다더라고."

나는 잠자코 고개를 끄덕였다.

"참 오지랖이 그때부터 대단하셨네."

한빈이 감탄인지 비아냥인지 모를 말을 뱉었다.

"어쩌면 오지랖일지도 모르지요. 암튼 말입니다, 그 야학 마인드란 말에 장 선생이 펄쩍 점프해 원장 멱살을 잡았는데, 원장이 덩치가 꽤 컸어요. 키가 180이 넘었고 몸무게도 100킬로 넘는 거구야. 멱살을 잡긴 잡았는데 장 선생은 겨우 170이 될까 말까 한 키에 마른 체형이잖아요? 그러니까 이게 그냥 원장한테 매달린 꼴이 된 거지. 원장이 붙잡고 흔드는데 장 선생은 안 떨어지려고 매달리고, 동료들이 달려들어 말리고, 아주 교무실이 난장판이 됐고 학생들이 또 그걸 봤는지 나중에 학원가에 소문도 나고, 참 나."

"굉장했겠네요."

내가 말했다.

"돈키호테 맞네. 풍차에 대가리 갖다 박는."

한빈이 말했다.

"그런데 보조 피디는 장 선생과 친분이 어떻게 되나요? 장 선생에 대한 반감이 꽤 있으시네. 아까부터 부정적이시구만. 흠흠."

분위기를 깰 수 없어 나는 사실대로 말하기로 했다.

"이 친구는 보조 피디이기도 한데, 사실 장 선생님 아들입니다."

그러자 박 원장의 입이 떡 벌어지더니 한빈을 뚫어져라 쳐다보았다. 신기한 듯 한동안 한빈을 보기만 했고 한빈은 한빈대로 무덤덤한 표정으로 일관했다.

곧 박 원장이 함박웃음과 함께 손을 쭉 뻗어 한빈에게 악수를 청했다. 한빈이 마지못해 그 손을 잡았다. 그 틈에 나는 예약해둔 대전행 KTX 탑승 시간을 확인했다.

"선생님, 이제 장 선생님이 학원을 떠나게 된 이유를 마저 들을 수 있을까요?"

"아, 그래요. 내가 너무 시간을 뺏으면 안 되지. 암튼 그 사건 이후로 장 선생은 원장에게 제대로 찍혔지요. 그렇다고 원장이 자를 수도 없는 게, 에이스였거든. 그런데 장 선생이 어느 날 그만뒀다고 하더라고. 우리랑은 상의도 없이. 그래서 나랑 김 선생이 장 선생을 찾아가 이참에 같이 뭉치자 했더니 아예 학원계를 떠나겠다는 게 아니겠어요? 애도 한창 크는데 어떡할 거냐 해도 무슨 일이든 하면 된다면서 느긋하게 웃더라고요. 그래서 한잔하며 내가 다시 설득했죠. 왜냐? 창창한 학원 강사 미래가 보이는데? 그랬더니 원장과 한판 붙은 이후로 자꾸 그 학생 얼굴 보기가 힘들고, 강단에 설 때면 알 수 없는 부끄러움이 온몸을 짓누른다고 하더군요. 그 학생이 대치동 학원을 다니지만 사실 그 학생 부모 형편이 아주 어려웠다는 거예요. 왜 천국에서도 누군가는 변소를 치워야 한다고 하지 않아요? 강남이라고 다 부자만 사는 건 아니거든. 그 학생 아버지는 마트에서 배달 일 하고 어머니는 건물 청소부라고 했나, 암튼 그 사람들이 그렇게 힘들게 번 돈을 사교육에 때려 붓게 한다는 걸 이번 사건으로 몸소 느껴서 자기는 그게 너무 힘들다는 거야."

"우리 엄마도 힘들었죠. 덕분에."

"흐음."

"저도 덕분에 없이 자란 거고요."

"참, 자네는 자네 아버지랑 반대로 살려고 작정하다가 이렇게 된 건가? 거, 연구 대상이시구만."

"전 이만 일어나렵니다."

한빈이 자리에서 일어났다. 나 역시 이참에 촬영을 정리하려고 카메라를 내렸다. 그러자 박 원장이 손을 홰홰 저으며 눈을 부릅떴다.

"안 되지. 안 될 말이야. 인터뷰는 자네들이 시작했지만 나도 할 말이 있고 생각이 있네. 내 말을 더 듣지 않으면 그 영상, 유튜브에 올리는 거 허락할 수 없다고. 이제 식사하며 얘기 더 하세. 내가 장 선생 아들을 식사 대접도 안 하고 보내면 면목이 없어. 함께 장 선생이 지금 어디 있나도 유추해봐야 하지 않겠나? 그러니 자, 같이 일어나자고."

순식간에 벌어진 일이었다. 박 원장이 소몰이하듯 우리를 데리고 원장실을 나섰다. 나와 한빈은 영상 업로드라는 목줄을 잡은 그를 따라 학원 앞 족발집으로 향해야 했다.

족발집에 자리를 잡자마자 나는 KTX 예매표를 세 시간 뒤로 미뤘다. 한빈은 차를 가져왔다며 끝까지 사이다만 마셨고 이에 박 원장은 연신 내 소주잔을 채워주었다. 다시 인자한 표정이 되어, 여전히 괄괄한 목소리로 건배를 외치며.

서울역 앞에서 차를 내려 KTX를 타기 위해 플랫폼으로 내달리던 순간이 내가 가진 그날 기억의 끝이었다.

21. 숙취 속에 꽃피는 아이디어

깨어나 보니 스튜디오였다. 펼치지도 않은 소파 침대에 몸뚱어리를 웅크린 채 누워 있었다. 엉망인 자세로 자서인지 온몸이 뻐근했다. 그것도 잠시, 혼비백산 일어난 나는 휴대폰을 찾았다. 개인에게도 블랙박스가 있다면 그게 휴대폰이 아니겠는가.

다행히 휴대폰은 충전기가 꽂힌 채 탁자 위에 고이 놓여 있었다. 나는 간밤의 흐릿한 기억을 되짚으며 휴대폰을 켰다. 밤 열한 시 '누나 조심해서 내려가!'라는 한빈의 톡이 와 있었다. 그 아래로 한빈의 또 다른 톡 '졸지 말고 대전에서 내리시오!'가 있었다. 여기엔 손가락으로 크게 오케이를 그리는 오리 이모티콘 답도 했다. 누가? 내가! 젠장.

코레일 앱을 열어보았다. 열한 시발 서울-대전 KTX 표가 담겨 있었다. 저녁 여섯 시 KTX가 아홉 시로 세 시간 뒤로 밀렸고, 다시 열한 시로 바뀐 것이었다. 이 모든 게 그 말 욕심 술 욕심 많은 아저씨 때문이다. 한 잔 더 하라는, 아직 얘기 안 끝났다는, 괄괄하게 울려대는 박 원장의 목소리가 숙취와 함께 귀에서 울렁댔다.

"아오 씨……."

박 원장은 진상이었다. 인터뷰이로서는 나쁘지 않았다. 돈 아저씨를 추억하게 하는 에피소드부터 학원 강사 시절 아저씨의 삶에 대한 그림을 그릴 수 있게 해주었다. 다만 현재 돈 아저씨의 행방을 알아내는 데는 전혀 도움이 안 됐고, 부작용으로 술자리 포함 여섯 시간 분량의 촬영본이 내게 남겨졌다. 촬영본에서 술에 취해 횡설수설하는 내 모습이 등장한다면 그대로 미쳐버릴지도 모른다.

편집이 힘들겠지만 촬영 분량이 많다는 건 방송을 알차게 꾸밀 수 있다는 것이고, 박 원장은 진상이었지만 캐릭터 하나는 확실해 어떤 식으로든 구독자들에게 보는 재미를 줄 수 있을 듯했다.

그런데 박 원장 당신만 진상 아니야. 이제 내가 편집으로 진상을 떨어볼게. 간밤에 대형 사고가 없었음에 안도의 한숨을 쉰 나는 다시 잠을 청했다.

철문 두드리는 소리가 나를 깨운 건 정오가 한참 지나서였다. 간신히 몸을 일으키는데 아까보다 더 뻐근한 게 아무래도 몸살이 날 것 같았다. 현관으로 가보니 필름이 끊긴 상태에서도 도어록은 보조장치까지 철저하게 잠근 게 혼자살이 10년 차 여자의 관록이

엿보였다.

"언니 안에 있어요?"

도어록을 해제하고 문을 열었다. 문 앞에 선 상은이 걱정 반 놀람 반의 표정으로 나를 쳐다보았다. 쿠키가 담긴 접시를 든 채.

"어우, 언니. 이 강렬한 술 냄새 뭐예요!"

대답할 힘도 없는 나는 어기적어기적 걸어 소파 침대에 몸을 뉘었다. 상은은 뒤따라 들어오지 않고 사라지더니 잠시 뒤 아이스 아메리카노를 들고 왔다. 평소 내가 애용하는 시럽을 여섯 번 짜 넣은 꿀물 대용 '해장 아아'임이 분명했다.

상은은 플라스틱 다용도 박스를 끌어다가 내 앞에 놓고 그 위에 음료를 내려놓았다.

"땡큐. 1층 사장님."

"왜 동네 아저씨처럼 말해요?"

나는 일어나 앉아 생맥주 마시듯 아아를 벌컥벌컥 들이켠 뒤 진한 트림을 했다. 상은이 질색했다.

해장 커피에 대한 보답으로 나는 어제 벌어진 서울에서의 인터뷰 한판 승부와 이를 바탕으로 구성할 다음 방송의 예고를 들려주었다. 누구 못지않은 채널 돈키호테 비디오의 애청자 상은은 내가 이야기할 때마다 "어머" "뭐야" "설마" 같은 추임새를 잘도 넣어주었다.

지난겨울 채널을 운영하며 아이템이 알쏭달쏭할 땐 1층으로 쪼르르 올라가 커피 한 잔 팔아주고 상은의 반응을 들었고, 이를 통해 방송 여부를 판단하기도 했다. 지금은 물론이고 어릴 적부터 애늙은이에 30대 아재 감성을 보유한 나와 달리, 감성과 나이 모두 20대 중반 여성 평균치에 충실한 상은은, 훌륭한 모니터 요원이자 언제 쫓겨날지 모르는 건물의 세입자 동지였다.

"이번 편도 완전 재밌겠는데요? 그러니까 어서 술 깨시고 편집해 업로드하셔야죠."

"이 언니가 위층에 있다고 자꾸 윗사람처럼 구네. 상은아, 내가 누구 지시 듣는 거 싫어 서울 생활 다 정리하고 이 대전 구도심 반지하로 온 거거든. 그러니까 커피 한 잔 주고 독촉하진 말자."

"커피 말고 쿠키도 가져왔…… 아이고 커피 타느라 두고 왔네. 기다려요, 언니."

"괜찮아."

"오전에 굽다 파지 난 거예요. 애청자 뇌물이니까 부담 없이 드세요."

상은이 다시 휘리릭 올라갔다. 파지 말고 예쁜 것도 잘 먹는데…… 그래도 그게 어디랴. 상은을 통해 새삼 이웃의 소중함을 느꼈다.

상은은 대전의 한 대학 조리학과를 졸업하고 유학을 알아보다 포기한 뒤 모아둔 유학비와 부모님의 도움으로 비교적 어린 나이에 자기 가게를 열었다. 음식점보다는 카페가 무난할 듯해 차렸지만, 무난한 만큼 흔한 카페 비즈니스의 늪에서 허우적대는 중이었다. 처음엔 케이크와 샌드위치도 직접 만들었지만, 현 카페 상황에서 그런 것은 '쓸고퀄'이었음이 판명된 뒤 지금은 커피 내리는 실력을 연마하며 쿠키만 굽는 중이다.

카페의 정체성을 계속 조정하는 동안 나 역시 상은의 모니터 요원으로 맛 평가를 하고 전략 고민을 나눴으니 상부상조하는 관계인 건 분명했다. 내가 지하에서 지내게 된 뒤로 상은은 내 끼니까지 신경 써주었다. 같이 저녁을 먹자고도 하고 집에서 만든 밑반찬을 가져다주기도 했다.

쿠키를 들고 내려온 상은에게 나는 힘주어 고맙다고 말했다. 그녀가 뜬금없다는 듯 나를 바라본 뒤 책장 앞으로 갔다. 오늘도 빌려 갈 책을 찾나 보다. 그런 상은을 볼 때마다 돈키호테 비디오의 대여 시스템이 살아 있는 것만 같아 내심 기뻤다.

쿠키를 씹고 남은 커피를 마시자 정신이 들고 기운이 올라왔다. 상은에게 카페 오래 닫아둬도 괜찮냐고 묻자, 비 와서 손님도 없다며 입을 삐쭉 내놓고는 다시 책을 골랐다. 나는 소파에서 일어나 책장 쪽으로 갔다.

"지난번에 빌려 가신 책 아직 반납 전인데요."

"언니. 그 책 나랑은 안 맞더라고. 작가가 너무 징징대."

"그럼 내가 추천이라도 해드릴까?"

"아뇨…… 찾았다!"

몸을 일으키며 상은이 들어 보인 책은 어떤 정치인이 장영수 씨에게 증정한 자서전이었다. 돈 아저씨가 근무했던 곳이 벽해출판사임을 특정하게 해준 책이자 지난번 방송의 주인공과도 같은 책이었다.

“너 설마 그걸 읽겠다는 건 아니지?”

“노노. 언니가 방송에서 이거 딱 들어 보이며 출판사 찾았다고 하는데 완전 짜릿했거든요. 그래서 찾아본 거죠. 책도 방송에 나오니 달라 보이네. 확실히.”

상은이 신기하다는 듯 책을 만지작거리더니 급기야 책을 들고 셀카를 찍기 시작했다. 그 모습에 피식 웃다가 순간 한빈이 벽해 출판사 섭외에 실패한 게 떠올라 짜증이 팍 올라왔다. 그 얼간이는 출판사에 찾아가라고 했음에도 전화 한 통만 달랑 넣어 사장과 통화를 시도하다가 다시는 이런 일로 연락하지 말라는 화끈한 거절을 당했다. 음료수 사 들고 찾아가 온정에 호소해도 될까 말까 한 일을 그렇게 해치우니 될 리가 있는가. 박 원장을 만나러 간 서울에서 나는 이 건으로 한빈에게 잔소리를 좀 했고, 그래서일까 인터뷰 내내 녀석은 삐딱하게 굴어 나를 곤란하게 만들었다.

“언니. 그래서 이 책 출판사 컨택했어요? 돈키호테 아저씨를 찾으려면 이 출판사 관계자를 만나야 한다고 하지 않았나요?”

“휴. 그러게. 일이 좀 꼬였어.”

“뭔데요?”

“돈 아저씨랑 같이 일한 사람은 이제 없고, 사장은 전화도 안 받아주고 꺼지라고 했대. 아무래도 다른 쪽으로 알아봐야 할 거 같아.”

“그렇다면 다른 출판사도 찾아보면 되지 않아요?”

"그걸 어떻게 다 물어보고 다니겠니?"

"무슨 협회 그런 거 없나? 출판사 통합 홈페이지나 그런 거 없으려나? 아, 예스24에 물어보면 어때요? 거기가 온라인 서점 중에 젤 크지 않아요?"

상은이 나를 돕겠다고 아무 말 잔치를 벌이는 게 귀엽기도 하고 고맙기도 해 헛웃음을 짓던 내 머리에 순간 어떤 단어가 떠올랐다.

학강모. 학원 강사 모여라. 학원 강사 구인구직 사이트.

만약 학강모 같은 출판인 구인구직 사이트가 있다면, 그곳에 글을 올리면 돈 아저씨를 아는 출판인을 찾을 수 있겠다는 생각이 부글부글 끓어 올라왔다. 이미 학강모를 통해 박 원장을 찾지 않았는가?

나는 서둘러 휴대폰을 꺼내 '출판인 구인구직'으로 검색했다. 상은이 뭐라고 말했지만 대답할 겨를도 없이 검색에 집중했다. 시원치 않았다. 다시 검색창의 단어를 보다 디테일하게 수정했다. '출판 편집자 구인구직 사이트'.

얼마 뒤 나는 한 출판 편집자 지망생의 지식인 질문에 달린 답변에서 '북에디터'란 사이트를 발견할 수 있었고, 답변 속 링크를 클릭했다.

'편집자가 만드는 새로운 세상'이라는 캐치프레이즈가 나를 반기는 듯했지만, 요즘은 잘 쓰지 않는 'org' 주소와 업데이트가 멈춘 듯한 홈페이지 모양새에 고개를 갸웃거려야 했다.

"언니. 사이트 찾은 거예요?"

"가만있어봐."

나는 한참을 살피다가 편집자 광장이라는 메뉴에서 구인/구직 게시판을 발견하고, 클릭했다. 오! 오늘만 해도 벌써 10여 건의 구인구직 공고가 올라와 있었다. 게시자 역시 누가 뭐래도 전형적인 출판사 이름들로 보였다. 다행히 이곳은 살아 숨 쉬는 사이트였다.

"정상은 씨, 내가 오늘 저녁 살게."

나는 빠르게 회원 가입을 진행하며 상은을 향해 윙크했다. 상은이 헤벌쭉 웃으며 엄지를 들어 보였다.

출판 편집자들이 드나드는 사이트에 글을 남기자니 적잖게 긴장이 되었다. 혹 그들이 내 글을 문법적으로 분석한 뒤 부적절한 게시 글로 신고하지나 않을까 지레 겁먹었다. 하지만 진군 또 진군이다. 나는 학강모에 쓴 글을 기초로 거기에 정성과 디테일 두 방울을 더해 돈 아저씨를 찾는 게시 글을 작성했다. 마지막으로 내 연락처와 유튜브 주소를 남겨 장난으로 글을 쓴 게 아님을 확실하게 밝혔다.

신기하게도 숙취 중에 종종 아이디어가 떠오르곤 했다. 마치 진흙 속에서 연꽃이 피듯 숙취 속에서 아이디어가 올라온다. 머리가 아픈데 머리가 돈다.

늦은 오후가 되자 다시 올라오는 2차 숙취를 김치를 넣은 해장라면으로 진압한 뒤 어제 촬영본을 모니터링했다. 원장실에서의 촬영분은 매우 쓸 만했고 딱히 편집거리도 많지 않아 흡족했다.

문제는 술자리 1차와 2차의 촬영분이었다. 1차 족발집에서 박 원장은 감상에 젖은 건지 알코올에 젖은 건지 벌게진 얼굴로 한빈을 볼 때마다 장 선생이 떠오른다며 술잔을 비웠다. 급기야 술자리 말미엔 아예 한빈을 "영수 샘!"이라 불러댔다. 이때부터 박 원장이 취했나 했지만 2차 호프집에서 다시 쌩쌩하게 생맥주를 벌컥벌컥 마시며 내게 훈계하는 그를 보고 나서야 이자는 취한 게 아니란 걸 깨달았다.

"진 피디. 진 피디한테 내가 부탁 하나 하는데 명심해!"

박 원장은 이미 족발집에서부터 족발 같은 손을 뻗어 건배를 제안하며 반말을 시작했다. 반말은 뭐랄까, 꼰대의 기본 템 같은 거라고나 할까? 그들은 반말을 장착한 뒤 존대를 하는 타인과의 관계에서 우위를 점한다. 상대방은 존엄을 유지하기 위해 반말을 자제하지만 꼰대는 이미 자기 본색을 드러냈기에 마구 날뛰는 것이다. 한마디로 뻔뻔한 거고, 뻔뻔한 자를 이길 방법은 그를 부끄럽게 만드는 게 아니라(뻔뻔함은 부끄러움을 타지 않기에) 놈보다 더 뻔뻔하게 구는 것뿐이다.

나는 잠자코 들었다.

"오늘 촬영분 방송할 때 우리 학원 로고 넣어주는 거 잊음 안 돼. 내가 내용도 채워주고 술도 다 사고 이런 게 스폰서지 뭐야? 아 스폰서는 뉘앙스가 좀 그러니 투자자! 좋다."

"협찬으로 영상 끝에 학원이랑 원장님 이름 딱 들어갈 거예요."

"협찬…… 아, 약한데. 더 화끈하게 넣어주면 안 돼?"

“그건 제가 멘트 세게 쳐드릴게요. 오늘 방송에 지대한 공헌을 해주셨다고요. 뭐, 안 그래도 방송 보면 누구나 그렇게 느낄 겁니다. 원장님 카리스마가 아주 어마어마하셔서.”

나는 최대한 냉소적이지 않게 박 원장을 응대했다. 그는 흡족해하며 생맥주를 다시 벌컥벌컥 들이켰다.

뒤이은 촬영분은 차마 눈 뜨고 볼 수 없을 만큼 가관이었다. 영상 속의 나는 방송 전 편집본을 보여달라는 박 원장에게 피디에게는 편집 자율권이 있으니 보여줄 수 없다고 고래고래 소리를 질렀다. 박 원장은 자막에 ‘협찬’을 ‘제작 투자’로 바꿀 수 없냐고 다시 우기며 새빨개진 얼굴로 식식댔다. 그러다가 뜬금없이 자기 학원에 기획이사로 취직할 생각은 없냐면서, 학원 유튜브와 홍보를 담당하면 된다고 혼자만의 그림을 그리기 시작했다. 나는 꾸역꾸역 거절해야 했고 삐친 그를 회유하려고 어깨동무까지 하며 건배해야 했다.

한빈은 이 모든 광경을 찍으며 희미하게 실소를 흘리고 있었다. 차를 가져왔다는 핑계로 녀석은 호프집에서도 사이다만 홀짝였다. 그런 주제에 박 원장과 나의 대거리를 찍으며 희희낙락하는 게 아닌가?

호랑이도 제 말 하면 온다고, 아니 고양이도 제 말 하면 야옹댄다고(도저히 녀석을 호랑이에 비유할 순 없다) 한빈의 전화가 들어왔다. 나는 콧김을 세게 뿜고 전화를 받았다.

“주정뱅이 누나 괜찮아?”

“너 동료 맞아?”

나는 진작 일어나 일 처리 할 거 다 하고 어제 촬영 분량 다 확인했으며 편집 세팅 중이라고 답한 뒤 어제 내가 박 원장을 감당하는 동안 발 빼고 있던 녀석의 비겁함을 질타했다. 한빈은 자기라도 정신 줄을 잡고 있어야 했다며, 서울역까지 차로 데려다준 건 기억 안 나냐고 따졌다. 나는 그건 고맙지만, 앞으로는 마셔도 같이 마시고 어딜 가도 같이 가는 거라고 못을 박았다.

“어련하시겠습니까. 찐산초 님. 저야 뭐 산초 님 태우고 다니는 당나귀에 불과한데요. 예.”

“닥치시오. 자, 이번 편 대박 낼 거야. 내가 어제 그 아비규환 속에서도 편집권 지켰다. 박 원장이 카메라에 대고 마음껏 쓰라고 진술하고 나랑 손도장도 찍었어.”

“그것도 내가 카메라에 담았다고.”

“수고했다. 됐니?”

“들볶지 좀 마세요. 나도 생업 다 제치고 여기 매달리고 있는데.”

녀석의 생업이 뭔지는 여전히 알 수 없었지만 나는 눈감아주기로 했다.

“그래. 장 기사, 수고가 많아. 그리고 네가 못 푼 출판사 컨택, 내가 폭풍 검색으로 출판 편집자 드나드는 사이트 찾아 글 남겼다. 돈 아저씨 아는 사람 나오면 같이 가줄 거지?”

“물론이지. 누나, 우리 좀 돼가는 거 같은데. 뭔가 좀 흥미진진.

흐."

"너 아빠 보고 싶지?"

"응?"

"보고 싶냐고."

"모르겠어."

한빈의 즉답에 말문이 닫혔다. 잠시 침묵이 흐른 뒤 녀석이 툭 던지듯 말했다.

"어쨌든 찾아야 하니까."

"……그래."

전화를 끊고 편집 세팅을 마치자 반지하에 들던 작은 빛이 가로등 불빛으로 바뀌어 있었다. 나는 위층으로 올라가 상은의 마감을 도운 뒤 함께 으능정이 거리에서 저녁을 먹고 돌아왔다. 본격적인 편집 작업을 위해 손을 씻던 나는 휴대폰 진동 소리에 서둘러 수건을 찾아 손을 닦았다.

편집 컴퓨터 옆에 둔 휴대폰에 문자 한 통이 들어와 있었다. 창에 뜬 내용을 살짝 훑는 것만으로도 북에디터를 보고 한 연락임을 알 수 있었다. 나는 월드 와이드 웹에 대한 찬양을 터뜨리며 문자 전문을 확인했다.

돈키호테 장영수 씨를 찾는다고 들었습니다.

링크하신 유튜브에 들어가 보니 참으로 진정성이 느껴지더군요.

좋아! 문자 창에는 상대방이 다음 문자를 작성한다는 신호가 몽글몽글 피어나고 있었다. 나는 똥그래진 눈으로 새 문자가 뜨길 기다렸다.

요즘은 유튜브 홍보하려고 별 호랑말코 같은 사연까지 다 끌어 오시네요.
우리 동네에서 구걸 그만하고 꺼지시지요. ㅋㅋㅋㅋㅋ

아오 씨. 책 만드는 사람들이라고 다 지성인은 아니구나. 아니, 오히려 이쪽이 지적 변태들이 더 많을지도 모른다. 나는 폐부에서부터 올라온 한숨을 내쉰 후 문자를 보낸 번호를 차단했다.

22. 대전에서 통영까지

밤새 편집과의 전쟁을 벌여 완성한 영상에 '돈 아저씨의 학원 동료가 전하는 박력 넘치는 증언'이란 제목을 달았다. 업로드를 마친 뒤엔 다시 시체처럼 뻗어 얼마나 잤는지 모르겠다.

깨어나 보니 어제와 다름없는 문자가 몇 개 더 와 있었다. '유튜브 찾아보니 매력 있으시던데 한번 만나주실래요'라는 개수작부터 '장영수 편집자는 몇 해 전 소설가로 데뷔했고 필명은 장발장입니다'라는 개소리도 있었다. 생각보다 출판계에 멍청이가 많다는 것만 확인하고 끝나는 것인가, 절로 한숨이 나왔다.

직접 벽해출판사를 찾아가 볼까도 고민했다. 최근 출간된 책의 판권 면을 보니 대표의 이름이 그대로였다. 분명 그는 돈 아저씨에 대해 어떠한 기억이라도 지니고 있을 터. 하지만 지난번 박 원장과의 빡센 인터뷰 이후 그 나이대 아재들을 만날 용기가 도무지 나지 않았다. 결국 북에디터 사이트를 믿고 개수작 개소리 문자를 차단하며 견디는 수밖에.

나는 유튜브를 열고 관리를 시작했다. 잡초처럼 뽑아도 뽑아도 나는 악플들을 '사용자 숨기기'로 제거했다. 지난 보름간 올린 영상 네 건의 조회 수, 시청 시간, 좋아요 수, 댓글 수, 공유 수를 엑셀에 기록했고 구독자 수의 변화를 확인했다. 꾸준히 통계를 내고 확인해야 대중들이 어떤 콘텐츠를 선호하는지 파악할 수 있고, 그래야 조회 수와 구독자를 늘릴 수 있었다. 유튜브 수익은 영상 재생 횟수와 재생 시간에 영향을 받는데, 이게 사실상 구독자 수의 증가와 비례하는 듯했다.

유튜브 수익 최소 조건인 구독자 천 명과 누적 재생 시간 4천 시간은 다행히 올해 초 달성했다. 한껏 고무된 채 바로 광고 설정을 신청해 3주 뒤 구글의 승인을 받았다. 이후 꾸준히 상승을 이어오다 '돈키호테를 찾아서'부터 가파르게 인기가 올라 현재 구독자 만 명을 넘어섰다.

한 달 수익은 대략 20~25만 원 선이다. 매달 30만 원까지 수익을 올려 스튜디오 월세를 유튜브 수입으로 감당하는 게 1차 목표다. 돈 아저씨를 만나게 되고 추억을 나누는 영상을 올린다면, 조회 수 떡상도 노려볼 수 있을 듯했다.

즉 돈 아저씨를 찾는 이 여정은 채널 돈키호테 비디오의 성장 서사와 닿아 있으며 한편으로는 나 자신의 모험이기도 했다. 처음 돈키호테 비디오의 간판이 놓인 이 공간과 재회한 순간 아저씨가 몹시 그리워졌고, 그를 추억하고 추적하면서 유튜브 채널도 활성화되었다. 그러나 나는 유튜브를 떡상시키고 싶어 돈 아저씨를 찾는 건 아니다. 아저씨를 만나는 일이 내게는 무엇보다 중요했고, 그 이유를 스스로 알아가고 구독자들에게도 납득시키는 과정이야말로 중요한 의미를 지니고 있었다.

목뼈가 아플 정도로 수그린 채 유튜브 통계를 정리하고 나니 배가 고파왔다. 나는 상은에게 떡볶이 콜을 물으려고 휴대폰을 집어 들었다가 식욕을 잃게 만드는 개소리 문자 하나와 또 마주쳤다. 젠장!

잠시 뒤 상은이 콜을 외쳤다. 나는 떡볶이를 사러 가기 전 마지막으로 메일을 확인했다. 그리고 거기서 어제 온 낯선 메일 한 통을 발견했고, 다시 식욕을 잃고 말았다. 개수작 혹은 개소리여서가 아니었다. 정확하고도 분명한 뜻이 담긴 메일 내용에 허기도 잊을 만큼의 집중력이 뇌를 완전히 장악해버렸기 때문이었다.

안녕하세요. 북에디터에 올리신 글을 보고 연락드립니다.

저는 지방에 살며 번역 일을 하는 사람입니다. 진솔 님이 언급하신 그 시기에 벽해출판사에서 편집자로 근무한 적이 있기도 합니다. 장영수 님 역시 동료로 함께 일했고, 그분이 출판사를 그만둔 뒤로도 두어 번 안부를 나눈 적이 있습니다. 다만 연락이 끊긴 지 오래되었고 저 역시 그분의 안부가 궁금하네요.

같이 링크해주신 유튜브에도 들어가 보았습니다. 진솔 님의 세심한 추억을 통해 장영수 님이 돈(키호테) 아저씨로 불렸으며 여러 청소년들의 사랑을 받았다는 걸 알고, 살포시 미소가 지어지더군요. 그는 그가 베푸는 사랑의 절반만 돌려받아도 충분히 행복할 사람이기에, 어서 진솔 님과 아드님이 장영수 님을 만나실 수 있기를 저도 모르게 응원했습니다.

별 도움이 안 될지도 모르겠으나 제가 기억하는 장영수 님의 이야기가 필요하시다면 조금이라도 나눠드리고자 합니다. 단 유튜브에 출연하거나 음성이 나오는 건 어렵겠습니다. 또한 제가 지방이고 집을 비우기 힘든 관계로 인터뷰를 전화로 하거나 혹은 가능하다면 방문해주시길 부탁드리겠습니다. 이 점 이해를 구하며…… 답을 기다리겠습니다.

김승아 올림

단정한 문장 구사와 세심한 표현에서 전문적으로 글을 다루는 분임이 느껴졌다. 번역가라는 점 역시 이 메일의 신빙성을 강화해 주었다. 무엇보다 출판사 동료 이후의 삶에서도 아저씨와 안부를 나눴다는 부분에서 나도 모르게 주먹을 불끈 쥐고 말았다.

이분이다. 이분은 진짜다. 반드시 이분을 만나야 한다. 나는 상은에게 급한 일이 생겨 떡볶이 회동을 30분 뒤로 미룬다고 톡을 보낸 뒤, 자세를 고쳐 잡고 앉아 답장 작성에 몰두했다.

"누나 이분 혹시 우리 아빠랑 썸 탄 사이 아닌가?"

"설마."

"아. 진짜 그럼 곤란한데. 우리 아빠 1999년에 이혼했잖아."

"난 돈 아저씨가 그럴 사람이라고 생각 안 해."

"거, 요새 누나 우리 아빠를 완전 대단한 사람으로 띄우는데 그거 의도적인 거지? 지금 우리 아빠에 대해 호감을 키워 구독자들 관심 극대화하려는 거지? 진심으로 우리 아빠가 그렇게 대단한 사람 같아?"

"그렇지 않았으면 돈 아저씨 찾아 나서지 않았을 거야."

"아빠를 유튜브 콘텐츠로만 대하지는 않는다? 후후. 나는 좀 애매한데."

"너는 돈 아저씨가 아빠니까 그럴 수 있지. 하지만 나는 아저씨가 누구보다 순수한 사람이라고 믿어. 썸이라는 단어는 말이야, 남녀 간에 있을 수 있는 다양한 관계를 뭉뚱그려놓은 거 같아서 별로 안 좋아해. 남녀 간에도 우정이 있고 연대도 있고 정도 있는 건데, 그걸 다 연애 정서라는 썸으로 묶으면 되냐고."

"아하. 그럼 오피스 와이프 허즈번드 그런 건가?"

"야! 뭔 말의 맥락을 몰라!"

"누난 농담을 몰라!"

"말을 말자. 운전이나 잘해."

"교대해줄 거지? 나 서울에서부터 이거 몰고 왔거든."

"얘기 안 했나? 나 면허 없어."

"누나. 면허 없으면 운전대 잡은 사람 말 잘 듣고 조수석에서 조수 역할 잘해야 하는 거야."

"알았으니까 운전 집중해."

"하암. 졸려."

청개구리 같은 한빈이 하품을 하며 곤조를 부렸다. 졸음운전이라도 하시겠다? 그럼 같이 죽는 거지 뭐 있어? 나는 그따위 장난에는 미동도 않는 사람이다.

이번에 한빈이 몰고 온 차는 국산 중고차였다. 도대체 두 주 간격으로 만날 때마다 차가 바뀌고 그것도 갈수록 다운그레이드되니 녀석의 사정도 참 별로인 듯싶다.

대전에서 시작된 이 고속도로의 끝에 오늘의 인터뷰이, 김승아 역자가 사는 도시가 있었다. 통영. 이분은 사는 곳도 문학적인 풍모를 물씬 풍겨 나는 오늘의 인터뷰 질문 하나하나에 이미 엄청난 부담을 느끼는 중이었다. 아울러 그녀가 답할 속내를 품은 말들을 어떻게 해석해야 할지 벌써부터 긴장이 되었다.

그녀가 알려준 통영 죽림의 수산시장 주차장에 차를 세운 우리는 5분 거리에 있는 카페를 향해 발걸음을 옮겼다. 오랜만에 보는 바다에 가슴이 뻥 뚫리는 기분이었지만 긴장이 풀어지지는 않았다. 나에 반해 한빈은 운전을 끝내 홀가분한지 연신 휴대폰을 바다에 들이대며 사진 찍기에 바빴다. 사실 이 죽도해변도 좋지만 통영의 진짜 관광지는 한산대첩 광장과 동피랑이 있는 구도심 지역이다.

〈도시탐험대〉 통영 편은 꽤 반응이 좋았다. 대부분의 관광 콘텐츠가 구도심에 몰린 것을 이용해 이 죽림 신도시 쪽에 마지막 단서를 숨겨놓은 것이 반전이었다. 사실 우리는 한 도시를 여행할 때 3박 4일 이상이 아니라면 그 도시의 가장 핫한 관광지만 방문하고 가기 쉽다. 〈도시탐험대〉 통영 편은 한 도시의 관광지만 살피는 것이 아니라 사람들이 사는 생활공간의 풍경도 담아내고 싶다는 기획을 반영했고, 좋은 반응을 얻을 수 있었다.

"누나 배 안 고파? 충무김밥 먹어야지."

"여기는 관광지가 아냐. 충무김밥은 구도심 가야 있어. 그리고 지금 약속 시간 다 됐거든."

"아, 진짜. 밥은 주고 일을 시켜야지. 서울에서 밥도 못 먹고 아홉 시에 나와 열두 시에 대전에서 누나 픽업해 여기까지 오는 동안 진짜 한 끼도 못 먹고 이건 아니지."

나는 발걸음을 멈추고 녀석을 쏘아봤다.

"아까 휴게소에서 소떡소떡이랑 핫바 먹은 건 뭔데? 커피는?"

"그거야 간식이지. 밥인가?"

"너는 그거 사줬으니 됐고, 네 차. 네 차가 밥 다 먹었어. 어떻게 딱 대전 오자마자 기름이 간당간당하다며 만땅을 채우게 해? 기릅값만 6만 원 넘게 나왔다. 이놈아."

"그거야 누나 유튜브 진행비 아냐? 이제 수익도 난다며. 누가 강제로 넣어달라고 했어?"

"닥치고. 인터뷰 마치고 충무김밥이든 꿀빵이든 배 터지게 먹게 해줄 테니까 쫌 참아!"

"꿀빵? 그건 또 뭐야?"

"그런 거 있어. 너처럼 꿀만 빠는 놈이 먹는 빵. 고생은 내가 다 하고 있는데 어디서 밥 타령이야."

나는 홱 돌아 휴대폰으로 약속 장소인 카페 위치를 확인하며 빠르게 발걸음을 옮겼다. 녀석이 뭐라고 투덜대며 뒤따라왔다.

23. 이야기를 듣는 시간

카페는 곡선으로 이루어진 통창을 통해 보이는 뻥 뚫린 바다 전망을 자랑하고 있었다. 그리고 김승아 씨로 보이는 중년 여성이 통창 바로 앞 테이블에 앉아 있었다. 카페 안에 혼자 있는 여자 손님은 그녀밖에 없었기에 바로 그쪽으로 다가갔고, 기척을 느낀 그녀가 몸을 돌리며 자리에서 일어났다.

앉아 있을 때보다 딱히 커 보이지 않는 작은 키에 여고생 같은 단발은 도저히 50대 중반으로 보이지 않았다. 그런 작고 소녀 같아 보이는 풍모지만 굳게 다문 입술과 검정 뿔테 안경 너머로 빛나는 눈빛, 그리고 보라색 바지 정장이 묘한 존재감을 내뿜고 있었다.

그녀는 가벼운 묵례만 하고는 손을 뻗어 우리를 테이블 맞은편

자리로 안내했다. 나는 밝은 목소리로 인사한 후 한빈과 함께 앉았다.

"그러니까 이쪽이 진솔 님, 그리고 이쪽이 장영수 님 아들이시겠군요."

"예. 제가 아들입니다. 장한빈이라고 합니다."

한빈이 제법 싹싹하게 인사했다.

"진솔입니다. 이렇게 먼저 연락 주시고 만나주셔서 감사드려요."

"저야말로 먼 길 내려와주신 것 감사드립니다. 마실 것 먼저 고르시죠. 저희 동네니 제가 사겠습니다."

김승아 씨의 자연스러운 안내에 따라 우리는 음료를 골랐다. 그녀가 카운터로 가자 한빈은 검사할 것 같지 않으니 녹음을 해도 되지 않겠냐 물었고, 나는 약속한 게 있으니 그럴 순 없다고 못 박았다.

그녀는 직접 아이스 아메리카노 두 잔을 들고 왔다. 조각 케이크 두 점도 더한 것을 보자 안도감이 들었다. 나는 짧은 감탄사로 감사를 표하고는 포크로 치즈케이크 구석을 무너뜨렸다. 한빈이 잽싸게 내가 허문 치즈케이크를 떠먹었다. 나는 애써 표정 관리를 하며 다시 치즈케이크를 허무는 작업에 돌입했다. 김승아 씨는 천천히 드시고 시작하자고 말한 뒤 자신의 커피를 리필하러 다시 카운터로 향했다.

케이크와 커피로 허기를 달랜 뒤 본격적인 인터뷰를 시작했다.

그녀는 돈 아저씨와는 벽해출판사에서 1년 남짓 같이 일했다고 했다. 아저씨가 먼저 퇴사하고 몇 개월 뒤 자신도 퇴사했고, 이후 다른 출판사 두 군데를 다니다 출판 일을 접고 고향인 통영으로 돌아왔다고 했다. 현재는 부산과 창원을 비롯한 경남 지방 회사들의 해외 수입 장비나 물품 등의 매뉴얼을 번역하는 일을 한다고 했다.

"지금은 번역 일이 많진 않아요. 그래도 해야 할 일은 넘치죠. 남편 해물탕집 일도 도와야 하고, 내년에 고3 되는 아들 입시 뒷바라지도 해야 하지요."

김승아 씨가 자조적인 웃음을 띠며 말했다.

"사실 북에디터에 올리신 글은 옛 동료가 알려줬어요. 지금은 중소 규모 출판사를 운영하는 대표인데, 구인 글을 올리려고 들어갔다가 그 글을 봤나 봐요. 참, 그 친구도 벽해 때 만난 인연이네요."

"그럼 그분도 장영수 씨와 같이 일한 적이 있는 건가요?"

"예. 다만 그 친구는 자기는 장영수 씨와 교분이 많지 않아 할 말이 없고 제가 그나마 친했지 않냐며 알려준 거예요. 저도 수긍하고요."

"혹시 저희 아빠, 출판사 시절에 왕따나 은따 그런 거였나요?"

"그런 표현은 적절치 않고요, 뭐랄까 처음엔 외톨이로 시작했죠. 대표 지인이란 이유로 대뜸 기획위원 직함으로 출근했고, 여직원이 많은 출판사에서 유부남 아저씨라 겉돌 수밖에 없었지요.

그때 직원 열한 명 중 남자가 셋이었는데 대표랑 영업팀장은 사무실에 거의 없었고 장영수 위원만 저희와 같이 생활해야 했으니까요. 요즘 말로는 좀 뻘쭘했다고나 할까요?"

"그럼 두 분은 어떻게 친해지게 되셨나요?"

"출판사에서 직원들끼리 친해질 일이 뭐가 있겠어요. 일 때문이죠."

김승아 씨가 쿨하게 말한 뒤 목을 축이듯 커피를 마셨다. 나는 조용히 기다렸다. 커피잔을 내려놓은 그녀는 벽해출판사 시절은 물론 그 이후의 시간에 걸친 돈 아저씨와의 인연에 대해 차분하면서도 쉼 없는 에너지로 이야기를 펼쳐 나갔다.

그녀는 영문과 대학원 박사 과정을 밟다가 중간에 그만둔 뒤 출판계에 입문해 영미권 단행본 편집자로 사회생활을 시작했다고 했다. 벽해출판사는 그녀의 두 번째 직장이었는데 영미권 책들에 대한 출간 여부를 검토하고, 번역자를 섭외해 번역을 맡기고, 추후 들어온 원고를 편집하는 일을 담당했다. 그런데 입사한 지 6개월쯤 지났을 무렵 그녀에게 또 다른 일이 주어졌다. 인간의 자기혁신에 관한 미국 행동 교정가의 책을 번역하는 일이었다. 그녀가 3개월간 번역한 이 책은 방송인이자 명문대 철학과 교수인 한호석의 번역서로 포장되어 출간되었다.

한 교수는 방송을 통해 책을 홍보한 후 베스트셀러에 등극하자 전국으로 강연을 다니며 명성을 더해갔다. 반면 그녀는 말 그대로 '유령 번역가'가 되어 책 어디에도 이름을 올리지 못했고 어떠한 보상도 받지 못했다. 오히려 책이 잘되자마자 대표는 그녀를 불러 대리 번역에 대해서 혹여라도 발설하면 퇴사는 물론 민형사상 책임도 물을 거라는 엄포를 놓았다.

"정말 유령이 된 기분이었어요. 직원들도 알고 있었지만 쉬쉬했고, 저 역시 어디에도 하소연할 수 없었죠. 저는 제게 기회가 주어졌다고 생각해 의욕을 가지고 번역했고 고료 욕심도 딱히 없었는데, 제 이름으로는 책이 안 나온다지 뭐예요. 처음부터 제게 대리 번역이라고 말했으면 성실히 번역하지 않을 수도 있다고 생각한 건지, 아니면 전후 사정 따위 설명할 필요도 없는 사람이라고 생각했는지는 모르겠어요."

듣기만 해도 분이 차오르는 경험을 김승아 씨는 담담하게 말했다. 시간이 상처를 아물게 해서일까, 아니면 어떤 깨달음을 얻어서일까? 그녀의 차분함은 오히려 나와 한빈을 더욱 이야기에 몰입하게 만들었다.

돈 아저씨가 벽해에 입사했을 때가 바로 김승아 씨가 이 일로 의기소침해 있을 무렵이었다. 아저씨의 첫 업무는 자신의 대치동 학원 강사 시절 이야기를 원고로 정리하는 작업이었다. 하지만 이 프로젝트는 두 달 만에 막을 내리고 말았다. 아저씨는 어떤 식으로 정리를 해도 사교육은 문제가 있고 공교육 역시 썩어빠졌다는 비판으로 원고의 결론이 났고, 대표는 그렇다면 책을 못 판다고 난색을 표해 결국 중단하기로 한 것이었다.

돈 아저씨가 다음으로 맡은 일은 한국에 소개되지 않은, 저작권이 소멸된 세계적 고전소설을 번역해 출간하는 것이었고, 여기서 문제의 그 소설이 아저씨에게 떨어졌다. 바로 『돈키호테』 말이다. 대표는 그동안 한국에는 다이제스트 판 『돈키호테』만 있고 그것도 1편 중심이기에 『돈키호테』 1, 2편을 완간하면 주목도 받고 판매도 될 거라 주장했다. 그런데 대표는 전문 스페인어 역자는 섭외도 어렵고 비싸므로 『돈키호테』의 영문판을 한역해서 출간하는 중역의 방식을 선택해 돈 아저씨에게 그 번역을 맡긴 것이었다. 즉, 저작권료도 번역료도 지불할 필요가 없으니 수익이 날 거라는 판단이었다.

김승아 씨는 나중에야 아저씨가 왜 그런 불합리한 일을 받아들였는지에 대해 들었다. 처음에 아저씨는 월급과는 별도로 번역료를 요구했다. 하지만 그게 통하지 않자 역자로 본인 이름을 넣는다는 각서를 받고 번역을 수락했다는 것이었다. 회사의 처우는 불합리하지만 아이가 한창 크는지라 때려치울 순 없고, 그나마 내가 하는 일에 대해 이름은 지켜야겠다고 생각했다는 아저씨의 말을 듣는 순간 김승아 씨는 충격을 받았다. 장영수 씨처럼 내 것을 지키기 위해 나는 어떤 노력을 했는가? 노력이라고 할 만한 것을 하긴 했는가? 상처받고 고통받는 나를 그냥 내버려두지는 않았는가? 그녀는 한 교수가 TV에 나올 때마다 말 그대로 복통을 느꼈고, 끝내 억울한 마음을 떨치지 못했다.

아저씨는 『돈키호테』 번역을 하며 작품에 흠씬 빠져들었다. 번역자로서 서툰 부분에 대해서는 매번 '내가 영어 강사로 탑을 찍긴 했지만 출판은 승아 씨가 선배니까 묻는 건데요'라는 단서를 달며 그녀에게 조언을 구했다. 두 사람은 영어 원서만으로 이해가 안 되는 부분은 일본어판까지 구해 읽으며 완성도를 높이려 애썼다.

"이 책을 번역하는 건 내게는 엄청난 도전이자 크나큰 모험입니다. 스페인어를 모르는 게 천추의 한이지만 영어 중역으로라도 반드시 한국에 제대로 된 세르반테스의 걸작을 알리도록 분골쇄신할 거예요."

아저씨는 김승아 씨뿐 아니라 회사의 다른 사람들에게도 수시로 이렇게 말했다. 그건 마치 자기 자신에게 하는 다짐 같기도 했고, 무언가에 흠뻑 빠진 자가 자기도 모르게 털어놓는 신앙고백 같기도 했다.

"저는 그런 장영수 씨의 번역을 도우며 그가 소설 속 돈키호테와 동화되는 과정을 목격이라도 하는 듯했어요. 어느덧 회사에 완전히 적응한 그는 불합리하고 불공정한 일에 앞장서 목소리를 내기 시작했고요. 대표는 그런 장영수 씨에게 너보고 『돈키호테』 번역을 하라 했지 돈키호테가 돼라 했냐며 타박했고, 장영수 씨는 아랑곳없이 사소한 직원 복지부터 저자들의 미지급 인세까지 따지고 들어 대표를 곤혹스럽게 만들곤 했죠. 민주화운동을 했던 선배가 이런 부정의한 사회 시스템을 만드는 데 일조할 거냐며 막 몰아붙이면, 대표가 참다못해 화장실로 숨어버리기도 했어요. 사실 대표도 친한 후배인지라 무작정 장영수 씨의 말을 무시할 수는 없었고, 장영수 씨는 그런 자신의 위치를 이용해 저희들의 방패막이가 되어주곤 했죠. 어느 순간부터 직원들 모두 그런 장영수 씨를 따르게 되었어요."

사건은 그해 연말 출판사 송년회에 한 교수가 참석하며 벌어졌다. 한 교수는 헌칠한 외모에 방송인으로서의 감각도 뛰어난 사람이었다. 다만 자기가 최고여야 하고 주변 사람들이 떠받드는 걸 즐기는 전형적인 권위주의적 인간이어서, 그가 출판사에 오면 대표 이하 직원들 모두 그를 깍듯하게 모셔야 했다.

김승아 씨는 그날 아무것도 먹지 못한 채 한 교수와 시선을 마주치지 않으려 애쓰며 그 자리를 견뎠다. 그런데 한 교수가 그녀를 자기 가까이로 부르더니 맥주를 따라주었다. 그녀는 마시고 싶지 않았으나 한 교수가 빤히 쳐다보고 있어서 어쩔 수 없이 잔을 비웠다. 그때 한 교수가 봉투 하나를 꺼내더니 그녀에게 건넸다. 당신의 초벌 번역이 거칠어 내가 거의 다시 하긴 했지만 어쨌든 수고했다는 말과 함께. 김승아 씨는 꼼짝도 할 수 없었다. 머릿속은 물론이고 몸까지 얼어붙은 것 같았다. 그녀가 꼼짝 않자 옆에 앉은 대표가 어서 받으라고 재촉했고, 그녀는 간신히 손을 뻗어 봉투를 받았다.

"거기서 끝났으면 더 일이 벌어지지 않을 수도 있었을까요? 가끔 이런 생각을 하곤 해요. 사람의 마음 깊은 곳에 숨어 지내는 특정 감정의 물고기는 어떤 낚시 같은 말에 걸려들어 수면 위로 끌려 나온다는 것을요."

그녀의 차분함에 약간의 균열이 느껴졌다.

“한 교수는 제가 기쁘게 봉투를 받지 않은 게 심기가 거슬렸는지 이렇게 말했어요. ‘사람이 고마움을 알아야 하는 거야. 내 책에 참여하게 된 걸 좋은 자양분으로 삼게. 자네도 열심히 하다 보면 이름을 얻을 날이 올 거라고.’ 그런데 그 말은 정말 토씨만 다를 뿐 똑같았어요. 대학원 시절 내 논문을 자기 이름으로 발표한 지도교수가 상심한 내게 했던 말과 소름 끼치도록 똑같았어요.”

김승아 씨는 그 말을 듣고 자기 손에 들린 봉투를 찢었다. 분노의 힘이 더해져 봉투는 깔끔하게 찢어졌고 그 안에 든 수표들도 네 조각, 다시 여덟 조각으로 분해됐다. 한 교수와 대표를 비롯한 주변 모두가 그녀의 돌발 행동에 어찌할 바를 몰라했다. 잠시 뒤 한 교수가 피우던 담배를 그녀에게 던졌다. 그리고 이어진 악담과 욕설. 그것은 김승아 씨의 귀에 사람의 소리로 들리지 않았다. 급기야 한 교수가 자리를 박차고 일어나 그녀를 향해 손을 뻗었다. 동료들이 몰려들어 그런 한 교수를 말렸고, 그녀는 겁을 먹기는커녕 눈을 똑바로 뜬 채 발광하는 짐승을 노려보았다.

그때 돈 아저씨가 한 교수와 김승아 씨 사이를 막아섰다. 제발 진정하시라고 아저씨가 말했고, 한 교수는 더욱 길길이 날뛰며 김승아 씨에게 미친년이라고 욕설을 퍼부었다. 대표까지 나서서 김승아 씨를 압박했다. 얼른 사과하지 않으면 가만두지 않겠다고. 그 순간 그녀는 진실을 발언하기로 결심했다.

나는 당신의 말처럼 미친년이 아닙니다. 나는 당신이 번역했다고 알려진 책을 실제로 번역한 사람입니다. 알겠어요? 그 책은 내가 번역했고, 내가 편집했고, 마지막 순간까지도 내 손에 머물다 세상으로 나갔어요. 그러니까 당신은 내게 아까와 같은 충고를 할 자격이 없습니다.

김승아 씨의 말이 끝나자 아저씨는 여전히 길길이 날뛰는 한 교수를 돌아보았다.

"장영수 씨가 한 교수의 어깨를 힘껏 틀어 자신을 보게 하고는 무언가 물었어요. 한 교수는 제게 퍼붓던 욕설을 장영수 씨에게 나눠줬고요. 장영수 씨는 아랑곳하지 않고 이번엔 대표에게 물었어요. 대표는 골치 아프다는 듯 손을 홰홰 저으며 돌아섰지요. 다시 장영수 씨가 한 교수에게 말했어요. 이 말은 정확히 들었어요."

사과하시죠.

"한 교수가 따귀라도 맞은 듯 멍하니 장영수 씨를 바라보다 이내 다시 끓어올라 소리쳤어요."

넌 뭔데 사과하라 마라야 등신 새끼가!

대리 번역을 맡겼다면 사과를 하시고 다음 증쇄 때 올바로 돌려놓으세요.

내가 하자고 했어? 니네 대표가 부탁해서 한 거잖아! 그리고 재가 뭔 번역을 해? 엉망진창이어서 내가 새로 다 했는데 이게 뭔 짓거리들이야. 내가 유명인이라 만만해? 너그러울 거 같아? 이 자식들 아주 세트로 미쳤구만!

"한 교수는 장영수 씨를 뿌리치고 마치 똥이라도 밟았다는 얼굴로 돌아섰어요. 하지만 장영수 씨가 그의 팔을 붙잡았죠."

놔! 놓으라고!

가더라도 사과하고 가세요. 잘못하셨잖아요.

안 놔?

"장영수 씨는 미동도 없었어요. 한 교수는 더는 말이 필요 없다는 듯 장영수 씨를 곧바로 후려쳤어요. 따귀였는지 주먹질이었는지는 기억나지 않아요. 다만 장영수 씨가 간신히 버티며 한 교수의 팔을 붙잡고 있었던 기억은 나요. 한 교수는 장영수 씨에게 욕과 주먹을 쉼 없이 날렸고 장영수 씨는 맞으면서도 사과하라는 말을 반복했어요. 마침내 가게 사장과 종업원까지 달려들어서야 겨우 둘을 떼어놓을 수 있었답니다."

너무도 생생한 당시 현장에 대한 설명에 나도 한빈도 숨죽이고 들을 수밖에 없었다. 김승아 씨는 잠시 호흡을 고른 뒤 그 후의 일에 대해서도 이야기했다.

한 교수는 그대로 자리를 떴지만 아저씨는 경찰이 올 때까지 그곳에 있었다. 말리다 못해 화까지 내는 대표에게도 꿈쩍 않고 경찰에게 사건 접수를 하고 나서야 병원으로 향했다. 아저씨는 안와골절과 치아 손상 등으로 전치 8주 진단을 받았고, 직접 소장을 작성해 한 교수를 고소했다.

한 교수는 유명 로펌에 변호를 의뢰했고 쌍방 폭행을 주장했다. 아저씨는 변호인 없이 법정에서 직접 자신을 변호했다. 김승아 씨는 증인석에서 자신이 본 바를 진술했다. 결정타는 양측 병원 진단서였다. 아저씨의 다친 몸은 겉보기에도 진단서 내용과 상당히

일치하는 데 반해, 한 교수의 얼굴은 그가 제출한 진단서를 믿기 어려울 정도로 멀쩡했다. 한 교수 측은 가격당한 광대의 부기와 멍은 이제 다 아물었고 자신이 유명 방송인이기에 당한 피해라고 주장했는데, 이게 오히려 그들의 발목을 잡았다. 아저씨는 어떻게 입수했는지 사건 바로 다음 날 한 교수가 출연한 방송분을 법정에서 틀었다. 멍 하나 부은 자국 하나 없는 한 교수의 빤질빤질한 얼굴이 모두에게 공개되자 게임은 끝났다.

한 교수 측은 방송 분장으로 지운 거라 항변했지만, 하루도 안 돼 부기까지 완전히 빠진 점에 대해서는 어떻게 생각하냐는 아저씨의 질문에 답하지 못했다.

"나중에 제가 그 싸움 이길 줄 알고 벌인 거냐고 물었을 때 장영수 씨는 이렇게 말했어요. '내가 영어 강사로 탑이긴 했지만 원래 전공은 법이거든요. 법 좀 아는 사람이라고요.'"

1심에서 패소한 한 교수는 2심을 준비하며 아저씨에게 합의 의사를 전했다. 그들로서는 아저씨를 만만하게 본 것이 패소의 가장 큰 원인이었다. 더구나 법정 공방을 통해 사건의 발단이 한 교수 번역서의 대리 번역에 관한 시비였다는 점이 알려져 논란이 일었다. 언론 취재가 들어오자 합의를 통해 형량과 관심을 줄이는 게 피해를 최소화하는 길이라고 결론을 낸 듯했다.

아저씨는 합의 조건으로 단 한 가지를 내걸었다.

'대리 번역에 대해 공개 사과 기자회견을 할 것.'

이는 한 교수의 커리어에 큰 타격을 줄 뿐 아니라 출판사에도 베스트셀러를 포기하라는 꼴이 되는 것이었다. 대표는 아저씨에게 간절히 매달렸다. 한 교수만 망하는 게 아니라 자신도 망하고 직원들도 일자리 다 잃는다고.

아저씨는 고심했다. 그리고 김승아 씨와 상의했다. 결국 자기에게 일자리를 준 대표와 죄 없는 동료들까지 어려움에 처하게 할 순 없다는 결론을 내린 뒤 합의 조건을 바꿨다.

'김승아 씨에게 사과하고 다음 쇄부터는 번역자명에 김승아 씨의 이름도 넣을 것.'

얼마 뒤 김승아 씨는 한 교수의 자필 사과문을 받았다. 그리고 새로 인쇄된 벽해출판사의 베스트셀러 표지에는 그녀의 이름이 공역자로 추가되었다.

그 모든 과정을 겪는 와중에도 아저씨는 『돈키호테』 번역을 게을리하지 않았다. 대표와 몇몇 직원들의 싸늘한 시선과 은근한 압박에도 꿈쩍 안 하고 자리를 지켰다. 지긋지긋해진 김승아 씨는 퇴사를 고민했지만 아저씨를 두고 혼자 회사를 빠져나갈 순 없었다.

한 교수와 얽힌 사건이 모두 마무리된 뒤 아저씨는 출판사를 그만뒀다. 마치 자기 할 일을 다 했다는 듯. 김승아 씨는 아저씨가 그만두기 전날 자신을 대신해 한 교수와 싸워준 것에 대해 진심으로 감사하다고 말했다. 그리고 물었다. 어떤 용기로 한 교수 같은 권력에 맞서 싸울 수 있었는지를. 그건 부끄러웠던 자신의 모습에 대한 반문이기도 했다.

아저씨는 이렇게 답했다. 한 교수 같은 사람이 이 사회의 지식인으로 인정받으면 안 된다고, 그래서 그걸 깨기 위해 나섰다고. 지식인은 많이 배운 사람이나 높은 자리에 있는 사람이 아니고, 세상을 책임질 줄 아는 사람이어야 한다는 말도 덧붙였다.

김승아 씨는 그제야 아저씨의 행동이 단지 자신을 챙겨주기 위한 것이 아니라 더 큰 뜻이 있었음을 깨닫게 되었다. 그리고 마지막으로 『돈키호테』 번역은 어떡할 거냐고 물었다.

"『돈키호테』 이거 일이 년 해서 될 게 아닙니다. 평생의 여정입니다. 그리고 내가 영어 강사로 탑이긴 했지만 번역은 다른 문제더군요. 나는 번역보다 중요한 돈키호테의 꿈을 배웠어요. 이제 이 책과 함께 새로운 모험을 떠나려고요."

아저씨는 그렇게 말하곤 빙긋 웃어 보였다. 그녀는 아저씨의 모험을 응원하기로 했다.

김승아 씨의 이야기가 끝나자 한빈이 그때가 어렴풋이 기억난다며 털어놓았다. 아빠가 눈에 붕대를 감고 온 날을. 엄마가 분통을 터뜨리며 아빠를 타박하던 밤을. 이후로 두 사람이 갈라서기까지 걸렸던 그로서는 슬프고 우울했던 시절을.

나는 이후의 돈 아저씨와의 만남에 대해 물었다. 그녀는 퇴사 후 두 번 정도 만나 근황을 나눴다고 했다. 처음 만났을 때 아저씨는 의욕이 충만한 상태였고, 영화감독이 되기로 했다며 당찬 포부를 늘어놓았다. 두 번째 만났을 때는 부쩍 우울한 상태였고 아무래도 이혼할 것 같다며 삶의 고단함에 대해 토로했다. 김승아 씨는 아저씨를 위로한 뒤 덕분에 번역가로 데뷔할 수 있었고, 그래서 새 번역 일을 맡게 됐다고 감사를 표했다. 아저씨는 자기 일처럼 기뻐했다.

김승아 씨는 다음에 만날 때는 꼭 영화감독으로 뵙길 바란다고 했다. 아저씨는 영화감독이 되는 길은 돈키호테의 여정처럼 멀고 험하다며, 일단 그녀가 단독으로 이름을 올린 번역서가 나오면 만나 축하를 나누자고 했다. 그녀는 약속했다.

하지만 약속은 지켜지지 않았다. 세기말이었고 아마도 얼마 뒤 이혼한 아저씨는 전화번호가 바뀌었고 연락이 되지 않았다. 유일하게 기억하고 있던 하이텔 아이디는 없어졌고 하이텔 자체가 없어졌다. 김승아 씨가 이메일을 만든 건 밀레니엄이 시작된 직후였다. 아저씨의 이메일은 있는지 없는지조차 알지 못했다.

책을 전하고 싶었고 청첩장을 전하고 싶었다. 아저씨 덕에 인생의 가장 어두운 시기를 견딜 수 있었기에, 자신이 잘 사는 모습을 보여줌으로써 오래 품은 고마움을 표하고 싶었지만, 요원한 일이 되어버렸다.

"저는 장영수 씨 그러니까 여러분의 돈 아저씨를 이제 만나지 않아도 돼요. 두 분을 만나고 이렇게 털어놓으니 그분에 대한 제 맺힌 마음이 꽤 해소됐어요. 그동안은 사실 제대로 고마움을 표현하지 못한 것 같아서 마음이 무거웠거든요. 다만 이 말만은 꼭 전해주세요. 장영수 씨 덕분에 제가 그나마 괜찮은 사람으로 살아올 수 있었다고요. 그리고 꼭 모험을 완수하시라고요."

24. 추억을 불러일으키는 맛

김승아 씨와의 만남을 뒤로하고 카페를 나오니 오후 다섯 시가 다 되어가고 있었다. 충실한 인터뷰 덕인지 지난 두 시간여가 알차게 느껴졌고 먼 길 온 보상을 받은 기분이 들었다. 그래서일까, 지금 출발해 언제 대전에 가고 서울에 가냐면서 통영에서 1박 하자는 한빈의 말도 흔쾌히 받아들이게 되었다.

내비에 통영 관광지 부근 공영주차장을 찍고 한빈이 운전해 가는 동안 게스트하우스를 검색했다. 젊은이들이 많이 찾는 관광지여서인지 2만 원대 게스트하우스가 몇 개 나왔고 그중 한 곳을 찜해 예약했다. 공영주차장에 차를 세운 뒤 밤바다를 보며 신이 난 한빈을 끌고 통영시장과 동피랑 사이에 자리한 게스트하우스로 진군했다.

4인용 도미토리 여성 룸은 2층 침대 두 개가 있었는데 한쪽은 위아래 모두 짐이 풀려 있었다. 침대 주인들은 이미 관광을 나간 듯했다. 나는 남은 2층 침대 중 1층에 가방을 내려놓고 응접실로 나왔다.

인내심의 한계에 달해 빨리 나오라는 톡을 보내고도 몇 분이 지나서야 트레이닝 복장으로 갈아입은 한빈이 머리에 스냅백까지 쓴 채 히죽거리며 응접실에 등장했다.

"……아예 작정을 하고 내려오셨구만."

"나야 차에 항상 두고 다니지. TPO를 맞추는 게 비즈니스맨의 기본이거든. 그나저나 누나 어디 갈까? 꿀빵을 먼저 먹어야 하나, 충무김밥을 먼저 먹어야 하나?"

"그런 건 간식이고."

나는 일어나 앞장서 나갔다. 인터뷰에 진을 빼서인지 배가 고프다 못해 쓰릴 지경이었다.

〈도시탐험대〉 통영 편에서 로케이션 후보지였지만 마지막에 빠진 곳이 있었다. 촬영하기엔 공간이 좁고 사장님이 비협조적이라는 게 이유였는데, 그래서 오히려 나는 그곳이 마음에 들었다. 떡하니 차려주는 관광객 대상 다찌집에 비해 노부부가 뚝딱뚝딱 음식을 내주는 소박한 다찌집이었다.

하지만 여기도 이제 맛객들에 의해 발굴됐는지 어둠이 내리기 전임에도 이미 관광객으로 보이는 두 커플이 창가 쪽에 자리하고 있었고, 안쪽에서는 검붉은 얼굴에 사투리가 걸쭉한 동네 아재 셋이 막걸리를 마시고 있었다.

우리는 안쪽에 하나 남은 자리에 앉아야 했다. 한빈은 괜찮아 보이는 곳도 많은데 왜 칙칙한 가게로 왔냐고 투덜댔다. 나는 서울이나 지방이나 중년 사내들이 낮에 막걸리 먹는 가게가 그 동네 맛집이라고 설명한 뒤 할아버지 사장님께 1인 3만 원 다찌 한 상을 주문했다. 한빈은 영 못 미덥다는 듯 연신 두리번거렸고 나는 그러거나 말거나 소맥을 말았다.

삶은 옥수수와 홍합탕을 시작으로 통영의 상징인 생굴이 나왔다. 뒤이어 한치통찜, 가리비찜, 뿔소라무침, 새우구이, 전복회, 멍게, 피조개, 해삼이 담긴 해물 모둠 한 접시가 등장하자 녀석이 감탄하며 사진을 찍어댔다. 잠시 뒤 학꽁치와 우럭, 돔으로 구성된 회 한 접시와 참돔 살을 넣고 끓인 미역국이 나왔고, 나는 한빈에게 사진 그만 찍고 어서 먹자고 재촉해야 했다.

우리는 정신없이 먹는 데 열중했다. 끝이 아니었다. 참돔구이와 멸치회무침, 멍게비빔밥과 해물전이 그 뒤를 이었다. 멸치회무침은 나도 처음이었는데 전혀 비리지 않았고 식감까지 제대로 입맛을 저격했다.

맥주 세 병과 소주 한 병으로 조제할 수 있는 소맥을 다 마시고 나자 배가 불러 소주만 한 병 더 주문했다. 한빈은 해물전 그릇을 직접 들고 가 할머니 사장님에게 곰살맞게 굴며 리필을 요청했다.

"그런데 우리 아무 말 안 하고 너무 먹기만 하는 거 아니야?"

소주잔을 비우는 내게 한빈이 말했다. 나는 대답 대신 잔을 비우고 마지막 가리비를 야무지게 발라 먹었다.

"누나. 오늘 번역가님 인터뷰 대박이긴 한데 말이야, 언제까지 우리 아빠 과거만 캘 거야?"

"한 잔 따라봐."

한빈이 입을 내밀고 내 잔을 채웠다.

"그러니까 우리가 그동안 인터뷰해서 유튜브에 올린 영상이 사람을 연결한 거야. 돈 아저씨 학창 시절 친구 영상을 보고 학원 동료가 자기도 인터뷰하겠다고 나선 거고, 그동안 쌓인 콘텐츠를 보고 오늘 출판사 동료도 인터뷰에 응한 거잖아. 그냥 과거가 아니라 아저씨에 대한 정보들이고. 서사는 쌓여야 하는 거야. 이걸 보고 아저씨의 현재에 대해 말해줄 사람이 나올 거라고 나는 생각해."

"안 나오면?"

"오늘 김승아 씨 인터뷰 내가 잘 편집해서 마치 구연동화 하듯 들려줄 거야. 게다가 한 교수 사건은 돈 아저씨가 돈키호테처럼 풍차 같은 괴물과 한판 붙은 사건이기도 해서 의미가 있어."

이번에는 한빈이 잔을 비웠다. 나는 남은 소주를 따라주었다.

"유튜브가 잘되는 건 좋은데…… 누나 용돈도 벌고. 그래도 어쨌거나 아빠를 찾는 데 도움이 되어야 한다는 게 내 생각이지."

"그래."

갑자기 한빈이 소주 한 병을 더 주문했다. 그만 마실 생각이던 내가 눈을 흘기자, 녀석이 답답하다는 표정을 지어 보이곤 새로

나온 소주를 흔들어 땄다.

나는 빈 잔을 들어 보였다. 녀석이 내 잔과 자기 잔을 채우고도 잠시 뜸을 들인 뒤 입을 열었다.

"사실 아까 김승아 씨 이야기하는데 나도 생각 많이 나더라고. 아빠는 다른 아빠들과 달라도 정말 많이 달랐어. 누가 봐도 좋은 게 좋은 건데 그건 아니라고, 자기 뜻대로 고집부리던 게 자꾸 떠오르더라."

"사람들은 그런 걸 신념이라고 부른단다."

"아니, 그러니까 그 신념이 김승아 씨에게 도움이 되고 그런 양아치 혼내주고 하면 사회도 정화되고 그럴 수 있지. 그런데 우린 뭐야? 엄마는 무슨 죄로 아빠 그 난리를 받아줘야 해? 나는 또 무슨 죄로 백수 아빠 때문에 지지리 궁상으로 살아야 해?"

어느새 한빈의 목소리는 취기에 젖어 있었다. 나는 딱히 할 말이 없어 그저 묵묵히 바라봐주었다.

"초등학생 때 내가 '아빠, 부자 되세요!'라고 새해 인사를 했더니 버럭 화를 내는 거야. 그때 그 광고가 인기였거든. 사람들이 막 따라 하고. 그런데 아빠는 새해 인사도 '돈돈' 하면 되냐면서, 부자 되는 걸 목표로 살면 안 된다고 열변을 토하더라고. 나는 그게 너무 싫었다고. 우리 집이 돈만 있었어도 엄마 아빠 그렇게 싸우지 않았을 거고 이혼도 안 했을 거야. 돈 때문에 아들을 이혼 가정 자식 만들어놓고 그게 아빠가 할 소리야?"

"아저씨가 너무 진지하신 건 있지. 어렸을 때면 상처받을 만하다. 그래."

"그때 난 오히려 부자 되겠다고 결심한 거야. 돈밖에는 내 삶을 구제할 수 있는 게 없거든."

"아빠한테 반항하느라 그렇게 된 건 아니고?"

"뭐, 그런 것도 있겠지. 이후로도 아빤 계속 가난해서 나한테 제대로 뭐 한번 사준 적도 없으니까. 지금도 그렇고."

녀석이 혼자 잔을 비웠다.

"한빈아. 아빠가 너 방학마다 돈키호테 비디오에 데려와 같이 지내서 우리 라만차 클럽도 만난 거 아냐? 그리고 얼마 전에 내가 서랍에서 아저씨가 쓰던 가계부 발견했거든. 거기 네 양육비 꼬박꼬박 보낸 거 적혀 있던데, 그 정도면 아빠 수준에서 해줄 수 있는 건 다 해준 거 같은데?"

"시끄러!"

"시끄러? 얘가 발동 거네. 그래, 따져보자. '부자 되세요' 인사들 해서 우리나라 사람 다 부자 됐니? 돈이 최고라는 시대가 지금인데 그래서 사람들 행복하니? 돈만 앞세우는 게 왜 문제냐 하면, 돈으로 살 수 없는 것들이 우릴 행복하게 해줄 수 있다는 가능성조차 믿지 못하게 하기 때문이야."

"어이구, 돈키호테 따라다니더니 돈키호테처럼 군다. 괜히 하소연하다 뺨 맞는 꼴이야. 됐으니까 그만해라 좀."

한빈이 또 혼자 잔을 비웠다. 더 취하면 안 될 것 같아 자리를 정리하려고 일어서는데, 녀석이 내 팔을 잡고 매달리다시피 했다.

"누나. 아까 휴게소에서 화장실 갔다가 대준이 형이랑 통화했거든. 우리 통영 간다니까 부산도 들르라고 하더라고. 부산 차로 완전 가깝다고."

"가까우면 자기가 오지. 이리로."

"아, 진짜! 대준이 형 애 아빠야. 분식집 사장이고. 무지 바쁘대. 그래도 엄청 보고 싶어 하더라. 유튜브도 잘 보고 있다고 하고."

"대준이 걔 처음에 연락 한 번 하고는 댓글 한 번 안 달던데 뭘. 나 사실 삐졌다고."

"그 형이 그런 센스가 있나. 아무튼 한번 통화해볼래? 지금?"

손사래 치는 나를 무시하고 한빈이 휴대폰 통화 버튼을 눌렀다.

잠시 뒤 녀석이 대준과 반갑게 인사를 나눈 뒤 통영 다찌집에서 푸짐하게 한 상 먹고 있다며 호들갑을 떨었다.

그때 할머니 사장님이 다가와 안주 없이 술 먹으면 안 된다며 접시 하나를 툭 놓고 갔다. 접시에는 모락모락 김을 내는 찐 굴 한 뭉텅이가 담겨 있었다. 껍데기를 깐, 통통하게 뭉쳐 있는 굴에 군침을 삼킬 겨를도 없이 한 점 집어 바로 입에 넣었다. 곧 따뜻하면서도 시원한 맛이 입안에 가득 퍼졌다. 그때 한빈이 휴대폰을 건넸다. 나는 눈을 흘기곤 전화를 받았다.

"솔이니? 나야. 대준이."

목소리만 들어도 듬직하고 느긋한 대준의 풍채와 몸짓이 떠올랐다.

"너 바쁘다며. 괜찮아?"

"으응. 지금 장사 마무리하고 있어. 오늘 몇 시까지 한빈이랑 거기 있을 거야? 내가 차 몰고 늦게라도 갈까 하는데?"

"아이고. 아내한테 혼나지 말고 육아에나 신경 써. 우리 내일 일찍 서울 가야 해."

"그래? 아, 아쉽다. 유튜브 정말 잘 보고 있어. 너 방송국에서 일하더니 아주 연예인 같아졌더라."

"그래봐야 유튜버지. 그런데 방송 보면서 돈 아저씨에 대해 생각나는 건 없었니?"

"지금 음, 생각나는 건 딱히 없는데 생각할 건덕지가 있긴 해. 너희들 와서 같이 한번 먹어보면 아저씨에 대해 까먹고 있던 것도 생각나지 않을까? 왜 음식은 그 뭐야, 추억을 불러일으킨다고도 하잖아."

그러자 순간 그 건덕지가 무슨 건덕지인지 단숨에 파악됐다.

"뭐야? 너 돈볶이 메뉴도 있어?"

"응. 아저씨가 직접 알려준 레시피로."

분명 배가 터질 것 같았는데 바로 입에 침이 고였다. 생각만으로도 맵고 꼬들꼬들한 돈볶이 면발이 입안에서 춤추는 것 같았다. 맛으로 인해 추억의 어느 부분이 활성화된다는 건 사실이었다.

"솔아. 많이 안 바쁘면 내일 부산 잠깐 들렀다 가면 안 될까? 돈볶이 먹으며 아저씨 얘기 나누자. 그리고 우리는 가게라 영상 찍어도 돼. 유튜브에 올려도 되고."

나는 잠시 고민 후 결정했다. 대준의 기뻐하는 목소리를 듣고 나서 휴대폰을 넘겼다. 한빈이 엄지를 치켜세워 보이고는 대준과 통화를 이어갔다.

25. 친구 아이가

통영에서 대준의 가게가 있는 부산 수영구까지 가장 빠른 경로가 거제도를 통과해 거가대교를 지나고 가덕도도 지나 부산으로 가는 길일 줄은 몰랐다. 거가대교는 마치 바다 위에 설치된 롤러코스터처럼 아찔한 기분을 선사해주었다.

가는 곳곳마다 사람들이 징검다리처럼 자리한 채 이 여정을 돕고 있었다. 어찌 보면 돈 아저씨가 숭배한 그 책의 줄거리 역시 돈키호테와 산초가 모험을 떠나며 만난 여관 주인, 목동, 기사, 죄수, 장사꾼에 대한 이야기가 아닌가. 그들의 모험은 바르셀로나에서 끝났다.

공교롭게도 지금 우리는 부산으로 간다. 돈 아저씨가 바르셀로나라고 지칭했던 부산. 그래서 라만차 클럽의 두 번째 여행지가 되었던 부산. 마냥 신났고 엄청나게 즐거웠지만 충격적인 결말이 기다리고 있었던, 15년 전 부산에서의 시간이 내 머릿속에서 깨어나는 걸 막을 수 없었다.

라만차 클럽의 첫 여행지는 당일치기로 다녀온 공주였다. 공주는 '그라나다'였다. 역시 아저씨의 공식대로 같은 자음으로 시작했고, 두 도시 모두 오랜 역사를 품은 고도古都라는 공통점이 있었다. 그리고 그라나다에 알람브라 궁전이 있듯 공주에도 공산성이 있다며 아저씨는 이곳을 첫 여행지로 결정했다.

공산성을 한 바퀴 돌며 아저씨는 이 성을 끼고 금강이 흐르듯 알람브라 궁전 주변에도 다로강이 흐른다고 했다. 또한 알람브라 궁전은 아랍어로 '붉은 성'이라는 뜻이고, 이는 붉은 철이 함유된 흙으로 지어 그렇다고 덧붙였다. 아저씨의 설명이 계속되자 지루해진 성민이 혹시 가보셨냐고 물었고, 잠시 뜨끔해하던 아저씨는 안 가봐도 다 아는 수가 있다고 얼버무렸다.

그날 우리는 공산성에 이어 무령왕릉도 가고 시장통에서 공주국밥도 먹은 뒤 대전으로 돌아왔다. 제법 성공적인 첫 여행이었다.

부산은 두 번째 여행지였다. 이번에도 부산이지만 바르셀로나에 가는 거라 여기라며, 돈 아저씨는 로시난테 할아버지의 다마스에서 내내 『돈키호테』 이야기를 들려주었다. 돈키호테가 바르셀로나에서 어떻게 자신의 모험을 멈추고야 마는지, 이웃들이 돈키호테를 고향 라만차로 데려가기 위해 얼마나 애썼는지를 흥미진진하게 묘사했다. 물론 한빈과 대준은 졸기 바빴고 성민은 심드렁

했으며 나와 새롬만이 아저씨의 이야기에 귀를 기울였던 건 비밀이다.

로시난테 할아버지의 다마스로 우리는 해운대도 가고 수영만도 갔다. 남포동도 가고 용두산 공원도 갔다. 부산은 어딜 가나 바다가 보이고 산도 많아 평평한 대전과는 딴판이라 낯설고 신기하기 그지없었다.

저녁에는 광안리 회 센터를 가기로 했는데 갑자기 성민이 그 전에 영화 〈친구〉의 촬영지에 들르자고 했다. 엄청나게 히트했지만 미성년자 관람 불가인 영화를, 그나마 자신은 고등학생이라 몰래 봤다는 걸 뽐내려는 거였을까? 성민은 영화 속 주인공들이 우정을 나누며 질주하던 육교에 가보고 싶다고 했다. 돈 아저씨도 영화감독을 꿈꾸는 성민을 위해 같이 가주자고 설득했고, 우리는 동의할 수밖에 없었다.

도착한 곳은 기찻길을 넘어가는 육교였다. 성민은 잔뜩 들뜬 채로 여기서 친구 네 명이 서로 앞서거니 뒤서거니 하며 육교를 달려 건너는데, 작품의 주제인 우정이 잘 드러나는 장면이라고 강조했다. 하지만 영화를 보지 않은 우리는 도무지 공감할 수 없어 별다른 반응을 하지 못했다. 그러자 골이 난 성민은 이제 돌아가자는 아저씨 말에도 불구하고 근처에 장동건이 칼 맞아 죽는 전봇대가 있다며 그것까지 봐야겠다고 우겼다.

혼자서 고집을 피우는 성민에게 화가 난 나는 차로 돌아와버렸다. 대준과 한빈도 주저하는 게 보였다. 차 안에 남아 있던 새롬은 언제 밥 먹으러 가냐며 짜증을 냈다.

차창으로 보니 돈 아저씨가 다시 성민을 설득하고 있었다. 그럼에도 성민은 불퉁한 표정으로 아저씨 말을 듣지 않는 듯했다. 나는 차창을 열고 그만 밥 먹으러 가자고 소리쳤다. 그러자 성민은 몸을 홱 돌려 혼자 가버렸다.

돈 아저씨가 성민을 불렀다. 하지만 성민은 큰길로 가 횡단보도를 발견하고 길을 건넜다. 아저씨가 서둘러 뒤따랐고 횡단보도의 끝에서 성민을 붙잡았는데, 그는 아저씨를 뿌리치고 달렸다. 그다음에 무슨 일이 일어났는지는 버스에 가려 제대로 보지 못했다.

우리가 목격한 것은 아저씨가 오토바이와 오토바이 기사와 함께 아스팔트 바닥에 쓰러져 있는 광경이었다. 아저씨와 오토바이 기사는 둘 다 쓰러진 채 신음하고 있었고, 옆에 선 성민은 자기 때문이 아니라는 말을 반복하며 울먹였다. 로시난테 할아버지가 119를 부르려고 공중전화로 달려갔다. 한빈이 성민에게 덤벼들어 싸움이 벌어졌다. 대준과 나는 필사적으로 두 사람을 뜯어말려야 했다.

목과 어깨를 다친 아저씨는 부산의 병원에 입원했고 우리는 로시난테 할아버지의 다마스를 타고 대전으로 돌아왔다. 성민은 사고를 수습하러 온 할머니와 삼촌의 차로 따로 돌아갔다고 들었다. 다마스의 두 빈자리는 우리의 여정이 이제 끝났다는 것을 상징하는 듯했다. 라만차 클럽의 아미고로 함께 책과 영화를 보고 토론을 하고 함께 여행을 떠났던 우리의 우정도 영화 〈친구〉의 그것처럼 부서지고 말았다.

집에서는 다시는 비디오 가게에 가지도 말고 아저씨랑 어울리지도 말라고 엄포를 놓았다. 가뜩이나 아저씨에 대해 부정적이던 엄마에 이어 아빠도 이제 3학년이니 공부에 열중하라며 '그런 활동'을 하지 말라고 했다. 나는 아무 말도 할 수 없었다.

셔터가 내려진 돈키호테 비디오는 망한 가게처럼 보였다. 가게 앞을 지나는 게 불편해져 다른 길로 오가야 했다.

돈 아저씨는 얼추 한 달이 지나 돌아왔다. 딱 한 번 아저씨를 보러 가게에 갔다. 아저씨는 완전히 회복되지 않았는지 목에는 보호대를 착용했고 전체적으로 거동이 불편해 보였다. 구부정한 자세로 내게 코코아를 타준 뒤 이제 우리가 같이 책 읽고 영화 보고 그럴 수 없게 돼 미안하다고 말했다.

나는 아저씨랑 비디오 가게에서 함께 만들고 나눈 추억들이 여전히 마음에 있어 기분이 착잡했지만, 애써 태연한 표정으로 안 그래도 이제 공부해야 해서 가게에 못 온다고 말했다.

그리고 정말로 아저씨가 있는 가게로 돌아가지 못했다. 한 달 뒤 아빠는 특단의 조치라며 나를 서울의 고모네로 보냈고, 전학을 간 나는 그곳에 적응하느라 선화동의 작은 비디오 가게를 떠올릴 여유가 없었다.

부산은 정말로 바르셀로나였는지 모른다. 돈키호테의 모험을 마치게 한 곳이고 돈 아저씨와 우리의 여정을 멈추게 한 곳이었으니까.

26. DJ's 키친

대준은 대대준이 되어 있었다. 중학생 때도 이미 성인 덩치였는데 지금은 더 커졌고, 한마디로 맛집 사장의 보증수표 같은 후덕한 몸매의 분식점 아저씨가 되어 있었다. 'DJ's 키친'이란 간판 아래 열 평이 채 안 되는 공간에서 아내와 장사를 준비 중인 녀석에게 다가가자 그는 눈동자가 튀어나올 정도로 놀라며 우리를 반겼다.

대준의 뒤에 선 아내는 대준의 반밖에 안 되는 체구였지만 무척이나 야무져 보였다. 그녀는 우리를 반갑게 맞이하고는, 대준에게 장사 준비는 자기가 할 테니 친구들과 광안리에 가 맛있는 걸 먹으라고 말했다. 나는 오직 돈볶이를 먹으려고 거가대교 통행료를 내고 왔다고 응수한 뒤 중앙의 테이블에 자리를 잡고 가방을 내려놓았다.

대준이 돈볶이를 만드는 동안 카메라로 가게 안을 스케치했다. 실내는 환기가 잘 안 되는지 조리대에서부터 밀려 들어온 열기로 후끈했다. 보리차와 케요네즈를 뿌린 양배추 샐러드를 가져다주며 대준의 아내가 덥지 않냐고, 에어컨을 좀 틀어드릴까 물었고 나는 고개를 끄덕였다.

잠시 뒤 대준이 열기를 내뿜는 돈볶이를 냄비째 들고 와 버너 위에 내려놓았다. 원래는 즉석 떡볶이처럼 먹는데 너희는 직접 만들어주고 싶었다며 헤벌쭉 웃었다. 나는 카메라를 고정시킨 뒤 국물과 밀떡, 라면 면발을 부지런히 흡입했다. 돈볶이는 어린 시절 먹던 그 맛과 하나도 다를 바 없었다. 다만 돈 아저씨는 천하장사 소시지를 넣은 데 반해 대준은 제대로 된 비엔나소시지를 쓴 게 달랐다.

"이게 돼지고기 함량 제일 높은 비엔나소시지야. 절대 안 싼 거라고."

대준이 자부심 넘치는 표정으로 말했다.

"언제 레시피 받은 거야? 그때 돈 아저씨 마지막으로 본 거고?"

젓가락을 내려놓고 본론으로 들어갔다. 대준은 턱을 한 번 쓸고는 맞은편에 앉았다. 나는 카메라를 조정한 뒤 눈짓했다. 대준이 알겠다는 듯 고개를 끄덕이고는 입을 열었다.

"그러니까 내가 제대하고 정부 청사 부근 식당에서 한 3년 일하다 잘렸거든. 집에만 있으니 할머니가 걱정을 하시더라고. 그러다가 전에 같이 일했던 친구가 고향 부산에 이자카야 차리는데 오지 않겠냐고 하는 거야. 부산이면 우리 추억도 있고 내가 해산물을 좋아하니까 오케이 하고 바로 KTX 탔지."

"형은 해산물 말고도 다 좋아하잖아."

"그런가. 그래도 해산물은 부산이 최고잖아."

"한빈 토 달지 말고. 대준아 계속 얘기해봐."

"그래서 부산에서 한 1년 그 친구랑 일하다가 지금 아내를 만났어. 아내는 알바였는데 어쩌다 보니 사귀게 됐지. 참 재밌고 활기찬 사람이야. 롯데 광팬이고. 아, 고백하자면 나도 부산 살다 보니 롯데 팬 됐어. 미안."

"아이고 형. 롯데나 한화나."

"한빈아 편집 힘들다. 껴들지 말라니까."

"아, 진짜. 누나는 왜 나만 가지고 그래!"

"여전하구나. 너희 둘은 옛날에도 친남매처럼 엄청 티격태격 잘 했어. 허허."

"대준아. 계속 얘기해봐."

"응. 아무튼 아내랑 나는 같이 가게를 차리기로 하고 아내가 김밥을 잘하니까 나는 떡볶이랑 튀김을 맡았지. 순대는 받아서 하고. 근데 뭐 좀 새로운 거 없을까 하다가 돈볶이가 떠올랐어. 그래서 아저씨를 찾아간 거야."

"어디로?"

"거기. 지하. 지금 솔이 네가 유튜브 방송하는 거기. 나 찾아가 보고 깜짝 놀랐잖아. 지하가 무슨 굴같이 음침하고 아저씨는 두더지 같았어. 수염도 안 깎고 배도 좀 나와서 놀랐다니까."

나는 침을 꿀꺽 삼키고 촬영이 제대로 되는지 카메라를 다시 확인했다. 지금부터가 중요한 대목이란 걸 그간의 경험으로 감지하고 있었다.

"그때 설날에 대전 집 갔다가 들른 거거든. 엄청 추웠어. 돈 아저씨는 담요를 망토처럼 두르고 노트북 앞에 앉아 계시더라고. 거 뭐냐, 홀아비 냄샌가 그런 거랑 담배 냄새가 섞여서 좀 그랬어. 왜 돈 아저씨 비디오 가게 할 때 엄청 깔끔 떠셨잖아. 근데 완전 지저분해지셨더라고. 참, 한빈이는 그때 아빠 안 찾아본 거야?"

"나는 남아공 월드컵 이후로 아빠랑 연락 안 했을 거야."

"그, 그렇구나. 그때 돈 아저씨는 시나리오라고 그 영화 대본 있잖아. 그거 쓰고 계셨어. 그래서 잘 써지냐고 하니까 갑자기 냉장고에서 소주병을 꺼내 머그컵 두 개에 따르시더라고. 대낮에 머그컵에 따른 소주를 둘이 비우면서 내가 아저씨한테 그간 자초지종을 말씀드리고 돈볶이 레시피를 알려주실 수 있냐고 물었지."

"그래서 돈 아저씨가 바로 알려주신 거야?"

"아니. 알려주려면 만들어 보여줘야 하는데 지금 재료가 없으니 내일 재료 사 들고 다시 오라는 거야. 그래서 내가 지금 바로 사 올게요, 하고 혹시 있는 재료는 빼고 사려고 냉장고를 열었는데, 허허. 냉장고에 소주랑 막걸리밖에 없는 거야."

"아……."

"그래서 바로 사 온다고 나갔어. 지하 나와 선화마트 가는데 갑자기 눈시울이 뜨거워지더라고. 그 깔끔하고 단정하던 아저씨가 진짜 좀 누추해지신 거 같아서. 아무튼 그래서 재료를 넉넉히 이것저것 고르고 김치랑 라면 번들이랑 당장 드실 것도 좀 사서 갔더니 아저씨가 정말 좋아하시더라고. 김치 바로 뜯어 소주에 드시고는, 배고프지? 그러면서 돈볶이를 해주셨어. 파 뿌리, 양파, 무 넣고 채수 하는 거랑 마늘이랑 고춧가루로 고추기름 만드는 거, 라면 넣는 타이밍 등 아저씨가 만드는 동안 내가 유심히 봤지. 그때 거의 완성될 즈음 아저씨가 나를 보며 이러는 거야. 마지막 주문이 필요하다고."

"주문이 뭔데?"

한빈이 물었다.

"아싸라비야 맛있어져라. 아싸라비야 맛있어져라."

"그래서. 맛있었어?"

"응. 완전. 지금 여기도 주문 넣었어. 아싸라비야 맛있어져라."

대준이 손으로 장풍 넣는 시늉을 돈볶이 냄비에 대고 했다.

대준은 그렇게 돈 아저씨의 레시피를 받아 부산으로 돌아왔다고 했다. 이후 장사가 바빠진 뒤로 대전에 자주 못 갔고, 가도 인사를 드리러 간다 마음만 먹었지 실제로는 못 갔다며 겸연쩍어했다.

대준의 이야기는 지금까지 인터뷰한 사람들 중 돈 아저씨를 마지막으로 대면한 자의 진술이었다. 나는 카메라를 껐다. 남은 돈볶이를 먹으며 그간의 정황을 나눴다. 한빈의 돈 버는 이야기, 나의 유튜버 생존기, 대준의 부산 생활은 꽤나 짠하고 안쓰러운 에

피소드 범벅이었다.

“새롬이 소식은 들은 거 없어?”

대준의 물음에 나도 한빈도 할 말이 없었다. 유튜브에 등장한 돈키호테 비디오를 보고 가장 먼저 찾아올 사람으로 새롬을 떠올리곤 했다. 새롬은 얼리어답터고 라만차 클럽의 막내지만 제일 센스 넘치는 아이였으니까. 하지만 새롬은 아무런 기척도, 어떠한 발걸음도 없었다. 피디 시절부터 단련된 검색 능력으로도 도저히 새롬의 흔적을 찾을 수 없었다.

대준과 한빈이 그 시절 이야기를 두런대는 동안 화장실에 들어간 나는 갑작스레 터져 나온 눈물을 허둥대며 훔쳐야 했다. 아저씨를 찾느라 잊은 새롬의 행방이 몹시도 궁금해졌고 무척이나 보고 싶었다.

화장실에서 나온 나는 한빈을 재촉해 가게를 나섰다. 대준은 DJ’s 키친이 대준의 DJ이기도 하지만 대전의 DJ이기도 하다며, 자신이 아직 ‘라만차 대전’에 대한 의리를 저버리지 않았다고 으스댔다. 나는 옛 친구와 힘껏 악수를 나눴다. 다시 보자는 말을 남기고 차로 향했다. 한빈과 대준이 한 말 또 하며 바쁜 갈 길을 늘어지게 했지만 굳이 재촉하지 않았다.

추풍령휴게소에 주차된 차 안에서 나는 선잠에 빠져 있었다. 화장실에 다녀온 한빈이 요란하게 차에 올라 잠에서 깰 수밖에 없었는데, 녀석이 시동을 걸며 대수롭지 않게 말했다.

"그 감독 칸에서 짱 먹었다네."

거칠게 출발하는 한빈의 운전에 놀라기도 전에 정신이 번쩍 들었다.

"칸이라고? 감독 누구?"

"그 봉 무슨 감독 있잖아. 인터넷 봐봐."

휴대폰을 꺼내 검색을 하는 내 손이 어느새 떨리고 있었다.

봉준호 감독이 〈기생충〉으로 칸에서 그랑프리를 받았다는 뉴스가 대한민국의 인터넷 세상을 도배하고 있었다. 나는 머릿속에서 수류탄이라도 터진 것처럼 멍한 상태로 기사를 읽고 또 읽었다.

"……예언이 들어맞았네."

"응? 무슨 예언?"

"옛날에 아저씨가 그랬어. 봉준호 감독이 언젠간 칸에서 대상 받을 거라고."

"얻어걸린 거지! 아빠는 맨날 무슨 감독 대박이다 무슨 영화 짱이다 툭하면 열광했다니까."

"아냐. 봉준호 감독 이야기는 진지했어. 아저씨가 나한테 그 감독 데뷔작도 꼭 보라고 했단 말이야. 내가 '오늘의 대여작'으로 리뷰도 했다고."

"영화 뭐?"

"〈플란다스의 개〉."

"뭔 영화 제목이 그래? 그거 흥행 안 됐지?"

"그랬지. 근데 이게 무슨 일이야? 한빈아 진짜 이거 대박이야.

돈 아저씨 지금 이 소식 알고 계실까? 자기가 점찍은 감독이 자기 말대로 칸 대상 받은 거? 그렇다면 정말 좋아하실 텐데…….”

“자기가 대박 나야지 남 잘되는 게 뭔 소용. 으휴.”

한빈의 냉소에도 내 마음은 봄날 민들레 홀씨 날리듯 풀풀 날리기 시작했다. 이 소식을 듣는다면 분명 아저씨도 기뻐할 것이다. 듣기만 한다면.

놀라움은 거기서 끝나지 않았다. 대전에 돌아와 유튜브에 접속한 뒤 나는 한빈의 냉소를 떠올려야 했다. 남이 대박 나는 게 무슨 소용이냐던 녀석의 말은 완전히 틀렸다.

돈키호테 비디오 구독자가 단숨에 4만 명이 된 것이었다.

‘돈 아저씨 피셜 칸 대상 받을 천재 감독의 데뷔작’이라는 제목으로 리뷰한 〈플란다스의 개〉 편이 엄청난 조회 수를 기록하고 있었다. 칸에서 날아온 뉴스가 불러온 연쇄 효과였다.

유튜버가 되면 한 번 받아보는 게 소원이라는 그 ‘알고리즘의 축복’ 덕이었다. 마치 돈 아저씨가 자신을 찾는 걸 스스로 돕기 위해 미리 준비해놓은 선물처럼 느껴졌다.

응원과 응원이 연결되어 축복과 기적을 낳았다. 나는 영화와 유튜브의 신에게 감사의 기도를 올렸다.

27. 분석과 검색 그리고 발견

부산에서 올라온 뒤 며칠간은 그동안 알아낸 아저씨의 행적을 분석하는 데 몰두했다. 구독자가 늘었기에 부담은 더욱 커졌다. 상은과 커피 타임을 가질 여유도 없이 스튜디오 한쪽을 수사본부처럼 꾸몄다. 벽 하나에 커다란 전지를 붙인 뒤 돈 아저씨 인생의 주요 순간을 함께한 이들과, 그들과의 인터뷰 핵심 내용을 정리했다.

변호사 사무소 권영훈 사무장(돈 아저씨와 교류 기간: 1982~1998년)

—돈 아저씨의 대학 시절 룸메이트이자 절친.

—돈 아저씨의 학생운동 전력과 전과에 대해 증언.

—80년대 운동권 출신이 90년대 진출한 분야: 정치계, 언론계,

문화계, 학원계 등.

목동 학원 박 원장(1992~1997년)

—돈 아저씨와 같은 학원 동료.

—영어 강사였던 돈 아저씨는 뛰어난 강의력으로 고수익에 인기를 얻었음.

—당시 원장과 돈 아저씨의 대립(가난한 학부모에게 무리한 수강 요청 건).

—이후 돈 아저씨는 사교육 시장에 환멸을 느끼고 업계를 떠남.

번역가 김승아 씨(1997~2000년)

—돈 아저씨와 같은 출판사에서 1년 정도 함께 근무. 퇴사 후 두 번의 만남.

—『돈키호테』 번역을 맡게 된 돈 아저씨. 이때 『돈키호테』에 본격적으로 빠진 것으로 보임.

—갑질하는 저자에 맞서다 폭행을 당한 뒤 소송으로 그를 응징함.

—이로 인해 김승아 씨의 번역가 데뷔를 돕게 됨. 하지만 회사는 퇴사.

—이후 출판계를 떠남. 세상을 바꿀 수 있는 게 영화라며 영화감독을 꿈꾸기 시작.

황대준(2003~2013년)

— 라만차 클럽 아미고. 돈 아저씨를 마지막으로 만남(2013년 설날).

— 돈 아저씨는 지하 거처(지금의 스튜디오)에서 영화 시나리오를 쓰며 칩거 중이었다 함.

— 많이 안 하던 술과 담배에 절어 있었으며, 배도 나오고 지저분한 모습이 의외.

— 돈 아저씨로부터 레시피 받아 돈볶이 만들게 됨.

기타

— 돈 아저씨와 친했던 자전거포 로시난테 할아버지는 돌아가심.

— 새롬의 행방 역시 오리무중.

네 명을 통해 1982년부터 2013년까지 돈 아저씨의 일면을 살필 수 있었다. 하지만 정작 중요한 부분이 비어 있었다. 1999년에서 2000년대 초와 2005년 이후부터 현재까지의 행적을 알아내야 했다. 나는 전지에 적은 내용을 뚫어져라 쳐다보며 분석을 거듭했다.

돈 아저씨는 계속 옮겨 다녔다. 아저씨는 거처를 옮길 때마다 새로운 도전을 했다. 90년대 초반 강남구 대치동 학원가에서 일하며 결혼 생활과 육아를 시작했다. 1997년부터는 마포구 서교동 소재 출판사에 다녔고, 결혼 생활에 위기가 찾아왔다. 이후 한빈의 말에 따르면 1999년 이혼 후 은평구의 옥탑방에 살며 영화감독의 꿈을 키워 나갔다.

한빈은 한 달에 한 번 아빠를 만나는 게 좋았다. 엄마가 금지하는 롯데리아 버거 세트나 분식점 떡볶이와 튀김을 먹으며 아빠와 같이 비디오를 볼 수 있었기 때문이다. 당시 자기 나이에는 이해하기 어려운 영화였지만 아빠의 설명을 들으며 같이 봤고, 그럴 때마다 아저씨는 한빈에게 아빠도 이런 영화를 만드는 사람이 될 거라고 말하곤 했다.

하지만 아저씨가 어떻게 영화감독 지망생으로 활동했는지는 한빈도 나도 아는 바 없었다. 이후 왜 서울 생활을 접고 연고도 없는 대전에서 비디오 가게를 차렸는지 역시.

결론적으로 돈 아저씨와 함께 일한 영화계 관계자를 찾아야 했다. 그가 누구든 영화에 대한 아저씨의 욕망과 좌절에 대해 안다면, 아저씨의 현재 좌표 역시 알 가능성이 높았다. 나는 아저씨의 공책, 메모장, 수첩, 프린트물을 모조리 조사했다. 영화와 관계된 메모, 인명, 회사명을 찾으려고 애썼다. 하지만 아무것도 나오지 않았다.

그렇다고 포기할 순 없었다. 노트북을 켜고 검색창에 장영수 감독, 장영수 작가, 돈키호테 감독, 돈키호테 영화, 돈키호테 장영수, 영화인 장영수를 줄줄이 입력했다. 하지만 이 역시 유의미한 검색결과는 하나도 얻을 수 없었다. 학강모나 북에디터처럼 영화인이 드나드는 구인구직 사이트를 검색해 '필름메이커스'란 곳을 발견했다. 하지만 여기는 영화 스태프를 모집하는 글이 대부분이었고 시나리오 작가와 관련된 구인구직 사이트는 도무지 찾을 수 없었다. 답답한 심정에 나는 한빈에게 전화했다.

"누나. 당분간 전화 자제해줄래?"

평소와 달리 심각한 목소리가 휴대폰 너머에서 들려왔다.

"그게 무슨 소리야?"

"통영에서 일박하고 온 뒤로 여친이 부쩍 의심하네. 누나랑 내 관계를."

이런 얼토당토않은 말에 나는 혀를 찰 수밖에 없었다.

"야 이 자식아. 네가 얼마나 믿음을 못 주면 여친이 그럴까? 의심 가면 나한테 전화하라 그래. 난 연하남은 전혀 안 끌린다고, 특히 너같이 잘 깐족대는 연하남은 질색이라고 해명해줄게."

"휴. 내가 말을 말아야지."

"그러니까 쓸데없는 말 말고 잘 들어. 너 돈 아저씨가 영화 일할 때 동료 기억나는 사람 있어? 감독이나 피디, 제작자 같은 사람 말이야."

"응? 어…… 누구 있었는데."

"잘 생각해봐. 여기도 도무지 단서가 없고 검색해도 못 찾겠어서 그래."

"맞다! 꽁지머리 아저씨. 꽁지머리 아저씨 있었어. 나한테 용돈도 주고 그랬어……."

"그게 언젠데?"

"월드컵. 2002년 월드컵 때 이탈리아전. 그 아저씨 영화사에서 사람들이랑 아빠랑 같이 봤어. 논현동에 있는 진짜 그지 같은 곳이었는데, 그래도 영화사라고 그 벽에 영상 쏴서 크게 봤거든. 이탈리아전 기억나? 와 진짜 그때 내가—"

"됐고. 그 꽁지머리 아저씨 이름이 뭐야? 영화사 이름은?"

"누나. 잠깐만. 생각 좀…… 맞아, 그 아저씨가 안정환이랑 자기랑 동질감 느낀다고 막 그랬었는데……."

"미친. 진짜였으면 니가 꽁지머리 아저씨로 기억 안 하고 존잘 아저씨로 기억하겠지."

"그러니까. 아! 이름 끝 자가 안정환이랑 같다고 그랬어. 그래. 영화사 이름도 자기 이름 끝 자였어. 맞다. 환 필름! 나 천잰가 보다."

"환 필름이라……."

나는 휴대폰을 귀에 댄 채 노트북으로 검색을 시작했다. 곧 여러 개의 '환 필름'이 나왔는데 어느 것도 찾는 곳 같지 않았다. 하긴 2002년에 존재하던 영화사라면 진즉에 없어졌어도 이상하지 않을 만큼 시간이 흘렀다.

내가 맞는 곳이 없다고 하자 한빈이 잠시 뒤 소리를 질렀다.

"아, 환 필름 아니고 화니 필름! 이름도 기억난다 성명환!! 야, 나 천재다 천재. 그치? 누나 내가 한 건 한 거다!"

"오케이. 끊어."

나는 빛의 속도로 '화니 필름'과 '성명환'을 함께 검색창에 입력했다. 이윽고 스크롤을 거듭 내린 끝에 마침내 2007년 기사 하나를 발견할 수 있었다.

한국 영화의 위기? 오히려 기회! 진군하는 젊은 영화 제작자
화니 필름 석명환 대표

성명환이 아니고 석명환이었다. 한빈이 틀리게 발음했는지 내가 잘못 들은 건지 모르겠지만 찾고야 말았다. 타이틀 아래에는 꽁지머리와 십자가 귀고리에 버버리 남방을 입은, 전혀 젊어 보이지 않는 석명환 씨가 팔짱을 낀 채 느끼한 미소를 짓고 있었다.

빠르게 기사 내용을 읽어 내려갔다. 2006년부터 영화계의 투자가 얼어붙기 시작했고 기존 유명 제작사가 몰락하기 시작했으며 바야흐로 한국 영화계의 침체기가 시작되었다는 진부한 서두는, 이런 와중에도 혜성같이 등장한 한국 영화계의 새로운 기대주를 살펴본다는 본론으로 들어가서, 석명환 대표의 이력과 그의 영화사 화니 필름에서 준비하는 작품들에 대한 소개로 줄줄이 이어졌다. 그런데 작품 제목들만 봐도 구리기 짝이 없었다. 〈괴물 TV〉, 〈인간이길 포기한 자〉, 〈그린라이트 연인〉, 〈강시 전쟁〉. 어휴. 이런 작품이 영화가 되겠나 싶었고 지금까지도 이런 제목의 영화를 들어보지 못했다.

돈 아저씨가 돈키호테를 모티브로 쓴 작품이라도 있나 기대한 나로서는 아쉬운 대목이 아닐 수 없었다. 하지만 꾹 참고 기사를 마저 읽어나갔고, 다행히도 기사 끝자락에서 아저씨의 흔적을 찾

을 수 있었다.

> 특히 화니 필름의 창립작으로 준비 중인 <분노의 법정>은 S대 법대 출신의 작가가 7년에 걸친 산고의 집필 끝에 완성한 시나리오를 바탕으로, 현재 로카르노 영화제 최우수 단편영화 수상 경력이 있는 신예 고철진 감독이 메가폰을 잡을 예정이다. 그리고 아직 공개하긴 힘들지만 A급 남자 배우 둘이 출연을 거의 확정한 상태로 도장 찍을 날만을 기다리는 중이라고 한다.

문득 궁금해졌다. 이런 기사는 얼마에 거래되는 걸까? 비슷한 업종에 종사한바 '거의 확정된 출연'이란 없고 '도장 찍을 날만 기다린다'는 건 아무것도 아니란 뜻이다.

내가 주목한 부분은 'S대 법대 출신 작가가 7년에 걸쳐 썼다'는 대목이었다. 돈 아저씨가 분명했다. 하지만 〈분노의 법정〉이라는 제목은 앞의 제목들 못지않게 진부해 도저히 아저씨의 작품이라 생각하고 싶지 않았다. 게다가 이름도 안 밝히고 S대 법대 출신 작가라고만 나오다니, 진심으로 석명환의 꽁지머리를 잡아챈 뒤 꿀밤을 먹이고 싶었다.

돈키호테 비디오 시절, 쓰고 있는 시나리오는 언제 영화가 되는지 내가 물을 때마다 아저씨는 영화는 혼자 만드는 게 아니어서 제작자가 시나리오를 오케이 하고 그다음 배우들이 참여해야 제작비가 투자돼 영화가 만들어진다고 했다.

"제작자가 영화 만드는 돈을 내는 게 아니에요? 그럼 제작자는 하는 일이 뭐예요?"

"시나리오 빠꾸 놓는 일을 한단다."

제작자 석명환이야말로 돈 아저씨의 영화계에서의 행적을 알고 있는 사람이다. 그가 아저씨를 만나기 위한 마지막 징검다리일지도 모른다는 생각이 들었다.

나는 검색창에 '석명환'을 입력했다. 부디 그가 삼류 조폭영화라도 제작해서 경력이 웹상에 남아 있기를 고대하며 결과를 확인했다.

곧 수많은 검색 결과가 화면을 가득 채웠다.

놀랍게도 그 모든 것이 석명환의 경력이자 업적이었다. 웹툰 원작으로 2012년 700만 명 흥행을 기록한 〈기적의 아이〉가 그의 필모그래피 맨 상단에 있었다. 맙소사. 이후로도 들어본 바 있는 영화의 제목들이 번쩍이는 상패처럼 나열돼 있었다. 그 아래 기사로는 '뚝심의 영화 제작자 석명환의 도전은 계속된다'라는 제목으로 영화 흥행에 이어 드라마 시장에 진출하는 석 대표의 회사 '파이어스톤 스튜디오'에 대한 내용이 이어졌다.

안타깝게도 현재 그의 이력에서 돈 아저씨를 연상케 하는 것은 한 줌도 찾아볼 수 없었다. 그런데 나는 아저씨가 이 사람과 함께 성공 가도를 달렸다면 그리 기쁠 것 같지 않았다. 기억하기로 〈기적의 아이〉는 웹툰 팬들에게 상당한 실망감만 안겨준 작품이었다. 차무영이라는 당대 최고 스타 배우가 출연하지 않았다면 결코 흥행하지 못했을 것이다.

하지만 석명환은 어쨌거나 최고 배우를 캐스팅했고 투자를 받아 내용 면에선 졸작이지만 결과적으론 흥행작을 만들어낸 제작자였다. 대체 어떤 일이 그를 이렇게 성공한 제작자로 만든 것일까? 그리고 그 길에서 아저씨와는 무엇을 나눴고 어떻게 헤어졌는지를 묻고 싶었다.

나는 멈출 수 없었다. 폭풍 검색을 통해 파이어스톤 스튜디오의 전화번호를 확보했고, 바로 전화를 걸었다.

"파이어스톤 스튜디옵니다."

"안녕하세요. 저는 유튜브 채널 돈키호테 비디오를 운영하는—"

"저희 유튜브 촬영 협조 안 합니다."

"아 저는 파이어스톤을 찍을 건 아니고, 석명환 대표님을 좀 뵐 수 있을까 해서요."

"석 대표님도 당연히 촬영 협조 안 합니다. 이만 끊겠습니다."

나긋나긋한 목소리로 나를 잡상인 취급한 여자가 휴대폰에서 간단히 사라졌다. 나는 다시 끓어올랐다. 오케이. 좋아. 이래야 해볼 맛이 나지. 나는 즉시 파이어스톤 스튜디오의 주소를 휴대폰에 입력한 뒤 내일 오전 서울행 KTX 시간표를 조회했다.

28. 호의의 대가

상암동 빌딩 숲 사이 저가 프랜차이즈 카페에 앉아 건너편 건물 입구를 뚫어져라 바라본 지도 두 시간이 지나고 있었다. 타깃은 등장할 기미가 없고 지나가는 행인 중 아는 얼굴만 세 명을 목격했다. 셋 다 딱히 다시 만나고 싶지 않은 사람들이었다. 젠장. 방송밥 먹은 걸 인증이라도 하는 걸까? 상암동은 애증의 공간답게 신경을 바짝 곤두서게 했다.

테이블 맞은편의 한빈은 스마트폰에 고개를 처박고 있었다.

"집중!"

미간을 찌푸리며 스마트폰을 테이블에 내려놓은 녀석이 아이스 아메리카노를 빨대로 빨며 건물 입구로 시선을 고정했다. 건물 3층과 4층을 파이어스톤 스튜디오가 사용하고 있었다. 한 남성잡지의 최근 인터뷰를 통해 알아낸 석명환의 루틴은 회사 근처 오피스텔에 거주하며 오전에는 그곳에서 시간을 보내고 오후쯤 걸어서 사무실로 출근하는 것이었다. 물론 오늘 약속이 있거나 다른 일정이 있다면 내 계획은 물거품이 되지만, 내게는 내일도 모레도 여기서 죽치고 앉아 그를 기다릴 끈기와 의지가 있었다. 하지만 한빈은 아직 멀었다. 나는 다시 한번 주의 사항을 숙지시켜야 했다.

"석명환을 보는 즉시 어떻게 한다?"

"장영수 아들이라고 먼저 밝히란 거잖아."

"그렇지. 정중히 인사하고 할 것도 없어. 그냥 아저씨 하고 다가가서 저 장영수 씨 아들인데 잠깐 이야기 좀 나누자고 하는 거야."

"걱정 잡아매. 내가 사람 다루는 데는 누나보다 고수니까."

"아하, 그래? 그래서 여친한테 의심도 사고 그러는구나?"

"닥치시오."

"확실히 하라는 거야. 석명환 오늘 꼭 잡아야 해. 조사해보니 연예인처럼 개인 매니저도 있다더라."

"진짜 인생 몰라. 그 촌스러운 꽁지머리 아저씨가 대박 날 줄 알았냐고. 얼굴도 확 폈더만."

나는 휴대폰에 저장된 석명환의 최근 사진을 다시 보았다. 꽁지머리에 투실투실한 볼살이 부담스럽던 인상의 사내는 온데간데없고, 포마드를 잔뜩 바른 바버샵 헤어스타일에 다이어트로 날렵해진 턱선은 물론이고 부리부리한 눈에서 카리스마가 뿜어져 나오는 성공한 영화 제작자가 있을 뿐이었다.

일이 잘돼 인상이 바뀐 것인지 인상을 다듬어서 일이 잘된 건지는 모르겠지만 석명환은 확실히 달라져 있었다. 그를 마주해 어떻게 인터뷰를 끌어내야 할지 마음이 조마조마했다.

나는 한빈에게 휴대폰 속 석명환을 보여주며 다짐을 받았다.

"얼굴 다시 담아둬. 바로 알아보고 튀어 나가야 하니까."

"알았다고. 어 근데 저기 비슷한 사람 지나가는데…… 건물로 가는 건 아니고……."

"바보야, 지금 막 건물에서 나온 거잖아!"

나는 카메라를 숨긴 가방을 들고 부리나케 카페를 뛰쳐나갔다.

석명환으로 보이는 중년 남자는 한 쌍의 젊은 남녀와 함께 건물을 나와 걸어가고 있었다. 나는 잰걸음으로 다가갔다. 그때 한빈이 한달음에 나를 앞질렀다.

"아저씨! 화니 아저씨!!"

중년 남자가 걸음을 멈추곤 스윽 고개를 돌렸다. 생각보다 큰 키에 매서운 눈빛은 위압감이 느껴졌다. 동행한 남녀가 몸을 돌려 우리를 주시하는 게 마치 호위무사들 같았다.

"저 장영수 씨 아들입니다. 예전에 화니 필름 사무실에서 월드컵 축구도 같이 봤었는데. 기억나시죠?"

한빈과 그 뒤에 선 나를 슥 훑어보더니 중년 남자가 우리에게 한 발 다가왔다.

"장 작가 아들? 무슨 일이지?"

"제가 지금 아빠를 찾고 있는데요, 관련해서 아저씨랑 얘기 좀 나눌 수 있을까 해서요."

"아빠를 찾는다고? 하. 장영수 이거 또 어디로 튄 거니?"

석명환의 비웃음 섞인 반응에 한빈이 발끈하는 게 느껴졌다. 나는 한빈의 어깨에 손을 올려 제지한 뒤 앞으로 나섰다.

"저희한테는 중요한 일이거든요. 괜찮으면 잠깐만 시간 좀 내주셨으면 합니다."

"당신은 누구? 장영수 씨 며느리?"

"장영수 씨를 찾는 유튜브 방송 운영잡니다. 어제 회사로 전화를 드렸는데 연결이 안 돼서 무작정 찾아왔습니다."

"무작정 왔다라…… 무작정이라……."

"아저씨 죄송한데 진짜 시간 좀 내주세요. 잠깐이면 돼요."

한빈이 간절하게 말했다.

"이것 봐. 내 인기가 이래. 오늘 매니저 쉬는 날인 거 어떻게 알고 스토커까지 붙냐. 하."

곧 동행들의 아부 섞인 리액션을 배경으로 석명환이 우리를 돌아봤다.

"자기들은 세상에서 제일 중요한 게 뭔지 알아? 시간이야. 특히 나 같은 사람한테는. 내가 지금 오전 내내 회의하고 늦은 점심 하러 가는 거거든. 정확히 한 시간 뒤에 회사로 오면 30분 주지. 나도 장 작가 근황은 궁금하니까."

"아저씨 저희가요 요 앞 카페에서 두 시간 죽쳐서 너무 힘든데,

사무실에서 기다리면 안 될까요? 먼저 가 있을게요. 날이 정말 덥잖아요."

한빈이 능청스럽게 말했다.

석명환이 젊은 남자에게 턱짓을 하고 여자와 갈 길을 갔다. 젊은 남자는 우리에게 따라오라는 손짓을 한 뒤 건물로 향했다. 나는 한빈에게 슬쩍 엄지를 들어 보였다.

미팅룸은 취조실 같았다. 의자도 디자인을 강조했을 뿐 엉덩이가 아픈 투명 플라스틱 재질이었다. 깔끔하게 떨어진 내부 디자인은 세련되기 그지없었지만 편안함과는 거리가 멀었다. 알아보기 힘든 사인이 남겨진 칸 영화제 포스터 액자는 나 칸 영화제 다녀왔다고 자랑하는 듯해 마음에 들지 않았다.

한빈은 통창으로 사무실을 힐끗대며 감탄하는 중이었다. 직원들도 쿨해 보이고 무슨 회사가 아니라 카페 같다며 호기심 가득한 눈으로 살폈다. 젊은 남자는 우리를 미팅룸까지 안내하고 나갔고 사람들은 아무도 우리를 신경 쓰지 않았다. 카페 같으면 뭐 하나, 커피 한 잔 안 주는데……. 나는 점점 시니컬해지는 마음을 애써 가라앉혔다. 촬영은 포기하기로 마음먹었다. 허락할 분위기도 아니고 촬영에 욕심을 냈다가는 다른 정보도 얻지 못할 수 있었다.

"야, 진짜 화니 필름은 초딩인 내가 봐도 후졌었는데 여기는 뭐 아주 딴 세상이네."

"한빈."

"응?"

"오늘 절대 흥분하면 안 된다. 분명 돈 아저씨 비꼬는 말들 나올 거야. 그 사람, 아들 앞이라고 할 말 안 할 말 가릴 사람 아니더라."

"아. 난 그럼 맞장구치면 돼. 아니 내가 더 아빠 까면 돼. 그럼 자기도 뭐든 더 떠들겠지."

"으음……."

그때 문이 열리고 석명환이 들어왔다. 나는 허리를 곧추세우고 맞은편 의자에 느긋하게 몸을 내려놓는 그를 맞이했다. 한빈이 식사 맛있게 하셨냐 운을 뗐고 석명환은 건성으로 대답하고는 사람을 불러 커피 석 잔을 가져오라고 했다. 선택의 여지는 없었다. 뒤이어 그는 휴대폰을 테이블에 올려놓으라고 했다. 휴대폰 말고 카메라나 녹음기 가져온 게 있으면 다 올려놓으라고 힘주어 말한 뒤 이렇게 첨언했다.

"가끔 보면 그런 놈들 있어. 호의를 베풀면 아, 이 사람한테 내가 통하나 보다 하고 뭘 자꾸 더 요구한다고. 그럼 끝인 거야. 규칙을 모르는 얼간이란 게 들통난 거지. 자네들 호의의 대가가 뭔지 알아? 그건 호의를 받으면 입 닫고 사라지는 거야. 뭘 더 요구해서도 안 되고 어디 가서 자랑도 금물이고. 말하자면 호의는 베푸는 사람의 의지지 받는 사람의 의지가 아니라는 거. 그러니까 내가 시간도 내주고 커피도 주니까 조용히 얘기 나누고 인사하고 가면 돼."

나는 휴대폰과 카메라를 테이블 위에 올려놓았다. 뒤이어 장영수 씨를 찾는 과정이 유튜브 채널의 주요 내용이어서 인터뷰 내용만큼은 방송에 언급할 수밖에 없다고 했다. 대신 실명을 거론하지도 않을 것이고 녹음이나 촬영도 안 할 거라고 약속했다. 그가 고개를 끄덕이고는 직원이 가져온 아이스 아메리카노를 후루룩 들이켰다.

한빈은 그간 아빠를 찾아 나선 정황을 석명환에게 설명했다.

"동네 누나랑 유튜브로 아빠를 찾는다. 하. 신박하구만."

석명환이 웃었다.

"'돈키호테 비디오'입니다. 저희 동네에서 장영수 씨가 운영했던 비디오 가게 이름이자 지금 제 유튜브 채널명이에요."

내가 또박또박 말했다.

"아하. 기억난다. 그래. 대전으로 튄 장 작가가 거기서 비디오 가게 하며 시나리오 썼지. 6개월에 한 번 상경해서 나한테 고친 시나리오를 보여주고 수다 떨다 가고 그랬어. 시나리오는 늘 그저 그랬지만 장 작가의 투지를 내가 높이 사서 맛있는 거 많이 사줬지."

"계약은 안 해줬고요?"

한빈이 불쑥 물었다.

"계약을 할 건덕지가 있어야 해주지. 장 작가는 데뷔 작가도 아니고 계약을 끌어낼 만한 필력을 인정받은 적도 없잖아."

"아니죠. 작가한테 쓰라고 했으면 먼저 계약을 해야죠. 그게 상식이잖아요."

나는 흥분하지 말라고 했음에도 이미 말투가 성말라진 한빈의 옆구리를 찔렀다. 석명환이 비웃듯 입꼬리를 한껏 올렸다.

"이봐. 아들. 내가 뭘 쓰라고 해. 자기가 써보겠다고 나선 거 나는 원고 다 봐주고 밥 사주고 술 사주고 이 업계에 소속감을 느끼게 해준 건데. 안 그랬으면 자네가 아빠랑 영화사 와서 그 빔 프로젝터로 월드컵 경기 보는 호사를 누렸겠어?"

"호사라……. 벽지마다 비 샌 자국에 곰팡이가 덕지덕지 피어 있던 사무실 생각이 나네요. 초딩이었지만 아빠가 원고 계약을 하러 왔다가 아저씨한테 핀잔만 들은 것도 기억나고요. 왜냐하면 아빠가 그날 시나리오 계약금 받아 포켓몬 세트 사주기로 했는데 결국 못 사줬거든요. 그때 아빠가 받은 대접이 호산가요? 이야. 누렸네. 누렸어."

상황이 재미있게 흘러갔다. 한빈은 작정하고 따지러 온 것이었다. 자기 방식으로 석명환을 자극하고 있었고 석명환은 한빈이 어려 기억 못 할 줄 알고 아무 말이나 지껄이다 한 방 먹은 듯했다.

"흠. 무슨 말 하는지 알겠네. 루저들은 항상 부당하다고 하지. 이기고도 그런 말을 하면 내가 이해하는데, 내가 아는 승자는 그런 말을 안 해. 보자. 만약에 장 작가가 그때 나와 작품 나눈 게 부당하다고 느꼈으면 왜 이후로도 나와 같이 일을 한 거지? 내가 악덕 업주였다면 그냥 나 욕하고 꺼지면 되잖아? 근데 왜 자네 아빠는 이후로도 계속 나한테만 매달린 걸까?"

"2007년 기사에서 석 대표님은 S대 법대 출신 작가가 7년간 작업한 〈분노의 법정〉을 창립작이라고 소개했습니다. 이게 장영수 씨의 작품이 맞는지요? 7년간 작업을 했는데 어떤 금전적 보상도 없었는지요?"

한빈이 나서기 전에 내가 먼저 물었다. 내 질문이 쓸 만했는지 한빈도 잠자코 있었다.

대뜸 석명환이 전자 담배를 꺼내 물더니 한 모금 빨았다. 그는 보란 듯 연기를 뿜고는 우리를 쳐다봤다.

"아까도 말했지만 내게 제일 중요한 건 시간이야. 장 작가와 나의 사연을 디테일하게 이야기하자면 며칠은 걸릴 거야. 팩트만 얘기하면 지금처럼 이해를 못 할 거고. 요즘 친구들은 간단히 세 줄로 정리해달라고 한다며? 어떤 사건이, 어떤 인과관계가 그렇게 세 줄로 정리될 거라고 봐? 세상이 그렇게 단순해? 안 그렇다고."

석 대표는 휴대폰으로 누군가에게 계약서 파일을 가져오라고 했다. 잠시 뒤 매끈한 인상의 여자가 파일을 가져와 테이블 위에 두고 사라졌다. 석 대표는 거기서 두 개의 계약서를 꺼내 우리 앞으로 밀었다.

하나는 수기로 작성된 누런 A4 용지였고 다른 하나는 깨알 같은 글자가 빽빽이 프린트된 계약서였다. 앞의 것은 '시나리오 계약서'였고 뒤의 것은 '〈분노의 법정〉 드라마화에 관한 저작권 양도 계약서'였다.

"이건…… 아빠 글씬데……."

빛바랜 A4 용지를 보며 한빈이 혼잣말했다. 나는 『돈키호테』

필사 노트 속 수천만 자로 각인된 그 글씨로 적힌 내용을 읽고 말문이 막혔다.

장영수는 <분노의 법정> 시나리오를 쓰고 석명환은 이를 영화로 만든다. 이 계약은 서로의 신의로 이루어지며 금전과 기간에서 자유롭다. 오직 서로의 업무에 최선을 다하는 것이 서로에 대한 책임일 뿐.

2002. 4. 14.

날짜 아래에는 장영수와 석명환의 지장이 각각 남겨져 있었다.

다른 하나는 복잡하고 세분화된 계약 내용과 그에 못지않은 전문용어가 가득해 마치 독일어 문서를 읽는 기분이었고, 결국 마지막 장의 서명과 날짜를 확인하는 데 만족해야 했다. 계약일은 2012년 4월이었고 계약서 페이지 끝자락에 아저씨의 지장과 파이어스톤 스튜디오의 회사 직인이 나란히 찍혀 있었다.

"시간이 없으니 이 계약서를 통해 내가 젊은 친구들이 좋아하는 세 줄 설명을 해주지. 1. 두 계약 모두 장영수 씨의 자유의지로 진행된 것이 확실하다. 2. 첫 번째 계약서는 장영수 씨한테는 없고 내게만 있는데 그것은 그는 원하지 않았고 나는 원했기 때문이다. 3. 첫 번째 계약서 작성 이후 10년 동안 집필한 〈분노의 법정〉이 영화화되지 않았고, 우리는 드라마화를 대안으로 새로운 계약에 합의했다. 그게 두 번째 계약서다. 이상."

나는 두 번째 계약서를 쥔 채 멍해졌다. 무얼 더 질문해야 할지도 감이 안 잡혔다. 그때 한빈이 두 번째 계약서를 채 가더니 유심히 들여다보았다.

"회당 600만 원의 고료를 책정하며 총 16부작의 4분의 1을 계약금으로 지급한다. 그럼 2,400만 원을 우리 아빠한테 줬다는 건가요? 확실해요? 그리고 왜 4분의 1만 계약금을 줍니까? 최소 반은 줘야 하는 거 아니에요?"

어라. 나는 계약서의 진위 여부에만 집중하느라 금액 부분은 살피지도 못했는데, 확실히 돈에 관한 것은 한빈이 예리했다.

"나는 장 작가 말고도 누구와도 불공정한 계약을 한 적이 없어. 4분의 1만 지급하는 건 4부까지가 편성고기 때문이지. 방송 편성을 결정하는 4부까지는 써야 하고 거기에 대한 금액을 보장하는 거야. 2012년 당시에 이 정도 계약이면 후한 조건이었다는 거 알아야 해."

"이 계약은 현재 어떤 상태입니까? 종료된 건가요? 아니면 유효한 건가요?"

"종료된 것도 아니고 종료 안 된 것도 아니지. 장 작가가 1년 동안 4부를 완성했는데 편성이 안 됐고, 그러자 바로 계약 해지를 요구하더군. 나는 계약서 내용대로 계약금의 반을 토해 내면 해지를 해주겠다고 했는데, 막무가내였어. 급기야 이 작품을 진행하던 내 밑의 피디와 눈이 맞아 잠적해버렸지. 자, 이제 이 계약의 마무리에 대해 내가 말해볼까? 장 작가를 찾으면 전해. 계약금의 반을 토해 내지 않으면 〈분노의 법정〉과 관계된 어떠한 내용도 사용할 수 없다고."

"괜찮으시다면 그 피디의 연락처를 알려주셨으면 하는데요."

"나는 전화국이 아냐. 안다고 해도 알려주고 싶지 않고."

석명환의 단호한 대답에 나도 한번도 우물쭈물했다.

"이제 내가 하나만 묻지? 자네들 그 돈키호테 같은 인간을 찾아서 뭘 하겠다는 거지?"

"아빠니까요."

"아빤데 왜 이제야 찾는 거야? 계약 내용도 모르는 걸 보니 별로 친한 것 같지도 않고. 응? 그리고 자네는 동네 비디오 가게 아저씨였다며? 지금 시네마 천국 아니 비디오 천국 찍나?"

나는 입술을 뜯으며 아무 대답도 하지 않았다. 그가 흡족한 듯 말을 이었다.

"이유와 목적이 잘 보이지 않거나 명확하지 않을 때는 돈 때문이라고 보면 얼추 맞지. 오늘의 만남을 유튜브에서 썰 푸는 건 좋은데 거짓이 없도록. 나에 관해 구라 치는 놈은 내가 가만 안 두거든. 그럼 계속 그 돈키호테 같은 친구 잘 찾으시고."

석명환이 일어나자 나도 모르게 따라 일어섰다.

"잠깐만요!"

그가 짜증 난다는 듯 미간에 내 천川 자를 그리며 돌아섰다.

"시나리오는 어땠어요? 왜 10년 동안이나 영화가 안 된 거죠?

게다가 드라마화도 무산됐고……. 이거 하나만 대답해주시죠. 장영수 씨 시나리오는 어땠나요? 정말 그렇게 별로였나요?"

그동안 속에 뭉쳤던 것이 터져 나온 질문이었다.

석명환은 뜬금없다는 듯 멈칫하더니 곧 짧게 혀를 차고 나를 애처롭다는 듯 바라보았다.

"〈분노의 법정〉에 대해 난 아무 말도 하고 싶지 않아. 다만 이거 하나만 알려주지. 시나리오가 좋다고 영화가 되는 건 아니야. 성실하다고 돈 잘 버나? 사람 착하다고 복을 받나? 다 그런 거야."

석명환이 미팅룸을 나갔다.

한빈과 나는 얼이 빠진 채 남은 커피를 마시며 숨을 골랐다. 그러나 그것도 눈치가 보여 곧 그곳을 떠나야 했다.

29. 끝나지 않는 여정

상암에서 도망치듯 빠져나와 한빈의 차로 서울역에 도착했다. 한빈에게 당분간 혼자 돈 아저씨의 행방을 추리해보겠다고 한 뒤 KTX에 올랐다.

기차 안에서 석명환이 들려준 얘기를 아이패드에 정리했다. 그와의 인터뷰 분량은 많지 않을 것이다. 다만 사람들이 돈 아저씨가 영화계에서 자리 잡기 위해 어떤 노력과 방황을 했으며 어떻게 좌절했는지를 진술해주는 대목이 될 것이다.

10년간 같은 시나리오를 쓰고 또 쓰고 그걸 다시 드라마로 고치는 계약을 하고 그마저도 편성이 안 되어 계약금의 반을 토해 내라는 소리를 들었다니……. 나로서는 상상도 못 할 고통이었을 것이다. 2003년에 내가 본, 가게 구석 책상에서 휘파람을 불며 시나리오 작업을 하던 아저씨의 모습은 어쩌면 아직 희망이 남아 있던 시절의 그림이 아니었을까?

돌아온 작업실에서 즉시 대본을 쓰고 녹화를 했다. 석명환과의 인터뷰를 요약한 뒤 돈 아저씨가 현재 영화를 포기했을지도 모른다고 씁쓸하게 말했다. 그리고 이 여정의 끝을 알기 위해선 아저씨와 함께 사라진 피디를 찾는 게 급선무라고 덧붙였고, 이를 위한 찐산초의 다음 도전도 기대해달라는 말로 방송을 마무리했다.

말은 그렇게 했지만 돈 아저씨도 찾기 힘든데 아무 정보도 없는, 솔직히 누군지도 모르는 피디를 찾는 게 가능할까 싶어 절로 한숨이 나왔다. 지친 게 사실이었다. 나는 좌절감을 품은 채 잠들 수밖에 없었다.

다음 날 방송 댓글을 보니 그래도 기운이 났다. 구독자들은 저마다 나의 이야기에, 아니 돈 아저씨의 상황을 안타까워하며 응원의 말을 아끼지 않았다.

—찐산초 님 기운 내세요. 돈 아저씨는 꿈을 잃지 않고 어디선가 걸작을 집필하고 계시리라 믿습니다.

—돈 아저씨가 만든 영화가 나오면 저는 극장에서 열 번 볼 겁니다. 그런 인생을 살아온 사람의 이야기에는 배울 점이 많을 테니까요.

—제작사 F, 거기 상장한 곳인가요? 여기는 대표작이 뭐예요? 대표 진짜 맘에 안 든다.

ㄴ> 나는 제작사 집작 가는데 ㅎ 불타는 돌 맞죠? ㅎㅎ

ㄴ> 파이어스톤? 거기 갑질 쩐다고 들었는데…….

ㄴ> 대표 검색해보니 얼굴 나오네. 역시 인상은 과학.

ㄴ> 내가 아는 시나리오 작가도 저기서 일하다 때려치우고 나왔음. 표준계약서 안 쓰고 독소조항 가득한 자기들 계약서로 진행한다고 함.

—〈분노의 법정〉은 그래서 드라마가 된다는 건가요 안 된다는 건가요? 보고 싶은데…….

ㄴ> 이 경우에는 회사가 저작권을 가져가서 안 될 듯.

ㄴ> 작가 아이디어로 나온 작품인데 저작권이 왜 회사에 있나요?

ㄴ> 님아 그래서 대한민국에서 작가 해 먹기 힘든 거라오.

ㄴ> 혹시 작가세요?

ㄴ> 망생이오.

ㄴ> 해 먹기 힘들다며 왜 지망해요?

ㄴ> 안 그래도 때려치울 거라오. 치사하고 더러워서.

—탁상공론들 그만하고 찐산초 님 도울 방법이나 내놔봐요들!

ㄴ> 돈 아저씨 찾는 데 도움 주는 사람에게 상금 걸면 어떨까요?

ㄴ> 난 돈 아저씨랑 찐산초 님 스튜디오에서 재회하면 눈물 터질 듯ㅜㅜ

나도 모르게 눈물이 맺혔다. 구독자들도 어느새 아저씨를 찾는 데 마음을 모아주고 있었고 석명환을 질타하고 있었다. 100개가 넘는 아미고스의 댓글을 읽으며 맺힌 눈물이 광대를 타고 흘러내려 턱까지 적셨다.

차근차근 감사의 댓글을 달고 있는데 한빈에게 전화가 왔다.

"누나. 내가 오늘 석명환 다시 만나려고."

"응? 피디 알아내려고?"

"피디? 에이 그건 됐고. 실리를 따져야지."

"응?"

"내가 보니 석명환을 꼬셔야 해. 아빠가 그 인간이랑 그 드라마 작업하다 말았다잖아. 그거를 내가 쓴다고 하려고."

"뭐라고?"

"아빠가 이미 좀 써놨다며? 그걸 내가 마저 써서 드라마 작가가 되는 거지. 조사해보니 요새 엔터 업계에서 드라마 작가가 돈 젤 잘 번다더라고. 김은희 작가 알지? 〈도깨비〉랑 〈미스터 션샤인〉

대박 났잖아!"

"그건 김은숙 작가. 김은희 작가는 〈시그널〉이랑 〈킹덤〉."

"아 진짜? 근데 〈시그널〉이랑 〈킹덤〉도 히트작 아냐? 그러니까 드라마 작가가 돈을 무지 버는 거라고. 이걸, 아빠가 하던 게 있으니 자식인 내가 하면 되잖아. 한마디로 주워 먹는 거지."

하도 어처구니가 없어 한숨도 나오지 않았다.

"이 바보야 작가는 아무나 하냐!"

"아빠도 했는데 내가 왜 못 해? 가족력이란 게 있잖아. 나 초딩 때 글쓰기 상도 받았고 감각은 젊은 내가 더 낫지. 아무튼 오늘 가서 담판을 지으려고."

"음. 내가 석명환이면 이럴 거 같아. 써보라고. 계약금은 네 아빠가 받아 갔으니 너는 계약 없이 일단 써보라고."

"그게 뭔 개소리. 내가 쓰면 나한테 새로 계약을 해줘야지."

"제발 헛소리 닥쳐라. 유튜브 업로드했으니까 들어와 아미고스 댓글 보고 좀 배워. 이 바닥 쉽지 않다."

전화를 끊은 나는 마른세수를 했다. 돈 된다고만 하면 막무가내인 녀석의 돌진만큼은 확실히 돈키호테를 연상케 했다.

피로가 몰려와 쉬기 위해 컴퓨터를 끄려다 혹시나 하는 마음에 이메일을 열었다. 돈 아저씨와 함께 사라졌다는 파이어스톤의 피디를 아는 사람이 제보라도 했을까 하는 일말의 기대 때문이었다.

메일함을 열자마자 그 짧은 기대는 놀라움으로 변했다. 새로 온 메일의 제목은 그동안의 노고를 단숨에 날려버릴 만큼 강력한 폭탄이었다.

'안녕하세요. 장영수 작가님과 일했던 민주영이라고 합니다.'

나는 폭탄을 터뜨리듯 메일을 클릭했다.

안녕하세요. 찐산초 님.

채널 돈키호테 비디오를 구독한 지는 한 달 정도 됐습니다. 그동안 돈 아저씨 장영수 작가님의 과거와 현재 행방을 아는 사람을 찾아 고군분투 다니시는 걸 보면서, 저 역시 연락을 드려야 하는 게 아닌가 하면서도 현재 제 각박한 삶과 장 작가님에 대한 미안함이 겹쳐 쉽게 연락을 드리지 못했음을 이해해주시길 바랍니다.

저는 찐산초 님이 찾는 장 작가님과 함께 파이어스톤을 나간 그 피디가 맞으며 퇴사 후 장 작가님과 3년간 함께 시나리오를 개발하고 판매하였습니다. 장 작가님은 좋은 작품을 많이 집필하시며 저를 믿어주셨고 저도 작가님의 데뷔를 위해 애썼으나, 과문한 탓에 작가님의 꿈을 이뤄드리진 못했습니다. 그리고 2016년쯤 저 역시 장 작가님과 연락이 끊기면서 지금은 행방을 알지 못합니다.

저는 장 작가님이 자신의 꿈과 신념을 담은 작품을 쓰기 위해 얼마나 애썼으며 파이어스톤을 비롯한 엔터 업계의 부당한 처사와 계약에 맞서 어떻게 싸워왔는지 증인처럼 목격했고, 이에 존경심을 가지고 있습니다. 이 점에 대해 필요하다면 유튜브에서 솔직히 밝히고 싶습니다. 이는 장 작가님의 명예와 진심이 오해받거나 폄하되는 것을 결코 원하지 않기 때문이며 저 역시 장 작가님이 현재 어떻게 지내시는지 궁금하기에 다시 뵙고 싶은 마음을 더해 용기를 내는 것입니다.

채널 돈키호테 비디오에 출연해 제가 아는 장 작가님의 참모습을 진술하겠습니다. 세상의 부조리에 진실된 이야기로 맞서고자 애썼던 그의 모습을 알리고 싶습니다. 어떠한 대가도 바라지 않습니다. 이미 저는 작가님께 받은 게 너무도 많기에…….

제 전화번호는 아래와 같습니다. 이메일로 답을 주셔도 좋습니다.

민주영 올림

정신을 차릴 수가 없었다. 마치 로또 복권이 스스로 날아와 내 발 앞에 떨어진 듯했다.

민주영. 이름만으론 성별을 알 수 없지만 행간마다 진지함이 묻어나는 믿음이 가는 내용. 유튜브에 직접 출연하겠다는 적극적인 의지. 더할 나위 없는 인터뷰이가 제 발로 등장한 것이었다. 나는 이 행운을 의심하지 않기로 했다. 아니 그동안 고생하며 돈 아저씨를 쫓아 채널을 운영한 내 노고에 대한 보상이라고 여기기로 했다. 배 속에서 폭죽이라도 터진 듯 온몸이 찌릿찌릿했다.

단도직입.

재고 자시고 할 것 없이 나는 메일 끝자락에 남겨진 번호로 전화를 걸었다. 잠시 뒤 중저음의 남자 목소리가 휴대폰에서 흘러나왔다. 나는 그가 민주영임을 확인한 뒤 나를 밝혔다. 통화가 진행될수록 사내의 목소리는 긴장감을 지닌 채 빨라졌고 마침내 내게 이렇게 말했다.

"원하는 시간을 알려주시면 제가 대전으로 내려가겠습니다."

한빈의 승차감 개판 중고차를 타고 그를 만나러 가지 않아도 됐다. 나는 돈 아저씨를 찾는 여정의 끝이 보이기라도 하는 듯 벅찬 기분으로 민주영과의 인터뷰 날짜를 확정했다.

30. 마지막 목격자

민주영 피디는 '스튜디오 돈키호테 비디오'에 와본 적이 있다고 했다. 2015년경 돈 아저씨는 이미 칩거한 채 연락이 줄어들고 있었고, 그는 아저씨를 만나기 위해 내려와 이 지하공간에서 함께 하룻밤을 보냈다고 했다.

"제가 온다고 장 작가님이 두부두루치기에 빈대떡을 사다 놓으셨더라고요. 냉장고에는 소주가 가득했고요. 쉼 없이 먹고 마시며 거의 밤새도록 대화를 나눴던 거 같아요. 그리고 어느 순간 취해서 바로 이 소파에서 뻗었어요."

민 피디는 나보다 조금 큰 키에 운동이라도 했는지 몸통이 굵어 덩치가 있어 보였다. 뿔테 안경이 없었으면 우락부락했을 인상을 지닌 그는, 소파를 손바닥으로 쓸며 감상에 빠진 표정을 지었다. 그 모습이 순박한 산적 같아서 나도 모르게 빙긋 미소가 지어졌다.

"다음 날 장 작가님이 깨워 일어났어요. 제게 이 소파를 양보하고 어디서 주무셨는지 물어도 말없이 해장하러 가자고만 하셨죠. 그래서 장 작가님 따라가 칼국수를 먹고 상경한 기억이 납니다. 그게 장 작가님과 함께한 마지막 자리였어요. 이후 전화로 연락을 나누다 어느 순간 모든 연락이 끊겼습니다."

"그게 언제쯤이죠?"

"2016년 초입니다."

나는 옆에 선 한빈을 돌아봤다. 녀석은 고개만 끄덕일 뿐 말이 없었다. 오전에 대전으로 내려올 때만 해도 민 피디를 쥐조라도 할 기색이었는데, 막상 그가 오자 기세가 죽었다. 민 피디의 다부진 인상과 열 살 많은 나이에 주눅이 든 듯했다.

"그럼 바로 진행할게요."

나는 테이블 앞 스툴에 민 피디와 나란히 앉았다. 이제는 어느 정도 촬영에 익숙해진 한빈이 카메라 거치대 뒤에서 녹화 버튼을 누를 준비를 마쳤다.

나는 두 사람을 바라본 뒤 촬영 시작을 알리는 박수를 쳤다.

"올라, 께 딸? 오늘의 찐산초는 예고한 대로 특종과 함께 돌아왔습니다. 아미고스 여러분. 우리가 그토록 찾아 헤맨, 돈 아저씨와 마지막으로 함께 일한 바로 그 피디님을 모셨습니다. 안녕하세요. 민주영 피디님."

"안녕하세요. 민주영이라고 합니다."

"아미고스에게 인사 한번 하시죠. 올라, 께 딸? 외치며 힘차게 손을 흔들어주세요."

"오, 올라, 께 딸?"

"좋아요! 아미고스 여러분, 잘 아시겠지만 저 찐산초와 원빈 기사는 지난 수 개월간 돈 아저씨를 기억하는 사람들을 만나 인터뷰를 진행했습니다. 그들의 이야기를 통해 아저씨를 더 잘 이해할 수 있었고, 행적에 대한 단서를 발견할 수 있었습니다. 하지만 메이저 제작사 F의 S대표를 끝으로 막다른 골목에 다다랐는데요, 돈키호테와 세르반테스, 로시난테와 둘시네아의 가호가 함께했는지 민주영 피디가 자발적으로 저희에게 연락을 주셨고, 이렇게 직접 스튜디오를 찾아오셨습니다. 다시 한번 감사드립니다."

"아, 예."

"저희는 민 피디님을 S대표의 워딩, 즉 '2013년경 돈 아저씨가 피디님과 눈이 맞아 자기를 버리고 F사를 떠났다'는 말을 통해 알게 되었습니다. 예. '눈이 맞아'라는 표현 때문에 저는 혹시 여자 피디님이 아닐까 했는데, 매우 건장한 남자 피디님이십니다. S대표는 왜 그런 표현을 쓴 걸까요?"

"그분이 표현이 좀 별롭니다. 특히 남자들끼리 있을 때는 많이 저질입니다."

"시작부터 세게 나오시네요. 괜찮으신지?"

"제가 여기 나온 건 솔직하게 모든 걸 이야기하기 위해서입니다. 무엇보다 돈 아저씨 그러니까 장영수 작가님에 대해 S대표가 본질을 호도하는, 피상적인 면만 언급한 것에 유감이 들었고 제가 아는 작가님에 대해 올바로 알리고 싶었습니다."

"예. 저는 여기까지 오신 것만으로도 피디님의 진심을 믿습니다. 그럼 본격적으로 피디님과 돈 아저씨에 대한 이야기를 나눠보겠습니다. 두 분 언제 알게 되셨죠?"

"2010년경 F회사 전신인 H필름에 입사해 〈분노의 법정〉을 담당하면서 뵈었죠. 그때 이미 16고를 마친 상태였는데, 작품이 정말 좋았어요. 그런데 작가가 나이가 많고 프로젝트가 홀드 상태라는 이유로 모두 기피하더군요. 그래서 제가 나서서 맡았습니다."

"역시 그러셨구나. 그렇다면 돈 아저씨가 오랫동안 작업했다는 〈분노의 법정〉은 어떤 작품인지요?"

"사법부의 판결에 분노한 자들이 돈키호테 가면을 쓰고 무장한 채 법정에서 인질극을 벌이는데요, 밖으로 인질극을 펼치는 동시에 안에선 자신들이 직접 법복을 입고 비리 정치인과 부패 법조인을 단죄한다는 내용의 작품입니다."

"굉장히 과격한 내용이네요. 이 작품의 결말은 어떻게 되나요?"

"제가 참여하기 전엔 새드엔딩이었고, 이후에는 해피엔딩으로 다시 잡았습니다."

"해피엔딩이라면?"

"불의한 판결에 고통받은 자들이 정당한 판결을 받고 살아서 법정을 나가는 것이죠."

"돈 아저씨는 그런 수정 사항을 수락하신 거고요?"

"영화 시나리오를 쓸 때는 수없이 많은 수정 과정을 거칩니다. 장 작가님은 이미 해피엔딩으로도 여러 버전의 작업을 해놓았기에, 제가 요청한 수정은 일도 아니었어요. 다만 S대표가 그 결말에 만족하지 않고 또 뺑뺑이를 돌려서 문제였죠."

"뺑뺑이를 돌린다라……."

"이걸로는 배우가 안 잡힌다, 투자가 안 된다, 하면서 작품을 마냥 고치게 하는 겁니다."

"왜 그러는 걸까요? 제작자 본인도 작품이 영화로 완성되어야 좋을 텐데?"

"영화 투자를 받을 수 있는 A급 배우는 적습니다. 그런 배우들에게 시나리오를 전달하고 선택하게 하는 것이 제작자의 능력인데 S대표는 당시에 그럴 힘이 없었습니다."

"그렇군요."

"그러다 정말 운 좋게 〈기적의 아이〉가 대박이 나고 회사가 커지며 드라마 쪽으로도 확장했는데, 그때 〈분노의 법정〉을 드라마화하자고 제안한 게 접니다. 그래야 S대표가 장 작가님과 계약이라도 할 것 같았거든요."

"그래서 2012년에 드라마화 계약을 했고 1년 동안 4부까지 편성고를 썼는데, 이게 또 편성이 안 됐다고 S대표가 그랬어요."

"안 되게 됐죠."

"방금 말씀, 뉘앙스가 좀 애매한데요?"

"쉽게 말하면 내부 검열이죠. 정치판과 사법부에 대한 엄청나게 도발적인 내용의 작품을 S대표가 론칭할 용기가 없었다고 저는 생각합니다. S대표는 마지못해 계약만 했고 작품 진행 의지는 없었던 것 같아요."

"뭐라고요? 그럼 그동안은 왜 진행한 건가요? 화니 필름, 아니 H필름 시절부터…… 돈 아저씨와 오래 개발한 거잖아요?"

"그땐 헝그리 시절이었고요. 당시 S대표는 언더독이었으니 어떻게든 이슈와 논쟁이 되는 작품이 필요했죠. 하지만 〈기적의 아이〉로 대박이 나 회사가 커지고 나니 잃을 게 많아진 겁니다. 문제의 소지가 다분한 작품을 굳이 할 이유가 없어진 겁니다."

"그런데 정치판과 사법부를 공격하는 내용이라고 하지만 영화일 뿐인데 문제가 된다는 건가요? 누가 그걸 싫어해 영화가 되는 걸 막나요?"

"기억나세요? 지난 정권 때 문화계 블랙리스트?"

"아……."

"그들은 배제합니다. 그리고 불이익을 가합니다."

"음……."

"그래서 저도 참 답답하고 화가 났는데, 장 작가님이 결단을 내린 거예요. 그만하겠다고. 그래서 저도 그 참에 그만둔 겁니다. 나중에 S대표가 저를 모함하더군요. 마치 제가 장 작가님을 빼 간

것처럼. 하지만 그건 사실이 아닙니다. 저는 장 작가님을 돕고 싶었을 뿐이고 한편으로 S대표의 행태에 질렸을 뿐입니다."

"솔직하시네요. 그래서 두 분이 나와 새 작품을 준비하신 거군요."

"예. 회사를 그만둔 뒤 작가님과 함께 만들 작품을 논의했어요. 먼저 저는 제가 개발하던 작품을 보여드리고 같이 하자 제안을 드렸어요. 그런데 작가님이 그날 가방에서 두툼한 종이 묶음 여덟 개를 꺼내 책상에 내려놓으셨죠. 그건 여덟 편의 영화 시나리오였어요."

"예? 여덟 편이요?"

"예. 당시 제 반응도 찐산초 님 같았죠. 입이 떡 벌어진 제게 작가님은 그동안 쓴 작품이라고, 지금 다 읽어보라고 하시고 사라졌죠. 그래서 저는 장장 네 시간 동안 그 작품들을 살핀 뒤 전화를 드리니 부근 LP바에서 음악을 듣고 계셨어요."

"작품들은 어땠나요?"

"모두 일정 수준 이상의 완성도가 있는 원고였어요. 장르도 법정물, 스릴러, 공포, 액션 등 다양했습니다. 도저히 혼자 이걸 다 썼다는 게 믿기지 않았어요. LP바에서 작가님에게 언제 이걸 다 썼냐고 묻자 작가님이 이렇게 말했죠."

"뭐라고요?"

"민 피디. 내가 10년간 〈분노의 법정〉 하나에만 매달렸다면 지금 여기 있지 못했을 거야. 그건 그거대로 쓰며 매년 새로운 작품을 새로운 장르로 도전했어. 나는 어떻게든 영화감독으로 데뷔하고 싶었거든. 그래서 잘 모르는 공포영화부터 익숙한 법정물까지 다 써본 거야. 다만 이걸 S대표와 나누기 싫어졌고, 새로운 파트너를 만나길 기다렸다네. 무식하게도."

"아……."

"그리고 작가님이 덧붙였어요. 이제 이 작품들 같이 개발하지 않겠냐고요. 저는 작품은 다 마음에 들지만 당장 계약금이 없어 어렵다고 했고요. 하지만 작가님은 일단 같이 개발해서 팔고, 팔리면 작가 대 피디 몫을 7 대 3으로 나누자고 하셨어요. 놀라운 점은……."

"뜸 들이지 말고 말해주세요."

"더 이상 감독을 할 생각이 없다고 하셨어요. 솔직히 신인이 감독 자리까지 보장받는 조건으로는 시나리오를 팔기 어렵거든요. 그런데 작가님이 먼저 감독 조건 빼고 파는 것에만 집중하자고 하시는 거예요. 영화감독이 되기 위해 인생의 전성기를 몽땅 바친 분이 그 꿈을 포기한다는 건, 정말 고통스러운 거거든요."

"그 마음은…… 저도 아주 조금 알 것 같아요. 저 역시 메인 피디가 되기 위해 6년이란 청춘을 바쳤지만 결국 방송계를 떠나야 했죠. 그래서, 이렇게, 유튜브 방송으로라도 계속하는 거고요."

"맞습니다. 찐산초 님은 오히려 유튜브로 꿈을 다시 펼치신 겁니다."

"칭찬인가요? 고맙습니다."

"예. 찐산초 님의 열정과 이 방송의 매력이 제가 출연을 결심하는 데 영향을 주었습니다. 사실 저 지금 택배 일 합니다. 장 작가님과 연락이 두절되고 얼마 안 돼 저도 영화 일을 그만뒀습니다. 그리고 지금까지 다시 할 용기를 못 내고 있어요. 하지만 장 작가님의 꿈과 찐산초 님 그리고 한빈 님의 꿈은 지속되었으면 하는 마음입니다. 진심입니다."

"말씀 너무 잘하세요. 저 눈물 나려고 해요."

나는 잠시 숨을 고르고 눈물을 훔치는 시늉을 했다. 속으로는 이미 울고 있었다. 민 피디는 그제야 열변을 토한 게 민망했는지 머쓱해하며 테이블 위의 물잔을 비웠다.

"팔았어요?"

카메라 프레임 밖에서 한빈이 물었다. 나는 민 피디를 쳐다보았다.

"몇 개나 팔았어요? 시나리오."

한빈이 채근하듯 다시 물었다.

"지금 원빈 기사가 팔았냐고 물었습니다. 그러니까…… 시나리오 여덟 편 중 몇 편이나 팔았냐는 거죠?"

"팔았죠. 3년간 저와 같이 작품을 수정해 여덟 편 중 여섯 편을 팔았고, 2억 6천만 원의 수익을 냈습니다. 약속대로 7 대 3으로 나눴고요."

"우씨! 목돈이네!"

"저기 원빈 기사님, 진정하시고요. 지금 막 떠오른 생각인데, 그렇다면 돈 아저씨가 잠적하신 건 혹시 목돈이 그 동력으로 작용한

게 아닐까요? 어떻게 생각하세요?"

"가능성은 있다고 생각합니다. 작가님은 목돈이 필요했고 그래서 영화감독을 포기하고 시나리오라도 팔려고 한 게 아닌가 하고요."

"아빠가 목돈이 어디 필요하다고? 그 돈으로 아들 도울 생각은 하나도 안 하고!"

"원빈 기사. 자꾸 끼어들지 마시고요. 자, 민 피디님 유익한 말씀 감사합니다. 아저씨는 분명 그 돈이 필요한 이유가 있었을 것 같아요. 그리고 지금부터 그걸 같이 고민해봐야 될 것 같습니다."

"고민은 무슨. 아빠는 돈 벌고 튄 거라고! 아들도 버리고 혼자 어디 보라카이 같은 데 갔겠지. 아니, 돈키호테랍시고 스페인 간 건가? 날 버리고? 씨발!!"

화가 치밀어 오른 한빈은 말릴 새도 없이 스튜디오를 나가버렸다.

"그러니까 여기가 실제 비디오 가게였겠군요."

"예. 책장이 이쪽 벽에 이중으로 있었고 비디오테이프와 책으로 가득했죠. 피디님도 영화 프로듀서라면 비디오 가게 많이 이용하지 않으셨어요?"

"저도 애용했죠. 비디오 보며 영화 좋아하다가 영화학교 가서는 DVD 수집하고 코멘터리 보며 공부했죠. 영화계에 투자도 많이 들어와 시장이 활성화되던 시절이었어요. 하지만 2000년대 후반 현장에 나오니 눈에 띄게 어려워졌더군요. 그리고 이제는

OTT 시대가 왔고……. 어쩌다 보니 업계의 흥망성쇠를 몽땅 겪었네요."

"하긴. 영화랑 비디오가 짱인 시절이 있었는데, 요즘 애들은 비디오가 뭔지도 모를 거예요. 그런데 왜 제가 아저씨처럼 막 회상을 하고 있는 걸까요?"

"아저씨랑 있어서 그런가 보죠. 후후."

민 피디의 담담한 미소가 나쁘지 않았다. 무슨 말이라도 더 하려는데 상은이 주문한 음료와 머핀을 가져왔다. 새로 개발한 흑임자 머핀이라며 시식 평을 해달라는 말도 남기고 갔다.

나는 거품 위에 'ㅋㅋ'가 그려진 라테를 보고 상은을 돌아봤다. 그녀는 재빨리 진열대 뒤로 몸을 숨겼다.

"라테 아트가 독특하네요."

"아, 친해서 그래요. 손님한텐 안 그래요."

머핀을 나눠 먹으며 편집에서 혹 삭제하고픈 멘트가 있냐 물었다. 민 피디는 괜찮다며, 이 방송으로 인해 후폭풍이 있더라도 상관 안 한다고, 지금 무척이나 후련하다고 말했다.

"그렇다면 다행이네요. 덕분에 편집이 한결 편해지겠어요."

"저도 프로듀선데 편집 고민하시게 하고 싶지 않습니다."

"그러고 보니 우리 둘 다 피디네요. 물론 저는 이제 유튜버지만."

"저도 택배기삽니다."

"예. 그럼 전직 피디들끼리 좋은 그림 만들어봐요."

"아, 예."

맙소사. 좋은 그림이라니……. 대체 뭔 생각으로 이런 멘트를 친 거야……. 민망함을 감추려고 빨리 질문으로 넘어갔다.

"시나리오 작가로서의 돈 아저씨 말고 생활에서 기억나는 건 없나요?"

"글쎄요. 늘 혼자셨어요. 글쓰기의 본질은 고립이라고 지하에 처박혀 쓰기만 한다고 하셨죠. 그리고 취미랄 것도…… 아, 술을 많이 드셨어요. 소주만 드셨고요. 회의 마치고 저녁 먹으면 제가 밥도 드시라고 해도 소주에 반찬만 안주로 드셨어요."

"어디 아프거나 한 건 아니었나요?"

"건강해 보이진 않으셨죠. 살도 좀 찌셨고."

"살이 찌셨다고요? 돈 아저씨 완전 멸치같이 마르셨는데……. 하긴 그건 저 중딩 때 이야기고……. 가만, 혹시 사진 있으세요?"

내가 묻기 전에 이미 민 피디는 휴대폰에서 사진을 찾고 있었다. 잠시 뒤 그가 뿔테 안경을 만지작거리고는 휴대폰을 건넸다. 나는 숨을 참으며 휴대폰으로 사진을 확인했다.

오. 이런.

돈 아저씨는 돼지 아저씨가 되어 있었다. 게다가 어울리지 않는 장발과 수염은 한마디로 거지 왕초를 떠올리게 하는 풍모였다. 어두컴컴한 술집에서 소주병과 황도 그릇을 앞에 둔 채 취기에 젖은 돈 아저씨와 민 피디가 씨익 웃고 있는 사진은 내게 충격으로 다가왔다. 아저씨를 당장 만난다 해도 못 알아볼 수도 있겠다는 생각마저 들었다.

당황한 표정을 애써 감추며 휴대폰을 민 피디에게 건넸다.

"좀 놀라신 거 같네요."

"예. 조금."

잠시 침묵이 흘렀다. 나는 민 피디에게 처음에 물으려고 했던 질문을 떠올렸다.

"돈 아저씨가 돈키호테 이야기는 안 하셨나요? 『돈키호테』 필사 노트를 스페인에 가지고 가고 싶다거나 그런 이야기 안 하셨어요?"

민 피디가 골똘히 생각하더니 고개를 끄덕였다.

"스페인에 가신다거나 필사 노트가 있다거나 그런 말씀은 안 하셨어요. 다만 돈키호테 이야기는 하셨죠. 본인 작품의 기원은 모두 『돈키호테』에 있다고요. 〈분노의 법정〉도 그렇고 새로 준비하는 작품도 돈키호테의 정신을 담은 작품이라고요."

"그렇다면 새 작품을 준비하려고 잠적하신 건 아닐까요?"

"그건 잘 모르겠습니다. 그런데 『돈키호테』가 본인 작품의 기원이라고 하셔서 제가 당연한 거 아니냐고, 작가님 영화계에서 진짜 돈키호테처럼 살아오셨다고 호응해드린 적이 있어요. 그랬더니 장 작가님이 고개를 저으며 나는 이제 돈키호테가 아니라고 하셨던 게 기억납니다."

순간 나는 온 신경을 집중한 채 민 피디를 바라봤다.

"작가님이 나는 더 이상 돈키호테가 아니라고, 산초라고 하셨어요. 스스로를 돈키호테라고 착각한 산초일 뿐이라고요."

"정말요?"

"예. 제가 작가님 돈키호테 작가 맞다고 다시 말씀드려도 이렇게 뚱뚱한 돈키호테가 어딨냐고, 체형이 산초가 된 게 우연이 아니라면서 껄껄 웃으셨어요."

"저, 아까 사진 다시 좀 보여주실 수 있을까요?"

나는 민 피디가 건넨 휴대폰 속 사진을 또렷이 응시했다.

돈 아저씨의 풍모는 참말로 산초에 가까웠다. 마른 몸매와 총명한 인상의 사내는 온데간데없고 뭉툭해지고 닳아버린 둔중한 중년 사내가 거기 있었다.

돈 아저씨는 진짜 산초가 되기 위해 폭식을 하고 과음을 한 걸까? 아니면 돈키호테라는 무거운 갑옷을 벗어던지고 내면의 산초를 끌어낸 것일까?

어떤 이유에서든 나는 나의 돈키호테를 잃었다. 돈 아저씨를 찾았더니 돈키호테는 없고 산초만 있더라? 그게 이 돈키호테 비디오 채널의 결론이 된다는 걸 나는 도저히 용납할 수 없었다.

돈 아저씨, 어디 있어요? 어떻게 된 거예요? 산초 안에서 다시 돈키호테를 꺼내 제 앞에 나타날 수는 없는 건가요?

수많은 의문과 질문 속에 나는 잠겨버렸다.

31. 주위를 돌아보면……

민주영 피디를 보낸 뒤 한동안 소파에 몸을 묻은 채 꼼짝할 수 없었다. 목표가 사라진 기분이었다. 변한 돈 아저씨의 모습과 그에 못지않은 충격적인 고백은 그동안 내가 그려왔던, 찾고자 했던 돈키호테 장영수와는 달라도 너무나 다른 모습이었다.

아저씨는 변했다.

스스로를 산초라고 하며 돈키호테를 부정했다는 것이야말로 그가 변했다는 사실을 대변했다. 짧지 않은 서른 살 인생을 통해 사람은 변하지 않는다고 생각한 내게 아저씨의 변신 아닌 변신은 뭐랄까, 묘한 배신감을 느끼게 했다. 돈키호테를 찾아 나섰는데…… 산초라니, 스스로를 돈키호테로 착각했던 산초라니, 도무지 이 상황이 받아들여지지 않았다.

무엇보다 아미고스에게 어떻게 이 사실을 전할지 대책이 서지 않았다. 알고리즘의 축복 이후 늘어난 구독자 대부분은 '돈키호테를 찾아서'의 서사에 흠뻑 빠져 있었다. 나와 한빈은 '돈 아저씨'를 추적하는 과정을 통해 그들을 사로잡았는데, 그들에게도 나와 같은 당혹감을 주지나 않을까 하는 걱정이 앞섰다.

휴대폰이 울렸다. 엄마였다. 그제야 오늘 엄마와 저녁을 먹기로 한 게 떠올랐다.

아저씨를 추적하느라 바쁘게 보내기를 한 달 반. 빨래도 가까운 빨래방에서 해결하게 된 뒤로 집에 간 적도, 엄마를 본 것도 한 달이 지나 있었다.

기운을 내 자리를 털고 일어났다. 설거지해둔 지 오래된 락앤락 반찬통을 챙겨 집으로 향했다.

"서울에 있는 것도 아니고, 길 건너 살면서 코빼기도 안 비치기야?"

엄마의 타박 속에 먹는 집밥은 맛있었다. 잔소리가 더해져야 진정한 집밥이라는 걸 다시 한번 실감하며, 내가 좋아하는 엄마표 계란말이를 케첩에 듬뿍 찍어 삼켰다.

"날 더워서 치킨집 바쁘지?"

"별걱정 다 한다. 일해줄 것도 아니면서."

"방송 쫌만 더 잘되면 용돈 드릴 수 있으니 기다려보세요."

"유튜브 그게 TV도 아니고 보면 얼마나 본다고. 광고라도 붙어야 돈이 되는 거 아니니?"

"별걸 다 아시네. 광고 아직 안 붙었지만 구독자만으로도 월세랑 생활비 벌고 있다니까."

"그니까 광고가 붙어야 돈을 벌어 엄마 용돈이라도 줄 거 아냐. 그 주혜성이한테 한번 나와달라 그래. 너랑 친했다며. 연예인이 한번 나와야 돈을 땡기지."

"엄마, 연예인은 움직이는 게 다 돈이야. 연예인은 연예인 유튜브나 연예인급 유튜버의 유튜브에나 나오는 거야."

"그래도 문자라도 한번 넣어서 나 진 피딘데 유튜브 한번 보시고 괜찮으면 놀러 오세요, 하면 되잖아. 인사도 못 하니?"

"엄마 저돌적이네. 엄마가 유튜브를 해야 대박 나겠다. 하나 파세요. 계정."

"내가 답답해서 그래. 맨날 비디오 가게 그 인간이나 찾아서 얼마를 벌겠어?"

순간 밥알이 코로 튀어나올 뻔했다. 한 번도 방송 내용에 대해 말한 적이 없었는데, 이건 엄마가 내 유튜브를 봤다는 거 아닌가?

엄마는 내 뜨악한 표정에 답이라도 하듯 말을 이었다.

"니가 뭔 짓을 하고 다니는지 궁금해 견딜 수가 있어야지. 거기서 뭔 헛짓거리를 하는지 욕은 안 들어 처먹는지 알아야 할 거 아냐?"

"그래서?"

"그 카페 처자한테 물어봤더니 너 채널 바로 알려주더라. 그래서 내가 폰에 그걸 받아서 수시로 들어가 봤다고."

엄마가 자기 휴대폰을 마치 무기처럼 들어 보였다.

"암만 봐도 내 이해가 안 되는 게 그 천둥벌거숭이 같던 비디오 가게 인간은 왜 찾고 다니는 거며, 그걸로 돈을 벌긴 버는 거며, 그 인간 아들놈이랑은 뭔 관계며, 아유 다 털어놔봐. 대체 뭐 하는 거야?"

"일."

"돈 번다고 다 일이야? 보람되어야 그게 일이지? 그 인간 찾는다고 니 인생에 가치가 있어? 그럴 시간에 니 엄만 안 찾니? 엄만 안 궁금하니?"

잠시 나는 숨을 골랐다. 역시 우리 엄마답다는 생각에 흥분이 가라앉고 조용한 안도의 기운이 단전으로 모이는 게 느껴졌다. 엄마는 내가 잠잠히 있자 공격을 멈추고 억지로 숨을 가다듬었다.

"엄마 말이 맞아. 돈 번다고 일이 아니잖아. 보람도 있고 가치도 있어야지. 맞아. 내 인생에 그 아저씨 찾는 게 보람이고 가치야. 엄마가 이해 못 할 수도 있지만 나 중학교 시절 외로울 때 그 아저씨가 보여준 영화며 같이 감상 나눈 책이며 그런 게 날 견디게 해줬어. 서울 가서도 그런 취미로 살았고 결국 직장도 그쪽으로 잡게 됐잖아. 엄마도 내가 방송 피디 된 거 좋아했잖아."

"그거야 그렇지만…… 그게 딱히 그 사람 탓이니?"

"탓이 아니라 덕. 엄마. 내 히트작 〈도시탐험대〉 있잖아, 내가 유튜브 방송하며 곰곰이 생각해보니 그 〈도시탐험대〉는 사실 돈 아저씨가 내게 알려준 아이템이었어. 아저씨가 우리들 데리고 공주 가서 공산성 돌고 부산 가서 남포동 가고 그랬거든. 그게 〈도시탐험대〉의 시작이었다고. 그때 그게 내 기억 속에 잠겨 있다가 나도 모르게 방송 아이디어로 나온 거야. 이거 정말이야."

"하이고…… 그래 그게 고마워서 그 인간을 찾아다니는 거야? 그래. 찾아라. 대신 그 인간만 찾고 그만둬. 너도 돈키호테처럼 살 거 같아 겁나니까."

"찾고도 떡상 안 하면 고민해볼게."

"떡을 뭐?"

"떡상. 구독자, 조회 수 대박 나 유튜브로 엄마 용돈 줄 정도로 잘된다는 뜻이야. 그렇게 안 되면 그만두고 엄마랑 닭집 하는 거 유튜브 방송할게. 망해가는 프랜차이즈 치킨집에서 오늘도 닭을 튀기는 모녀 이야기. 좋네."

내 호기로운 발언에 엄마는 웃지도 않고 찡그리지도 않고 가만히 나를 바라보다가 숨을 내쉬었다.

"내가 딱히 도울 건 없고, 그 인간 찾을 거면 방 씨 할머니한테 가 봐."

"방 씨 할머니?"

"돌아가신 자전거포 할아버지 부인 말이야. 돈키호테 그 인간이 자전거포 할아버지 할머니랑 다 친했으니까 뭐라도 아는 게 있을 거라고."

순간 정신이 번쩍 들었다.

그제야 엄마가 오늘 날 부른 이유가 이 말을 하기 위해서란 걸 깨달았다. 나는 벌떡 일어나 식탁 너머로 엄마를 끌어안았다. 엄마가 미쳤냐 덥게 왜 이래, 하는 걸 무시하고 얼굴에 얼굴을 비볐다. 차마 볼에 뽀뽀는 하지 못했다. 우리는 내외하는 모녀이기에.

다음 날, 방 씨 할머니가 일한다는 칼국숫집에 두유 한 박스를 사 들고 갔다. 점심시간이 좀 지나서인지 식당은 한산했다. 주방 입구에 의자를 내놓고 앉아 동료들과 믹스커피를 마시는 방 씨 할머니를 보자마자 옛 기억이 떠올랐다. 자전거포에서 로시난테 할아버지와 같이 도시락을 먹던 할머니의 모습이었다.

엄마는 방 씨 할머니가 친구들과 가끔 치킨집에 와 닭과 생맥주를 드셨다고 했다. 그때 주워들은 이야기로 돈 아저씨와 로시난테 할아버지 그리고 방 씨 할머니의 친분을 알게 됐다며, 할머니 역시 사라진 아저씨 걱정을 했다는 사실을 전했다.

할머니에게 치킨집 딸이라며 인사를 드렸다. 그녀는 나를 알아보진 못했지만 앉으라고 한 뒤 내가 사 간 두유를 뜯어 억지로 하나 건네주셨다.

나는 할머니와 함께 두유를 마셨다. 휴대폰을 켜고 촬영에 대해 동의를 구한 뒤 즉석에서 인터뷰이로 모셨다. 할머니는 내가 여쭙는 질문에 조곤조곤 답을 해주셨다. 하지만 딱히 유용한 정보는 얻을 수 없었다. 돈 아저씨가 몇 해 전 말도 없이 사라진 게 자기도 너무나 궁금하고 안타까우며, 건물주 할머니와도 의논했으나 그 행방을 찾을 수 없었다는 것이었다.

정식 인터뷰가 끝난 뒤 방 씨 할머니는 두서없이 사는 이야기를 늘어놓으셨다. 어쩔 수 없이 나는 말동무가 되어 할머니와 이야기를 나눴다. 결혼은 했냐는 질문에 아직 서른밖에 안 됐다고 씩씩하게 답한 뒤 다른 질문이 이어지기 전에 서둘러 식당 일은 하실 만하냐고 물었다. 할머니는 혼자가 되자 오히려 일을 해야 살겠더라며, 친구도 생기고 용돈도 벌어 좋다고 하셨다. 그래도 사람은 다 외롭다고 하시며 이렇게 덧붙였다.

"그이도 외로웠을 겨. 우리 남편 갔을 때 엄청 울어댔어. 막걸리 동무였거든. 장례 내내 그이가 자리를 안 뜨더라고. 나중에 관도 들었지. 암."

"할머니 그이가 장영수 씨 맞죠? 돈키호테 비디오라는 비디오 가게 하셨던."

"그렇지. 돈기호 선생."

"돈기호요?"

"우리 영감이 돈기호 선생이라고 늘 그랬어. 명문대 나왔고 서울에서 유명한 선생이었다고 아주 그이를 치켜세웠다고. 동네 사람들은 탐탁지 않아 했지만서두."

"아, 그랬군요."

'돈기호'라니, 하긴, 로시난테 할아버지 연배라면 돈키호테가 돈기호로 소개되던 시대를 보내셨으니 그럴 만하다고 여겨졌다.

"지난달 기일에 영감 납골당에 갔더니 그이가 왔다 갔더라고."

순간 내 귀를 의심하지 않을 수 없었다. 다시 질문하려는데 할머니가 입을 오물거리며 말을 이어갔다.

"그래도 배운 선생이라 여전히 우리 남편과의 우의를 지키더라고. 그게 나도 고맙긴 했지."

"할머니. 할아버지 납골당에 그 돈 아저씨, 아니 돈기호 선생이 왔다 갔다는 건 어떻게 아셨어요? 진짜 왔다 간 거 맞나요?"

"내가 허튼 말은 안 혀. 거기 납골당 유리에 말린 꽃 쬐끄만 거랑 쪽지를 붙여놓고 갔더라고."

"그거 혹시 안 떼셨죠? 붙어 있는 거죠?"

"정성인데 떼기도 그래 놔뒀지. 외로워서 와본 게지. 암튼 살아있어서 다행이다 싶고."

"할머니."

"왜?"

"저 할아버지 납골당에 가서 인사도 드리고 추모도 하고 싶은데 어딘지 알려주시면 안 될까요?"

"아니 처자가 뭐 거까지 가려고? 우리 영감 기억이 나?"

"그럼요. 로시난테 할아버지라고 저희가 불렀어요. 자전거도 공짜로 고쳐주셨고 다마스도 태워주셨고요. 진즉에 찾아뵀어야 하는데 너무 늦었네요. 오늘이라도 가보도록 할게요. 납골당 좀 알려주세요."

방 씨 할머니가 주방 뒤에서 낡은 검정 핸드백을 가져오셨다. 나는 절로 침이 삼켜졌다. 할머니는 핸드백에서 작은 수첩 하나를 꺼내 천천히 페이지를 넘기기 시작했다. 자연스레 내 시선도 수첩 속으로 빨려 들어갔다.

32. 산초가 된 돈키호테

로시난테 할아버지의 봉안 묘는 대전추모공원에 있었다. 대전에 살았던 기간이 짧기도 했고 아빠는 경기도 오산의 가족묘에 묻히셨기에, 나로서는 처음 가보는 곳이었다.

중앙로에서 615번 버스를 타고 도마삼거리에서 내려 다시 21번으로 갈아타고 도착한 추모공원은 깔끔하게 잘 정비돼 있었다. 엄숙한 기운에 카메라를 켜고 지나는 게 긴장됐지만, 오늘 여정의 중요성을 되새기며 꿋꿋이 촬영을 지속해 나갔다.

여름의 초입임에도 묘원 특유의 스산한 기운을 느끼며 제3 봉안당으로 향했다. 들어선 봉안당 안은 마치 수백 채의 집이 모여 있는 사자死者들의 아파트처럼 보였다. 살아서도 네모난 아파트 네모난 방 안에서 생활하다 죽어서도 층층이 쌓인 네모의 공간에

갇히는 것이다. 나는 카메라로 잠시 봉안당 안을 스케치한 뒤 방씨 할머니가 적어준 숫자를 보며 발걸음을 옮겼다.

마침내 로시난테 할아버지가 계신 방에 도착했다. 내 눈높이에 자리한 할아버지의 봉안함을 카메라 프레임 정면에 담으며 마주했다.

"드디어 로시난테 할아버지의 봉안함에 다다랐습니다. 먼저 묵념을 하며 할아버지를 기억하고 추모하고자 합니다."

촬영을 지속하면서 고개를 숙여 할아버지를 추모했다. 2013년에 돌아가셨으니 어느덧 6년이 지났는데, 미처 찾아뵐 생각을 하지 못했다. 내 자전거도 세 번이나 공짜로 고쳐주셨던 기억이 떠오르자 뭉클한 슬픔이 차올랐다. 할아버지가 고쳐준 자전거를 타고 하상도로를 지나 코스모스 만발한 대전천 천변을 달리던 기억이 여전히 생생했다. 부산으로 가는 차 안에서 멀미에 시달리던 우리들에게 껌을 나눠주며 계속 씹으면 나아질 거라 하시던 모습도 떠올랐다.

"로시난테 할아버지, 늦게 찾아봬서 죄송해요. 할아버지같이 좋은 분이야말로 천국에 가셨겠죠. 그곳에서 평안하시고 저희들 그리고 돈 아저씨 늘 지켜주세요."

추모를 마친 뒤 서서히 눈을 떴다. 동시에 봉안함 주변으로 카메라 프레임을 키웠다. 추모하기 전에 이미 그 존재를 눈치챈 드라이플라워와 그 아래 포스트잇으로 줌인을 감행했다. 냉방이 약해서일까 긴장해서일까 어느새 목덜미에 땀이 배기 시작했다.

"돈 아저씨가 최근에 붙여두고 간 드라이플라워로 보입니다. 노란색 미니 수국인데, 여전히 살아 있는 듯하네요."

멘트를 마치고 숨을 고른 뒤 이번엔 클로즈업 상태의 카메라를 내려 포스트잇에 고정했다. 구독자들에게 돈 아저씨의 필체를 생생하게 보여주고 싶었다.

거기에는 필체 감정 따윈 필요 없는 아저씨의 글씨로 이렇게 적혀 있었다.

> 형님. 돈기호 왔어유. 천국의 평원은 좀 어떠셔?
> 로시난테처럼 신나게 달리고 계시겠지?
> 다음에 육지 나오면 또 올게유. 아디오슈.

카메라를 끄자마자 낮은 신음을 내뱉은 나는 로시난테 할아버지에게 인사를 올린 뒤 봉안당을 빠져나왔다. 임무를 마치고 빠르게 현장에서 철수하는 첩보원이라도 된 듯 잰걸음으로 공원을 벗어났다. 머릿속에서는 핵분열이라도 일어난 듯 정보와 정보가 터지고 융합하며 재편됐다.

돈 아저씨는 유독 로시난테 할아버지와 이야기할 때면 충청도 사람처럼 말하곤 했다. 여기 그 증거가 남아 있었다. 그러나 충청도 사투리가 중요한 게 아니었다. 중요한 건 따로 있었다.

'다음에 육지 나오면 또 올게유.'

섬사람들이나 할 말이다. 그러자 가장 먼저 그 섬이 떠올랐다. 돈 아저씨가 그 섬에 있다는 직감이 머리를 스치자마자 산초가 생각났다. 이제 자신을 산초라고 부르라던 돈 아저씨가 섬으로 갔다면?

책에 바로 그 행선지가 있었다. 『돈키호테』 2권의 중반부, 산초는 돈키호테가 통치를 맡긴 섬으로 떠난다. 몇 달 전 채널에서 낭독했던 아저씨의 필사 부분이었다. 나는 섬의 이름을 떠올리려 애쓰다가 실패하고는 서둘러 택시를 잡아탔다.

스튜디오에 도착한 나는 부리나케 아저씨의 필사 노트를 꺼내 펼쳤고, 마침내 산초가 섬에 도착하는 대목을 찾아냈다.

그러니까 본론으로 들어가면, 산초는 그 모든 수행원들과 함께 인구가 1천 명에 이르는, 공작의 영지 중에서도 가장 훌륭한 마을에 도착했다. 사람들은 그 섬을 <바라타리아>라고 부른다고 일러주었는데 이는 그 마을 이름이 정말 바라타리아였거나 아니면 개평을 떼듯 그곳 통치를 얻었다는 의미였으리라. 성벽으로 둘러싸인 마을의 입구에 이르자 마을 관리들이 그를 맞이하러 나왔다. 종소리가 울렸고, 마을 사람들은 너 나 할 것 없이 모두가 기뻐하는 표정이었다. 그들은 성대한 행렬을 이루어 산초를 마을 성당으로 모시고 갔다. 그곳에서 신에게 감사를 드리고 나서 우스꽝스러운 몇 가지 의식을 행한 후 마을 열쇠를 산초에게 전달함으로써 바라타리아 섬의 영원한 통치자로 그를 인정했다.*

섬의 이름은 바라타리아.

돈 아저씨의 바라타리아는 제주도임이 분명했다.

두말할 것 없이 제주도였다.

휴대폰을 켜고 검색엔진에 '제주'와 '바라타리아' 두 단어를 입력했다. 곧 최근 날짜로 올라온 몇 개의 포스팅이 등장했다. 그중 한 분의 블로그에 제주를 여행하며 발견한 독특한 공간이라는 소개와 함께 사진이 여러 장 올라와 있었다.

손수 만든 것이 분명한 나무 현판에 거칠게 새긴 '바라타리아'에서부터 돈 아저씨의 필체를 느낀 건 착각이 아니었다. '제주 중산간에 이런 이국적인 공간이라니!'라는 멘트 위 사진에는 널따란 정원과 돌집이 있는 공간 '바라타리아' 뒤로 언덕 너머 커다란 풍력발전기가 등장하고 있었다. 마치 라만차의 풍차 괴물을 목격한 듯 소름이 끼쳤다.

다른 분의 포스팅에는 바라타리아를 배경으로 젊은 커플이 셀카를 찍은 사진이 올라와 있었다. 같은 포스팅의 또 다른 사진에는 '카페인 줄 알고 들어왔으나 카페는 아닌 곳, 카페는 아닌데 음료는 주는 곳. 신기한 곳의 기발한 사장님, 아니 산초 아저씨 완전

* 미겔 데 세르반테스 사아베드라, 『돈키호테 2』, 안영옥 옮김, 열린책들, 2014, 558쪽.

멋져용'이란 코멘트가 적혀 있었다.

책에서 산초는 돈키호테가 남쪽 섬의 영주 자리를 준다는 말에 혹해 그의 여정에 동참해 종 역할을 수행한다. 그리하여 2권 후반부에 진짜로 바라타리아라는 섬의 영주로 부임하게 되고, 놀랍게도 매우 현명하게 섬을 다스려 칭송을 받기에 이른다.

어쩌면 돈 아저씨는 『돈키호테』라는 소설 속을 여행하고 있는지도 모르겠다. 처음에는 돈키호테의 영혼으로, 이제는 산초의 육신으로, 아저씨는 이야기 속 이야기를 몸소 체험해 마침내 제주도에 도달한 것인지도 모르겠다.

확인 사살을 위해 마지막으로 인스타그램에 접속해 '#제주바라타리아'를 검색했다. 이곳 역시 최근에 등록된 사진 몇 장이 있었다. 그중 하나를 클릭하자, 부모와 아이 둘 사이에 선 해맑은 표정의 돈 아저씨 모습이 등장했다. 이제 정말 책 속 일러스트에 나오는 퉁퉁한 산초 같은 아저씨의 모습이 거기에 있었다. 아저씨는 제주 전통 갈옷을 입은 채 마치 관광지의 마스코트라도 되는 양 그들 가족과 함께 손가락 하트를 날리고 있었다.

사진 아래에 달린 설명은 다음과 같았다.

우연히 발견한 선흘리 숨은 명소 바라타리아.
산초 판사님의 환대에 감읍하다.

스튜디오에서 휴대폰을 켜고 검색만으로 돈 아저씨의 위치를

5분 만에 알아내고야 말았다. 그토록 찾아 헤매던 아저씨의 행적을 드디어 발견한 것이다. 너무도 간단하게. 조금만 더 빨리 엄마와 동네 어르신들을 탐문했더라면 어땠을까? 마치 파랑새는 가까이 있었다는 동화 속 결말처럼, 돈 아저씨를 찾는 핵심 키는 우리 동네에 있었다.

나는 서둘러 제주행 비행기표를 검색했다.

3부

República Libre

33. 입도

공항을 나서자마자 맑은 공기와 후끈한 기운이 동시에 호흡과 피부로 전해졌다. 바람에 흔들리는 야자수는 당신을 환영한다고 손 흔드는 듯했고, 이곳이 제주란 것을 존재 자체로 증명하는 큼지막한 돌하르방은 미소를 숨긴 듯했다.

역시 제주는 올 때마다 설렌다. 하지만 6월 중순임에도 한증막을 연상케 하는 더위와 습기가 훅훅 몸을 감싸기 시작하자 설렘이고 뭐고 부리나케 에어컨 바람이 있는 공항 안으로 후퇴했다. 젠장. 여름 제주에 온 게 처음인지라 이렇게 덥고 습할 줄 몰랐다.

제주는 대학 때 친구들과 한 번, 〈도시탐험대〉 서귀포시 편 때 한 번, 두 번 온 게 전부였다. 모두 봄이었고 시도 때도 없이 비가 오긴 했지만 견디기 힘든 날씨는 아니었다. 그런데 여름은 확실히 달랐다. 유독 날씨에 영향을 받는지라 성공적으로 마지막 여정을 완수하려면 컨디션 조절에 신경을 써야겠다고 생각했다.

드디어 돈 아저씨를 만나러 가는 마지막 여정이 남았다.

지난주 바라타리아를 알아낸 뒤 한빈과 통화했다. 전화를 받자마자 녀석은 민 피디가 자기 아빠의 시나리오 판매 수수료를 너무 많이 챙겼다며 분통을 터뜨렸고, 최소 3천만 원 정도는 돌려받아야 한다고 열변을 토했다. 나는 그 건은 민 피디와 돈 아저씨 간의 문제이므로 둘에게 맡겨야 한다는 원칙론으로 답했다. 이에 돈에 눈이 먼 한빈은 아빠가 지금 행방불명이니 자신이 직접 민 피디에게 받아낼 거라고 우겼다. 나는 쓸데없는 소리 그만하고 아빠 만나러 갈 준비나 하라고 일침을 가했다.

한동안 묵음 상태가 된 휴대폰에다 대고 나는 똑똑히 말했다.

"내가 찾았다고 돈 아저씨. 니네 아빠. 지금 제주도 계셔."

충격 때문인지 말이 없던 한빈은 곧 질문 세례를 퍼부었다. 나는 그 질문들을 일축한 뒤 아저씨를 찾는 마지막 여정에 동참할 건지 물었다. 한빈은 자기 없이 혼자 갈 생각은 꿈도 꾸지 말라고 했다.

이로써 한빈과 아빠의 재회를 영상에 담을 수 있게 되었다. 아울러 찐산초와 돈 아저씨의 재회도 담아야 했다. 이를 위해 새 멤버가 필요했다. 나는 민 피디에게 전화해 아저씨가 지금 제주도에 바라타리아라는 공간을 만들어 지낸다고 밝혔다. 그는 짧은 탄성을 내뱉은 뒤 이렇게 말했다.

"정말 잘됐네요. 고생하셨습니다. 어서 돈키호테 비디오 채널에서 장 작가님과 두 분이 재회하는 모습을 보고 싶군요."

나는 잠시 뜸을 들인 뒤 말했다.

"직접 보고 싶지 않으세요? 혹 시간 괜찮으시면 같이 가는 건 어떨까요?"

갑작스러운 제안에 그가 머뭇거리는 게 느껴져 나는 영화 전공하셨으니 카메라도 잘 다루실 거고, 이 중요한 순간을 직접 촬영해주면 좋을 것 같다고 덧붙였다. 매달린다는 느낌을 주긴 싫었으나 같이 가고 싶다는 마음이 어느새 자존심이라는 폴대를 넘어서고 있었다.

"그럴까요. 저도 장 작가님 어서 만나고 싶긴 합니다."

이로써 '제주원정대'가 결성되었다.

다음 날은 하루 종일 편집에 매진했다. 방 씨 할머니 인터뷰부터 로시난테 할아버지 봉안당 방문 장면 그리고 마침내 돈 아저씨의 제주 바라타리아를 알아내기까지, 여기에 아저씨를 찾는 마지막 여정에 돌입하는 제주원정대 결성 과정까지 묶어 한 편을 완성했다.

주말에 채널 업로드를 하자 엄청난 반향이 일었다. 아미고스는 저마다 자기가 돈 아저씨를 찾은 장본인인 것처럼 흥분하며 축하의 댓글을 달았다. 제주도에 사는 한 아미고는 선흘이면 옆 동네라 먼저 가보고 싶지만, 원정대를 위해 참겠다고 해 많은 공감을 얻었다. 또한 총 여덟 명의 아미고가 원정 자금에 보태라며 크고 작은 슈퍼챗을 쏴주었다. 돈 아저씨를 찾는 여정을 꾸준히 업로드하며 빌드업한 보람을 느끼는 순간이었다.

오늘 나는 청주공항에서 제주로 왔고 한빈과 민 피디는 김포공항에서 날아오기로 했다. 35분 뒤면 도착할 그들을 기다리며 제주공항 로비에서 한라봉 주스를 마시는 기분은, 근사했다. 분주해진 사람들의 모습에 공항 밖을 보니 비가 오고 있었다. 우산을 접고 여행용 캐리어를 끌며 공항으로 들어오는 여행객을 보자 역시 이곳은 날씨가 변화무쌍한 섬임이 실감됐다. 순간 불현듯 먹구름 같은 고민이 차오르기 시작했다.

과연 돈 아저씨는 우리를 반길까? 반긴다면 얼마나 반길까? 이미 모두와 연락을 두절한 채 제주 중산간에 거처를 마련한 아저씨에게 부담만 주는 건 아닐까? 한편으로 허락도 받지 않고 촬영을 하는 게 잘하는 일일까?

아저씨를 찾았다는 성취감과, 드디어 만날 수 있다는 설렘에, 구체적인 만남의 모양새는 미처 점검하지 못했다. 아들을, 돈독했던 업무 파트너를, 한때 아꼈던 심복 산초를 아저씨가 외면할 거라고는 생각 안 한다. 하지만 달리 바라보면 아저씨는 이런 우리 모두와 연락을 끊고 섬으로 들어간 게 아닌가?

돈 아저씨에 대한 콘텐츠를 만들 수는 있다. 하지만 그 콘텐츠에 아저씨가 나오는 것은 본인의 자유의지에서 비롯돼야 할 것이다. 나는 숙연해진 채 이 건에 대해 동료들과 상의해야겠다고 마음먹었다.

어느새 그들을 태운 비행기가 도착했다. '패션은 태도'라는 말이 있듯이 한빈은 하와이안 셔츠에 통 넓은 반바지, 슬리퍼를 끌고 왔다. 민 피디는 카키색 카고바지에 딱 맞는 검정 반팔 차림이 마치 군사 훈련에 투입된 특공대를 연상케 했다. 껄끄러울 것 같던 둘의 관계는 아무렇지 않아 보였다. 친한 형 동생처럼 농담을 주고받으며 다가오는 둘을 보자니 금세 서열이 정해진 걸까 아니면 공동의 목표를 위해 일시 의기투합한 걸까 호기심이 일었다.

"누나 안녕하심광! 혼저 옵서예. 둘이 옵서예."

엉터리 제주 사투리로 떠들며 다가오는 한빈에게 눈 한 번 흘겨주고, 민 피디에게는 환영의 눈빛을 건넨 뒤 즉시 렌터카 주차장 쪽 출구로 향했다. 두 사람은 원정대의 대장이 누군지 바로 깨닫고 내 뒤를 쫓았다.

"해안도로 접어들면 뚜껑 까고 바람 맞으며 스피커 빵빵 틀고 노래 따라 불러야 이게 드라이븐데, 그치?"

렌트비가 가장 저렴해 고른, 섬 바람 세게 불면 뒤집어질 것만 같은 경차 운전석에서 한빈이 지나치게 들뜬 목소리로 말했다. 아빠를 다시 만난다는 데 대한 반가움과 불안감이 뒤섞인 모습이었다.

인스타그램에 바라타리아를 올린 분에게 DM을 보내 주소를 알아냈기에 바로 갈 수도 있었지만, 공항에서 떠오른 문제를 의논하기 위해 우회하기로 했다.

우리는 민 피디가 추천한 함덕의 유명 해장국집에서 든든하게 배를 채웠다. 제주까지 와서 뭔 해산물도 없는 해장국을 먹냐고 투덜대던 한빈은 땀까지 흘리며 국물을 다 비웠고, 나 역시 전날 술을 안 먹은 게 억울할 정도로 훌륭한 맛에 감탄을 금치 못했다. 현지인도 관광객들도 술을 많이 마시는 제주 특성상 해장국 문화가 발달했다는 민 피디의 말에 절로 고개가 끄덕여졌다. 제주에 자주 왔냐고 묻자 그는 과거 제주에서 촬영한 독립영화에 스태프로 참여한 뒤 이곳에 반해 매해 찾는데, 그러고도 장 작가님이 제주에 있을 거라고는 상상조차 못 했다며 자책했다.

역시 민 피디의 추천으로 방문한 카페는 함덕해수욕장 중간, 툭 튀어나온 육지 끝에 자리해 있었다. 연한 청록색 바다가 보이는 창가에 앉아 아이스 아메리카노를 마시며 한빈은 자기랑 여친이 차리려는 카페가 딱 이런 거라며 입맛을 다셨다. 나는 카페라테를 한 모금 맛본 뒤 본론으로 들어갔다.

"공항에서 문득 이런 생각이 들었어요. 만에 하나 돈 아저씨가 우리를 만나는 걸 거부한다면 어떡해야 하나……."

"아이고. 누나, 이 얘기 하려고 아까부터 심각했던 거야? 아빠가 기억상실증에 걸리지 않은 이상 우릴 못 알아볼 것도 아니고 그걸 뭘 걱정해?"

"그렇다면 왜 아빠는 너한테 연락을 안 했을까? 이렇게 자기 거처를 완성하고도? 보고 싶지 않아서는 아닐까? 수년간 함께 일한 동업자 민 피디님에게는?"

"바빴겠지!"

"생각해보니 혼란스럽더라고. 이게 무례한 건 아닌지. 돈 아저씨가 혹여 우리를 만나고 싶지 않다면, 우리가 가서 촬영하고 그러는 건 잘못이잖아."

"아 진짜! 멀쩡한 사람 부추겨 아빠 찾아 삼만리 시켜놓고 이제 와서 뒷걸음치라고? 갑자기 왜 그래? 게다가 아미고스가 후원까지 했다며? 아빠 안 만나면 유튜브는 어쩔 건데!"

한빈이 성마른 목소리로 소리친 뒤 빨대를 뽑고 아이스 아메리카노를 들이켰다.

나는 알 수 없는 감정에 입술을 뜯으며 침묵했다. 막상 닥치니 스스로에게 확신을 가질 수가 없었다. 이제 산초가 된 돈키호테 아저씨가 나를 기억할까, 유튜브 채널을 통해 내가 올린 내용을 보면 어떤 반응을 보일까, 두려워지기 시작했다.

"저기요. 진솔 님. 너무 심각하게 생각하지 마세요."

나는 고개를 들어 민 피디를 보았다. 그가 처진 눈꼬리를 한껏 내리며 웃어 보였다.

"장 작가님이 우릴 거부하시면 꾸벅 인사하고 돌아 나오면 됩니다. 저는 먼발치에서 찍을게요. 예술영화 같은 결말이 될 거예요. 그런데 전 그러실 거 같지 않아요. 작업하실 때도 늘 열린 결말보다는 명쾌한 결말을, 슬픈 결말보다는 해피엔딩을 선호하셨거든요."

아니 이 사람 원래 이렇게 말을 잘했어? 그의 말로 인해 내 마음속 자신감이 충전되는 게 느껴졌다.

"민 피디님 말 잘하네. 누나, 왜 다 와서 쫄고 그래. 사실 제일 쫄리는 건 난데, 누나가 그러면 안 되잖아."

"그래."

내 대답에 두 사람 모두 환한 표정이 되었다.

"격려해줘 고마워요."

나는 민 피디에게 그렇게 말하고 다리에 힘을 주어 일어났다. 그러자 누구보다 열망했던 돈 아저씨를 보고 싶은 감정이 다시금 들끓어 올랐다.

34. 함덕에서 선흘까지

카페를 나온 우리는 다시 경차에 몸을 실었다. 내비에 주소를 입력하니 경로가 나왔고 23분이면 도달하는 거리였다. 한빈이 시동을 걸고 바로 차를 출발시켰다.

"누나, 진짜 돈키호테의 행진이 끝나가는 거 같지 않아?"

한쪽 눈을 찡긋하며 한빈이 물었다. 민 피디가 촬영 중인 걸 잔뜩 의식하고 던진 질문. 그럴싸한 멘트를 날렸다는 듯 의기양양한 표정. 나는 잠시 골똘해졌다. 중산간을 향해 올라가며 점점 제주의 숲 전망이 시야를 가득 채우는 가운데 갑자기 정신이 아득해졌다. 이곳이 정말 라만차의 평원일까, 안달루시아의 고원일까? 돈키호테와 산초의 여정이 제주의 중산간 숲길과 겹치며 펼쳐지고 있었다. 당장이라도 목동과 염소들, 풍차와 무어인이 등장할 것만 같았다.

"안 끝날지도 몰라."

나도 모르게 그렇게 내뱉었다.

"왜? 누나한텐 돈키호테가 우리 아빠잖아. 오랫동안 떨어져 있던 돈키호테를 산초가 만나면 행진도 끝나는 거 아닌가?"

"『돈키호테』는 생각 이상으로 길어. 그 두꺼운 책이 두 권이라고."

"우리도 엄청 먼 길 왔거든. 서울에서 대전, 다시 서울 갔다 통영, 부산 거쳐 이제 제주까지……. 난 이렇게 돌아다닌 건 생전 처음이라니까."

"나는 방송할 때 무지 쏘다녀서 내게 이건 먼 길이 아냐. 먼 길은 아니지만 굽이굽이 굴곡진 길이긴 하지."

"찐산초 님. 구독자 의식하는 거? 멘트가 시네 시야. 근데 오르막이라 이놈의 경차가 힘을 안 받네."

한빈이 에어컨을 끄자 곧 관자놀이에 땀이 맺혔다. 한빈이 창을 열었고 나는 열린 창 너머로 손을 뻗었다. 이름을 알 수 없는 나무들이 손에 잡힐 듯 우거져 있었고 우리는 하나의 커다란 녹음의 세계로 빨려 들어가는 중이었다.

오르막이 끝나는 순간 시야가 뻥 뚫렸다. 우리는 동시에 탄성을 질렀다. 흰색의 커다란 기둥이 오름과 오름 사이에 우뚝 서 있었고, 기둥 위에는 저마다 날씬한 날개가 느리지만 확실하게 회전하고 있었다.

마치 신들의 바람개비처럼, 마치 돈키호테의 풍차처럼.

"장 작가님은 저걸 풍차라고 생각한 듯해요. 그래서 이곳에 자리 잡으신 게 아닐까요?"

촬영을 하며 민 피디가 물었다.

"네. 하지만 더 이상 저 풍차랑 싸우진 않으시겠죠. 이제 스스로를 산초라고 여기시니."

내가 답했다.

거대 풍차 무리를 지난 우리는 선흘로 접어드는 도로에 들어섰다. 그때 갑자기 울리는 경적 소리에 놀라 돌아보니 뒤에서 군청색 1톤 트럭이 맹렬히 달려오고 있었다.

"아 바쁘면 돌아가든가. 지금 경차, 아니 렌터카라고 텃세 부리는 거야?"

한빈이 짜증을 내며 속력을 올렸다. 그럼에도 1톤 트럭은 경적을 울리며 위협적으로 달려왔다.

"차라리 보내고 가."

내 말에 한빈이 못마땅하다는 듯 한숨을 쉬고 차를 갓길에 댔다. 1톤 트럭은 보란 듯이 우리를 앞질러 갔다. 어디에나 제멋대로 운전하는 놈들이 있고 그런 놈들과 부딪쳐봐야 좋을 거 하나도 없다.

그런데 얼마 안 가 트럭 역시 갓길에 차를 세우는 것이 아닌가?

우리는 놀라서 잠시 서로를 쳐다보았다.

"뭐야? 시비 걸려나?"

"그냥 차 몰아 가버려."

그때 운전석 문이 열리고 반바지와 민소매 티에 벙거지를 눌러 쓴 사내가 내렸다.

"누나 어쩔까?"

한빈이 다급히 물었다. 하지만 나라고 별수 있겠나.

키는 작지만 다부진 덩치의 사내가 뒤돌아 우리를 향해 다가오는데…… 벙거지 아래 그의 얼굴이 드러난 순간 나는 놀라 소리쳤다.

"아저씨잖아! 돈 아저씨야!!"

내 외침이 끝나기도 전에 한빈이 차 문을 열고 나갔다. 우리 차 앞까지 걸어온 돈 아저씨는 그런 한빈을 향해 무어라 말하며 양팔을 활짝 벌렸다. 두 사람은 마치 오래된 친구를 만난 듯 서로를 안았고, 한동안 말이 없었다.

나는 민 피디를 찾았다. 그도 이미 차에서 내려 두 사람의 재회 장면을 영상에 담고 있었다. 잠시 뒤 포옹을 푼 돈 아저씨가 민 피디를 보더니 입을 떡 벌리고는 다가와 그를 안았다. 카메라를 든 민 피디는 엉거주춤 아저씨를 마주 안았다.

한빈이 나를 쳐다보았다. 멋쩍은 표정을 지은 채 녀석이 내게 손짓했다. 나는 떨리는 마음을 진정시키며 차에서 내렸다.

돈 아저씨가 나를 보았다. 그리고 멈칫했다. 그다음에는 고개를 갸웃했다.

"돈 아저씨……."

나는 감격에 겨워 나직이 불렀고, 고개를 갸웃거리던 아저씨는 이렇게 말했다.

"누구시더라?"

나는 말문이 막혔다. 한빈이 "아빠 심복 산초 누나잖아!" 소리쳤다. 민 피디가 카메라를 들이대는 게 느껴졌다. 아저씨가 한 발 다가왔다.

나는 서운함을 숨기지 못한 채 겨우 입을 열어 말했다.

"아저씨, 저 솔이잖아요. 진솔."

돈 아저씨는 벙거지를 벗고는 뚫어지게 나를 쳐다보았다. 서서히 벌어지는 입술과 똥그래지는 눈이 아저씨의 심경을 여실히 대변해주고 있었다. 마침내 아저씨가 말했다.

"맞네! 진짜 솔이네! 솔이가 이렇게 커버렸네! 우아, 이게 웬일이냐? 솔아 이 녀석아!"

아저씨가 내 손을 덥석 잡았다. 뜨거운 그 손을 부여잡은 채 나는 한동안 아무 말도 할 수 없었다.

아저씨는 바라타리아에서 함덕으로 장을 보러 가던 중 맞은편 차 운전석의 한빈을 봤다고 했다. 오르막을 오르며 에어컨을 끄고 차창을 열어두었기에 가능한 일이었다. 아들을 포착한 아저씨는 황급히 유턴한 후 맹렬히 차를 몰아 우리를 따라붙었고, 마침내 예상치 못한 길에서 재회할 수 있었다.

1톤 트럭을 따라 어느새 좁은 비포장도로에 접어들었다. 맞은편에서 차가 오면 꽉 막힐 좁은 도로였고, 이 도로의 끝에 아저씨의 영토가 있다는 걸 실감하자 긴장감이 돌았다. 이윽고 트럭이 숲 사이 공터에 멈춰 섰고 우리도 그 옆에 차를 댔다.

사람의 흔적이 느껴지지 않던 길, 그 끝에 서 있는 작은 팻말이 또렷하게 눈에 들어왔다.

바라타리아. 자유 공화국.

BARATARIA. República Libre.

트럭에서 내린 돈 아저씨는 활짝 웃으며 팻말을 가리켜 보인 뒤 진입로로 향했다. 우리는 팻말 앞에 멈춰 섰다. 한빈은 입을 삐죽거렸고 나는 한껏 놀란 표정을 지어 보였다. 민 피디는 그런 우리와 팻말을 번갈아 찍었다. 길까지 뻗어 내린 나뭇가지에 가려 아저씨가 보이지 않았다. 우리는 발걸음을 서둘렀다. '올레'라고 부르는, 집으로 들어가는 소로 주변은 풀을 깎아 잘 정비되어 있었다. 하지만 그 너머는 풀이 무성했고, 그래서인지 뱀 그림이 그려진 팻말까지 길가에 서 있었다. 아저씨의 솜씨임이 분명한 귀여운 뱀이었다. 한빈은 제주도에도 뱀이 많냐며 걱정스레 물었다. 나는 뱀 조심 팻말이 왜 있겠냐고 답했다.

진입로를 지나자 마침내 바라타리아가 나왔고, 입구에는 원통형 나무 세 개가 대각선으로 누워 있었다. 제주 전통 대문 역할을 하는 나무 막대인 '정낭'이라고 민 피디가 알려주었다.

정낭 너머 공간을 보았다. 여러 종류의 수목이 자연스레 벽을

형성한, 족히 2백 평은 될 듯한 터에 돌집과 검정 비닐하우스가 있었고 정원에는 온갖 조형물이 서 있었다. 인스타에서 본 돈키호테를 형상화한 나무 조각상, 고물을 엮어 만든 낙타인지 말인지 모를 그 무엇, 그리고 절로 감탄을 자아내는 돈키호테의 얼굴에 투구를 쓴 돌하르방이 정원 입구에 떡하니 놓여 있었다.

정낭 너머에 선 채 그 모든 것들을 보며 감탄하느라 여념이 없는 우리를 향해 돈 아저씨가 말했다. 두 팔을 활짝 벌리며.

"웰컴 투 바라타리아!"

나는 하마터면 손뼉을 칠 뻔했다. 한빈이 오호, 소리를 내며 먼저 정낭을 넘어갔다. 나도 조심스럽게 정낭을 넘었다. 슬래브 지붕이 덮인 돌집은 매우 긴 직사각형 모양이었고, 혼자 살기에는 지나치게 컸다.

우리는 아저씨를 따라 돌집으로 들어갔다.

돌집은 층고가 낮아 나와 민 피디는 까치발을 하면 천장에 머리가 닿을 것 같았다. 넓은 거실에 아무것도 없고 딱 하나 장테이블이 놓여 있었다. 그리고 그 위에 노트북. 어느새 주방으로 간 아저씨는 노래를 흥얼거리며 무엇인가를 준비하기 시작했다. 나는 내부를 둘러보았다. 주방 옆에 문이 하나, 오른쪽 구석에 문 두 개가 있어 방 둘에 화장실이 하나임을 예상케 했다.

아무것도 없지만 이상하게 누추하지도 않은, 말 그대로 소박한 공간.

"어떻게들 같이 온 거야?"

아저씨가 주방에서 쟁반을 들고 나오며 말했다.

"보고 싶은 녀석들이 몽땅 왔으니 오늘이 잔칫날인가 보네. 솔이는 못 알아봐서 미안."

장테이블에 쟁반을 내려놓은 아저씨가 다시 주방으로 향했다.

"아저씨가 미안할 게 뭐 있어요. 아저씨보다 더 커버리고 말도 안 되게 예뻐진 제 잘못이죠 뭐."

나는 주방의 아저씨가 잘 들을 수 있게 큰 소리로 말했다. 그러자 아저씨가 더 큰 소리로 화답했다.

"솔이 너 지금 나 작다고 놀리는 거냐."

그때 한빈이, 둘이 나가서 싸워! 일갈했다. 우리는 장테이블 앞 의자에 앉았다. 쟁반에는 모양이 제각각인, 어딘가에서 주워 온 듯한 컵 네 개와 튀밥이 잔뜩 붙은 과자가 담겨 있었다.

"과즐이네요."

제주도 좀 와봤던 민 피디가 보리나 찹쌀을 튀기고 감귤 조청을 발라 만드는 제주도 대표 군것질거리라고 알려줬다. 한빈은 민 피디의 말이 끝나기도 전에 하나를 집어 와작 씹고는, 단숨에 다 먹어버렸다.

"맛있지? 신효동에서 사 온 거야. 아줌마들이 직접 만드는 데 가서."

어느새 다가온 돈 아저씨가 희멀건 액체가 담긴 1리터 페트병을 내려놓으며 내 맞은편에 앉았다. 한빈이 호기심 어린 눈빛으로 물었다.

"아빠 이거 여기서 파는 거야?"

"판다기보다는, 손님 응대하는 데 다과가 빠질 수 없으니 준비한 거지. 어서들 먹어."

아저씨가 흰 음료를 우리들 잔에 따라주었다. 민 피디가 냄새를 맡더니 막걸리 같진 않은데 무슨 음료냐고 물었다.

"쉰다리라고 들어봤어? 이게 이래 봬도 제주 전통 웰빙 유산균 음료라고. 한잔씩들 해. 조만간 다 부르려고 했는데 이렇게 알아서들 뭉쳐 오다니."

쉰다리라는 음료는 막걸리와 요구르트의 중간 어디쯤엔가 자리한 음료였다. 쉰 맛이 나서 쉰다리라고 부르는 것 같은데 전통 웰빙 유산균 음료라니, 아저씨의 과장된 말투는 여전했다. 하나도 변하지 않았구나. 그러자 마음이 편안해졌다.

"아빠, 이 쉰내 나는 걸 팔아 돈을 벌려는 거야? 진짜로?"

"돈을 벌려는 게 아냐. 사람을 모으려는 거지."

"아들이랑 지인들 연락 다 끊어놓고 무슨 사람을 모아요?"

"사람들에게 필요한 공간이 될 거다. 여기 바라타리아는 자유에 목마른 사람들이 모이는 곳이 될 거라고."

"진짜 고리타분한 거 여전하시네. 그래서 여기 땅이랑 집 사는 데 시나리오 팔아 번 돈 다 쓴 거야? 아들은 국물도 없고?"

"한빈아. 바라타리아는 네 거야. 결국은 네가 여기를 맡아서 운영해야 하지 않겠니?"

"그럼 인감 줘요. 일단 내 명의로 바꾸게. 그리고 아빠 말대로 아주 자유로운 곳으로 만든 뒤에 내가 그 자유를 한번 팔아볼게."
"그래라."
"고마워 아빠."
"단 10년 뒤에. 네가 여기 바라타리아를 이해하려면 한 10년은 걸릴 테니까."
"그럼 그렇지."
"일단 『돈키호테』 1, 2권을 완독하려무나. 여기 바라타리아 공화국 시민이 되려면 필독서를 읽어야 해."
"아빠. 나 포기하게 만들려고 그러나 본데 나 절대 못 해. 여기 괜찮거든요. 제대로 운영하면 대박 날 거 같다니까. 커피도 내리고 와플도 굽고 저기 마당의 고물들 대신 인스타에 올릴 만한 거 좀 갖다 놓으면 견적 나와요. 내 여자 친구가 카페 창업 준비 중인데 그런 건 아주 빠삭해."
"내가 마지막으로 들은 아들 여자 친구는 유치원 선생이었는데……."
"진작에 헤어진 사람 얘기는 왜 해요. 아빠 내 말 진지하게 듣는 거지?"
"쉰다리 한 잔 더 할래?"
"아빠, 자유도 돈이 있어야 가능한 거잖아. 여기 오는 사람들 자유롭게 해주려면 자금이 필요하지 않아? 그러니까 내가 여기서 커피 팔게 해줘. 벌어서 나눌 테니까. 오케이?"
"아들. 오랜만에 만나서 너무 들이대지 말고. 아빠도 생각 좀 해

보고."

"아 진짜! 반가운 거 맞아요? 아들 보고 싶었던 거 맞냐고요?"

"그럼. 아빠가 너 바로 알아봤잖아. 그 달리는 차 안에서도 말이야. 아빠는 늘 한빈이 얼굴이 눈앞에 어른거린다고."

"거짓말."

"진짠데."

두 사람의 대거리는 매우 유치한 방식으로 치열했다. 실로 오랜만에 만난, 다른 듯 닮은 부자는 자유와 돈, 부성애와 효도를 무기로 휘두르며 묘한 긴장감을 자아내는 중이었다. 민 피디는 카메라를 내려놓은 지 좀 됐고 나 역시 쉰다리를 홀짝이며 이 전쟁을 종식시킬 타이밍을 노렸다.

"아저씨. 아들이랑 밀린 얘기가 많겠지만 저도 궁금한 거 많다구요!"

나는 짐짓 한빈을 흘긴 뒤 돈 아저씨에게 말했다. 아저씨는 기다렸다는 듯 내 쪽으로 얼굴을 돌렸다.

"아저씨도 저 못 알아봤지만 사실 저도 아저씨 처음 보고 놀랐어요. 팔뚝이랑 어깨도 울퉁불퉁해지고……. 도대체 제주도에서 어떻게 사신 거예요? 이 공간 만드느라 고생 많이 하신 거죠?"

돈 아저씨가 한빈 보라는 듯 격하게 고개를 끄덕였다.

"역시 솔이가 맞구나. 내가 알던 그 솔이가 맞아. 누구랑 다르게 내 노고부터 먼저 알아주는 거 보니까."

그러면서 아저씨가 활짝 웃었다. 한빈이 썩소를 날렸다. 아저씨는 우리를 빙 둘러본 후, 우리가 가장 궁금해하던 것, 제주에서의 생활을 입도에서부터 최근에 이르기까지 풀어놓았다. 아저씨는 어느새 진지해져 있었다.

35. 자유 공화국

4년 전 산초가 된 돈 아저씨는 『돈키호테』 속 이야기처럼 통치할 섬이 필요했고, 제주도에서 입지를 구하기로 결정했다. 아저씨는 세파에 찌들고 지친 사람들이 마음을 나눌 공간을 만들어, 그들을 돌보는 것이 산초다운 통치라고 생각했다.

처음 1년은 노동을 하며 제주를 한 바퀴 돌았다. 서귀포에서 성산으로, 조천에서 애월로, 판포에서 예래로 건설 일자리를 따라 옮겨 다녔고 그때마다 주변 지역을 둘러보았다. 겨울에는 위미의 귤 농장에서 귤 따는 일을 하며 바라타리아에 대한 구상을 이어나갔다.

1년간의 노동으로 돈을 더 모을 수 있었고 약했던 몸도 강해졌다. 각종 노동 기술을 익힌 것 또한 나중에 바라타리아를 만드는

데 도움이 되었다. 주량과 사투리 실력이 향상되면서 현지인들과의 교분이 생겨났다. 이는 이곳 선흘에 터를 구하는 데 큰 힘이 되었다.

"제주는 육지 사람을 좀 경계하거든. 그런데 내가 산초가 되기로 결심하자 진짜 산초처럼 붙임성도 좋아지고 자신감도 늘더라고. 나는 제주 사람들에게 진심을 다했어. 마치 산초가 돈키호테를 모시듯 말이야. 결국 그들이 내 마음을 알아주었지. 삼춘들의 도움이 없었다면 여기 이 공간을 찾는 것도 매입하는 것도 불가능했을 거야."

입도 2년 차부터 돈 아저씨는 이곳을 자신만의 영토로 일구어 나갔다. 1톤 트럭과 각종 장비를 구입해 터를 닦고 돌집을 리모델링했다. 중장비 기사를 불러 마당과 밭, 진입로를 정비했다. 우리를 만든 뒤 염소와 닭을 사들였다.

3년 차 때는 농부 산초답게 집 뒤에 밭을 일궜다. 한편으로 마당의 조형물을 만들기 위해 트럭을 몰고 다니며 제주의 고물상과 폐가를 전전했다. 고물을 재생하고 목재를 깎아 아저씨가 숭배하는 책에 담긴 사연과 인물을 마당에 등장시켰다.

"어땠니? 아마추어 작품치곤 괜찮지?"

민 피디가 혼자 다 만드셨다는 게 믿어지지 않는다고 덕담했다. 한빈은 여전히 입을 내밀고 있었다. 나는 돈키호테 형상의 돌하르방이 무척이나 인상적이라고 답했다.

"돈하르방이란다."

"돈하르방이요?"

"그래. 사실 그건 내가 만든 건 아니고 돌 다루는 삼춘에게 의뢰한 거야. 솔이 마음에 든다니 기쁘구나. 하하."

돈 아저씨는 다시 입도 4년 차, 그러니까 최근까지의 이야기를 시작했다. 아저씨는 이제는 바라타리아를 공개하고 이 공간이 필요한 사람들, 그러니까 자유 공화국의 시민들을 모아야겠다고 생각했다. 그래서 지난달부터 팻말을 세우고 찾아온 사람들에게 쉰 다리와 과즐을 제공하며 돈키호테 이야기를 들려줬다. 방문객들은 대부분 길을 잘못 든 관광객이거나 아랫마을에서 친분이 생긴 주민들 혹은 그들의 손님이었고, 아직 갈 길이 멀다고 했다. 집 옆 비닐하우스에는 여러 개의 야전침대가 있어, 희망하는 방문객에게는 잠자리도 제공할 수 있다는 말을 덧붙였다.

흥에 겨워 설명하던 돈 아저씨의 말이 끊긴 건 갑자기 크게 내쉰 한빈의 한숨 때문이었다. 녀석은 대놓고 골이 난 표정으로 아저씨를 노려봤다.

"그럼 그 사람들 다 공짜로 여기 머물고 지내는 거야? 아빠가 자선사업가야? 아들은 빚에 시달리는데 여전히 남들한테만 잘하는 거야? 응?"

돈 아저씨가 몸을 틀더니 거실 모서리를 가리켰다. 거기에는 뚜껑 덮인 옹기 항아리가 놓여 있었다.

"아들아. 기부를 받는단다. 바라타리아 건국을 위한 기부금. 기본적으로 기부를 한 사람들만 이곳에 머물 자격이 된다. 너희들도 오늘 여기서 묵으려면 기부를 해야 해."

다시 한번 한빈의 한숨이 터져 나왔다.

"그럼 여기 바라타리아 만드는 데 집중하느라 모두와 연락 끊으셨던 거예요?"

나는 분위기를 바꾸기 위해 서둘러 질문을 던졌다.

"……그치. 그렇지."

"믿지 못하실 수도 있지만 제가 아저씨 엄청 찾았어요."

"그랬냐?"

"한빈이 다시 만난 것도, 민 피디님 만난 것도 다 아저씨 찾다 그런 거예요."

"하하. 이거 황송한걸."

"그리고 놀라지 마세요. 저 지금 예전 아저씨 거처에서 지내고 있어요. 선화동 비디오 가게 지하요."

"응? 거긴 누추해서 너 같은 아이가 지낼 곳이 아닌데. 차라리 바라타리아로 오렴. 사람이 햇빛 받으며 살아야지. 거긴 너무 어둡고 습해."

"괜찮아요. 저 거기 좋아해요. 옛날 돈키호테 비디오 시절부터 그랬잖아요."

"돈키호테 비디오라……. 그걸 기억해주다니, 나조차 가물가물한 기억인데……."

"저는 그 기억을 붙잡고 여기까지 왔어요. 아저씨를 만나러."

"하하. 히히하."

"아저씨는 돈 아저씨였잖아요. 우리들의 돈키호테 아저씨! 그래서, 돈키호테를 찾아 여기까지 왔는데…… 갑자기 산초가 돼버리시면 어떡해요?"

나도 모르게 목소리가 격앙되었다. 원망과 투정 사이에 젖은 목청이 커다란 물음표와 함께 터진 것이다.

돈 아저씨는 잠시 생각하더니 마치 준비한 답이 있다는 듯 내게 미소 지었다.

"솔아. 사람은 평생 자기를 알기 위해 애써야 해. 그래. 나는 스스로를 돈키호테라 이름 짓고 살아왔지. 하지만 『돈키호테』를 받아쓰면 받아쓸수록, 세상에 맞설 내 이야기를 쓰면 쓸수록, 나는 돈키호테가 아니란 걸 깨닫게 되었어. 돈키호테라면 벌써 그 모든 불의와 부패를 향해 몸을 던지지 않았겠니? 그런데 나는 한순간도 온전히 몸을 던지지 못했어. 그저 시늉만 한 거야. 나는 범접할 수 없는 돈키호테를 따라다니며 그를 흉내 낸 산초일 뿐이더라고."

"그럼 산초였던 나는, 나는 어떡하란 말이에요?"

"내 생각엔, 솔이 네가 돈키호테다. 나는 네가 비디오 가게에서 늘 TV 프로그램 보며 깔깔 웃던 게 기억이 나거든. 마치 브라운관으로 들어갈 것처럼 몰두했지. 그런데 나중에 네가 그런 TV 프로그램을 만드는 사람이 됐다는 얘길 듣고 정말 깜짝 놀랐어. 저렇게 솔이는 자기 꿈을 이루며 사는구나. 그때 나는 이미 널 돈키호테라고 생각했단다."

"됐거든요!"

"여기 민 피디도 나한텐 돈키호테야. 민 피디 이 친구는 내가 영화 일 하며 만난 사람 중에 가장 뚝심이 있는 친구였지. 아닌 건 아니라고 말할 줄 알았고, 내가 부당한 대우를 당할 때도 나서서 바로잡으려고 애썼어. 자기 손해를 감수하면서도 말이야. 영화에 대한 열정이야 말할 것도 없고."

"과찬이세요."

민 피디가 민망하다는 표정을 지었다.

"그리고 우리 아들. 아들은 늘 경제적인 안정을 목표로 삼고 흑자 인생을 꾸리기 위해 열심히 산 거 안다. 비록 손실이나 실패도 있었지만, 한시도 쉬지 않고 돈 벌겠다 애쓴 너의 삶도 돈키호테의 행진이지. 암."

돈 아저씨가 그윽한 얼굴로 아들을 바라보았다. 그에 대한 한빈의 대답은 불만으로 터질 것 같은 표정으로 자리를 박차고 일어나는 것이었다.

"아빠. 난 돈만 좇는 돈키호테야. 지금은 백수로 여친 신세나 지고 사는 찌질이고. 민 피디? 이 아저씬 지금 택배 일 해요. 까대기라고 아시는지 몰라. 영화 같은 건 때려치운 지 오래고. 그리고 이 누난 피디 잘리고 지금 유튜버 하는 거 모르시죠? 지하실 월세나 겨우 나오는 유튜브 하며 산다고! 아, 유튜브도 방송은 방송이지. 솔이 누나는 그래도 자기 업종에서 계속 행진 중이네. 하, 솔이 누나가 진짜 돈키호테구나. 인정. 킹정. 그럼 배역만 바뀌 돈키호테랑 산초 둘이서 잘해보시든가!"

한빈이 거칠게 몸을 돌리는 바람에 의자가 넘어졌고, 크고 둔탁한 소리가 거실 가득 울렸다. 녀석이 돌집을 나가버리자 민 피디가 뒤따라 나갔다.

나는 조심스레 돈 아저씨를 살폈다. 아저씨는 멍하니 한빈이 나간 쪽을 바라보다가 고개를 갸웃했다.

"오늘 쉰다리가 좀 센가? 재가 주정은 없던 녀석인데……."

"아저씨."

"응."

"제가 드릴 말씀은 아니지만…… 아들 좀 신경 써주세요. 쟤 맨날 센 척하지만 요새 많이 불안해하더라고요."

"그, 그럼. 안 그래도 연락하려 했는데, 갑자기 등장해 놀라긴 했어. 그래서 좀 중언부언한 거 같구나."

돈 아저씨가 치렁치렁한 장발을 쓸어 올리곤 이마의 땀을 닦았다.

"아저씨, 그거 알아요? 비디오 가게 때는 느긋하게 말하셨는데, 이제 말투가 화끈하신 게 진짜 산초 같아요."

"그러냐?"

"저 그 공간에서 지내며 옛날 비디오 가게 얘기도 하고 유튜브 잘하고 있어요. 한빈이가 아는 것보다 훨씬 수익도 난답니다. 수익 제대로 밝히면 한빈이가 샘내서 안 되거든요. 제가 방송할 수 있는 건 모두 아저씨 덕이에요."

“으응? 그럴 리가…… 그렇다면 다행이고. 하하.”

“그래서 말인데요, 저 여기 바라타리아와 아저씨를 제 유튜브에 공개해도 될까요? 아까 민 피디 카메라 보셨죠? 아저씨만 허락하면 이 공간을 찍으면서 조형물이며 비닐하우스 숙소며 농장에 대한 이야기를 듣고 싶어요. 마지막에 인터뷰도 저랑 해요.”

“아!”

“사실 아미고라고 불리는 우리 유튜브 구독자들도 아저씨를 진심 보고 싶어 하거든요.”

“아, 아미고라면…… 친구 말이냐?”

“정확히는 아미고스예요. 구독자가 현재 5만 명 좀 넘어요.”

“야, 멋지구나. 여기 바라타리아 홍보에도 큰 도움이 될 거 같은데.”

“그럼 촬영 같이 하시는 거죠?”

“당연하지. 다른 사람도 해줬는데 우리 솔이 부탁을 내가 안 들어줄까 봐.”

“예? 그게 무슨……. 촬영이요?”

“며칠 전에 어디 방송국에서 찍어 갔단다. 바라타리아를 알리기에 좋은 기회여서 바로 수락했지. 조만간 방영될 거야. 너는 유튜브니까 색다르게 촬영하면 좋을 거 같구나. 이 산초 아저씨가 다 해줄 테니 너는 걱정 말고…….”

돈 아저씨의 말이 하나도 귀에 들어오지 않았다. 머릿속이 멍해져서 무엇부터 확인해야 할지 도무지 가늠이 되지 않았다. 돌아보니 민 피디도 한빈도 없었다. 돈 아저씨는 신이 나서 방송을 어떻게 찍으면 좋을지 의견을 펼치고 있었다. 하지만 도대체 누가 이곳을 먼저 찍어 갔단 말인가?

혹시 그게 내 방송을 보던 관계자라면? 그들이 노리고 나의 돈 아저씨를 먼저 찍어 간 거라면? 혼미하다는 게 이런 상태일까? 이마에서는 식은땀이 솟고 등골은 자꾸 따끔거렸다. 너무 많은 의혹과 혼란이 몰려와 머리는 숯불이라도 떨어진 듯 후끈했고 속에서는 갑자기 토기가 올라왔다.

나는 화장실을 물을 겨를도 없이 주방으로 달려가 싱크대에다 토했다.

뒤따라온 돈 아저씨가 등을 두드려주었다. 내장이 쏟아질 듯 모든 것을 토했음에도 여전히 정신을 차릴 수가 없었다. 돈 아저씨가 나를 부축해 어딘가로 데려가 눕혔고, 기억은 거기까지였다.

36. 음식에 진심

눈을 뜨니 어둑한 사위가 몸을 감싸고 있었다. 나는 좁은 방 안 돗자리 위에 베개를 베고 누워 있었다. 고개를 돌리니 창 너머로 보이는 붉은 노을빛이 눈을 적셨다.

족히 두세 시간은 잠든 듯했다. 돈 아저씨가 덮어준 것으로 보이는 얇은 홑이불을 치우며 일어나던 나는 순간 소스라치게 놀랐다. 창 반대편 벽에 걸려 있는 커다란 고깃덩어리들 때문이었다. 다가가 보니 흑갈색의 그것들은 염장한 돼지고기 뒷다리, 하몽이었다.

코를 갖다 대자 쿰쿰한 냄새가 나는 게 제대로 발효되고 있는 듯했다. 아저씨는 제주 흑돼지로 하몽을 만들어 바라타리아 시민을 먹이려는 것인가? 벽에 걸린 하몽 세 덩이는 그 존재감만큼이

나 아저씨의 옹골찬 의지를 엿보게 했다.

거실에서는 민 피디와 한빈이 휴대폰을 들여다보고 있었다. 돈 아저씨는 보이지 않았다. 나의 등장에 둘은 일제히 고개를 들었다. 민 피디의 괜찮냐는 질문엔 민망한 나머지 머리만 끄덕인 뒤 맞은편에 앉았다. 한빈이 일어나 주방으로 가더니 말없이 물을 가져다주고 다시 휴대폰에 고개를 묻었다.

"뭘 그렇게 보는 거야?"

내가 물어도 한빈은 답이 없었다. 나는 민 피디를 쳐다보았다. 그가 골치 아픈 숙제를 넘겨받았다는 듯 곤란한 표정을 지은 뒤 나를 마주 보았다.

"오늘 방송됐습니다. '제주도 산초의 바라타리아 건국기'."

그제야 끊어졌던 기억이 머릿속에서 번쩍했다.

"종편 맞죠? GBS 〈로컬탐험대〉."

민 피디가 고개를 끄덕였다. 〈로컬탐험대〉는 내가 회사를 박차고 나온 뒤 도시탐험대 팀이 만든 프로였다. 회사를 그만두고서도 나는 내 콘텐츠를 빼앗긴 것이었다. 메인 피디와 그 수하들의 소행임이 분명했다.

구역질 나는 놈들을 떠올리니 다시 토기가 올라왔다. 나는 한빈이 가져다준 물을 벌컥벌컥 마셨다.

"고약한 놈들이더군요. 그동안 돈키호테 비디오 채널을 트래킹하다 단서가 나오자 먼저 치고 들어온 겁니다. 장 작가님은 그걸 알 리 없으니 자연스레 응한 거고요."

민 피디가 내 생각을 대신 말해주었다. 하지만 진짜 내가 하고 싶은 말은 따로 있었다.

나야말로 바보였다고. 돈 아저씨를 찾았다는 사실에 취해 스스로 등을 내보였다고.

"영화판도 치사한 구석이 많은데 방송 쪽도 만만치 않네요."

민 피디가 나를 위로하려는 듯 계속 말했지만 내 귀에는 아무것도 들리지 않았고 자꾸 고개가 병든 닭처럼 처질 뿐이었다.

"방송 잘 뽑혔네!"

한빈이 감탄을 하며 자리에서 일어났다. 우리가 놀라서 쳐다보자 의기양양한 표정으로 녀석이 이를 드러냈다.

"지금 방송 캡처본이랑 댓글 몽땅 살펴봤거든. 반응 개좋아! 아빠에 대해 다들 완전 궁금해한다고. 약간 '자연인' 그런 필로 보이나 봐."

나와 민 피디는 우두커니 녀석을 응시했다.

"그러니까 자연인은 자연인인데, 폼 나는 자연인. 게다가 바라타리아라고 하니 뭔가 있어 보이는지 여름에 제주 오면 방문할 거라고들 난리야!"

나와 민 피디는 여전히 아무런 대꾸도 할 수 없었다. 분위기가 묘해지자 한빈이 목청을 높였다.

"방송에서 잘 편집해줬다니까. 돈 내고 협찬해도 이거보단 안 나올 거라고! 피디가 뭐라는 줄 알아? 밖에 저 고물들 보고도 인스타 각이라고 막 엄지 척 해줬어. 근데 진짜 카메라발 받으니까 고물도 무슨 예술 작품 같긴 하더라. 역시 방송이 짱! 이제 뭐다? 이제 여기서 커피랑 와플만 팔면 대박이라고!"

"한빈 씨. 거기까지만 합시다."

민 피디가 굳은 표정으로 말했다.

한빈이 황당하다는 듯 내게 동조를 구하는 시선을 보냈다.

"누나. 큰 그림을 봐야 해. 누나 채널에 먼저 올리는 게 중요한 게 아니야. 이거 지금 대박 나면 그때 여기 발굴한 게 누나라고 밝히면 된다니까? 게다가 우리 아빠가 인터뷰 따로 해주면 되고. 일단 뜨고 나서 숟가락 얹는 게 낫다고. 까놓고 말해 누나 방송 먼저 나왔으면 이렇게 화제 안 되지. 확실히 TV라 다르네."

나는 잠자코 녀석을 노려봤다. 한빈이 무어라 더 말하려다 입을 닫고는, 불퉁한 표정으로 자리에 앉았다.

나는 한빈을 똑바로 쳐다보며 말했다.

"한빈아, 너 나랑 같이 아빠 찾아 여기까지 왔잖아. 돈키호테를 찾아서. 그런데 마지막 발견 장면을 방송국 놈들한테 뺏겼는데, 지금 대박이니 방송발이니 그런 말이 나오니? 너는 당장 여기서 장사하고 돈만 벌면 되는 거야? 우리가 함께 고생해 여기까지 온 서사는? 그 이야기의 클라이맥스를 뺏겼는데, 돈 벌기 좋게 해줘 좋아? 진짜 생각이 있는 거야, 없는 거야?"

반성을 하는지 억울한 건지 시무룩해진 한빈을 보자 무언가 또 울컥해 도저히 자리를 지킬 수가 없었다.

"미안. 네 잘못은 아니지. 내가 망쳤다. 내가 다 망쳤다고."

나는 자리에서 일어나 밖으로 뛰쳐나갔다.

컴컴한 밤의 바라타리아는 은은한 고요에 잠겨 있었다. 중앙의 나무에는 백열등 뭉치가 크리스마스 전구처럼 나무를 휘감은 채 빛을 발하고 있었다. 모기가 반바지 아래 모든 살을 뜯어 먹어도 괜찮았다. 나만이 한심하고 멍청했다. 나는 눈물을 참으며 모기의 공격을 스스로에게 주는 벌이라 여긴 채 나무 옆 의자에 앉아 있었다.

누군가 집에서 나와 다가왔다. 민 피디였다. 나는 태연한 척 애쓰며 다짐했다. '절대 울지 않으리라.'

둔중한 발걸음 소리를 내며 다가온 그가 옆에 앉더니 나를 살폈다. 나는 마른세수를 하고는 그를 돌아봤다. 나무에 주렁주렁 열매처럼 달린 전구 불빛에 민 피디의 얼굴이 적당한 음영을 드리운 채 나타났다. 어느새 수염이 자라 남성미가 한결 도드라져 보이는 그의 턱이 내 안위를 확인하듯 천천히 위아래로 움직였다. 나도 고개를 끄덕임으로써 그의 물음에 답했다.

그가 들고 온 무언가를 내게 내밀었다. 카메라였다.

"괜찮으면 이것 좀 봐요."

나는 카메라 액정을 주시했고 곧 영상이 나왔다.

오후 햇살이 바라타리아 공간 곳곳에 따사롭게 내려앉은 광경이 유려하게 묘사되고 있었다. 마치 새가 저공비행하듯 카메라는 바라타리아의 정원을 한번 선회한 뒤 나무 옆을 지나 돈키호테처럼 투구를 쓰고 창을 쥔 돈하루방을 훑은 다음 돌집과 비닐하우스를 돌다가 농장 앞에 안착했다. 다시 나타난 화면에는 농장 우리 속 닭들의 대화와 염소들의 저작 활동이 담겨 있었고, 마지막 다다른 곳엔 밭에서 웅크리고 일하는 한 사내의 뒷모습이 보였다. 민 피디가 부르는 소리에 돈 아저씨는 몸을 돌려 카메라를 응시하고는 환한 미소를 지으며 손을 흔들었다.

한 편의 멋진 예고편 같은 바라타리아 공화국 스케치였다. 나는 코끝이 찡해졌다.

"드론인가요?"

"방송국 놈들 급하게 오느라 그랬는지 드론도 안 가져왔더라고요."

"피디님은 로케이션도 잘 찍으시네."

"촬영 전공이었어요. 영화학교 시절에는."

"멋지네요."

"진솔 님. 이걸로 우리 채널 방송해요. 여기에 진솔 님이 코멘트하고 돈 아저씨 인터뷰 더하면, 방송국 생활정보 프로 따위 저리 가라 만들 수 있습니다."

나는 눈물을 참으려 애썼다. 이 남자는 왜 나를 자꾸 감동시키고 이러는지, 안 그래도 호감이 있는 남자가 재주를 부려 기운을 북돋아주니, 더 이상 가만있을 도리가 없었다.

나는 민 피디를 와락 껴안았다.

민 피디는 팔을 벌린 채 어쩔 줄 몰라 하다가…… 천천히 내 등을 두드려주었다. 충분치 않았다.

"안아요."

"……그럴까요."

우리는 잠시 서로를 안은 채 밤의 바라타리아를 만끽했다. 모기도 우리를 만끽했지만 포옹을 풀진 못했다.

"끼이이이익."

트럭이 거칠게 멈춰 서며 헤드라이트 불빛이 마당을 비췄다.

포옹을 푼 우리는 어색함을 뒤로하고 서둘러 바라타리아 입구로 향했다. 올레까지 들어온 트럭의 운전석에서 돈 아저씨가 양손에 비닐봉지를 들고 내리다 우리를 발견했다.

"솔이 괜찮니? 보말죽 사 왔다."

보말죽이 들었을 비닐봉지를 흔들어 보이며 아저씨가 해맑게 웃었다. 내가 아는 비디오 가게 그 아저씨가 분명했다. 비디오 배달을 갔다가 사 들고 온 짜배기를 흔들어 보이던 그 모습 그대로였다.

초여름 비닐하우스는 운치가 넘쳤다. 검정 벽과 같던 비닐을 돌돌 말아 올리니 모기장이 나와 통풍에도 문제가 없었고, 야전침대와 벽돌로 만든 작은 화덕, 캠핑 장비들은 마치 아웃도어 브랜드 촬영 현장을 연상케 했다.

우리가 엉덩이를 대고 앉은 야전침대 사이 밥상 위로 아저씨가 김녕의 횟집에서 공수해 온 음식들이 펼쳐졌다. 나를 위해 바로 쑤어 왔다는 보말죽에는 전복도 같이 들어 있어 보양식이 따로 없었다. 갑각류를 좋아하는 한빈을 위해서 딱새우회를, 두족류를 좋아하는 민 피디를 위해서 한치회를 떠 왔다고 했다. 거기다 두툼하게 플라스틱 접시를 채운 벤자리회와 뿔소라가 절로 군침이 돌게 했다.

"이야, 이걸 서울에서 먹으려면 얼마야?"

음식을 보고 기분이 풀어졌는지 한빈이 분위기를 띄웠다.

"저도 회 많이 먹어봤는데 벤자리는 처음이네요. 이게 도민들이 먹는 다금바리라면서요?"

제주 부심이 있는 민 피디가 물었다.

돈 아저씨가 고개를 끄덕이며 동시에 하얀 병에 담긴 한라산 소주를 흔들었다.

"산초는 음식에 진심이야. 돈키호테는 정의에 목말라 싸울 궁리만 했지 민생고는 신경 못 썼단다. 실제 둘의 여정에서 식량과 요리를 책임진 건 산초였다구."

까락, 소주병 뚜껑을 딴 아저씨가 옆자리 한빈에게 한 잔, 맞은편 민 피디에게 한 잔 주고 자신의 잔에도 빠르게 따랐다. 그러고 나서 셋만 건배를 했다. 나는 헛웃음을 터뜨렸다.

"저는요."

"너는 아프잖니. 죽부터 어서 먹으렴."

나는 수저를 들어 보말죽을 한 입 떠먹었다.

"어때? 맛있지?"

"죽 같네요."

"죽 같다? 표현이 좀 그런데?"

"그래요? 그럼 죽, 이네요."

아저씨가 빙긋 웃고는 술병을 들었고 나는 잔의 물을 비웠다. 한라산 소주가 채워지는 것을 보며 아저씨와 술을 마시는 게 처음이란 걸 깨달았다.

"옛날 비디오 가게 때, 어서 어른이 돼 아저씨랑 진로집에서 술도 마시고 사람들 욕도 하고 그러고 싶었던 적이 있었어요."

"그랬구나."

"오늘이야말로 아저씨와 술도 욕도 나눌 찬스네요. 아주 적절한 찬스."

내가 잔을 뻗었다. 아저씨가 부딪쳐주었다. 한빈과 민 피디도 뒤를 따랐다. 쓴 술을 마시자 다시금 소화되지 않은 패배의 기억이 울렁댔다. 사람들은 왜 아픈 상처에 술을 붓는 걸까? 술이 알코올이라 소독 효과가 있어서일까? 하지만 술은 의학용 알코올이 아니어서 소독이 되기는커녕 상처가 더 커질 뿐이다. 그런데 상처가 커지면 들여다보기엔 더 좋은 거 아닐까? 패배를 들여다보고 분석해 남길 건 남기고 잊을 건 잊기 위해 술을 마시는 게 아닐까?

나도 민 피디도 그리고 한빈도 빠르게 술잔을 비웠다. 돈 아저씨는 우리를 흐뭇하게 바라보며 뿔소라의 살과 껍데기를 젓가락으로 분리했다.

"제주 뿔소라는 침샘이 없어 독이 없다구. 회로 먹어도 좋다는 거지."

우리는 도토리를 배급 받는 다람쥐처럼 아저씨가 껍데기를 벗겨낸 뿔소라를 공평하게 받아 초장에 찍어 먹었다. 고소하고 시원한 뿔소라회에 초장 맛이 더해져 일품이었다.

우리는 먹고 마셨다. 오늘 하루의 충격과 서프라이즈는 바다 내음 나는 음식과 함께 소화시켰다. 때론 대화보다 함께 음식을 나누는 게 소통이었다.

"돈 아저씨, 그런데 바라타리아는 왜 자유 공화국이죠?"

내내 궁금했던 것을 묻자 아저씨가 취기 어린 눈을 부릅떴다. 그 박력에 우리는 모두 집중할 수밖에 없었다. 아저씨가 목청을 가다듬고는 우리를 또렷이 응시했다.

"누군가 그러더구나. 『돈키호테』에 가장 많이 나오는 단어가 '리브레libre'라고. 리브레. 리버티. 자유. 그래서 여기를 자유 공화국이라고 부르기로 했지."

"아……."

"아빠가 자유롭고 싶어서 갖다 붙인 건 아니고?"

"물론 그것도 있지. 그런데 그건 반만 맞았다. 나만 자유롭자고 그런 건 아냐. 여기 바라타리아에 머무는 모든 사람들이 자유로웠으면 하는 바람이기도 하니까. 하하."

흡족한 웃음을 지은 아저씨는 딱새우를 통째로 뜯은 뒤 소주를 들이켰다. 산초가 된 돈 아저씨는 캐릭터에 충실하기 위해서일까,

먹보가 되어 있었다. 비디오 가게의 호리호리한 아저씨는 이제 없어졌다. 나보다 키도 작아졌고, 현재완료 시제를 가르쳐주던 지적인 모습도 온데간데없어졌다.

하지만 그는 내게 영원히 돈키호테 아저씨일 것이다.

37. 농부 산초

지끈지끈한 두통과 함께 깨어나 보니 시야에 말라가는 염장 돼지 뒷다리가 들어왔다. 어제와는 반대로 누운 때문이었다. 술과 음식을 양껏 먹고 묵은 추억을 꺼내 주무르고 서로의 안위를 다지다가 기억이 사라지는 것과 동시에 찾아온 잠이, 육지에서와 달리 꽤 달콤했다. 공기가 맑아서일까 해산물이 신선해서일까 아니면 간밤의 분위기가 애틋해서일까, 곧 두통을 털어내고 기운을 차려 일어날 수 있었다.

집 안에는 아무도 없었다. 밖으로 나갔다. 오전임에도 한증막 같은 열기가 정원을 에워싸고 있었다. 땀을 많이 흘리는 체질이 아님에도 서서히 목덜미가 축축해지는 게 느껴졌다.

다들 어딜 간 걸까, 갸웃거리며 정원 중앙의 나무로 향했다.

폭낭.

팽나무의 제주어. 이 역시 민 피디가 알려줬다. 왠지 폭 안기고 싶은 폭낭 아래서 그와 포옹을 했다. 의자에 앉자 어제 그 장면이 떠올라 사뭇 신기하면서 살짝 부끄러움이 몰려왔다.

일하는 동료와 다시는 연애하지 않겠다던 나의 신조가 이 나무 아래에서 스르르 무너져 내렸다. 아니다. 계속 같이 일하게 될지는 모르는 거니까. 그는 이번 원정대의 임시 스태프고 우리는 험난한 세상에서 잠시 필요한 서로의 일회용 허거였을 수도 있지 않은가.

싱숭생숭한 마음을 떨치려 바라타리아의 통치자라도 된 듯 느긋하게 영토를 순회했다. 비닐하우스의 술자리 흔적은 깨끗하게 치워져 있었다. 음. 성실한 시민들이군. 어제 민 피디의 영상에서 보았던 닭장과 염소 우리도 간밤 들개의 습격 없이 평온해 보였다. 좋아. 울타리가 잘 작동되고 있군.

염소 우리 뒤에서 기척이 들려 다가가니 진짜 통치자는 벌써 삽을 든 채 다져진 땅 옆으로 배수로를 파고 있었다. 역시 공화국이 제대로 돌아가려면 리더부터 솔선수범해야 하는 법이다. 나는 아저씨 뒤로 다가가 '올라!'라고 외쳤다.

아저씨는 나를 돌아보고 흙 묻은 얼굴에 미소를 얹어 보여주었다.

"뭐 만들고 계시는 거예요?"

"돼지우리 터."

"돼지도 키우시게요?"

"시민들에게 안정적으로 고기와 식량을 제공하는 것과 일자리를 만드는 것은 통치자의 책무지. 제주에는 흑돼지가 있고 굉장히 훌륭한 육질의 고기를 제공한단다."

"하몽도 만드실 건가요? 제가 잔 방에 몇 개 걸려 있던데……."

"흑돼지 하몽이지. 배우는 중이야. 금악리에 만드는 사람이 있거든. 솔아 이건 비밀인데 제주 흑돼지가 이베리코 돼지보다 하몽에 더 적합하단다. 그러니까 흑돼지 하몽이 상용화되면 하몽 등급 중 세라노와 이베리코보다 위에 자리할 수 있다고. 이걸 스페인에 역수출한다고 생각해보렴. 대박이 나겠니 안 나겠니?"

나는 코웃음을 쳤다.

"아저씨 지금 한빈이 같았거든요. 돈 벌기가 그리 쉬우면 누군가 벌써 만들어 팔았겠죠."

아저씨는 아 그렇지, 하는 표정으로 멋쩍게 웃었다.

"그냥 꿈이야. 내가 스페인에 가진 못해도 내가 만든 하몽이 스페인으로 진출할 수는 있지 않나…… 하는 희망이지. 희망은 좋은 거잖아."

"맨날 꿈과 희망 타령이세요."

아저씨가 피식 웃고는 나를 응시했다.

"기억나니? 네가 옛날에 이렇게 물었단다. '아저씨는 왜 어른들이 안 쓰는 말만 써요?' 꿈, 희망, 정의, 자유 같은 말만 자꾸 들먹인다고 따지듯 물었었지."

"기억 안 나요."

"그럼 내 질문도 기억이 안 나겠구나. '솔아, 너는 어떤 말을 쓰는 어른이 되고 싶니?'라고 내가 되물었거든. 뭐라고 답했는지 기억나니?"

"그것도 기억 안 나죠."

"기억 안 해도 돼. 이제 너는 어른이니 지금 네가 쓰는 말이 그때의 답일 거다."

"아하."

"하하."

아저씨와 주거니 받거니 시시콜콜한 이야기를 나누니 이게 바로 타임머신이었다. 바라타리아는 비디오 가게가 되었고, 우리는 손님 없는 가게에서 수다를 떠는 열등생과 저부가가치 인간이었다.

꿈과 희망과 정의와 자유를 논하는.

아저씨는 솔이도 온 김에 쉰다며 나무 그늘로 향했다. 그늘 아래 넓적한 바위 위 물병을 집어 벌컥벌컥 마시는 아저씨의 모습은 확실히 돈키호테보다는 산초에 가까워 보였다.

나도 아저씨 옆에 앉았다.

"아저씨를 찾아다니면서 많은 사람을 만났어요. 대학 동기분, 학원 동료, 출판사 친구, 그리고 영화사 대표까지."

아저씨는 전혀 놀라지 않았다. 의아해하는 내 표정을 읽은 아저씨가 씨익 웃었다.

"대준이도 만났더구나. 그 녀석 부산에서 돈복이 잘 팔고 있다니 내가 아주 흡족하더라고."

"엥? 보셨어요?"

"어제 부리나케 찾아봤지, 네 방송. 아저씨 눈 봐라. 이거 충혈된 거. 새벽 네 시까지 보느라 이리 됐다."

"친구들 얘기에 울어 그런 건 아니고요?"

"그야 당연한 거고. 이 나이 되면 눈물이 많아진단다. 그래도 솔이 네가 옛날 비디오 가게에서 우리가 나눴던 이야기 재밌게 들려줘서 많이 웃었다. 울다 웃다 그랬다."

갑자기 울컥했다. 조물주에게 칭찬을 받은 피조물의 심정이 이럴까? 나는 아저씨에게 물병을 건네받아 한 모금 마시며 마음을 진정시켰다.

"돈 아저씨."

"이제 산초라니까."

"아저씨는 왜 세상을 바꾸겠다고 애쓴 거예요? 독재 정권의 불의를 두고 못 봐서? 아니면 『돈키호테』에 미쳐서? 아니면 영화에 빠져서? 아저씨의 옛 지인들을 만나면서도 대체 무엇이 아저씨를 그렇게 몰두하게 만든 건지 좀처럼 알 수 없었어요."

아저씨는 내 말에 가만히 시선을 들어 저 멀리 야트막한 능선의 오름을 응시했다. 나는 재촉하지 않았다.

"글쎄다……."

다행히 산초라 이제 모른다는 말은 하지 않았다. 나는 귓가로 흐르는 땀방울의 감촉을 느꼈다. 아저씨는 여전히 내 시선을 피한 채 머리를 두어 번 긁고는, 큰 숨을 쉬듯 입을 열었다.

"난 그냥 약한 사람이 고통받는 게 싫었어. 어릴 때부터 아버지가 엄마 때리는 것도 못 참았고, 돈 좀 있다고, 관에 빽 있다고 가난한 집 괄시하는 놈들도 못마땅했고. 아저씨가 비리비리했어도 깡이 있었다구. 그래서 대학 가서도 그런 데 나섰던 거 같아."

"아……."

"출소해 보니 독재정권이 사라지고 새 세상이 온 줄 알았는데, 여전히 힘 있는 놈들이 다 해 먹고 있더구나. 정말 다시 감옥에 가더라도 가증스럽기 짝이 없는 정치꾼, 입맛대로 법을 휘두르는 법관, 지들 배만 채우는 재벌, 그리고 부패한 고위공무원 나부랭이 다 무찌르고 싶었다구."

"음……."

"하지만 현실은 현실이었어. 내내 나를 옥바라지해준 여자와 결혼하고 아이도 태어나니 나는 그런 세상에 적응해야 했단다. 거리에서 민주주의 만세를 외치던 입으로 교실에서 투 부정사 활용에 대해 떠들어야 했지."

"인기 강사셨다고 들었어요."

"내가 영어 강사로는 탑을 찍었지. 그렇지만 그건 몸에 맞지 않는 옷이었어. 타고난 울분을 견디지 못한 거야. 좋게 말하면 의협심 넘치는 투사고 나쁘게 말하면 현실감각 없는 몽상가였지. 그러다가 만난 책이 『돈키호테』였단다."

이 대목에서 아저씨는 목이 타는지 물병을 들어 남은 물을 다

마셔버렸다. 아저씨는 내가 묻길 기다렸다는 듯 이제 술술 이야기를 풀어냈다.

“내가 읽은 『돈키호테』는 당시 스페인 권력으로부터 억압받는 민초들을 대변한 세르반테스의 맹렬한 외침이더구나. 그는 정신이 나간 돈키호테 캐릭터를 통해 기존 체제에 신랄한 일갈을 하며 검열을 피해 싸운 거야. 돈키호테의 상징과도 같은, 풍차를 거인으로 착각하고 돌진하는 그 장면 있잖아. 그게 바로 권력이라는 거인에 대한 도전이자 민중의 자유를 위한 투쟁을 상징하는 거거든.”

“아…… 그래서 아저씨도 『돈키호테』 같은 이야기로 세상을 바꾸겠다고 결심한 거였군요.”

“그래. 그랬지. 가장 구실 못 하며 괴로워하던 즈음에 매일 비디오방에서 영화를 봤단다. 현실을 잊기 위해. 그런데 그 영화 속에 진짜 현실이 있고, 세상을 뒤집을 힘이 있더구나. 어떤 영화는 나를 완전히 녹아웃시킨 뒤 정신 차리라고 물까지 뿌려주었어. 언제까지 누워만 있을 거냐고. 좌절에서 벗어나 현실 속에서 꿈꾸라고 외치고 있었어.”

“그래서 영화감독이 되기로 결심하신 거였어요?”

“내가 느낀 『돈키호테』의 정신을 담은 영화를 만들어 사람들에게 보이고 싶었지. 거짓에 물든 세상에서 올바르게 산다는 게 얼마나 멋진지를 보여주는, 우아하게 세상을 꾸짖는 그런 영화를 말이야……. 하지만 너도 알다시피 결국 그것도 허황된 꿈이었다는 걸 인정해야 했단다. 어느새 투실투실해진 몸은 내가 돈키호테가 아니라 산초라는 걸 일깨워주었고. 그래, 농부 산초처럼 섬에 가서 당근밭과 돼지 농장을 가꾸고 세파에 지친 사람들의 짐을 나누며 살아야지, 그게 내 깜냥에 맞는다고 생각한 거야."

"뭔가 허무해요. 나는 아저씨가 쓴 작품이 영화가 되는 걸 보고 싶었거든요. 맨날 비디오 가게 책상에서 웅크리고 앉아 노트북 자판 다다다다 치시다 혼자 웃기도 하고 화도 내시던 그 모습이 아직도 생생하다고요."

"내가 그랬냐?"

"아저씨가 쓴 거 영화로 나오면 내가 열 번 볼 거라고 했잖아요. 물론 영화감독의 꿈을 버리신 건 이해해요. 저라도 그렇게 고생했으면 때려치웠을 거예요. 하지만 너무 허무해요."

"……미안하다."

"미안할 거 없어요. 산초로 한 몇 년 지내시다 다시 돈키호테처럼 도전하면 되죠. 영화감독."

"하하. 돈키호테가 산초가 될 순 있어도 산초가 돈키호테가 될 순 없단다."

"왜죠?"

"열정이 사라졌으니까. 열정이 광기를 만들고 광기가 현실을 박차고 나가는 인물을 만들거든. 나는 고갈된 열정 대신 현실에 발을 디딘 산초의 힘으로 돼지우리를 만들고 하몽을 염장할 거란다. 어른 진솔은 이제 아저씨를 이해해줄 거라고 믿는다."

“이해는 개뿔. 실망이에요.”

“나중에 하몽 먹으러 와라. 흑돼지 하몽만큼은 실망시키지 않으마.”

하몽이 옆에 있다면 그걸로 아저씨 등짝을 때리고 싶은 심정이었다. 하지만 어른 진솔이란 말은 힘이 있었다. 나는 살짝 투덜댔을 뿐 더 이상 따지지 못했다.

점심이 다 되어 도착한 한빈과 민 피디는 접짝뼈국이라는 해장국을 포장해 왔다. 제주는 해장국이 발달했다고 하더니 정말이지 이런 해장국은 처음이었다. 메밀을 풀어 만들었다는 수프 같은 국물에 푹 고아 낸 돼지 살이 부드럽기 그지없었다.

식사를 마치고 두 사람은 제주시에서 사 온 ‘올인원 핸드드립 세트 커피 드리퍼 에센셜’을 세팅했다. 한빈은 잔뜩 갈아 온 원두로 직접 핸드드립 커피를 내려 우리에게 건넸다. 제법이었다. 민 피디도 이 정도면 팔 수 있겠다며 엄지를 치켜세웠다.

커피를 끊었다는 아저씨만이 한빈의 실력을 의심하며 못마땅한 표정을 지었다. 웰컴 음료는 쉰다리로 족하다며 아들의 침입을 경계하는 눈치였다. 바라타리아의 통치자와 황태자 간 갈등의 시작을 목격하는 기분이었다.

커피를 내리고 반응이 긍정적임을 확인하자마자 한빈은 아빠의 집을 뒤져 스케치북을 찾은 뒤 커피, 쉰다리, 과즐의 가격을 적은 메뉴판을 만들기 시작했다. 나와 다닐 때 매사 소극적이던 모습은 온데간데없고 한껏 집중하는 게 얄미우면서도 기특했다.

어느덧 가야 할 시간이었다.

민 피디가 운전석에, 내가 조수석에 앉았다. 한빈은 메뉴판을 나무에 걸며 손으로만 인사를 했다. 차로 다가온 아저씨는 가다 먹으라며 과즐을 담은 봉지를 건넨 뒤 겸연쩍은 표정을 지어 보였다.

"솔아. 어제는 미처 말 못 했는데…… 정말 내가 면목이 없다. 미안하다."

"뭐가요?"

"TV 출연한 거 말이다. 네가 방송 준비하는 줄 알았으면 절대 안 했을 텐데, 너한테 큰 실망을 줬지 뭐냐."

"그게 뭐 아저씨 잘못인가요? 저 괜찮으니까 미안해하실 거 없어요."

"아무튼 내가 경솔했어. 너희들 먼저 초대하고 나서 TV 나가도 늦지 않았을 텐데."

"아 왜 이러실까. 전 그거보다 아저씨가 저 못 알아본 게 더 화나거든요!"

"그래. 그것도 미안하네."

나는 살짝 민망한 미소를 띤 채 아저씨에게 손을 뻗었다. 악수로 아저씨의 사과를 받아주었다.

"또 올게요."

아저씨의 검붉은 얼굴을 올려다보며 말했다.

"같이들 와."

아저씨가 환한 미소로 답했다.

공항까지 가는 길은 적막과 고요가 내려앉은 드라이브였다. 민 피디는 내 눈치를 보는 건지 운전에 집중하는 건지 알 수 없는 표정이었다. 나는 나대로 지난 24시간 동안 있었던 일을 복기하느라 머릿속을 연신 헤맸다.

비행기를 기다리며 과즐을 나눠 먹었다. 민 피디가 바라타리아 스케치 영상은 서울에 돌아가는 대로 보완해 보내겠다고 했다. 업무적인 대화였다. 나는 받는 대로 작업비를 입금하겠다고 했다. 역시 업무적인 대화였다.

김포행 비행기가 먼저였다. 나는 손을 흔들었다. 민 피디가 탑승구로 들어가며 담담하게 미소 지었다.

나는 홀로 청주행 비행기를 기다리며 또다시 머릿속을 헤맸다.

38. 다시 대전

대전으로 돌아온 지도 사흘이 지났다. 어찌할 수 없는 무기력증에 꼼짝도 할 수 없었다. 아저씨에게는 괜찮다고 했지만 타격이 큰 게 사실이었다. 돌아오자마자 찾아본 〈로컬탐험대〉의 바라타리아 방송 영상이 결정타였다. 놈들은 내가 아저씨와 그의 공간에 대해 소개하려던 모든 걸 족집게처럼 담아냈고, 아저씨도 괴짜 휴머니스트의 모습을 너무도 그럴듯하게 연기했다. 아니, 연기가 아니었다. 그게 아저씨의 본모습이고 그 캐릭터야말로 내가 오랜 시간 찾아온 형상이었다.

놈들은 귀신같이 아저씨의 매력, 그러니까 그의 뜬금없지만 희망적인 표현들, 굴하지 않는 굳센 의지가 담긴 눈매와 주름, 웃을 때마다 올라가지 않고 내려가는 신기한 입꼬리, 소설 속 캐릭터를 충실히 재현하려는 필사의 몸짓까지 고스란히 방송에 담아냈다.

방심해 선수를 빼앗긴 게 생각날 때마다 후회가 밀려들었다. 분노가 치밀었다. 민 피디가 찍은 영상에 특별 인터뷰를 더한다 해도 결코 구독자들을 만족시키지 못할 것 같았다. 무엇보다 내 것을 지키지 못하고 빼앗겼다는 상실감에 마음이 무너져 내리고 있었다.

그래서일까, 채널에 들어갈 엄두가 나지 않았다. 왜 업로드가 안 되느냐? TV에 나온 제주 바라타리아 산초가 돈 아저씨 맞느냐? 제주원정대는 어떻게 된 거냐? 물어올 아미고스의 질문이 벌써부터 귓가를 때리며 속을 울렁거리게 했다. 무력해진 나는 소파 침대에 몸을 웅크리고 누워 있을 뿐이었다.

쿵쿵쿵쿵.

문 두드리는 소리에 겨우 일어나 보니 상은이었다.

"언니. 제주 다녀온 거 맞지?"

상은은 머핀과 커피를 들고 들어오며 다짜고짜 물었다. 나는 여독으로 며칠 꼼짝 못 했다고 답했다. 그녀는 걱정스러운 표정으로 내 옆에 앉아 가져온 것들을 권했다. 상은의 시그니처 커피를 마시니 심장에 온기가 돌며 몸이 좀 풀리는 기분이 들었다. 역시 익숙한 것이 주는 힘이 있다.

"내가 혹시나 해서 채널 들어가 봤는데…… 지금 업로드 기다리는 사람 많아."

"응. 그럴 거 같아서 못 들어가 봤네. 미안하고 무섭고 그래서."

"으이구. 그냥 기다리는 게 아니라 킹왕짱 기다린다구! 구독자도 엄청 늘었던데……. 어서 제주 영상 올리셔야지.”

“뭐야. 너 내 매니저야? 이거 고맙기보다 부담되거든!”

“진짜 장사도 더럽게 안 되는데 언니 유튜브 대박 나 매니저나 하고 살면 좋겠네. 자, 어서! 구독자 늘었다는데 뭐 해? 무서워? 무서우면 내가 같이 봐줄게.”

나는 상은에게 이끌려 노트북 앞에 앉고야 말았다. 그녀가 직접 노트북을 켜고 나를 독려했다. 나는 간신히 유튜브에 접속한 뒤 채널 돈키호테 비디오를 열었다.

놀라움에 입을 틀어막아야 했다. 드라마에서 입을 막는 리액션이 나오면 늘 과장된 연기라고 생각했는데, 정말로 입을 막고 똥그래진 눈으로 모니터를 바라보았다.

현재 구독자 94,239명.

“어머, 어제보다 더 늘었네. 우아아!”

상은의 환호가 메아리처럼 귓가에 계속 울렸다.

제주 가기 전까지 5만 조금 넘던 구독자가 거의 두 배로 늘어났다. 영문을 알 수 없어 어리둥절한 내게 상은이 댓글을 보라고 재촉했다.

마지막으로 올렸던 제주원정대 출정 영상 댓글이 스크롤을 내려도 내려도 계속되고 있었다. 어느새 가빠진 호흡을 조절하며 사건의 시작으로 보이는 댓글을 찾았다.

〈로컬탐험대〉 방송을 본 아미고 중 하나가 찐산초가 찾던 돈 아저씨가 방송에 나온 게 아니냐는 의문을 제기했다. 그러자 다른 아미고는 내가 동의를 받아 올렸던 바라타리아 방문객의 인스타그램 사진과 방송 속 영상을 비교하는 댓글을 올렸다. 곧 수많은 문답이 오갔다. 그 뒤로는 아미고스가 집단지성을 발휘해 맥락을 파악해 갔다. 찐산초가 오랫동안 찾아 헤맨 돈 아저씨의 근황을, 두 사람의 상봉을 불과 하루 앞두고 방송국 프로그램에서 먼저 방영한 것이 우연이 아닐 거라는 추리가 펼쳐지고 있었다.

그리고 어제, 또 다른 아미고는 내가 〈도시탐험대〉 피디 출신이라는 걸 알아냈다. 그는 〈도시탐험대〉의 자매 방송인 〈로컬탐험대〉의 제작진이 분명 찐산초에 대해 알기에, 그녀의 유튜브를 주시하다가 먼저 방송 소스를 채 간 거라는 주장을 펼쳤다.

아미고스의 수사력은 치밀하고 집요했다. 게다가 파급력도 있었다. 최초 의혹을 제기했던 아미고가 이 내용을 정리한 그림파일을 만들자, 그들은 자발적으로 인터넷 게시판 곳곳에 퍼 날랐고 큰 반응을 얻고 있었다.

제주원정대의 소식이 올라오지 않자 그들의 공분은 나날이 더해갔다. 소문을 듣고 몰려온 사람들은 출석 체크하듯 구독과 좋아요를 누르며 업로드를 기다리고 있었다.

내가 이 모든 걸 파악하는 동안에도 구독자가 늘고 응원의 댓글이 실시간으로 달렸다. 간신히 울음을 참으며 몸을 떠는 나를 상은이 감싸 안았다.

"사실 나 이거 다 알고 내려온 거다. 언니는 응원받아 마땅해."

그 말에 참았던 울음이 터져버렸다.

친구는 나를 응원하고 같이 싸워주는 사람이다. 상은은 친구였다. 아미고스는 말 그대로 친구들이었다. 채널 돈키호테 비디오는 그런 친구들의 요새였다. 순식간에 친구가 늘어난 나는 창피함 따위 던져버리고 계속 울었다.

놀라움은 멈추지 않았다. 그날 밤 한빈에게 걸려 온 전화에 따르면 바라타리아 역시 트래픽 초과였다. 하루 50명은 족히 방문하고 있어 여자 친구까지 생업을 접고 제주에 내려와 커피를 만든다고 했다. 아저씨는 괜찮냐는 물음에 한빈은 특유의 하이 톤 웃음을 흘리고는 이렇게 말했다.

"처음에는 밀려드는 손님이 어색한지 돈도 잘 못 받더니 이제는 접객의 신이야. 어서 돈 벌어 흑돼지 사야 한다고 매출에 엄청 신경 쓴다니까."

설마 돈 아저씨가? 아니다. 산초라면 가능하다. 슬프지만 아저씨는 더 이상 돈키호테가 아니다.

"그런데 아빠 매일 밤 누나 유튜브 본다고 정신없어. 본 거 또 보고 또 보고 아주 외우려나 봐."

"그래? 나한테는 덤덤하게 얘기하시더니."

"아주 난리도 아냐. 그 서초동 친구 편은 보다가 막 훌쩍거리더라니까. 우리 아빠 진짜 아줌마 같아. 게다가 누나 유튜브보다 TV에 먼저 나간 거 후회되고 미안하다면서 나한테 맨날 하소연해대는데…… 진짜 피곤해."

"한빈아. 아저씨한테 정 미안하면 대전 한번 오시라고 진해줘.

한번 출연하셔야지."

"아 그건 좀. 누나 지금 바라타리아 대박 나고 있거든. 마스코트인 아빠가 지금 여기 비울 순 없어. 매우 곤란해."

"치사하게 그러기야?"

"제주로 와. 그 피디 형이랑 카메라 가져와 찍어. 촬영 협조 잘 해줄게."

"휴. 알았다. 다음에 갈게."

한빈과의 통화는 묘한 여운을 남겼다. 한빈이 아빠와 바라타리아를 운영하며 가까워진 것도 좋아 보였고 아저씨가 내 채널을 보고 또 본다는 점도 뿌듯했다. 그런데 나는 왠지 아저씨와 멀어진 기분이었다. 이제 산초로 바라타리아에 머무는 것이 어울리게 된 아저씨가 다행스러워 보이면서도 동시에 얄밉다는 감정도 들었다.

그래서일까, 제주로 와 아저씨를 찍으라는 한빈의 말이 탐탁지 않았다. 방송을 탄 지 얼마 안 된 바라타리아를 다시 내 채널에 활용하는 것도 싫었고 아저씨를 대전 이 공간으로 무리해서 모시는 것도 내키지 않았다.

아저씨가 돈키호테 비디오에 출연한다면 그것은 온전히 아저씨의 선택으로 이뤄져야 한다. 아직은 시간이 필요할 것이다. 나는 그 시간을 견디며 전업 유튜버로서의 삶을 다지기로 마음먹었다.

이튿날 저녁, 달달공주라는 닉네임의 구독자가 DM을 보내왔다.

—찐산초 님, 내 화력 지원 어때?

그러잖아도 신규 가입 아미고의 댓글 중 달달공주 님이 올린 링크 타고 왔다는 인사가 많았기에 찾아보니, 닉네임의 주인은 엄청나게 유명한 웹소설 작가였다. 유명 웹소설 연재 플랫폼에서 누적 조회 수 4천만 회를 달성한 『자기만 예쁜 줄 모르는 여주인공이랍니다』를 비롯해 지난 7년간 다수의 히트작을 낸 스타 작가였다. 계속 알아보니 달달공주는 팬페이지와 최근 연재분 '작가의 말'에 '내가 보는 유일한 채널을 응원해주셈!'이라는 제목의 글을 남기며 내 유튜브 링크를 걸어두었다. 그런 그녀가 지금 내게 먼저 말을 걸어온 것이다.

나는 유튜브 구독자가 늘어난 것 이상으로 큰 위로를 받았다고 공손히 감사의 답글을 달았다.

—언니 아직도 모르겠어? 정말 자존심 상하네 참 내.

뒤이은 그녀의 답글에 잠시 멍해졌다. 당장 나를 언니라 부를 사람은 아무리 떠올려봐도 상은밖에 없다. 프로덕션 시절 후배들과는 연락이 끊겼다. 대학교나 고등학교 후배 중에도 딱히 웹소설을 쓸 위인은 없었다. 그렇다면 중학교 시절……이라면 대전 호수돈여중 후배? 그렇다면 딱 한 명 있다.

아니, 호수돈여중 후배가 아니라 돈키호테 비디오 가게의 후배.

라만차 클럽의 막내. 귀여니 소설을 즐겨 읽던…….

새롬이었다.

—새롬아. 맞지? 미안해. 나 너무 둔하다. 너일 줄 정말 몰랐어. 도무지 찾을 수도 없었고 연락도 안 와서 내려놓고 있었거든.

—으이구 달달공주면 뭐야? 둘시네아 아냐! 나를 경배해도 모자랄 판에 알아보지도 못하고 완전 실망이야.

—미안하다. 난 너 옛날 닉네임 '엽기공주'만 엄청 검색했어.

—헐. 언제 적 엽기 타령이지? 언니, 돈 아저씨가 둘시네아의 뜻이 '달콤한 거'라고 몇 번을 말했냐고. 그래서 내가 맨날 둘시네아 타령하며 아저씨한테 달고나 얻어먹었잖아.

—아, 그건 기억나네. 근데 새롬이 너 진짜 웹소설 작가가 됐구나. 왜 진작 알리지 않았어? 돈 아저씨도 한빈이도 대준이도 네 근황을 모르더라고.

—아무도 위대한 내 소설을 읽지 않으니 그렇지. 한 번만 읽어 보면 나 새롬이 쓴 건 줄 알 텐데 말이야. 아무튼 라만차 클럽에서 제일 잘나가는 나를 못 알아봐 많이 삐쳤다고 전해.

—용서해라. 다들 돈 아저씨 찾기 바빴어. 아저씨 찾고 이제 너도 찾으려 했는데, 먼저 나타나줘 정말 고마워.

—고맙기만 해? 내가 언니 고꾸라진 게 느껴져서 힘 좀 쓴 거 안 보여? 내 팬만 해도 만 명은 구독 눌렀을걸? 어서 대박 유튜버 돼서 나한테 보답해.

더 이상 감질이 나 참을 수 없어진 나는 새롬의 번호를 물은 뒤 통화 버튼을 눌렀다. 곧 수다가 이어졌다. 새롬은 서울에서 고양이 두 마리와 함께 살며 하루도 쉬지 않고 집필 중이라고 했다. 서른다섯 살 은퇴를 꿈꾸며 작품을 무진장 쌓아두고 있다는 새롬은 이미 히트 작가였고, 내 채널을 일찌감치 구독 중인 아미고였다. 그 옛날 함께 가게에서 노닥대던 그때처럼 새롬은 앳된 말투와 변화무쌍한 감정 표현이 여전했다.

나는 제주에서 돈 아저씨를 만난 이야기를 털어놓았다. 그리고 덧붙였다. 새롬이 네가 이렇게 날 도와주니 참 고맙지만, 그간 언니 노릇도 못 한지라 면목이 없다고. 언젠가 만나고 싶지만 지금은 고개도 못 들 것 같다고.

새롬은 이렇게 답했다. 2003년 봄, 귀여니 사인회 같이 간 걸 기억하냐고? 대전에서 서울까지, 서울에서도 강남 한복판 교보문고까지 기차와 지하철을 갈아타며 언니가 데려다준 걸 기억하냐고? 겨우 한 살 많은 언니가 그래도 서울 살아봤다고, 겁 많은 자기를 데리고 거기까지 같이 가준 걸, 우상을 만나고 책에 사인을 받게 해준 걸 기억하냐고?

이듬해 언니가 서울로 전학을 가고 혼자 남은 자기는 언니의 빈자리를 그리워하며 비디오 가게에서 인터넷 소설을 쓰기 시작했다고. 그때 소설을 쓰며 귀여니 같은 대박 작가가 되어 언니에게 보란 듯이 자랑질을 하겠다고 다짐했는데, 이제야 그렇게 굴 수 있어 즐겁다고 했다.

그 말에 용기를 얻은 나는 내일이라도 서울에 가겠다고 했다. 새롬을 보고 싶어 미칠 것 같았다. 하지만 새롬은 지금은 연재 중이고 이번 작품 마감을 치는 연말이나 되어야 자기를 볼 기회가 생길 거라며, 프로의 세계는 그런 거라고 으스댔다.

좋다. 그렇다면 나도 프로답게 내 채널을 살찌우며 너의 마감을 기다리겠다고 답했다.

39. 바라타리아의 자유

"올라! 아미고스. 잘들 지내셨는지요. 찐산초입니다. 오랜만에 인사를 드리게 되었네요. 먼저 일주일에 두 번 반드시 업로드하기로 한 약속을 지키지 못한 점 죄송합니다. '퀄리티보다 퀀티티!'를 강조하던 저의 신조를 저버리게 되어 스스로도 많은 자책을 했어요. 일주일간 피치 못할 공백이 생기고 말았습니다. 이로 인해 실망하셨을, 그리고 걱정하셨을 우리 채널 돈키호테 비디오의 아미고스에게 진심으로 고개 숙여 사과드립니다.

제주원정대 이후 저는 몸과 마음이 좀 아팠습니다. 강철 체력을 자랑했지만 돈 아저씨를 찾아다닌 지난 3개월의 모험이 막바지에 이르자 긴장이 극에 달해 몸에도 무리가 온 것 같아요.

아미고 어러분의 응원과 지원 속에 제주로 간 원정대는 마침내 돈 아저씨를 만났고, 여러분에게 산초가 된 아저씨의 새로운 모습과 바라타리아의 말로 다 할 수 없는 아름다움을 전하고자 했습니다. 그러나 아시는 바와 같이 타 방송에서 먼저 공개가 되었고…… 이에 저희는 조금 다른 방식으로 아미고스에게 아저씨와 바라타리아를 보여드려야 하는 과제를 받아안게 되었습니다.

돈 아저씨가 다른 곳의 방송 촬영에 먼저 응한 것은 결코 아저씨 잘못이 아닙니다. 아미고스 여러분이 지원까지 해주며 기대했던 아저씨를 찾는 과정에서 제 자신이 성급하게 군 나머지 신중하지 못했고, 이 방송의 클라이맥스까지 여러분을 순조롭게 안내해야 했음에도 그러지 못한 것, 저의 실책이었습니다. 많이 쓰라렸습니다. 마음이 무너졌습니다. 어쩌면 다시는 여러분 앞에 설 수 없을지 모른다는 두려움에 뒤척이기도 했습니다.

지난주 용기를 내 채널에 접속했고 예상치도 못한 응원을 마주했습니다. 여러분은 업로드를 못 한 저를 오히려 걱정해주었고, 저의 사정에 대한 자초지종을 알아봐주었으며, 제게 더 많은 아미고를 소개해주었습니다. 댓글과 구독과 좋아요의 폭발에 저의 몸은 떨렸고 저의 마음은 뜨거워졌습니다. 익히 아시듯 아미고의 우리말은 친구입니다. 저의 편이 되어주고 함께 싸워준 여러분이야말로 찐산초의 찐친들입니다.

어제 실버버튼 수령 주소를 유튜브 측에 보냈습니다. 제가 실버버튼을 받게 될 줄 알았다면, 더 빨리 회사를 그만두고 유튜버가 될걸 그랬다는 후회를 다 합니다. 기쁘고 감사한 후회이고, 다시는 후회하는 일이 없게 더 열심히 기똥찬 콘텐츠로 찾아뵙는 여러분의 실버버튼러, 찐산초가 되겠습니다.

제주원정대는 돈 아저씨를 만나고 그의 공화국 바라타리아에서 하루 묵으며 많은 이야기를 나눴습니다. 원빈 기사는 아빠와 회포를 풀고 어김없이 돈 벌 궁리를 이야기했습니다. 촬영을 담당한 민 피디는 장 작가와의 시나리오 작업 시절 추억을 잔뜩 털어놓았습니다. 저 찐산초는 돈 아저씨와 15년 전 비디오 가게에서 나누던 대화를 리바이벌했습니다. 비디오 되감기 기계로 그 시절 우리의 모습을 재생해 함께 감상하는 기분이었습니다.

그리고 많은 걸 먹었습니다. 산초가 된 돈 아저씨는 『돈키호테』 속 먹보 산초처럼 우리에게 온갖 제주 음식을 대접했습니다. 쉰다리라는 발효음료와 과즐이라는 제주 전통 과자, 딱새우회와 보말죽, 벤자리회와 한치회는 잊을 수 없는 맛의 추억을 선사했습니다. 아, 한라산 소주도 빼놓을 수 없겠죠. 섬에서의 술자리는 밤이 늦도록 계속되었고 다음 날 숙취는 접짝뼈국이라는 신기한 해장국으로 인해 평정되었습니다.

이 모든 걸 여러분께 이렇게 말로 전달해드릴 줄은 몰랐습니다. 유튜브 채널답게 영상으로 시시콜콜한 그날의 분위기를 전달하고 싶었지만, 그러지 못하고 대신 저의 허스키한 음색으로 이야기해드릴 수밖에 없음이 못내 아쉽습니다.

여기까지 말씀드리면서 지난 3개월간의 모험담을 정리하려 합니다.

다행히 부족한 저와 다르게 민 피디는 자신의 소임을 다하기 위해 틈틈이 바라타리아의 모습을 카메라에 담았고, 전문가의 손길로 후반작업을 진행해 한 편의 짧은 영상을 만들었습니다. 아미고스에게 이 작은 영상 '바라타리아의 자유'를 바치는 것으로 저희 제주원정대는 이만 물러가도록 하겠습니다. 곧 다음 아이템으로 찾아뵐게요. 아디오스 아미고스*!"

민 피디의 노하우가 총동원된 3분가량의 영상 '바라타리아의 자유'는 큰 반향을 일으켰다. 드론의 유려한 촬영과 꼼꼼한 편집이 유튜브 영상이라고는 믿기지 않을 수준급 퀄리티를 자랑했다. 내용 역시 제주공항에서 조우한 나와 한빈의 모습에서 시작해 바라타리아를 찾아가는 중산간 숲길의 여정이 아름답게 이어졌다. 풍력발전기가 등장할 때는 스페인 라만차의 풍차 영상과 교차 편집해 『돈키호테』와의 연결점을 강조했다.

바라타리아에 도착하고는 본격적으로 드론으로 찍은 영상이 빛을 발했다. 제주의 작은 새로 변한 드론이 바라타리아를 조감했고 나, 한빈, 돈 아저씨 또한 배경의 일부가 되어 있었다. 몽타주로 편집된 각종 음식의 향연 역시 먹으면서 언제 그걸 다 찍었는지 골고루 영상에 담겨 그날의 분위기를 물씬 풍겨주었다.

마지막 장면은 이 공화국의 중심에 놓인, 바라타리아의 수호수

* Adiós amigos: 스페인어로 '안녕 친구들'이라는 뜻.

폭낭으로부터 서서히 트래킹 아웃하며 끝났다. 잔잔하면서도 리듬감 넘치는 멜로디의 음악은 마치 한 편의 서정적인 뮤직비디오를 보는 듯했다. 이 '작품 아닌 작품'은 유튜브 세계 밖으로까지 흘러나가 제주 필수 추천 여행지 소개 영상으로 블로그, 인스타, 페이스북에 공유되었다. 바라타리아로 몰려드는 손님들 사이에서 커피를 내리며 히죽거릴 한빈의 모습이 눈에 선했다.

이후로 무척이나 바빴다. 우선 돈 아저씨의 부탁에 따라 『돈키호테』 필사 노트를 트렁크째 제주로 보냈다. 나는 그 필사 노트로 『돈키호테』를 완독한지라 마치 마음을 나눈 친구와 이별한 듯 쓸쓸해졌다. 그 허전함을 메우기 위해 곧바로 계룡문고에 가 『돈키호테』 1, 2권을 구입했다.

유튜브 본사에서 보낸 실버버튼을 수령했고 이에 맞춰 스튜디오도 새 단장을 했다. 이제 콘텐츠 역시 새로 만들어야 했기에 다음 방송 아이템을 고민했다.

일단 민 피디를 통해 소개받은, 개봉을 앞둔 독립영화의 감독을 초대해 신작 이야기와 비디오 가게에 대한 추억을 나눴다. 열띤 반응은 없었지만 한국 독립영화에 조금이나마 힘을 보탠 듯해 뿌듯했다.

다음으로 상은과 함께 대전 맛집을 탐방하는 새 아이템을 꺼내들었다. 하지만 생각보다 저조한 반응에 3회 차 진행 후 폐기했다. 남들 다 하는 걸 하려면 캐릭터가 특별하거나 노하우가 남달라야 했는데, 이도 저도 아닌 게 패착이었다.

고민 끝에 새로 시작한 아이템은 돈 아저씨처럼 자신의 꿈을 포기하지 않는 사람과의 인터뷰였다. 이 역시 2회 차 만에 접고 말았다. 〈생활의 달인〉과 〈세상에 이런 일이〉를 대충 섞어놓은 것 같다는 평이 결정타가 되었다. 근거 없는 비난과 악플에는 주눅 들지 않지만 정곡을 찌르는 평에는 고개를 숙일 수밖에 없었다.

워낙에 '돈키호테를 찾아서'가 강력했기에 이를 대체할 만한 콘텐츠를 선보이는 게 쉽지 않았고 구독자 수는 모래시계에서 모래가 흘러내리듯 서서히 줄어들었다. 이는 수익 저하로 이어졌고 엑셀 파일로 채널 현황을 정리할 때마다 한숨이 나왔다.

어느새 제주에서 아저씨를 만나고 온 지도 두 달이 다 되어가고 있었다. 다시 기본으로 돌아가 책 리뷰와 영화 소개에 집중했지만 채널의 하락세를 막지는 못했다. 아미고들은 종종 돈 아저씨는 언제 나오냐고 물었다. 나는 그건 아저씨 마음이라 나도 모르겠다는 식으로 답했다. 얼마간은 아저씨가 영상을 보고 스스로 이곳에 찾아오기를 바라는 마음으로.

돈 아저씨가 출연해준다면 구독자들의 열띤 호응을 받을 것이다. 고정 출연이라도 한다면 채널의 인기는 다시 활활 타오를지도 모른다. 아저씨와 함께 돈키호테 비디오 시절의 추억을 나눈다면, 아저씨와 『돈키호테』를 함께 읽고 토론한다면, 아저씨와 '돈키호테를 찾아서'에 출연한 인물들을 찾아가 재회한다면, 아미고스를 초대해 아저씨와 특별한 만남을 가진다면……. 그런 생각만으로도 기대감이 솟았지만, 그렇다면 나는 아저씨 없인 스스로 설 수 없는 유튜버인가 하는 생각에 좌절감이 들었다.

아저씨는 바라타리아에 있어야 한다. 더는 돈키호테 비디오에 계실 수 없다. 아저씨는 돈키호테가 아니니까. 아저씨는 산초니까. 나는 나에게 다짐을 놓듯 되뇌었다.

한빈에게 전화가 온 건 1인 출판사를 운영하는 한 아미고로부터 받은 신간을 읽던 중이었다. '오늘의 대여작'으로 선정하기에는 좀 심심한 내용의 에세이라 고민하고 있는데 휴대폰이 진동했고, 동시에 내 마음도 울렁였다. 혹시 돈 아저씨가 이제라도 출연한다는 건 아닐까? 아저씨에게 직접 온 전화도 아닌데 떨리는 이 마음은 대체 뭐란 말인가? 내가 한빈의 전화를 설레며 받을 날이 올 줄이야, 정말이지 상상도 못 했다.

나는 심호흡을 한 뒤 통화 버튼을 눌렀다.

"누나. 아빠한테 연락 없었어?"

다급한 건지 화가 난 건지 요란한 목소리로 한빈이 물었다.

"아저씨는 내 휴대폰 번호도 모르실걸? 한 번도 문자나 전화 안 주고받았거든."

"아 진짜! 그럼 대체 어딜 간 거야. 누나 진짜 몰라? 혹시 대전에서 아빠 만난 거 아니지?"

"대체 뭔 소리야? 내가 아저씨 만났으면 만났다고 하지."

"사라졌어. 감쪽같이 사라졌다고."

"뭐? 잠깐 어디 가신 거 아니고?"

"이틀째 코빼기도 안 보여. 전화도 불통이고. 지금 여름 휴가 대목인데 진짜 멕이는 데 뭐 있다니까. 누나 진짜 모르는 거 맞지? 아빠랑 짜고 뭐 찍는 거 아니지?"

"야! 말조심해! 그리고 너, 걱정은 안 돼? 네 아빠야! 실종 신고는 했어?"

"아 몰라! 아빠고 나발이고 말도 더럽게 안 들어."

"말 더럽게 안 듣는 건 너고. 근데 무슨 일이야? 너 아저씨랑 싸웠지?"

"싸우긴 뭘…… 잔소리는 좀 했지만. 아 글쎄 요새 자꾸 가게 비우고 낚시를 가잖아. 사람들이 산초 아저씨 어딨냐고, 인증 샷 찍으러 왔다고 하는데 아빠는 없고. 내가 열받아 안 받아? 응?"

"좀이 아니라 심하게 퍼부었구만."

"뭐 그런 면이 없진 않지. 여친도 나한테 뭐라고 하더라고. 아 됐고! 암튼 누나한테 연락 오면 꼭 알려줘. 꼭이야. 그리고 아들이 반성 중이라고 말도 좀 전해주고."

"그 얘기는 네가 해야지. 왜 반성을 남의 입으로 전해?"

"아 진짜! 쫌! 부탁할게. 내가 누나 완전 리스펙하는 거 알지?"

녀석은 그렇게 말하고 도망치듯 전화를 끊었다.

돈 아저씨가 사라졌다.

한빈의 말을 듣는 순간, 잠깐, 정말이지 아주 잠깐, 다시 카메라를 들고 아저씨를 찾아 나서는 그림을 그렸다. 하지만 그러지 않을 것이다. 방송계에 흔한 잘된 프로그램 재탕 삼탕 우려먹기를 내 채널에서까지 하고 싶진 않았다.

그것과는 별개로 아저씨의 행방이 궁금하고 걱정됐다. 사실은 아저씨가 보고 싶었다. 제주에 다녀온 이후로 내내 보고 싶었다는 걸 실종 소식을 듣고서야 깨달았다. 이제는 돈키호테가 아닌 산초 아저씨. 그러나 내게만큼은 영원한 돈키호테 아저씨. 도대체 또 어디로 가신 거예요?

4부

태양의 나라

40. 라만차 클럽 시즌 2

스페인에서 돈 아저씨의 엽서가 날아온 것은 한빈이 아저씨의 가출을 알린 지 정확히 3주 뒤였다. 맙소사! 진짜 스페인으로 흑돼지 하몽이라도 들고 가신 거란 말인가? 소셜 네트워크 시대가 무색하게 아저씨의 엽서는 마치 과거에서 온 골동품 같았다. 엽서의 앞면에는 망토를 걸치고 칼을 찬 돈키호테 동상이 늠름하게 서 있었고 뒷면에는 익숙한 아저씨의 필체로 이런 문장이 적혀 있었다.

> 라만차 클럽의 마지막 모험.
> 이야기가 잉태된 곳에서 벌어지는 축제.
> 드레스 코드 = 한복.
> Forsi altro cantera con miglior plectio.

나는 빠르게 메시지를 해독해 나갔다. 아저씨는 지금 라만차 클럽의 마지막 모험을 요청 중이고 엽서의 발신지인 스페인으로 우리를 초대하고 있다. 그렇다면 이야기가 잉태된 곳이라면? 축제라면? 서둘러 '돈키호테'와 '축제'를 같이 넣어 검색했다. 하지만 검색 결과는 일본의 지역 축제에 참가한 뒤 잡화점 돈키호테에 들른 여행객들의 포스팅뿐이었다.

이 문장들만으론 아저씨가 말하는 축제를 알아낼 수 없었다. 나는 엽서 앞면의 사진을 다시 보았다. 혹시 이 동상이 있는 곳에서 벌어지는 축제일까? 하지만 엽서 어디에도 지명 따윈 없었다.

지푸라기라도 잡는 심정으로 깡마른 돈키호테 동상을 유심히 바라보았다. 동상은 투구와 갑옷 차림에 창을 쥔 기존의 돈키호테와 달리 망토 차림에 칼을 차고 있었다. 그리고 한쪽 손에 무언가를 쥐었는데…… 자세히 보니 깃털이 달린 펜이었다. 그 순간 깨달았다. 돈키호테가 아니란 것을.

세르반테스의 동상이었다.

나는 검색창에 '세르반테스'와 '축제'를 함께 입력했고, 그 결과 세르반테스가 태어난 도시 '알칼라 데 에나레스'에서 그의 탄생일인 10월 9일을 전후로 축제가 벌어진다는 사실을 알아냈다.

마지막 줄은 아저씨의 필사본을 통해 이미 아는 내용이었다. Forsi altro cantera con miglior plectio. '아마도 다른 사람이 더 훌륭한 펜으로써 노래하리라.' 『돈키호테』 1권의 마지막 문장이었다.

돈 아저씨 역시 본인 이야기를 마무리 지이야 했던 것인가. 그러기 위해 라만차 클럽을 스페인으로 초대하고 있는지도 몰랐다. 하지만 한복을 입고 오라는 전언 외에 어떠한 경로나 수단도 알려주지 않았다. 나는 아저씨의 지문이 묻었을 엽서를 앞에 두고 골똘히 생각했다. 하지만 고민은 시간만 늦추는 법. 내가 누군가. 나는 전국의 섬이란 섬은 다 돌아다니고 지역의 축제란 축제는 다 섭렵한 전직 피디이자 현 유튜버가 아닌가. 내 안에서 의지와 의욕이 샘솟았다. 다시 검색력을 발휘해 알칼라 데 에나레스로 가는 방법부터 알아보았다.

그날 오후 한 여행사로부터 전화가 걸려왔다. 담당자는 장영수 님이 가입한 패키지 상품의 수령자로 내가 지정되어 있다며, 10월 8일 인천발 마드리드행 항공권 5매와 알칼라 데 에나레스의 호텔 트윈 베드 3룸이 예약되어 있다는 사실을 알렸다. 그 말과 동시에 나는 검색을 멈췄다. 아저씨는 내가 생각했던 것보다 훨씬 친절하고 치밀했다. 게다가 허약한 내 주머니 사정까지 배려하고 있었다.

전화를 끊은 나는 심호흡을 한 뒤 자세를 바로 하고 앉았다. 상황을 정리하자면 이런 것이다. 아저씨가 내게 미션을 주었다. 앞으로 한 달 뒤, 다섯 명의 라만차 클럽 멤버를 데리고 스페인의 알칼라 데 에나레스로 가야 한다! 부산에서 끝맺지 못한, 진짜 마지막 라만차 클럽의 모험을 떠나자고 아저씨는 외치고 있었다.

한빈은 벌컥 화부터 냈다. 패키지 상품을 취소해 자신에게 환불해달라고 생고집을 피웠고, 무책임하게 스페인으로 가버렸다며 아빠에 대한 원망을 마구 늘어놓았다.

"그래서 갈 거야 안 갈 거야? 스페인."

"미쳤어 누나? 가뜩이나 아빠 없어 장사도 힘든데. 오죽하면 아랫동네 삼촌 하나 데려와 산초로 꾸몄을까. 그 삼촌 일당 주느라 내가 속이 터진다고. 아 진짜!"

'미친'과 '아 진짜'를 연발하는 한빈의 말을 더 들어줄 수 없어 전화를 끊었다. 다음 라만차 클럽 멤버에게 전화를 걸었다.

내 설명을 다 들은 대준은 상당히 고무된 상태로 "좋지!" 하고 말했다. 그러잖아도 스페인 추로스를 연구해 DJ's 키친의 새 메뉴로 개발하고 싶었다며.

"그럼 가는 거지?"

내가 물었다.

"그게…… 물론 좋긴 한데…… 가게를 비우기가 쉽지 않아서…… 참 좋은 기회인데…… 가게는 또 내가 없으면 안 되니까……."

"오케이. 알겠고."

나는 한없이 이어질 것만 같은 대준의 우유부단한 말을 막고 전화를 끊었다.

성민에게는 연락하지 않았다.

마지막으로 새롬에게 전화했으나 역시 연재 중에는 스페인은 커녕 집 밖에도 나가기 힘들다는 답을 들어야 했다.

라만차 클럽의 멤버들은 모험을 떠날 형편이 못 되었다. 아저씨의 미션을 어떻게 해결해야 할지 막막했다. 나는 낙담과 초조함을 온몸으로 표현했다. 손톱을 물어뜯었고, 지하 스튜디오를 이쪽에서 저쪽으로, 또 저쪽에서 이쪽으로 빠르게 왕복했다. 그러다 문득, 이런 생각이 들었다.

아저씨는 다섯 장의 왕복 항공권을 예매했다.

그러나 멤버를 지정하지는 않았다.

패키지 상품의 수령자는 바로 나, 진솔이다. 이것은 여행사에 항공권 이용자의 정보를 보내야 하는 사람이 나라는 뜻이다.

나는 빠르게 왕복하던 걸음을 멈췄다.

그렇다면 이것은 내가 멤버를 지정할 수 있다는 뜻이 아닐까?

"그러니까 돈 아저씨가 스페인으로 저를 초대했다는 건가요? 정말 제가 가도 되는 자리 맞나요?"

의아함이 담긴 목소리로 민주영 피디가 물었다.

"라만차 클럽의 새 멤버로 가실 수 있게 됐어요. 대신 해주셔야 할 일이 있고요. 시간만 괜찮으면 같이 갔으면 좋겠어요."

나는 민 피디가 스페인에서 해야 할 일을 설명했다. 그리고 기다렸다. 민 피디도 생각할 시간이 필요할 것이다. 스페인이 동네 마실 가듯 다녀올 수 있는 데는 아니지 않은가. 마침내 민 피디가 답했다.

"알겠습니다. 함께 가요."

어쩌면 아저씨는 나를 돕고 싶었을지도 모른다. TV에 먼저 바라타리아를 공개한 걸 두고 매일 후회했다지 않은가. 만회의 기회를 엿보던 차에 아들의 잔소리도 심해지니 바람도 쐴 겸 훌쩍 스페인으로 떠난다. 그리고 마침 괜찮은 아이디어가 떠오른다. 라만차 클럽의 마지막 모험을 솔이의 채널에서 공개하면 되겠구나. 자, 어서 솔이를 부르자.

나도 모르게 히죽 웃었다. 하필 그때 고개를 들었고, 눈앞에 거울이 있었고, 망상에서 깨어났다. 어쨌거나 촬영의 귀재 민 피디는 이번 스페인행에서 빠질 수 없는 필수 인력이자 핵심 멤버였다.

상은은 1초의 망설임도 없이 흔쾌히 응했다. 스페인 카페 문화를 탐방해 파리 날리는 가게에 새로운 활력을 불어넣겠다며 의욕을 불태웠다. 나는 새롬에게 양해를 구한 뒤 상은을 라만차 클럽의 2기 둘시네아로 임명했다.

얼마 뒤 한빈에게 연락이 왔다. 자기도 스페인에 가야겠다고 했다. 마음이 바뀐 이유를 묻자 바라타리아에 놓아둘 돈키호테 관련 소품을 구입해야 한다는 궁색한 답변이 돌아왔다. 녀석의 속내는 안 봐도 뻔하다. 어떻게든 아빠를 설득해 한국으로 데려올 작정이겠지.

나는 대준에게 다시 기회를 주기로 했다. 전화를 걸어 라만차 클럽의 새 멤버들과 한빈의 합류 소식을 알렸다. 남은 항공권 한 장을 대준이 가져가길 바라며. 며칠 뒤 대준은 아내의 허락을 받았다고 잔뜩 들뜬 목소리로 연락해 왔다. 나도 같이 가게 돼 기쁘다고 똑같이 들뜬 목소리로 답했다.

새로운 라만차 클럽이 결성되었다.

나는 민 피디와 함께 앞으로 펼쳐질 모험과 촬영을 준비하기 시작했다. 다시 심장이 마구 뛰었다.

41. From ICN to MAD

대한항공의 인천발 마드리드행 직항은 오전 열한 시에 출발한다. 아저씨가 티켓을 보내준 지 정확히 한 달 하고 이틀, 지금 나는 목표한 곳을 향해 비행 중이다.

창가 자리를 선호하는 나는 비행 중에 음료를 거의 마시지 않는다. 화장실 이동으로 옆자리에 불편을 주는 걸 극도로 싫어하기 때문이다. 대신 창에 이마를 대고 꼼짝하지 않는다. 창밖을 내려다보며 거대한 푸른 파도 같은 산맥의 연결을 살피고, 광활한 황갈색 평지를 보며 저곳은 고비사막일까 타클라마칸사막일까 가늠하는 걸 즐긴다. 비행은 길수록 좋고 고도는 높을수록 좋다. 인간의 흔적이 안 보이는 곳을 지날 때는 하트 모양의 낙하산을 착용하고 뛰어내리는 꿈도 꾼다.

내 옆자리에는 상은이 있다. 그녀는 아이패드에 담아 온 마드리드의 카페와 식당 정보를 쉼 없이 보고 있다. 조금 전엔 '까페 꼬르따도'라고 에스프레소에 우유를 살짝 탄 메뉴가 있다며 같이 먹어보자고 성화다. 글쎄다. 나는 그럴 시간이 있을지 몰라 흔쾌히 답하지 않는다.

상은 옆에는 한빈이 앉아 이어폰을 낀 채 분주히 개인 모니터 채널을 눌러대고 있다. 산만하기 이를 데 없는 게 딱 녀석답다. 녀석은 마드리드 근교 톨레도가 기념품이 싸고 좋다고 들었다며, 혼자라도 다녀오겠다고 선언했다. 녀석과 그의 여친에게 바라타리아는 커피와 와플을 파는 가게에 불과하다. 꿈과 희망, 정의와 자유는 아빠가 가꾸는 것들이고 그들에게는 매출을 올려줄 눈에 보이는 것들이 중요하다.

통로를 사이에 두고 건너 좌석에서는 대준이 큰 몸을 의자에 구겨 넣은 채 가이드북을 읽고 있다. 대준이 모험에 합류하자 그의 덩치만큼이나 무게감이 더해진 기분이다. 대준은 추로스를 비롯한 스페인 간식을 조사해 DJ's 키친의 새 메뉴를 개발한다는 명목으로 아내를 설득했다. 짧디짧은 여정에서 메뉴 개발이 가당키나 하겠나. 남편의 우정 여행을 눈감아준 아내분의 고운 마음이 느껴져 그저 고마웠다.

대준 옆에는 민주영 피디가 앉았다. 다시 한번 말하지만 절대 나의 사심이나 어떠한 다른 의도로 그를 합류시킨 것이 아니다. 그는 촬영과 편집의 능력자이며 돈 아저씨의 서사에 대한 이해도

도 높아서 마지막 라만차 클럽의 모험을 촬영하는 스태프로 적격이다. 작업복과도 같은 카고바지와 검정 반팔 티셔츠를 입은 채 수첩에 무언가를 메모하는 그의 옆모습은, 근사하다. 각진 턱을 둘러싸고 듬성듬성 난 수염은 거칠고 자유로운 이미지를 더해준다. 민 피디는 이번 스페인행을 계기로 택배 일을 완전히 그만두었다. 그럼 이제 무얼 할 거냐는 내 질문에 그는 모험의 끝에 알게 되기를 희망한다며, 특유의 담담한 웃음을 지어 보였다.

이 비행기는 마드리드 바라하스 공항에 오후 여섯 시 도착 예정이다. 열두 시간 비행 후라지만 컴컴한 밤에 도착하는 게 아니라 환한 낮에 떨어진다고 한다. 조사한 바에 따르면 10월 초 마드리드의 오후 여섯 시는 태양의 지배력이 여전한 시간이다.

공항에 내리는 즉시 우리는 렌터카로 마드리드를 뜬다. 마드리드 동북쪽에 위치한 도시로 가야 하기 때문이다.

알칼라 데 에나레스라는 이 도시는 세계에서 가장 오래된 대학교 중 하나가 있던 곳이고, 도시 중심부가 유네스코 세계유산으로 지정되어 있으며, 스페인을 대표하는 작가가 태어난 곳으로도 유명하다. 그리고 그 작가를 기리기 위해 매년 그의 생일인 10월 9일 전후로 축제를 벌인다.

모험을 준비하다 이 축제에 참가한 한 여행객의 블로그를 발견했다. 마우스의 스크롤을 내릴 때마다 내 입에서는 낮은 탄성이 새어 나왔다. 시장 좌판마다 음식들이 푸짐하게 펼쳐져 있었다. 세르반테스가 태어난 생가가 박물관이 되어 남아 있었다. 광장의 플리 마켓과 놀이기구마다 사람들이 가득했고, 극장에서는 주민들이 참여하는 『돈키호테』 낭독 행사가 열렸다. 그리고 축제의 하이라이트는 『돈키호테』 속 캐릭터들이 몰려나와 춤과 음악 속에서 도시를 행진하는 퍼레이드였다.

돈 아저씨는 어떻게 이 축제를 안 걸까? 어떻게 이국에서 바로 적응해 그들의 세상 속으로 단숨에 진입한 것일까? 아저씨는 전생에 스페인 사람이기라도 했던 걸까? 어쩌면 아저씨는 그 두꺼운 책 두 권을 필사하며 스페인에 완전히 동화되어버렸는지도 모르겠다.

착륙이 임박했다는 기장의 안내 방송이 흘러나왔다.

42. 세르반테스의 도시

마드리드 바라하스 공항 출구에는 대한항공을 타고 온 한국인들을 마중 나온 다수의 한국인과 현지인들이 모여 있었다. 저마다 묵직한 트렁크를 끌고 나온 우리는 행군하는 군인처럼 일사불란하게 렌터카 구역으로 향했다. 유일하게 트렁크 대신 배낭을 멘 민 피디는 자유로운 양손에 카메라를 쥔 채 분주히 할 일을 했다.

우리는 6인용 SUV에 일제히 짐을 싣고 차에 올랐다. 사전에 정한 대로 대준이 운전석을 차지했다.

"사실 예전부터 난 '로시난테' 하고 싶었어. 이름이 완전 멋지잖아."

안전벨트를 매며 대준이 말했다.

나는 조수석에 앉은 뒤 내비게이션에 목적지를 입력했다. 이제 출발이다.

공항을 빠져나와 고속국도로 보이는 구간에서 눈에 들어온 스페인의 풍경은 왠지 모르게 익숙하면서 또 낯설었다. 강렬한 햇살이 버석거리는 황색 대지에 내리쬐고 있었고, 간간이 보이는 공동주택은 우리네 아파트와 빌라의 중간 형태 구조물 같았다. 고속국도 옆에 세워진 방벽에는 주기적으로 요란한 그라피티가 등장해 이국적 느낌을 더해주었고, 지나가는 차들 중 눈에 들어오는 한국차는 마치 동포인 양 반가웠다.

바라하스 공항은 마드리드와 알칼라 데 에나레스 사이에 자리하고 있었다. 즉 마드리드에서 출발하는 것보다 더 가까웠다. 그래서일까, 불과 30분 정도 달렸을 뿐인데 어느새 도시 내부로 진입했다.

대준은 베스트 드라이버였다. 낯선 곳의 익숙지 않은 차도 능숙하게 운전해 목적지에 안착시켰다. 시간을 보니 저녁 일곱 시가 조금 넘었는데 여전히 강한 햇살이 내리쬐고 있었다. 역시 태양의 나라다웠다.

"도대체 몇 신데 해가 쨍쨍한 거야?"

졸다 깬 한빈이 투덜댔다.

"모두 선글라스 꺼내요. 가이드북에서 읽은 건데 스페인에선 애인은 두고 외출해도 선글라스는 꼭 챙겨 나간답니다."

차에서 내린 우리는 아저씨가 예약해둔 '파라도르parador'의 정문에 선 채 한동안 감탄하며 경관을 바라보았다. 파라도르는 스페인의 역사적인 건물이나 고성, 교회 등을 개조하여 만든 국립호텔로, 엄청나게 고풍스럽고 아름다운 것으로 유명했다. 이 도시의 파라도르도 여실히 그것을 증명하고 있었다.

체크인을 마친 나는 일행들에게 카드 키를 나눠주었다. 일단 여장을 푼 뒤에 축제 현장으로 가 아저씨를 찾기로 했다.

상은과 나는 배정된 2인실 문을 열고 안으로 들어갔다. 예상을 뛰어넘는 공간감을 자랑하는 실내와 그곳을 채운 모던한 진갈색 가구가 마음에 쏙 들었다. 욕실로 들어간 상은이 탄성을 질렀다. 뒤따라 들어가 보니 절묘한 각도로 인해 안에서만 밖이 보이는 통창 아래로 뽀얀 흰색 욕조가 자리하고 있었다.

"언니. 나 데려와줘 고마워. 진심. 모험이라고 해서 험난할 줄 알았는데 완전 럭셔리하잖아."

상은이 감격한 표정으로 말했다.

"『돈키호테』에 보면 돈키호테랑 산초도 고된 여정의 말미에 공작 부부를 만나 호사를 누리거든. 지금이 바로 그 대목인 거야. 상은, 운 좋은 줄 알아."

나는 상은의 머리를 장난스럽게 헝클어뜨리고는 룸으로 나와 푹신한 침대에 몸을 뉘었다.

열두 시간 비행으로 피곤에 푹 전 몸을 누이니 당장이라도 잠이 들 것 같았다. 눈꺼풀이 중력에 항복을 고하기 전에 아저씨를 찾아야 한다. 나는 단톡방에 10분 뒤 로비로 모이라는 메시지를 남겼다.

간편한 복장으로 로비에 모인 우리는 바로 광장으로 향했다. 맙소사. 축제는 이미 진행 중이었다. 스페인 전통 복장의 상인들이 좌판을 펼쳐놓고 호객 중이었고, 축제를 즐기러 나온 인파가 줄줄이 늘어서 물건을 살피고 있었다.

광장 중앙에 우뚝 선 동상을 보고 나는 탄성을 질렀다. 아저씨의 엽서 속 바로 그 세르반테스 동상이 칼을 쥔 채 후예들을 내려다보고 있었다. 입을 떡 벌리고 동상을 올려다보는 나를 민 피디가 카메라에 담았다.

다음 장소로 이동하려는데 한빈이 사라지고 없었다. 우리는 인파를 헤치며 한빈을 찾았고, 광장 끝의 중세 대장간을 연상시키는 곳에서 녀석을 발견했다. 고철을 이어 붙여 만든 용부터, 기사 갑옷, 〈왕좌의 게임〉에나 등장할 법한 칼, 창, 방패가 다발로 진열되어 있었다.

"이거 바라타리아 팽나무 옆에 매달아놓으면 딱일 거 같은데."

한빈이 고철 용을 쓰다듬으며 말했다.

"그걸 어떻게 가져가려고?"

"택배 없나?"

"설치만 해놓으면 인스타 각 나올 듯."

남자들은 이런 것만 보면 초딩이 되는지 너도나도 엉터리 같은 말들을 늘어놓기 시작했다.

"바라타리아를 고물상으로 만들 일 있어? 제주도 해풍 몰라?

6개월이면 다 녹슬걸."

내 일침에 다들 고개를 끄덕인 뒤 발걸음을 옮겼다.

좌판이 펼쳐진 광장을 나온 우리는 세르반테스 시장으로 향했다. 상점들이 늘어선 시장 초입부터 수많은 먹거리와 상품의 유혹에 일행들의 발걸음이 느려졌고, 그럴 때마다 나는 아저씨를 찾는 게 우선이라고 우리의 목적을 상기시켜야 했다.

고맙게도 민 피디가 촬영을 하며 앞서 나가주었다. 나는 눈앞에 넘치는 사람들을 주의 깊게 살피며 아저씨를 찾았다. 신기하게도 지금 이곳의 사람들이 모두 『돈키호테』에 나오는 등장인물처럼 느껴졌다. 날렵한 콧날의 여성은 세르반테스와 같은 유대계 스페인 사람으로 보였고, 드럼통 같은 몸에 털 많은 사내는 바스크 지방 무사처럼 느껴졌다. 짙은 갈색 눈동자의 젊은 남자는 라만차 평원의 순한 목동처럼 보였고, 서로의 어깨에 팔을 걸친 채 좌판을 구경하는 구릿빛 피부 커플은 무어인의 후예 같았다.

사람들을 헤치며 걷느라 정신없던 내 눈앞에 긴 행렬이 나타났다. 세르반테스 생가 앞이었다. 돈키호테와 산초의 동상이 자리한 벤치에서 사람들이 순서를 기다려 사진을 찍고 있었다.

그런데 반대편으로 또 다른 줄이 보였다. 나는 직감적으로 민 피디를 향해 눈짓을 한 뒤 다급히 발걸음을 옮겼다.

"아……."

줄의 끝에 레스토랑이 있었다. 그리고 그 레스토랑 야외 테이블에서 흰색 도포에 갓을 쓴, 허리에는 칼을 차고 손에는 붓펜을 든 아저씨를 발견하고야 말았다. 아저씨는 테이블 위로 몸을 숙인 채 사람들에게 붓펜으로 무언가를 써주고 있었다.

“돈 아저씨!”

내 외침에 아저씨가 고개를 들었다. 갓 아래로 적당히 수염을 기른, 조선시대 포도청에서 튀어나온 것 같은 사내가 환한 미소를 지었다.

그것은 비디오 가게에서 본 돈키호테의 미소 같기도 했고 바라타리아에서 본 산초의 미소 같기도 했다.

“솔이 왔구나!”

나는 아저씨 앞으로 돌진했다.

43. ¡Vamos!

“아저씨 이게 무슨 차림이에요? 갓은 뭐고 칼은 또 어디서 났어요?”

“세르반테스는 문무를 겸비한 사내였단다. 칼은 톨레도에서 샀고 갓은 트렁크에 구겨 넣어 와 좀 찌그러지긴 했는데, 근사하지 않니? 가만 다른 친구들은? 오! 다들 왔구나.”

뒤늦게 한빈과 대준이 아저씨 앞으로 득달같이 달려왔다. 상은은 수줍은지 한 발 뒤에서 고개 숙여 인사했다.

“우아! 아저씨 이게 얼마 만이에요!”

대준이 소리쳤다.

“갖출 건 다 갖추셨네. 가게 버려두고 여기 오니 그렇게 좋아요?”

한빈이 투덜댔다.

"안녕하세요. 이번에 둘시네아로 오게 된 정상은입니다. 돈키호테 비디오 자리에서 카페 하고 있어요."

"아이고, 반가워요. 잘 왔어요."

아저씨가 상은에게 손을 흔들어 인사했다.

"잠깐들 있어봐라. 여기 하던 일 좀 하고. 이놈의 인기가 말이야, 식을 줄을 몰라. 하하."

돈 아저씨는 줄 선 사람들을 가리키고는, 기다리는 그들에게 오라고 손짓했다.

곧 다가온 현지 여성에게 아저씨는 이름을 물은 뒤, 붓펜을 들어 그녀의 이름을 테이블 위에 놓인 물건에 한글로 적었다. 뒤이어 '세르반테스'를 한글로 새긴 목도장을 찍었다. 그녀는 자연스럽게 그것을 들고 아저씨 옆에 섰고, 그제야 나는 제대로 볼 수 있었다.

그것은 아저씨의 『돈키호테』 필사 노트 중 한 권이었다.

그녀의 일행이 두 사람을 카메라에 담았다. 아저씨는 필사 노트를 쥔 채 감사를 표하는 여성에게 큰 소리로 "무차쓰 그라씨아쓰*!"라고 말했다.

테이블 위에는 수십 권의 『돈키호테』 필사 노트가 쌓여 있었고 그 앞에 이런 팻말이 세워져 있었다.

---

* Muchas gracias: 스페인어로 '정말 고마워요'라는 뜻.

아저씨는 오랜 시간 공들여 쓴 자신의 『돈키호테』를 스페인 사람들에게 나눠주는 중이었다. 나는 말없이 회한에 잠겼다. 마치 이렇게 쓰기 위해 그 오랜 시간 『돈키호테』를 필사해왔다는 듯 아저씨는 열중하고 있었다. 한없이 엄숙한 표정으로 필사 노트에 스페인 사람들의 이름을 한글로 적고, 한없이 명랑한 표정으로 함께 사진을 찍어주며 축제의 중심에서 한몫하고 있었다.

"아빠! 돈은 안 받아? 권당 10유로만 받아도 얼마야?"

한빈이 '돈돈'거리기 시작했다.

"아저씨 인기 많네. 우리도 내일 한복 입으면 인기 있으려나?"

대준이 다소 상기된 얼굴로 말했다.

"근데 정말 이렇게 입으니 한국의 세르반테스라고 해도 말이 되는 것 같네요."

상은이 휴대폰에 아저씨를 담으며 말했다.

아저씨는 또 변신했다. 돈키호테와 산초로는 성이 안 찼는지 아예 이야기를 창조한 사람이 되어 있었다. 여전히 어안이 벙벙했다. 하지만 한국어로 『돈키호테』를 쓴 아저씨를 이곳 사람들이 코리아의 세르반테스로 받아들이는 광경을 보며 차츰 숙연해졌다.

정말로 아저씨는 아저씨만의 이야기를 완성해 지금 그들에게 나눠주고 있는 것이 아닌가.

필사 노트를 모조리 다 전달하고 나서야 행사가 끝났다. 아저씨는 우리에게 배고프지 않냐며 바로 뒤 레스토랑을 가리켰다.

"올라. 부에나스*!"

호탕한 목소리로 인사하며 들어서는 아저씨를 레스토랑 직원들이 반갑게 맞이했다. 레스토랑 앞 테이블에서 행사를 벌인 게 다 이유가 있었다.

우리는 테이블 두 개를 붙여 앉았다. 아저씨는 메뉴판은 보지도 않고 직원에게 영어로 이것저것 주문했다. 영어로 말했지만 음식 이름은 모두 스페인어인지라 도무지 뭐가 나올지 가늠이 되지 않았는데, 곧 식전 빵이 담긴 바구니와 함께 얇은 유리잔이 사람 수대로 나왔다. 뒤이어 샴페인 병이 담긴 얼음통이 따라왔다.

"아빠! 샴페인 이거 비싼 거 아냐?"

"노노. '까바Cava'라고 스페인 스파클링 와인인데 많이 안 비싸다구. 저녁에 한 잔 먹고 자면 딱 좋아."

직원이 병을 딴 뒤 상은에게 먼저 따라주었다. 상은은 잔을 코로 가져가 향을 맡은 뒤 새침한 포즈로 한 모금 마셨다.

"맛있어요! 안 달고 개운한 게."

상은의 또랑또랑한 목소리가 해맑은 표정과 어울려 모두를 웃게 했다.

곧 잔이 다 채워졌다.

---

* Buenas: 스페인의 간단한 인사말.

아저씨는 민 피디의 촬영을 의식한 듯 잔을 든 채 목청을 가다듬고는 우리를 지그시 바라보았다. 빵을 뜯던 대준의 손이 멈췄다.

"그래. 라만차 클럽이 이렇게 또 모였구나. 다시는 같이 모험을 떠나지 못할 줄 알았는데…… 너희들이 와줘서 고맙다. 스페인은 처음이지? 나도 처음이야. 하지만 내 마음은 지난 30년간 언제나 이 땅을 달리고 있었다는 걸 여기 와서 깨닫게 되었단다."

너무나도 진지한 아저씨의 말에 우리는 귀를 기울였다. 민 피디는 일어나 카메라를 들고 아저씨에게 한 발짝 더 다가갔다.

"내일이 세르반테스 탄신일이다. 우리도 퍼레이드 행렬에 꼽사리 껴서 한복을 입고 행진하자꾸나. 한국에서 온 라만차 클럽이 얼마나 멋진지 보여주자고."

말을 마친 아저씨가 잔을 들고는 외쳤다.

"바모스¡Vamos!"

다들 아저씨를 쳐다봤다.

"스페인어로 '가자'라는 뜻이지. 우리말로 '파이팅!' 하는 거랑도 비슷하고. 자, 다 같이…… 바모스!"

아저씨를 따라 외친 뒤 우리는 서로의 잔을 부딪치고 입으로 가져갔다. 까바라는 이 와인은 놀랍도록 상큼하고 깔끔했다. 맛있는 소화제 음료를 마신 것 같은 착각이 들 정도로 속이 편해졌고, 한 모금 더 마시자 트림까지 작게 올라왔다. 때마침 나온 딱딱한 치즈 한 조각을 씹고 다시 음미하니 그 조합이 기가 막혔다.

뒤이어 또르띠야*와 바깔라오**, 빠따따스 브라바스***와 하몽 이베리코****, 초리조*****와 모르시야****** 등 음식의 향연이 이어졌다. 스페인 음식을 먹으니 마치 그 시절로 돌아간 기분이었다. 공산성을 돌고 공주 국밥을 먹고 해운대 바다에 발을 담근 뒤 밀면을 먹던 그때 말이다.

아저씨 역시 그때로 돌아간 듯 우리를 한껏 배려하며 음식에 대해 하나하나 설명해주었다. 그제야 나는 아저씨가 우리를 이곳까지 부른 이유를 깨달았다.

『돈키호테』에는 돈키호테와 산초만 나오는 게 아니다. 로시난테와 둘시네아, 목동들과 여관 주인이 필요했다. 이발사와 신부, 하녀와 공작 부인도 필요했다. 그 긴 이야기에 등장하는 많은 사람들과 다양한 음식들을 아저씨는 온몸으로 받아들여야 했다. 심지어 그 이야기를 쓴 세르반테스가 되어.

아저씨의 이야기는 아직 끝나지 않은 듯했다.

---

* tortilla: 계란, 감자를 넣고 두껍게 부친 스페인식 오믈렛.

** bacalao: 대구 요리.

*** patatas bravas: 브라바 소스를 곁들인 감자 요리.

**** jamon iberico: 돼지 뒷다리의 넓적다리 부분을 통째로 잘라 소금에 절여 건조·숙성시켜 만든 스페인의 대표적인 생햄.

***** chorizo: 고추 등이 들어간 스페인식 반건조 소시지.

****** morcilla: 선지와 양파, 향신료, 쌀 등을 첨가하여 만든 스페인식 순대.

44. 모험과 우정의 행진

파라도르 조식은 꼭 먹어야 한다며 보채는 상은 때문에 어쩔 수 없이 일찍 일어나야 했다. 뷔페식 조식 메뉴를 끊임없이 날라 와 사진을 찍으며 기록하는 상은의 투철한 직업 정신에 탄복하며 나는 까페 꼰 레체*를 마셨다. 다른 이들은 늦잠을 자는지 보이지 않았다.

조식을 먹고 상은과 산책을 하는데 단톡방에 한복을 입고 열한 시까지 아저씨 방으로 모여달라는 한빈의 메시지가 올라왔다. 우리는 호텔로 돌아가 교대로 씻은 뒤 트렁크에 고이 모셔 온 한복을 꺼내 입고 아저씨의 방으로 향했다.

---

* café con leche: 스페인식 카페라테.

똑똑. 노크를 하고 열린 문으로 들어서자마자 우리는 기겁했다. 라텍스로 만든 커다란 말 모양 탈을 쓴 대준이 우리를 맞이했기 때문이었다.

"놀라지 마. 나 로시난테 대준."

고동색 한복을 입은 덩치 큰 대준이 탈까지 쓰자 기괴하고 우스꽝스러워 보였다.

방 중앙엔 어제와 같은 흰색 도포 차림의 아저씨가 의자에 앉아 있었고, 연두색 한복 차림의 민 피디, 귤색 제주 갈옷을 입은 한빈이 우리를 맞이했다.

"와! 진짜 멋지다!"

"대박인데, 둘이 너무 화려한 거 아냐?"

우리가 차려입은 한복을 보고 다들 감탄 일색인 중에 한빈이 "솔이 누나 덩치 완전 커 보이는데?"라고 해 빈정이 상했다. 그래도 노랑색 저고리에 빨강 치마를 입어 스페인 국기를 연상케 하는 상은의 자태는 빛이 났고, 분홍색 저고리에 하늘색 치마를 입은 나도 나쁘지 않았다. 이 옷차림으로 퍼레이드에 참가하는 모습이 카메라에 어떻게 담길지 내심 기대가 되었다.

"께 부에노Qué bueno!"

아저씨가 자리에서 일어나며 외쳤다.

"매우 좋다는 뜻이지. 자, 다들 모였으니 이제 착용해보자고."

아저씨는 침대로 가 검정 트렁크의 지퍼를 열었다. 3박 4일 일정에 무슨 이민 가방을 가져왔냐고 내게 핀잔을 들었던 한빈의 트렁크였다.

아저씨는 한빈과 함께 트렁크를 활짝 펼쳤다.

맙소사. 트렁크는 민속촌 소품 창고에서나 볼 법한 다양한 물건들로 그득했다. 붉은 술이 달린 커다란 투구, 청색 비늘이 두툼하게 달린 갑옷, 가발, 수염, 호리병, 복주머니, 패랭이, 부채 등등.

"이게 다 뭐야?"

내가 물었다. 한빈이 이걸 다 준비했다고? 설마!

"뭐긴 뭐야. 누나랑 우리가 다 착용해야 하는 거지."

한빈이 트렁크에서 꺼낸 가발을 쓰며 씨익 웃었다. 동시에 아저씨는 투구를 꺼내 들고는 내게 다가왔다. 사극에서 주로 장군이 쓰고 나오는 것이었다. 아저씨는 의아해하는 내게 그 투구를 덥석 씌웠다.

마치 딱 맞는 모자를 구한 것처럼 투구가 들어맞았다. 난감해하며 손을 머리로 가져가는데 투구 삼지창에 달린 붉은 장식 술이 부드럽게 만져졌다.

"언니. 완전 잘 어울리는데."

상은이 말했다.

말의 탈을 쓴 대준이 엄지를 척 들어 보였다. 나는 뭐가 뭔지, 어떻게 해야 할지 혼란스러운 나머지 민 피디를 돌아보았다. 그는 각진 턱을 힘차게 한 번 끄덕이고는 다가와 카메라 뷰파인더를 내게 보여주었다.

뷰파인더 안에는 투구를 쓴 내가, 큰 키 때문인지 제법 잘 어울리는 내가 늠름하게 서 있었다.

아저씨를 쳐다보았다. 어느새 갓을 쓴 아저씨가 나를 보며 흐뭇한 표정을 지었다.

"오늘 행진에서 돈키호테는 솔이 너다. 그러니 네가 투구를 쓰고 창을 들어야 해."

"아, 아저씨. 이거 정말이지 너무 갑작스러운데요……."

"두려워하지 마. 이 세르반테스가 옆에 늘 함께할 테니."

그때 한빈이 다가와 무언가를 건넸다. 언제 조립했는지 기다란 플라스틱 창이 내 손에 쥐여졌다. 가발과 수염을 착용하고 패랭이를 쓴 녀석이 빼기는 표정으로 한쪽 입꼬리를 말아 올렸다.

"어때. 산초 같아? 내가 지난 1년간 누나 수발 다 들었잖아. 그러니 이제 내가 산초야."

그제야 머릿속에서 퍼즐이 맞춰지고 있었다. 아저씨와 한빈은 서로 마주 보며 씩 웃었다.

"……이거 네가 다 계획한 거야? 아저씨랑 같이?"

"아 진짜, 진솔 감 떨어진 거 봐라. 그걸 이제 알았어? 아빠 가출했다고 할 때부터 딱 알아봤어야지. 아빠는 선발대로 와서 준비하고, 나는 후발대로 소품 챙겨 오고. 왜? 돈키호테 비디오 다시 떡상해야 할 거 아냐? 누나가 잘돼야 바라타리아도 콩고물 받아먹지!"

어느새 눈물이 흐르고 있었다. 한빈과 아저씨가 이 모든 걸 날 위해 꾸몄다는 게 믿기지 않았다. 상은이 손수건을 건넸다. 한빈은 한층 더 우쭐해진 표정으로 가슴을 내밀었고, 대준과 민 피디는 옅은 미소를 띤 채 나를 바라보았다. 그리고 나로 말할 것 같으면, 놀라움과 난감함, 부끄러움과 감동이 알알이 되어 몸속에서 춤추고 있었다.

방으로 돌아와 전신 거울 앞에 선 나는, 입이 떡 벌어졌다.

정말 컸다. 삼지창이 솟아 있는 투구를 쓰니 가뜩이나 큰 키가 더 커 보였다. 그나마 다행이라면 투구가 정말 멋졌다. 붉은 장식 술은 푸른빛 투구와 잘 어울렸고 금빛 챙과 이마 가리개도 근사했다.

갑옷은 붉은색 바탕에 금색 장식이 화려하기 그지없었고 양어깨에 작은 용이 달려 있어 넓은 어깨가 더 넓어 보였다. 가슴께에는 골지로 만든 갈색과 푸른색 비늘이 잔뜩 붙어 있어 견고함을 더해주었다. 투구에 꼭 들어찬 얼굴은 야무져 보였고 없던 자신감도 차올랐다. 하지만 이 모습이 돈키호테일까? 내가 그리던 그 돈키호테의 형상이 맞는 것일까?

그때 거울에 뒤에서 웃고 있는 상은이 비쳤다.

내가 돌아서자 기다렸다는 듯 상은이 휴대폰으로 나를 찍었다. 찰칵. 찰칵. 찰칵. 쉼 없이 10여 장을 찍은 뒤 내게 결과물을 보여줬다.

“너무 커 보이지 않니? 괜찮아?”

“언니. 오지고 지리거든. 부조건 전신이야!”

"너…… 둘시네아 맞구나. 내게 용기를 주네."

장난기가 돋은 나는 상은 앞에 한쪽 무릎을 꿇고 경건하게 고개를 숙였다. 상은은 피식 웃었다가 진지한 내 행동에 곧 소품으로 챙겨 온 부채로 복을 내리듯 내 어깨를 두어 차례 두드렸다.

파라도르 로비에 모인 우리를 보고 리셉션 직원들은 신기해하며 수군댔다. 간혹 감탄사를 내뱉기도 했다. 갓에 도포 차림인 한국의 세르반테스는 말할 것도 없고 말 머리 탈을 쓴 대준도 로시난테라고 우길 만했다. 상은은 이미 자체 발광하고 있었고 한빈 역시 영락없는 산초였다. 심지어 녀석은 캐릭터에 빙의한 듯 배를 내밀고 걷다 나를 보더니 호리병을 들어 술 마시는 시늉을 했다. 내게 용기를 주려는 녀석의 과장된 몸짓에 입술을 꽉 깨물었다.

나는 결심하듯 움켜쥔 창을 들어 보였다. 모두가 나를 주목했다.

"바모스!"

외침과 함께 파라도르를 나섰다. 호텔 앞에서 대기하던 민 피디는 우리가 나오자마자 핸드헬드 카메라를 작동시켰다.

광장에 다다른 우리를 보고 사람들은 바로 반응했다. 마치 약속대련처럼 그들은 즉시 우리를 작품 속 캐릭터로 받아들였고, 신기한 의상과 소품에 경탄해 마지않았다. 우리도 능청스레 한국판 돈키호테와 그 친구들을 연기했다.

무엇보다 화려한 나의 갑옷과 투구에 현지인들이 감탄사를 외치며 다가와 너도나도 사진 촬영을 청했다. 나는 졸지에 팬들에

둘러싸인 연예인 꼴이 됐다. 곧 아저씨와 상은, 한빈과 대준도 몇 발짝 못 가 촬영 지옥을 경험해야 했다.

얼마나 시간이 흘렀을까, 경쾌하고 웅장한 악기 소리가 들려왔다. 돌아보니 광장 주위로 한 무리 악단이 몰려오고 있었다. 남녀 단원들은 흰색 상의에 검정 조끼, 통 넓은 검정 바지를 입은 채 행진하며 연주하고 있었다. 플루트와 바이올린, 트럼펫과 만돌린, 작은 북과 캐스터네츠의 앙상블이 사람들을 불러 모았다.

이제 시작이다.

인파를 능숙하게 유도하며 악단의 리더는 시장 쪽으로 향했다. 홀린 듯 따라간 우리는 대기 중인 퍼레이드 행렬과 마주할 수 있었다.

그리고 우리는 보았다.

퍼레이드 행렬 선두, 은색 갑옷을 입고 투구를 쓴 돈키호테가 창과 방패를 든 채 하얀 말 위에 심드렁한 표정으로 앉아 있었다. 더위에 지친 붉은 얼굴과 비쩍 마른 몸은 방금 책 속에서 뛰쳐나왔다 해도 이상하지 않을 돈키호테 그 자체였다. 퍼레이드에 불려 나온 게 귀찮다는 표정의 돈키호테와는 달리 옆에서 잿빛 털 나귀의 목줄을 잡은 산초는, 작고 통통한 체구에 벙거지를 쓴 채 야구 글러브 같은 가죽 주머니에 담긴 술을 마시며 사진을 찍어주고 있었다.

두 사람 뒤로 진을 친 퍼레이드 참가자들도 경이롭기는 마찬가지였다. 앵무새를 어깨에 올린 마술사풍의 아랍계 사내, 2미터는 될 법한 근육질 대머리 거인, 비단구렁이를 어깨에 두른 터번 사내, 커다란 원형 굴렁쇠 안에서 자기 몸을 대자로 뻗은 반라의 곡예사 등 다채롭기 그지없었다.

민 피디가 퍼레이드의 선두에서 거슬러 내려가며 인사를 나누는 장면을 담으면 좋겠다고 했다. 곧 아저씨가 앞장서 나를 이끌고 이 도시의 돈키호테에게 데려갔다.

나는 하얀 말 앞에 선 채 창을 뻗어 보였다. 피로한 노인 행색이던 돈키호테는 순간 근엄한 얼굴로 나를 내려다보더니 자신의 창을 뻗어 내 창에 마주 댔다. 맞서주겠다는 표정이었다. 나는 잠시 동안 그와 시선을 교환한 뒤 창을 거두었다.

한빈은 이미 산초와 가죽 주머니와 호리병을 부딪치며 건배하고 있었다. 나는 행렬을 거슬러 내려가며 퍼레이드 참가자들과 인사를 나눴다. 마술사는 카리스마 가득한 표정으로 입꼬리만 올렸다. 대머리 거인은 커다란 가슴근육을 번갈아 꿀렁거렸다. 구렁이를 두른 사내는 하얀 잇몸을 드러내며 구렁이 머리를 들이댔고, 굴렁쇠 사내는 중심을 유지한 채 팔을 뻗어 주먹을 내밀었다. 나는 초소형 팬티만 입은 그의 몸을 애써 외면하며 주먹에 주먹을 맞댔다.

그때 누군가가 내 투구를 움켜쥐었다. 깜짝 놀라 비명을 지르며 올려다보니, 사람 두 명 키의 거대한 녹색 나무가 손 같은 가지를 뻗어 내 머리를 잡은 것이었다. 〈반지의 제왕〉에나 나올 법한 움직이는 나무들은 우리 일행에게 가지를 뻗어 하이파이브를 청했다.

이후로도 여러 동물과 괴물의 탈을 쓴 퍼레이드 참가자들과 마주치고 얼싸안았다. 이 도시의 시민들은 너 나 할 것 없이 자기들 선조의 작품에서 번역되어 튀어나온 우리를 반겨주었다.

마침내 가창대 앞에 다다랐고, 갈색 숄을 두르고 전통 의상을 입은 가창대가 두어 발짝 뒤로 물러나주었다. 우리는 고개를 숙여 감사를 표한 뒤 행렬의 일부가 되었다.

음악 소리가 고조되고 있었다. 축제의 중심에서 모두들 입과 코로 음악을 따라 흥얼대고 있었다. 어느 순간 음악이 멈추었다 다시 우렁차게 울리며 본격적인 퍼레이드가 시작되었다.

"행—진."

발걸음을 옮기며 아저씨가 외쳤다.

"행—진."

아저씨가 다시 외쳤다. 그제야 그게 노래란 걸 알아차렸다.

"행—진 하는 거야!"

아저씨는 내 뒤에서 목청 높여 〈행진〉*을 불렀다. 앞에서는 사람이 탄 굴렁쇠가 굴러가고 사람을 탄 구렁이가 졸도하고 마술사가 앵무새를 잃어버려도, 더 앞에서는 돈키호테가 말 위에서 졸고 산초가 술에 취해 비틀거리고 악단의 레퍼토리가 고갈되어도 아저씨는 쉼 없이 〈행진〉을 부르며 행진할 기세였다.

그의 전 인생이 그러하였듯.

---

* 《들국화 1집》(1985) 1번 트랙.

나는 아저씨와 나란히 걸으며 창을 높이 치켜들었다.

세르반테스 시장은 한국에서 온 세르반테스와 돈키호테로 색다른 빛을 얻었다. 『돈키호테』를 믿는 관객들로 인해 퍼레이드는 무르익어가고 있었다. 오늘 알칼라 데 에나레스에서는 모두가 『돈키호테』의 단어였고 문장이었으며 캐릭터이자 배경이었다. 마치 400년 전 이 도시의 천재 작가가 계획했던 것처럼.

퍼레이드는 끝났지만 우리는 또 걸었다. 이야기 속으로. 오래된 작품의 페이지 안으로. 그 옛날 라만차 클럽의 아미고들처럼.

어둠이 내리기 전 우리는 마드리드로 향했다.

45. 매드 하우스

마드리드 시내에서 살짝 북쪽에 위치한 한인 민박 '매드 하우스MADRID HOUSE'는 아늑하고 정감 있었다. 좋게 말하자면. 나쁘게 말하자면 좁고 투박했다. 가정집의 방마다 이층 침대를 놓고 영업하는지라 어쩔 수 없는 일이었다.

장발의 파마머리 중년 남자 사장은 돈 아저씨와 돈독해 보였다. 그도 그럴 것이 아저씨가 스페인에 오자마자 자리 잡은 곳이 이 민박집이었고, 온갖 스페인 생활 정보를 아저씨에게 알려준 것도 이 사장이었다.

"아, 내가 마드리드의 돈키호테 사장인데 이분이 오자마자 자기는 세르반테스라고 막 그러시는 거야. 그래서 내가 한 수 접어드렸지. 연배도 있으시고. 흠흠."

친절한 수다로 무장한 사장은 스페인이 좋아 홀로 정착한 지 12년이 되었고 마드리드에만 7년째 살고 있다고 했다. 우리는 인사를 마친 후 각각 여자 방과 남자 방으로 향했고, 아저씨는 사장에게 이끌려 거실 테이블로 향했다.

남자 방에는 두 명의 투숙객이 이미 들어 있다고 했는데 여자 방에는 다행히 우리밖에 없었다. 상은과 나는 각자 2층 침대의 1층에 짐을 풀었다. 씻기 위해 옷가지를 챙기는데 상은이 내일은 오전에 카페 순례를 하고 오후에는 반드시 프라도 미술관에 갈 거라고 했다. 세르반테스 축제 행진을 끝으로 우리는 촬영을 마쳤다. 내일은 철저히 자유 시간을 가지기로 했다.

씻으며 생각해보니 스페인은 세르반테스와 돈키호테 말고도 관광거리가 무궁무진했다. 하몽과 감바스, 와인과 맥주의 식도락이 훌륭하고, 성당과 이슬람 사원이 공존했으며, 플라멩코와 투우라는 볼거리도 있는 데다가, 가우디와 피카소, 고야와 달리의 나라이기도 했다. 그리고 이 나라의 양대 도시 축구팀인 FC 바르셀로나와 레알 마드리드 간의 라이벌전 '엘 클라시코'는 축구 팬이 아닌 나도 알고 있는 슈퍼 매치였다.

내일 나는 어디로 가야 할까? 다른 대원들은 모두 설레는 마음으로 각자의 스케줄을 짜는 중이었지만 촬영에 몰두하느라 나와 민 피디만이 무얼 할지 정하지 못했다.

씻고 나와 보니 한빈과 대준은 배가 고프다며 무료로 제공된 컵라면을 따 물을 끓이고 있었다. 아저씨와 사장, 그리고 민 피디는 테이블에 둘러앉아 와인에 감자칩을 먹고 있었다. 아저씨는 나를 보자마자 앉으라고 한 뒤 상은까지 호출했다.

곧 우리는 테이블을 가운데 두고 거실에 모였다.

"내일 다들 바쁜 거 안다. 가보고 싶은 데도 많고 먹고 싶은 것도 많겠지."

"아빠. 자유 시간 절대 포기 못 해."

한빈이 치고 나오자 아저씨는 손을 들어 조용히 시킨 뒤 우리를 따뜻한 시선으로 둘러보았다.

"그런데 말이다. 내일 당일치기로 이 아저씨는 세비야를 다녀올 거거든. 세비야는 안달루시아 지방의 주요 도시로 타파스 문화와 플라멩코가 시작된 곳이며 웅장한 대성당과 광장, 〈왕좌의 게임〉 촬영지로 유명한 알 카사르가 있단다. 그리고 진짜로 『돈키호테』가 잉태된 곳이기도 하지. 어떠냐? 아침 일찍 갔다가 저녁에 돌아오는 거야. 같이 갈 사람?"

"거기까지 얼마나 걸리는데요?"

상은이 물었다.

"고속철로 세 시간이면 가지요."

사장이 기다렸다는 듯 답했다.

"으악. 왕복 여섯 시간이잖아요. 저는 프라도 미술관 가야 해서 패스요."

상은이 바로 포기했다.

"아빠. 나 분명 오기 전부터 톨레도 간다고 했거든. 톨레도에서 소품 안 사 가면 서윤이 난리 나."

한빈 거절.

"음…… 둘은 알겠고, 대준이는 음식에 대해 연구하려면 세비야도 괜찮을 텐데?"

아저씨가 말했다. 대준이 쭈뼛대는 게 느껴졌다.

"아저씨. 제가 사실 저녁에는 추, 축구 보러 가야 해서요. 마침 내일 레알 마드리드 경기가 있길래 한국에서 예약하고 왔거든요."

"엥?"

아저씨가 놀랐다.

"에이, 레알 마드리드 요새 호날두 가고 별거 없어요. 지단 감독이 젤 유명하니 말 다했지."

사장이 말했다.

"그래도 제가 스페인까지 와서 레알 마드리드 경기는 한 번 꼭 보고 싶어서요."

대준이 웃으며 거절했다.

"저도 베르나베우* 가야 해서요……. 내일 경기 예약했거든요."

민 피디가 고해성사하듯 말했다.

"얼씨구?"

---

* Santiago Bernabéu Stadium: 마드리드의 카스테야나 대로에 자리 잡은 세계적인 수준의 축구 전용 경기장. 프로 축구팀 레알 마드리드의 홈구장이기도 하다.

이번엔 내가 놀라 절로 감탄사가 튀어나왔다. 민 피디는 나랑 놀아줄 줄 알았는데. 이 인간들 둘이 축구 팬일 줄이야. 보아하니 두 사람은 이미 서로 경기를 예매한 걸 알고 있었다. 곧 한빈이 지금이라도 표를 끊을 테니 자기도 같이 가자며 왁자해졌다. 나는 헛웃음만 나왔다.

"으아. 이놈들. 라만차 클럽의 마지막 모험인데 『돈키호테』보다 레알 마드리드다 이거지! 그래. 좋다. 솔이 너는 같이 갈 거지?"

아저씨가 마지막 보루라는 듯 나를 쳐다보았다. 나는 항복하듯 한 손을 들어 보였다. 곧 내 손에 아저씨의 하이파이브가 작렬했다.

"아저씨. 내일 세비야 다 돌아다닐 순 없잖아요. 『돈키호테』가 잉태된 곳, 거기가 어디죠?"

"감옥."

"예?"

"세르반테스가 갇혀 있던 감옥 말이다. 거기 꼭 한 번 가보고 싶었어."

그 말에 좌중 모두가 폭소를 터뜨렸다. 감옥이라니. 세비야의 그 엄청난 관광지들을 두고 감옥에 가야 한다니. 한빈의 "감옥 잘 다녀와. 누나"란 말에 다시 한번 웃음이 터졌고, 내 레이저 눈빛에 대준과 민 피디가 움찔했다. 한빈은 입을 막은 채 고개를 돌렸다. 상은은 "언니. 도망쳐"라고 귓속말했다.

그럼에도 아저씨는 매우 진지하게 말을 이어나갔다. 아주 오래

전에 세비야의 한 은행 건물이 과거 세르반테스가 갇혀 있던 감옥이었다는 글을 읽었다며, 그런데 그게 가이드북에서 본 건지 여행 블로거 포스팅이었는지 가물가물하다고 했다. 결국 그 위치까지 내가 찾아주었으면 한다는 말이었다.

나는 방으로 돌아와 휴대폰을 켜고 폭풍 검색을 시작했다.

한 시간이 넘는, 눈알이 빠질 것 같은 악전고투 검색 끝에 나는 아저씨가 가보고 싶다는 감옥 건물에 관한 글을 발견했다. 심지어 건물 앞에는 세르반테스의 흉상도 있다고 했다.

맙소사. 세비야에 세르반테스 흉상이라니.

내일도 긴 하루가 될 예정이었다. 나는 지친 눈을 감고 서둘러 잠을 청했다.

46. 세비야의 소설가

아저씨는 세비야로 가는 내내 말없이 스페인의 평원을 바라볼 뿐이었다. 나도 수시로 창밖을 보았다. 건조해 보이는 황색의 땅과 간간이 보이는 숲과 포도밭, 제법 웅장한 산맥의 연결선을 감상하는 재미를 느끼다 보니 어느덧 안달루시아에 다다랐다.

스페인의 KTX '렌페RENFE'는 열두 시 삼십 분에 정확히 우리를 세비야 산타 후스타 역에 내려주었다.

"솔아. 기억나니?"

휴대폰의 구글 지도를 켜고 세비야 성당 방향을 찾는 내게 아저씨가 말했다.

"아저씨 저 지금 길 찾아야—"

"세비야는 서울이라고 한 거. 그러니까 옛날에 내가……."

나는 휴대폰을 내리고 아저씨를 돌아봤다.

"당연히 기억하죠. 말라가는 목포. 바르셀로나는 부산."

"그거 다 억지였는데, 알고 있었지?"

"알고 있었죠. 중2면 다 알아요."

"그래도 네가 속아줘서 다른 친구들도 속아줬던 거 같아."

"속아도 좋은 이야기도 있으니까요."

"음. 고맙다. 그러니까 우리가 지금 서울에 온 거지?"

"서울이죠. 방금 서울역 내렸고 이제 세르반테스가 갇혀 있던 감옥 찾으러 가요. 세비야 성당 뒷골목 쪽이라고 했는데…… 아무래도 택시를 타야겠어요."

우리는 걸어가기를 포기하고 택시 승차장으로 향했다.

택시는 빠르고 간결하게 우리를 세비야 성당 한 블록 전에 내려주었다. 기사의 판단이 현명했다. 성당 주위의 엄청난 관광객들을 보자 만약 미리 내리지 않았다면……. 생각만 해도 끔찍했다. 어쨌거나 이 엄청난 인파를 뚫고 나아가 또 복잡한 뒷골목을 뒤져야 마침내 목적지에 도달할 수 있다. 나는 정신을 바짝 차리고 지도 앱을 열어 한 은행의 주소를 입력했다.

어젯밤, 세르반테스가 갇힌 감옥 건물에 대한 정보를 어떤 소설가가 글쓰기 플랫폼에 남긴 기행문에서 발견할 수 있었다. 소설가는 마드리드의 한 레지던스에 입주해 있었고 돈키호테에 대한 소설을 쓰기 위해 스페인 전역을 돌아다니는 중이었다. 그는 마치 영감이라도 얻으려는 듯 돈키호테와 세르반테스에 관한 모든 걸

섭렵하려고 동분서주했다. 그리고 이곳 세비야에 와 세르반테스의 감옥을 발견한 이야기를 남겼다. 그의 글에 따르면 세비야 성당 뒤 관광지를 살짝 벗어난 곳에 있는 한 은행 건물이 바로 그 감옥이라고 했다.

나는 건물 벽에 붙은 길 표지판을 살피며 관광객과 호객꾼을 피해 나아갔다. 아저씨는 그런 내 뒤를 너무도 천천히 뒤따라와 나는 자주 기다리며 거리를 좁혀야 했다. 아니, 자기가 오자고 해놓고 왜 이렇게 꾸물대시는 거지? 하지만 아저씨가 진정 와보길 꿈꿨던 장소가 여기라고 생각하니, 저렇게 긴장하는 것도 이해가 됐다.

두 번의 잘못된 선택 끝에 완전히 길을 잃은 나는 패닉에 빠졌다. 구글 지도의 잘못이 아니라 지도를 잘 못 보는 인간의 잘못이기에 무얼 탓할 수도 없었다. 아저씨는 그런 나를 두고 골목의 반대편 끝으로 걸어갔다. 지친 나는 어찌할 바를 모른 채 가만있다가 그 자리에 쭈그려 앉았다.

"솔아. 저기 뭐 하나 있다. 저기."

어느새 돌아온 아저씨가 말했다. 나는 무릎을 짚고 일어났다. 아저씨가 발견한 큰길 쪽으로 가자 작은 흉상이 하나 보였다.

"맞는 거 같아요! 어서 가요."

목표가 가까워지자 힘이 솟았다. 우리는 성큼성큼 흉상으로 향했다.

그것은 세르반테스의 상반신이 맞았다. 매부리코에 성근 머리카락, 왼손에 든 책과 오른손에 쥔 칼이 세르반테스라는 걸 넉넉히 증명하고 있었다.

한동안 나와 아저씨는 말없이 흉상을 바라보았다. 행인들이 무심히 그 앞을 지나고 있었고, 옆에는 개똥인지 토사물인지 모를 지저분한 것이 널려 있었으며, 관광지 부근이었으나 관광객은커녕 잡상인 하나 없는, 그냥 보통의 거리에 평범한 흉상이었다.

나는 청동 세르반테스를 바라보며 복잡한 감정에 사로잡혔다. 그때 찰칵 소리가 나 돌아보니 아저씨가 나를 휴대폰으로 찍고 있었다.

"아, 제가 찍어야 하는데…… 아저씨를……."

"괜찮아."

아저씨는 난처해하는 나를 몇 장 더 찍은 뒤 다가와 세르반테스 흉상을 끌어안았다. 오랜 친구를 만난 듯 매우 자연스러운 아저씨의 행동에 나는 서둘러 카메라를 켰다.

세르반테스를 안은 아저씨에게 카메라를 들고 다가가며 물었다.

"좀 초라하죠?"

"아니. 지금까지 본 동상 중에 제일 친근한걸. 이제 반테스 형은 만났고…… 그럼 감옥은 어딜까나?"

아저씨가 주변을 둘러보았다. 나는 바로 오른쪽에 보이는 알파벳 C자로 시작되는 은행을 가리켰다.

"저기예요! 저 건물!"

아저씨를 찍으며 가까이 가보니 상당히 큰 규모의 은행이었다. 오래된 건물이 분명했고 이 건물이 감옥이었을 때면 죄수 수백 명은 쉽게 수용할 수 있었을 것 같았다.

"……여기구나."

"여기예요. 와보고 싶으셨다던 그곳."

돈 아저씨는 가만히 팔을 뻗어 은행 건물 벽에 손을 댔다. 그러고 나서 눈을 감고 머리를 벽에 댄 채 미동이 없었다. 마치 기도하듯, 명상하듯, 아저씨는 한동안 그렇게 은행 건물과 맞닿아 있었다. 어느새 나도 촬영을 멈추고 아저씨의 뒤에서 눈을 감았다.

자신만의 의식을 마친 아저씨가 내게로 몸을 돌렸다.

"그거 알지? 세르반테스가 세금 징수원으로 일하다가 수금액을 맡겨둔 은행이 파산하는 바람에 감옥에 간 거."

"예. 어제 여기 정보 찾다가 사연도 읽었어요."

"참 불행했어. 운도 없었고."

"그러게 말이에요."

"바로 이 감옥에서 세르반테스는 자신의 인생을 반추하며 무언가를 떠올리지. 그게, 우리를 여기까지 오게 한 아주 길고 매우 판타스틱한 그 이야기잖아. 그치?"

"맞아요."

"……여기 꼭 와보고 싶었단다. 『돈키호테』가 잉태된 이곳, 세르반테스가 가장 고통스러웠던 시절을 보낸 이곳이 내게 용기를 줄 수 있겠더라고."

"어떤 용기요?"

"네가 말한 그 돈키호테의 열정. 어쩌면 광기. 그러니까 싸울 수 있다는 용기. 정의와 자유를 위해 거악에 맞서는 선한 힘이라는 용기."

나는 가슴속이 뜨거워지는 걸 느끼면서도 애써 태연하게 굴었다.

"용기만으로는 안 돼요. 행동해야죠."

대뜸 돈 아저씨가 내게 악수를 청했다. 나는 그 손을 맞잡았다.

"솔아. 나 다시 쓸 거다."

"뭘요?"

"위대한 소설가를 자처했으니 써야지. 여기 이 감옥에서 세르반테스가 쓴 이야기의 백만분의 일에라도 미칠 이야기."

"다시 영화 시나리오 쓰시게요?"

"내가 여기 와서야 깨달았다. 세르반테스는 소설가잖아."

"아……."

"나도 소설을 쓰려고. 언젠가 내 책이 나오면 꼭 읽어다오. 세비야에서의 오늘을 기억하며."

"알겠어요."

우리는 맞잡은 손을 힘껏 흔들었다.

"자, 뭐 해? 촬영해야지! 내가 이 400년 전 세르반테스의 집필실 앞에서 기운을 팍팍 받는 걸 찍어다오. 아미고들에게도 내 포부를 보이는 거지. 어디, 민 피디 입 떡 벌어지게 솔이가 한번 찍어봐라. 하하."

아저씨는 은행 건물 앞에 무릎을 꿇었다. 경건하게. 뒤이어 고개를 숙이고 진짜로 경배했다. 그것이 촬영 시작의 신호였다. 나는 다시 카메라를 켜고 아저씨를 담았다.

계속. 더 계속.

마드리드의 레지던스에 입주해 있던 소설가의 기행문엔 이런 대목이 있었다.

> 세르반테스가 세비야에 머물던 시절은 그가 레판토 해전과 포로 생활이란 고초를 겪으며 오랜 시간을 해외에서 전전하고 귀국한 뒤였다. 그는 상이군인이었고 전쟁포로였으며 한물 간 소설가였다. 자신의 경력을 인정받아 정부 요인으로 신대륙에 가 일하고 싶었으나 고작 안달루시아 지방의 세금 징수원으로 고용됐을 따름이었다. 그리고 세금 징수원으로 일하며 세금을 맡겨둔 은행이 파산하는 바람에 횡령죄를 선고받고 감옥까지 가야 했다. 나이는 이미 50대에 접어들었고 한쪽 팔이 성하지 않은 상태에서도 그는 꿈꿨다. 신대륙에 가는 바람을 이루기는커녕 감옥에 갇혀야 했던 그는, 장애인에다 전과자에 불과한 늙은이인 그는, 그가 할 수 있는 유일한 일을 꿈꿨다. 바로 이곳에서. 『돈키호테』가 잉태된 세비야 성당 어느 뒷골목이야말로, 내가 세르반테스와 돈키호테를 찾아 스페인에 온 뒤 가장 전율을 느낀 공간이었다. 나는 한국식으로 크게 허리를 숙여 그의 동상에 인사한 뒤 몸을 돌렸다. 어디로 가야 할지 알 수 없었으나 어떻게 해야 할지는 알 수 있었다. 그것은 감옥에서도 꿈을 꾼 자의 영혼을 위해 건배하는 일이었다.

경배를 마치고 나와 아저씨는 노천카페로 가 세비야 지역 맥주라는 크루즈캄포cruzcampo를 마셨다. 이곳을 찾는 정보를 준 소설가와 그 소설가가 추앙하는 이 나라의 소설가를 위해, 그리고 다시 돈키호테의 정신으로 세상을 놀라게 할 글을 쓰겠다고 선언한 미래의 소설가를 위해 건배했다.

어느덧 마드리드행 기차를 타러 가야 할 시간이었다. 나는 마지막 잔을 비우며 라만차 클럽 멤버들 하나하나의 얼굴을 떠올렸다. 알칼라 데 에나레스에서 만난 세르반테스의 후손들을 떠올렸다. 매드 하우스의 느긋한 사장 얼굴과 레알 마드리드의 지단 감독 얼굴도 떠올렸다. 세비야에서 만난 수염이 덥수룩하던 택시 기사 아저씨와 지금 이 맥주를 가져다준 무어인의 후예 같은 웨이터의 얼굴도 떠올렸다. 그리고 그 모든 얼굴을 향해 낮고 빠르게 속삭였다.

'아디오스 아미고스.'

FRANCE
SPAIN
5부
채널 돈키호테 비디오
From SPAIN
STAFF

47. 코로나 시대를 지나

4년 뒤, 2023년

눈을 떴다. 오늘 할 일을 헤아리다 어서 일어나 해치우자고 마음먹었다. 나는 마스크 없이 길을 나섰다.

여름이 되자 마스크 필수 착용이 전면 해제되었다. 그럼에도 사람들은 실내 공간이나 대중교통에서는 좀처럼 벗지 않았는데, 폭염과 태풍으로 점철된 여름을 관통하며 모두 무장해제되었다.

마스크 없이 나선 가을의 한복판, 선선한 바람을 맞으며 양지공원으로 향했다.

5년 전 가을, 바로 이곳 공원 정자에 올라 울적함을 달랬다. 프로덕션을 때려치우고 대전에 내려와 막막한 인생의 새 길을 찾아야 했다. 그러던 중 아직 지하에 남아 있던 옛 비디오 가게의 추억에 젖어 유튜브를 개설했고, 비디오 가게 아저씨를 찾아다니는 내용을 통해 유튜버로 자리 잡게 되었다. 이후 아저씨의 초청으로 스페인에 가 세르반테스와 돈키호테가 되어 행진했다.

그 행진은 꿈과 희망, 우정과 정의 같은 추상적이고 모호한 가치를 표방했지만 콘텐츠로서 충분히 제값을 해주었다. '라만차 클럽의 마지막 모험' 영상은 나를 지속 가능한 콘텐츠 프로바이더로 서게 해주었고, 예상치 못하게 열린 팬데믹의 시대는 유튜브가 더욱 활발하게 소비되는 환경을 제공해주었다.

그동안 한 번도 일주일 두 번 업로드 규칙을 어기지 않았다. 쉼 없이 영화와 책을 소개했다. 영화를 만든 사람과 책을 쓴 사람이 나오는 라이브 방송도 진행했다. 민 피디의 인맥을 통해 영화인을 스튜디오에 초대할 수 있었고, 북에디터 사이트로 알게 된 출판 관계자를 통해 작가를 섭외할 수 있었다.

제법 행운이 따랐다. 함께하는 동료가 없었다면 불가능한 일들이었다. 촬영과 편집은 물론 운전과 섭외까지 담당하는 민 피디가 여전히 내 옆에 있다.

어떻게 그를 잡아두었냐고? 간단하다. 혼인신고를 하면 된다. 스페인에서 돌아와 편집에 매달리며 우리 둘은 많이 싸웠다. 많이 싸우며 함께 일하다 보니, 일로 만난 사이와는 사귀지 않는다는 나만의 신조도 어느새 녹아내렸다. 무엇보다 그는 성실하고 섬세한 남자였다. 나는 도저히 남 줄 수 없는 그를 대전에 눌러앉게 만들어야 했다. 이제 팬데믹으로 미뤄둔 결혼식만 남은 셈인데, 여전히 바쁜 우리는 일이 우선이다. 지하에서 시작한 살림은 얼마 뒤 같은 건물 2층으로 옮겼다. 그러니까 이 3층 건물의 지하에서 2층까지 모두 우리가 세를 든 셈이다.

왜 우리냐고? 상은 역시 동료가 됐다. 지난해 건물주 성민은 1층 재계약을 하며 임대료를 30만 원 인상했고, 이에 상은은 카페를 접기로 결정했다. 하지만 나와 민 피디는 그녀를 설득해 재계약 후 카페를 새 공간으로 만들었다.

1층 가게의 이름은 '돈키호테 북 앤 펍'. 나와 상은이 공동 사장이다. 그녀는 요리와 술을 담당하고 나는 책과 홍보를 담당한다. 우리는 지하 스튜디오와 돈키호테 북 앤 펍을 오가며 유튜브 촬영을 한다. 유튜브를 보고 대전까지 찾아온 아미고스는 성심당에서 빵을 사 이곳에 들른다. 외부 음식 반입을 허락한 것이 신의 한 수라고나 할까. 안주를 많이 못 팔지만 그건 재료비와 노동력이 적게 든다는 장점도 된다. 대신 상은이 빵과 어울리는 음료는 물론 하이볼, 칵테일, 와인 리스트를 야무지게 구성했다.

함께 가게를 차린 지도 어느새 1년, 돈키호테 북 앤 펍은 이제 선화동의 명소 중 하나가 되었다. 아무리 잘되어도 성심당을 이기기는 힘들겠지만 성심당에 묻어갈 수는 있다는 걸 잊지 않는 상은과 나는, 꽤 괜찮은 동업자다.

양지공원에서 감회를 다진 나는 큰길가에 자리한 한 부동산으로 들어갔다. 엄마를 통해 소개받은 그곳에서 상담을 한 뒤 단골 꽈배기 집에 들러 꽈배기와 도넛을 샀다. 이 꽈배기 집은 아니었지만 돈 아저씨는 배달을 나갔다가 돌아오며 우리들을 위해 종종 꽈배기를 사 오곤 했다.

아, 아저씨는 이제 바라타리아의 세르반테스다. 영토의 반을 자칭 '빈 산초' 한빈과 며느리의 침탈에 빼앗긴 상황이지만, 두 세력은 서로 밀고 당기며 협력과 반목을 지속하는 중이다. 아저씨와 통화할 때면 한빈과 며느리에 대한 불평을 들어줘야 하고 한빈과 통화할 때면 아저씨의 고집에 대한 불만을 들어줘야 했다.

한빈과 그의 아내는 코로나로 인해 늘어난 제주의 내국인 관광객을 상대하며 바라타리아를 제법 알려진 카페로 성장시켰고, 아저씨는 카페의 상징으로 손님들과 사진도 찍고 호객 행위도 해야 했다. 하지만 지난해부터 아저씨는 소설 작업에 전념해야 한다며 카페 영업에 동참하지 않았고 한빈의 불만을 사게 되었다.

그럼에도 두 세력이 공존할 수 있는 가장 큰 이유는 새 시민 덕이었다. 2019년 말 코로나가 창궐하기 직전, 한빈과 그의 아내는 바라타리아에서 스몰 웨딩을 올렸고, 다음 해 아이가 탄생했다. 아이의 이름은 오름. 할아버지가 된, 순우리말 이름을 선호하는 아저씨가 지어준 이름이었다.

장오름의 존재는 바라타리아의 존재 이유와도 같았다. 공화국이 탄생시킨 첫 시민은 엄청나게 귀엽다. 이제 네 살이 된 그 아이가 보고 싶어 매년 바쁜 일정을 제치고 제주에 내려가는 나 같은 고모가 있을 정도이니.

"누나. 돈은 좇는다고 벌어지는 게 아니더라고."

최근에 통화를 하며 한빈이 한 말이다. 아빠가 되자 철이 드는 것일까?

"돈은 돈 버는 사람 옆에 있어야 벌어지더라고."

그럼 그렇지.

"그러니까 누나, 유튜브 방송 오랜만에 바라타리아에서 한번 해주면 안 될까? 요새 홍보발도 떨어지고 아빠도 또 가출해서 좀 그래. 오름이 밥 엄청 먹어. 내년엔 유치원도 가야 하고……."

궁핍했던 누나를 한심하게 보며 가르치려 들던 네가 이제 30만 유튜버 진솔의 진가를 알아보고 태도가 바뀌었구나. 역시 '머니 톡스Money Talks'다. 아니 '토크 머니Talk Money'다. 나는 이야기로 돈을 번다. 영화라는 이야기에 대해 말하고 책 속 이야기를 나눠 보상받는다. 무엇보다 나의 성장 스토리를 아미고스와 공유하며 커왔다. 그리고 이 모든 게 『돈키호테』 덕분이다. 그 먼 나라의 오래된 이야기가 아저씨와 나의 마음속에 똬리를 틀고 우리를 조종해 여기까지 이르게 한 것이다.

꽈배기를 사서 돌아오니 돈키호테 북 앤 펍의 알바생이 가게를 오픈하다 내게 꾸벅 인사한다. 원래 가게의 단골이었다가 알바가 된 케이스로 상은과 티키타카가 좋은 친구다. 꽈배기와 도넛 일부를 1층에 건네준 나는 2층으로 올라갔다.

집에 돌아오니 민 피디가 이제 일어났는지 잠옷 바지만 입은 채 커피를 내리고 있다. 남편이란 말보다 아직도 민 피디가 입에 붙는다. 내 몫의 커피까지 부탁한 뒤 씻고 나온 나는 그와 함께 일정을 점검했다.

오늘은 영화 개봉을 앞둔 한 중견 감독의 라이브 방송이 잡혀 있다. 그는 민 피디의 영화학교 선배다. 그래서 민 피디를 도울 겸 우리 방송에 출연하냐고? 딱히 그렇지만도 않은 게 그쪽에서 먼저 우리 방송에 출연하겠다고 연락을 주었다. 민 피디는 과거 잘나가던 시절 자신을 외면했던 그가 출연을 부탁했을 때 마음속 깊은 곳에서 통쾌함이 일었다고 고백했다.

돈키호테 비디오는 백만 천만 유튜브 채널은 아니다. 하지만 우리 채널의 구독자, 아미고스는 충성심이 강하다. 'BTS에게 아미가 있다면 저에겐 아미고스가 있습니다.' 방송을 마칠 때마다 외치는 멘트다. 그들은 나와 함께 옛날 영화와 책의 세계를 산책하고, 돈 아저씨를 찾아 나서는 여정에 동참했으며, 세르반테스 축제에 참가함으로써 마지막 모험을 감행한 라만차 클럽에 대한 응원을 아끼지 않았다.

오후에는 역시 해결해야 할 일을 해결해야 한다. 부동산에는 선화동이 힘들면 중앙동과 대흥동 쪽도 알아봐달라고 했다. 그러므로 오후에는 부동산 사장님과 발품을 팔아야 한다. 이곳에서 지낼 날도 한 달이 채 안 남았다.

지난여름 성민은 코로나 불경기로 내내 팔지 못했던 이 건물을 마침내 팔고야 말았다. 그리고 우리에게는 퇴거일이 통보되었다. 건물이 팔리면 나가는 조건으로 계약을 한지라 지하의 스튜디오, 1층의 돈키호테 북 앤 펍, 2층 이 주거 공간 모두 비워줘야 한다. 아쉽지만 코로나로 인해 4년의 시간을 번 게 어쩌면 다행이었는지 모르겠다. 막상 떠나려고 하니 고요한 슬픔이 차오른다. 한편으로는 이참에 제대로 된 공간을 마련해 좀 더 안정적으로 지내고 싶기도 하다.

우리는 1층으로 내려왔다. 잠꾸러기 상은은 아직 출근하지 않았다. 민 피디는 펍의 전용석에서 노트북을 켜고 통화를 하며 업무를 시작했다. 나는 지하로 향했다.

스튜디오 돈키호테 비디오.

한빈에 의해 다시 열린 이곳. 오래전 아저씨의 거처였고, 무단 점거한 나의 생활공간이었으며, 월세 30만 원을 내며 세팅한 첫 유튜브 촬영장.

힘들 때마다 이곳에서 보낸 5년 전 그 겨울날을 떠올려본다. 귀신과 추위, 벌레와 곰팡이, 불안한 미래와 초라한 조회 수에 떨던 시절. 이제는 형편이 나아진 유튜버지만 그때의 마음을 잊지 않기 위해 나는 여전히 습기가 많고 어두운 이곳을 작업실이자 메인 촬영장으로 이용한다.

스튜디오 출입문 앞에 택배 하나가 놓여 있었다. 딱 봐도 책이다. 유튜브 홍보를 부탁하며 신간을 보내주는 출판사들이 있기에 대수롭지 않게 그것을 집어 든 찰나, 무언가 묘한 기운에 흠칫했다.

발신인의 이름이 예사롭지 않았다.

반태수.

그것은 출판사의 이름이라기보다 흔치 않은 성을 가진 작가의 이름으로 보였다. 자비출판 작가들 역시 책 홍보를 위해 택배를 보내곤 하니, 이 역시 딱히 놀랄 일은 아니었다.

하지만 철문을 열고 들어와 택배를 내려놓는 순간 머릿속에 번쩍하고 불이 들어왔다.

돈기호가…… 돈키호테이듯…… 반태수는…… 세르반테스가 아닐까…….

나는 가위를 찾을 겨를도 없이 있는 힘껏 택배 상자를 뜯었다. 손을 넣어 책을 꺼냈다.

피로 물든 죽은 자의 시신 위에 5만 원권을 접어 만든 바람개비가 놓여 있는 표지는, 이 책의 제목에 비하면 그리 놀랄 것도 아니었다.

돈키호테 살인사건

심장이 멎는 기분으로 책을 살폈다. 뒤표지에는 이런 문구가 적혀 있었다.

"당신들의 판결은 정의롭지 못하다.
이제 내가 너희들의 판결을 판결하겠다."

비리 정치인의 시신 위에 놓인 5만 원권 바람개비, 그에게 면죄부
같은 집행유예를 내린 판사의 잇따른 피살, 부패한 권력자들

대상으로 한 연쇄살인이 벌어지는 가운데 범인의 시그니처가
세르반테스의 소설 『돈키호테』임을 알아낸 경찰은 소설 속 숨겨진
단서를 찾아 나서는데…… 악랄한 권력의 남용을 응징하는
우리들의 반영웅 '돈키호테'의 살인 행진이 계속된다!

낮은 신음을 흘리며 표지를 넘겨 보았다. 내지 첫 장엔 너무도 익숙한 필체로 이렇게 적혀 있었다.

¡Vamos!

돈키호테 진솔에게.
반태수 드림

48. 오래된 약속

영화감독은 달변이었다. 실시간으로 올라온 망한 전작에 대한 질문에, 현장이 개판이었고 감독인 자기가 그 개판의 탑독이었다며 농담했다. 상대적으로 시사회 반응이 좋은 이번 작품에 대한 자신감 때문인지도 몰랐다. 아무렴, 이 정도 맷집과 탄력은 있어야 한 번 고꾸라져도 몇백억 투자받는 영화를 또 만드나 보다고 생각했다.

신작의 흥행을 아미고스와 함께 기원한 뒤 영화감독은 퇴장했다. 나는 다음 주 방송 예고를 했다.

"다음 주 오늘의 대여작에서 다룰 책은 신간입니다. 오늘 오전에 받아 세 시간 만에 다 읽은 몰입감 쩌는 미스터리 스릴러 소설이죠. 이쪽 장르 하면 벌써 일본 작가랑 북유럽 작가부터 생각하시는데, 아닙니다. 한국의 신인 작가 소설입니다. 사실 저는 특수 관계자인지라 이 작품을 담담하게 평가하기 어렵습니다. 그리고, 아미고 여러분도 어쩌면 여기서 자유로울 수 없을지 모르겠네요."

여기까지 말한 뒤 나는 댓글 창을 확인했다. 아미고스의 실시간 댓글이 차오르고 있었다. 책과 작가를 예상하는 글이 올라왔고 놀랍게도 이미 책을 읽었다는 댓글도 있었다. 나는 주도권을 잡기 위해 서둘러 멘트를 재개했다.

"4년 전 우리는 스페인으로 날아갔습니다. 아저씨를 위시한 우리 라만차 클럽 멤버들은 아미고스의 응원 아래 알칼라 데 에나레스와 마드리드 그리고 세비야에서 수많은 돈키호테와 세르반테스를 만났습니다. 그리고 마지막 세르반테스가 『돈키호테』를 구상했던 세비야의 감옥 건물 앞에서 아저씨는 소설을 쓰겠다고 다짐했습니다. 이후 우리는 코로나 팬데믹 시대를 겪게 되었고, 아저씨의 소식도 좀처럼 전해드리기 어려웠죠. 사는 게 힘들어, 전염병에 지쳐, 우리는 우리의 안부와 아저씨의 이야기를 자주 잊었습니다. 이제 아저씨가 우리와 세르반테스에게 했던 약속을 지켰습니다. 다음 주 방송은 장편소설 『돈키호테 살인사건』의 반태수 작가와 함께합니다. 예. 처음 듣는 이름의 신인 작가이지만 여러분은 이미 그를 알고 계십니다. 다음 주 행사를 위해 스튜디오를 새로 꾸밀 계획이고 방청객으로 특별히 아미고 열 분을 모시도록 하겠습니다. 여러분, 대전 안 멉니다. 오셔서 특별 라이브 방송의 자리를 빛내주시고 빵도 사 가세요. 그럼 댓글 창에 지원 바랍니다."

방송을 마치고 나자 민 피디의 입이 대자로 나와 있었다. 이번에도 나의 즉흥적인 결정 때문이리라. 그는 반태수 작가 섭외가 안 되면 어떡할 거냐고 우려했다. 나는 반드시 그렇게 되게 할 거라고 약속했다. 1층 돈키호테 북 앤 펍을 그 시절 비디오 가게로 꾸미고 방청객을 받아 방송을 진행할 것이며 특별한 사람들도 초청할 거라고 했다.

"마지막으로 아저씨에게 가게를 한 번만이라도 돌려드리고 싶어."

다행히 민 피디가 수긍해주었다. 하지만 나는 다음 날부터 진땀을 빼야 했다. 상은에게 행사를 위한 1층의 변신을 허락받느라 굽실대야 했고, 민 피디에게 지하 스튜디오 소품들을 1층에 배치하도록 부탁해야 했다. 반태수 작가는 수많은 전화와 문자를 씹어 내 속을 뒤집어놓았고, 작가의 아들로 추정되는 한빈은 자기는 모르는 일이라며, 차라리 그 방송을 바라타리아에서 하면 아빠를 찾아보겠다고 가뜩이나 뒤집힌 속을 긁어댔다.

아군도 있었다. 새롬이 오기로 한 것이다. 새롬은 오랜만에 라만차 클럽 모두 모여 잔치를 벌이자고 했다. 하지만 한빈은 올 기색이 전혀 없었고 건물을 판 성민 역시 대전에 올 리 없었다. 대준 또한 가게 영업 때문에 참석이 어렵겠다고 했다. 코로나 때 너무도 힘들었던 녀석이기에 충분히 이해했다. 나는 새롬에게 아저씨와 우리 둘이면 아주 근사할 거라고, 그리고 아미고스도 있으니 잔칫집 분위기를 내기엔 충분하다고 답했다.

『돈키호테 살인사건』은 내가 방송에서 언급한 덕인지 아니면 자체적으로 입소문이 나는 건지 조금씩 온오프라인 서점 순위가 오르고 있었다.

나는 작가 소개 글을 다시 읽었다.

반태수

세르반테스의 『돈키호테』에 빠져 오랜 시간을 살았다. 시나리오 작가로 다수의 작품을 집필했으나 아직 영화로 완성된 것은 없다. 『돈키호테 살인사건』은 그의 첫 소설이다.

이 짧은 작가 소개만으로 아저씨의 인생이 정리될 수 있을까? 여기엔 돈키호테 비디오 가게의 말 많고 오지랖 넓은 주인아저씨에 대한 이야기가 없다. 그것을 내가 채워주고 싶다. 하지만 아저씨는 여전히 전화를 받지 않았다. 출판사에도 물어보았으나 자기들 역시 반 작가와 연락이 안 된다고 했다.

몇 해 전 아저씨를 찾아 오랜 시간 돌아다녔다. 또 아저씨를 찾기 위해 안달하며 다닐 수는 없는 노릇이고, 그가 스스로 이곳에 오게 만들 작정이었다. 그래서였을까, 나는 돈키호테 장영수를 찾던 시간을 떠올리다가 아저씨를 불러들일 아이디어를 생각해 내게 되었다.

"안녕하세요. 진솔 님. 잘 지내셨어요?"

"그럼요. 선생님도 잘 지내시죠? 아이고, 통영에서 뵌 게 벌써 4년 전이네요."

"그러게요. 저는 그래도 유튜브에서 늘 잘 보고 있어요."

"예. '라만차 클럽의 마지막 모험' 영상에 댓글도 남겨주시고 고마웠어요. 아저씨한테 선생님 댓글 보여드렸더니 무지 좋아하셨어요."

"저도 정말 좋았어요. 그분이 세비야의 감옥 앞에서 고개 숙인 장면은 정말이지…… 근사했답니다."

"고맙습니다. 혹시 어제 방송 보셨나요?"

"봤습니다. 책도 바로 주문했고 아까 도착했네요. 내일부터 정독해볼 계획이에요."

"금방 읽으실 수 있을 거예요. 사람도 막 죽고 범인도 계속 바뀌고 반전도 있고…… 아, 이거 스포일러 하면 안 되죠. 아무튼, 선생님. 제가 전화드린 건, 다음 주 선생님을 특별 방송에 모시고 싶어섭니다."

"……."

"꼭 오셔서 자리 빛내주셨으면 해요."

"제가 자리를 빛낼 수가 있을지요……. 좀 주저하게 되네요."

"드디어 아저씨가 데뷔한 거잖아요. 서로 잘되면 축하해주자고 예전에 약속하셨고요. 다음 주가 바로 그날이에요. 꼭 오셔야 합니다."

"그분은 좀 어떠세요? 오래 꿈꾸던 일을 이뤄내고 난 다음의 마음이 어떨지 상상이 안 가네요."

"저도 지금 연락이 안 돼요. 기분이 어떤진 그날 물어봐야죠."

"예? 그럼…… 그날 그분이 못 올 수도 있는 건가요?"

"그러니까 선생님이 오시면 그분이 오지 않을까요?"

"……아……."

"선생님. 저 믿어주세요. 제가 반드시 모두 모실 거니까. 아저씨도, 선생님도, 또 다른 친구분도. 예?"

김승아 씨는 한동안 말이 없다가, 일단 책을 읽고 고민 후 답을 드리겠다는 말을 남기고 전화를 끊었다.

나는 또 다른 아저씨의 친구에게 전화했다. 아저씨와 대학 시절 같은 방을 썼던 친구. 진심으로 아저씨의 안위를 걱정하고 안부를 전해달라고 했던 분.

전화를 걸자 권 사무장은 안 그래도 반태수 작가가 사무실로 책을 보냈다며, 지금 몰두해 읽고 있다고 했다. 최근에 연락한 적이 있냐고 묻자, 책을 받고 감사 문자를 넣었는데 답이 없다는 말과 함께 헛웃음이 휴대폰 너머로 들려왔다.

유튜브를 보지 않는 그를 위해 대전에서 『돈키호테 살인사건』 북 토크 행사가 있을 예정임을 알리자 그는 만사 제치고 참석하겠다는 의향을 밝혔다. 나는 친구인 반태수 작가에게 그날 참석할 거라고, 꼭 보자고 문자 한 통만 넣어달라고 부탁했다.

학원 원장과 영화 제작자에게는 연락하지 않았다. 그들은 아저씨의 친구가 아니니까.

다음 날 김승아 씨에게서 문자로 답이 왔다. 힘 있는 소설을 읽은 힘으로 참석해보겠다고. 다시 한번 그녀가 참 멋지다고 느꼈다. 나도 이분처럼 진중한 어른으로 나이 들 수 있을까? 아마 그럴 리 없을 것이다. 나는 돈키호테니까. 일단 돌진이니까.

결판을 내기 위해 마지막 카드로 아저씨에게 문자를 보냈다.

—아저씨, 열흘 뒤면 돈키호테 비디오는 건물에서 퇴거해요. 선화동 다른 곳으로 옮기게 됐어요. 그러니까 일주일 뒤 북 토크에 안 오시면 다시는 우리와 돈키호테 비디오에서 함께하지 못할 줄 아세요.

49. 재회

아저씨에게 연락이 온 건 방송을 사흘 남기고였다. 그동안 내가 보낸 수많은 전화와 문자를 씹던 아저씨는 아무 일도 없었다는 듯 전화를 걸어왔다.

"그동안 어디 계셨던 거예요?"

"말라가."

"목포요? 거긴 왜?"

"그냥. 한빈이랑 싸웠는데 평소 내 편 들던 며느리도 이번엔 빈이 눈치를 보더라고. 그래서 홧김에 나와 제주항에서 진도 가는 배를 탄 거야. 진도에서 다시 목포에 도착했는데, 목포가 아주 좋더라고. 그래서 그냥 거기 달방 머물며 글도 쓰고 너한테 책도 보내고 그랬구나."

"지금도 목포예요?"

"아니 지금은…… 세비야."

"서울 가는 거 싫어하셨잖아요."

"싫어하지. 길 막히고 공기 나쁘고. 서울은 차가 점령한 도시야. 인간적이지 못해. 그런데 말이야, 책이 나왔는데 내 책이 서울 시내 대형 서점에 깔려 있는 건 죽기 전에 한번 보고 싶더라고."

"이제 첫 책 낸 신인 작가가 죽긴 뭘 죽는다고 그래요. 그래서 봤어요? 대형 서점 깔린 아저씨 책?"

"지금 여기 서점이다. 아직 책꽂이에 안 들어가고 매대에 아주 단정하게 누워 있네. 그런데 베스트셀러 매대에는 갈 엄두도 못 내겠더라. 거긴 어휴, 무슨 책이 30쇄 40쇄를 찍고 난리더라. 나는 중쇄도 언감생심인데."

"홍보를 하셔야죠! 책 내고 잠적하시면 어떡해요. 맞아. 서울이면 출판사 가서 홍보 좀 도우세요. 그쪽도 선생님 찾던데."

"수줍어 못 하겠어. 내가 왜 필명으로 책을 냈겠냐? 저자 행세 이거 정말 민망하다구."

"그래서 못 오시겠단 건 아니죠? 아저씨. 대학 동창분 문자 갔죠? 그 친구 온대요."

"그 녀석은 책도 잘 안 읽는 놈이 뭘 온다고 그러냐."

"책도 안 읽는 친구한테 책은 왜 보내셨는데요? 그리고 제가 문자 드린 거 봤죠? 번역가 선생님도 오시기로 했어요. 아저씨 출판사 시절 친구, 김승아 씨."

“……그 친구한텐 책도 못 보냈는데 미안해서 어떻게 보라고 거참……. 너는 정말 일을 참 잘 벌이더라.”

“미안하면 그날 책에 사인해서 주세요. 아, 새롬이도 와요. 그리고 우리 방송 아미고 100명 넘게 오겠다고 해서 그중 추첨해 스무 명 뽑았어요. 원래 열 명 모집이었는데 대단하지 않아요? 다 아저씨 팬이에요. 책도 사고 지금 인터넷 서점에 평도 올리고 있대요. 알겠죠? 다들 아저씨 보고 싶어서 이러는 거예요. 그러니까 안 오시면 배반이라구요. 배반!”

한동안 아저씨는 말이 없었다. 너무 몰아붙였나 조금 찔렸지만 이왕 이렇게 된 거 계속 다그치기로 했다.

“아저씨 지금 감동해 우시는 거 아니죠? 울 거면 여기 와서 우세요. 나도 같이 울 거니까. 여긴 지금 아저씨를 위해 1층을 그때 그 비디오 가게로 꾸미고 있어요. 선화동 돈키호테 비디오로 말이에요. 아저씨 그러니까…… 아저씨?”

휴대폰 너머에서 기침 소리가 들린 뒤 목청을 가다듬는 소리가 이어졌다. 나는 잠자코 기다렸다. 이윽고 아저씨의 음성이 넘어왔다.

“스페인에서 돌아온 뒤 4년간, 바라타리아는 사실상 아들에게 맡기고 나는 소설을 썼지. 반태수가 되어 세르반테스의 발끝이라도 잡고 세상의 돈키호테들에게 기운을 팍팍 줄, 이 공의가 땅에 떨어진 나라의 위정자들이 혼비백산할 이야기를 마침내 완성해 냈다구. 하지만 책이 나오고 보니, 그건 그냥 책이더라. 여기 이 대형 서점 말이야, 마치 거대한 책들의 묘지 같아. 아주 서늘해. 책들이 저마다 자기 무덤 자리에 고이 누워 있다구. 웃기는 게 돈을 더 내면 큰 무덤을 주고 돈이 없으면 여기서 좀 누워 있다 파묘되어 죽은 듯 서 있게 되겠지. 나 있잖아, 그게 너무 무섭다. 내 모든 걸 담은, 세상을 뒤집을 책이 그냥 종이로 만든 좀비가 되어 여기 서 있게 된다고. 솔아, 너는 책을 안 내봐서 모를 거야. 내가 네 방송에 나간다고, 출판사에서 홍보하라고 해 쪼르르 간다고 책이 팔리겠니? 나는 이제 받아들이기로 했다. 책의 운명을. 이러다 서점에서 사라지고 대여점에 혹은 도서관에 꽂힌 채 가끔 돈키호테를 좋아하거나 범죄소설을 좋아하는 독자가 선택해주면 좋을, 그 정도 삶을 살려고 한다. 솔아. 알겠지? 책은 책이고 세상은 세상이야."

한바탕 열변을 토한 뒤 아저씨는 잠잠해졌다. 나는 곰곰이 아저씨의 설교를 곱씹은 뒤 한마디 했다.

"그래도 『돈키호테』는 아저씨를 바꿨잖아요. 아저씨의 세상을 바꿨다고요. 그리고, 내 세상도 바꿨단 말이에요."

"난 돈키호테가 아니잖니. 책을 내보니 알겠어. 나는 장영수라는 공상꾼이고 몽상가고 그냥 무명작가일 뿐이야."

"난 돈키호테예요. 아저씨가 그렇게 호명했고 나도 이제 나를 돈키호테라고 칭해요. 아저씨, 라만차가 왜 대전이라고 하셨죠?"

"그야…… 돈키호테가 있어서지."

"오케이. 돈키호테니까 대전. 그러니 꼭 오세요."

"……모르겠어……. 바라타리아에 돌아가 오름이도 봐야 하고…… 모르겠어……."

"아, 진짜! 돈키호테가 오라면 그냥 좀 오세요! 돈키호테와 세르반테스는 떨어질 수 없는 사이잖아요!!"

필사적으로 다짐을 받으려 했지만 아저씨는 끝까지 확답 없이 전화를 끊었다.

나는 실망감을 애써 누르고 행사 준비에 매진했다. 아저씨가 오지 않으면 행사가 썰렁해질 것이다. 하지만 나는 내 할 일을 해야 했다. 저자 없는 북 토크를 처음 하는 것도 아니다. 다만 애써 초대한 새롬과 아저씨의 친구들, 그리고 아미고스가 실망할 것이 불편할 따름이었다. 어쩔 수 없이 나는 그 불편함에 기대기로 했다. 그리고 아저씨가 진짜 안 와도 절대 원망하지 않기로 했다.

대신 다시 안 볼 것이다.

방송 당일 오전에 맞닥뜨린 가장 큰 문제는 지하의 돈키호테 비디오 간판을 1층에 옮겨 거는 일이었다. 알바생과 민 피디가 꾸역꾸역 끌고 나오는 데는 성공했으나 '돈키호테 북 앤 펍' 간판 위로 부착하는 일은 역시 전문가의 손길이 필요했다. 결국 간판업자를 불렀고, 생각보다 비싼 비용을 내고 나서야 제대로 걸 수 있게 되었다.

돈키호테 비디오.

하얀색 배경에 빨간 테두리로 굵게 새겨진 이름. 20년 전 이 간판이 보이면 길 끝에서부터 설레는 마음으로 걸어오던 기억이 '안 봐도 비디오'로 재생됐다. 우리가 한참 북적대는 걸 보고 동네 사람들과 주변 상인들도 다가와 그 시절 가게에 대해 한마디씩 했다.

"저게 아직도 있었네."

"망한 줄 알았는데 다시 하는 겨?"

"이제 비디오를 누가 본다고? 그냥 추억 삼아 걸었나 보쥬."

"저 간판, 오랜만에 보니 반갑네유."

동네 어르신들의 추억 속 가게도 재생되고 있었다.

나는 다시 민 피디와 알바생, 상은을 독려하며 지하의 물건들을 1층으로 옮겼다. 비디오테이프 케이스와 먼지가 풀풀 나는 만화책 세트를 무대인 바 테이블에 진열했다. 2003년 신작 비디오 출시 포스터를 창에 붙이니 진짜 그때로 돌아간 듯했다. 빨강 스포츠카 모양의 되감기 기계는 헤드 클리너 비디오와 함께 첫 테이블을 장식했고 반납통은 문 입구에 두었다.

가게 앞에 올리브그린 색의 앙증맞은 외제 차가 멈춰 섰다. 즉시 알아본 나는 한달음에 달려 나갔다. 운전석에서 노란색 원피스를 차려입은 여자가 내렸다.

"새롬아!"

수술해서 오뚝해진 코 빼고는 똑같았다. 두껍고 동그란 무테안경과 아이 같은 볼살도 여전했고, 어깨까지 내려온 풍성한 머리는 보라색으로 염색을 해 멋스럽기 그지없었다.

나는 새롬을 향해 두 팔을 벌렸다. 여전히 작은 새롬은 내게 폭 안겼다.

"언니. 비디오 가게 이거 뭐야. 간판 뭐야 이거. 나 오자마자 눈물 나잖아."

나를 안은 채 새롬이 습기에 젖은 목소리를 터뜨렸다. 나는 손님들 오는데 이 정도는 해야지 않냐고 으스대며 새롬을 가게 안으로 이끌었다.

과거 이곳에서 우리는 창가에 나란히 앉아 오후 햇살 아래 책을 읽곤 했다. 나는 만화책을, 새롬은 로맨스 소설을.

지금 우리는 돈키호테 비디오의 여중생으로 돌아갔다. 코코아 대신 생맥주를 마시며 밀린 이야기를 나눴다. 새롬은 다른 라만차 클럽 멤버가 안 오는 게 아쉽지만 아저씨만 봐도 행복할 것 같다며 미소 지었다. 결국 나는 이실직고했다.

"엥? 아저씨 안 와? 작가가 북 토크에 안 오면 어째? 나 온다고 했어? 아저씨 나 안 보고 싶대?"

"모르겠어. 민망하대. 그거 가지고는 안 된다니까 못 오는 이유에 대해 열변을 토하는데 다 궤변이야. 으이구."

그때 입구를 서성이는 익숙한 얼굴이 눈에 들어왔다. 나는 새롬에게 양해를 구하고 일어나 그녀에게 다가갔다.

김승아 씨는 딱 한 번 만난 그때처럼 단정한 모습으로 걸어왔다. 먼 길 와주어 고맙다고 하니 그녀는 통영 대전 고속도로가 있어 괜찮다며, 서울보다 가깝다고 덧붙였다. 아무렴. 대전은 서울에서만 멀다. 대전 아래 모든 도시는 서울보다 대전이 가까운 법이다.

그녀를 새롬 옆에 앉힌 뒤 나는 행사 준비를 마저 했다. 오늘분 방송 대본을 다시 검토하고 오프닝 공연을 맡은 지역 밴드의 세팅도 확인했다. 하나둘 성심당 빵 봉투를 들고 도착하는, 방청객으로 선정된 아미고스를 반갑게 맞이하고 상은에게 음료 주문을 받게 했다. 무언가 분주하고 들뜬 와중에도 불안감이 스멀스멀 일었다.

주변을 둘러봤다. 구석에서 민 피디가 조명을 설치하고 있었다. 나는 가만히 다가가 그의 옆에 섰다. 그가 새삼스럽다는 듯 나를 살피면서도 손놀림을 멈추지 않았다.

"진짜 아저씨 안 오면 나 어떡해."

남편에게는 속내를 털어놓아야 했다. 민 피디는 그제야 손을 멈추고 나를 돌아봤다.

"자기만 잘하면 돼. 아저씨는…… 오늘 방송 나중에 보여드리면 되지."

듬직한 답변이었다.

"좋아. 잘 찍어서 보여드리자. 안 온 걸 땅을 치고 후회하게 만들자고."

내가 주먹을 꽉 쥐고 의욕을 보이자 그가 특유의 담담한 미소를 지었다. 그의 미소 뒤로 사람들이 마치 빛나는 구름처럼 뭉쳐 보였고, 그 뒤로 기다리던 사람이 또 나타나주었다. 아저씨의 오랜 친구는 헌팅캡에 회색 코트 차림이었고, 손엔 친구의 책을 들고 있었다. 가게 곳곳에 눈길을 주던 그는 곧 나와 시선을 교환했다. 묵례를 하는 그에게 나는 크게 고개를 숙여 감사를 표했다.

돈키호테 비디오는 매개체다. 나도 매개체다. 여기 모인 우리는 모두 장영수 씨 덕에 만날 수 있었다. 고로 그도 매개체다. 인간은 서로에게 매개체다.

돈 아저씨와 나, 그리고 라만차 클럽과 채널 돈키호테 비디오의 아미고스. 우린 모두 친구다. 우정이란 말은 썸과는 달라서 뭉뚱그려 표현해도 곧잘 통했다. 친구가 아니었던 사람에게도 우정이란 말을 붙이는 순간 친구가 되곤 했다. 함께 꿈을 나누고 모험을 떠난 순간에 우리는 친구가 되었다. 먼 옛날 이베리아반도의 늙은 기사와 동네 농부가 나눈 우정을 기록한 책처럼, 우리는 친구가 되어 행진해 왔다.

"모든 게 꿈같아."

내가 말했다.

"그 꿈 내가 찍어줄게."

민 피디가 말했다.

나는 그를 살짝 안은 뒤 유튜버 진솔, 일명 레이디 돈키호테 모드로 나를 전환했다.

다시 모험이 시작되었다.

에필로그

봉안된 로시난테 앞에서 나는 물었다.

"선화동에 내가 가야 할까?"

로시난테는 말이 없었다. 죽었으니까.

"선화동, 그 옛날 내가 가장 힘들고 지쳤을 때 죽지 못해 살았던 거기에 가야 할까?"

여전히 침묵.

"형님이 없었으면 살기 힘들었을 거요. 그때 같이 막걸리 받아 주지 않았으면."

문득 봉안함이 하얀 막걸리 병으로 보였다.

"그리고 그 아이들. 라만차 클럽의 아미고가 없었으면 역시 살 기운을 못 냈겠지. 형님도 알잖아요. 우리 모두 외로웠다는 거. 아미고도, 돈키호테도, 머물 곳이 그 작고 남루한 비디오 가게뿐이었어. 그래서 모였지 거기. 다들 외로웠으니까."

봉안실에 갇힌 봉안함이야말로 진짜 외로워 보였다.

"그런데 그 가게, 내가 떠난 그 작은 가게에서 나를 부르네. 그렇다고 내가 가야 할까?"

다시 또 침묵.

"대전까지 와놓고…… 왜 안 간다고 지랄이냐고? 허. 이 형님 내 맘 몰라주네."

침묵 속에 답이 들리기 시작했다.

"그러니까 난 겁쟁이요. 이제 돈키호테가 아니란 말이야. 산초일 때는 그나마 호기가 남았는데 이젠 반태수요. 이름도 찬란한 한국의 세르반테스, 젠장. 작가가 되니 겁이 납디다. 아니 원래 겁쟁이라 작가가 됐는지도 모르지. 이제 알겠슈? 작가는 세상을 바꾸는 사람이 아니라 책 뒤에 숨는 겁쟁이라니까."

갑자기 봉안함이 터질 듯 마구 흔들렸다.

"난리 치지 마슈, 형님. 형님이 깨어나 로시난테답게 날 태워 데려갈 것도 아니잖슈. 알았다구. 알았다니까. 나는 진짜 거기 비디오 가게 가기 싫어. 그런데! 그런데 아이들이 있대잖어. 친구들도 왔대. 얼마 안 되지만 내 팬들도 있다는 겨. 내 결국 이렇게 될 줄 알았다고……. 간다고. 가겠슈."

봉안함은 다시 미동 없이 침묵했다.

"근데 형님만 만나면 입에 안 붙던 이 동네 사투리가 어설프게 튀어나온단 말여. 아, 진짜 개갈 안 나게. 암튼 다음에 육지 나오면 또 오겠슈. 아디오슈."

봉안당 전체에 고요가 가득 찼다.

나는 빠르게 돌아서 그곳을 빠져나왔다.

택시는 옛 도청 앞에 나를 내려주었다. 거기서부터 걸었다. 바로 앞이 선화동임에도 최대한 천천히 걸으니 시간이 느리게 흐르는 듯했다. 영훈이를 볼 생각에 들뜨기도 했다. 김승아 씨를 만나면 얼굴이라도 빨개지는 거 아닐까 벌써 민망하다. 대준과 성민은 각자의 생업 전선에서 바쁘다고 들었다. 다행 아닌가. 아들 역시 내가 없는 영토를 관리하는 중이다. 나는 이미 실각한 지도자다. 공화국은 한빈과 서윤 그리고 오름으로 재편된다.

민 피디는 정말 사람이 좋다. 솔이와 팀을 이뤄 삶도 일도 잘 꾸려가는 걸 보니 걱정이 전혀 안 든다. 솔이의 지칠 줄 모르는 열정과 욕심을 무던하게 보좌하며 함께 나아가는 건, 정말이지 대단한 일이다.

그나저나 솔이는 왜 또 이런 일을 벌여서 나를 곤란하게 만드는 걸까? 생각해보면 그 아이는 산초였던 시절에도 늘 나를 닦달하곤 했지. 슬러시를 팔아야 한다고, 연체료를 올려야 한다고, 가게 망하면 어떡할 거냐고, 어른을 흉내 낸 말을 많이 했지. 하지만 그건 흉내가 아니었어. 솔이는 너무 빨리 어른이 되었고 뒤늦게 꿈을 발견해 아이처럼 된 거야. 그래도 라만차의 그 노인네나 나처럼 쉰이 넘어 깨달은 건 아니니까, 솔이는 더 빨리 꿈을 이룰 게 분명해.

저기 가게가 눈에 들어오네.

그때 그 간판으로 돈키호테 비디오라고 적혀 있네.

아, 그리고 솔이가 그 시절 배달 갔다 오던 나를 반기듯 걸어 나오는구나. 내게 화난 듯, 아니 반가운 듯 분간할 수 없는 표정을 얼굴에 담은 솔이가 나를 맞아주는구나.

무차쓰 그라씨아쓰, 나의 돈키호테.

감사의 글

모험과도 같은 이 작품의 집필을 지원해준 토지문화재단과 스페인 문화활동 국립협회(AC/E), 작업실을 제공해준 마드리드의 Residencia de Estudiantes, 이야기를 책으로 엮어준 나무옆의자 이수철 대표님과 임직원 여러분, 원고를 검토하고 편집에 힘써준 하지순 주간님과 구경미 편집자님, 근사한 표지 일러스트를 그려준 토티 작가님, 작품 활동을 총체적으로 지원해주는 워터폴스토리 김주미 대표님, 미겔 데 세르반테스 사아베드라와 그의 『돈키호테』, 그리고 늘 제 이야기를 기꺼이 읽어주시는 독자 여러분에게, 깊은 감사를 올립니다. 계속 쓰겠습니다.

2024년 봄

김호연

나의 돈키호테

초판 1쇄 발행 2024년 4월 25일
초판 26쇄 발행 2024년 11월 8일
10만 부 기념 꿈의 책장 에디션 발행 2024년 12월 11일

지은이 김호연
펴낸이 이수철
주 간 하지순
교 정 구경미
디자인 박예진
영업관리 최후신
콘텐츠개발 전강산, 최진영, 하영주
영상콘텐츠기획 김남규
관 리 진호, 황정빈, 전수연

펴낸곳 나무옆의자
출판등록 제396-2013-000037호
주소 (10449) 경기도 고양시 일산동구 호수로 358-39 동문타워1차 703호
전화 02) 790-6630 팩스 02) 718-5752
전자우편 namubench9@naver.com
인스타그램 @namu_bench

ISBN 979-11-6157-176-8 03810